朱刚◎著

唐宋诗歌与佛教文艺论集

目 录

诗体的流变与稳固 …………………………………… 1
六朝吴歌"变曲"考论 ………………………………… 12
乐府诗换韵与乐曲的关系 …………………………… 25
王绩诗中的"存周" …………………………………… 43
从类编诗集看宋诗题材 ……………………………… 54
"理趣"说探源 ………………………………………… 65
"诗史"观念与苏轼的诗题 …………………………… 83
《沧浪诗话》与《玉壶清话》 ………………………… 105
宋代禅僧诗研究引论 ………………………………… 110
《中兴禅林风月集》续考 ……………………………… 135
僧诗、"晚唐体"与"江湖诗人" ……………………… 157
苏轼前身故事的真相与改写 ………………………… 179
宋话本《钱塘湖隐济颠禅师语录》考论 ……………… 202
中土弥勒造像源流及艺术阐述 ……………………… 230
于阗的毗沙门信仰及"托塔李天王"名号之由来 …… 243
百回本《西游记》的文本层次：故事·知识·观念 …… 258
雅俗之间：禅宗文学的两种面向 …………………… 273

附录

书评一 《宋僧惠洪行履著述编年总案》,周裕锴著,高等教育出版社,2010年 ………………………………… 291

书评二 《法眼与诗心——宋代佛禅语境下的诗学话语建构》,周裕锴著,中国社会科学出版社,2014年 …………… 305

书评三 《美的焦虑:北宋士大夫的审美思想与追求》,[美]艾朗诺著,杜斐然、刘鹏、潘玉涛等译,上海古籍出版社,2013年 ……………………………… 312

诗体的流变与稳固

诗原本又叫诗歌或歌诗,在中国早期的文献中,"诗"往往与"歌"并举,比如《尚书·舜典》云:"诗言志,歌永言。"《国语·周语下》云:"诗以道之,歌以咏之。"《汉书·艺文志·六艺略》:"诵其言谓之诗,咏其声谓之歌。"《文心雕龙·乐府》:"凡乐辞曰诗,诗声曰歌。"意思是,诗、歌本为一体,读出来是诗,唱起来是歌,或者说,其文字是诗,其曲调是歌。这样,用今天的话说,诗就是歌词。这当然不是说"诗"这个字的字义是歌词,而是说"诗"作为一个名称,它的所指在当时是歌词这种东西。那么,诗体的流变也就是历史上歌词体制的变化过程了。略去一些细节不言,我们今天常说的唐诗、宋词、元曲,就标志了中国传统歌词体制的三个阶段:诗、词、曲,按现代的观念,都可以称为诗歌。

不过,这样宽泛的诗歌观念,在中国传统社会并不容易被普遍接受。诗毕竟是言语的精华,与一般的言语形态有别,所以,某种诗体一旦形成,便有稳固化的倾向,使人们长久地认为,符合这一体制的作品才是诗。自从最早期的诗歌被结集成一部《诗经》后,多数人就认定只有《诗经》或与其体制相似的作品才配叫做诗。孟子说:"诗亡然后《春秋》作。"他以为诗有一个终点。《诗经》中最晚的作品,也许是《秦风·黄鸟》,其所咏之事发生在公元前 621 年。自那以后,诗就没有了。当然,现在的中国诗歌史会在《诗经》后面接着写楚辞，但其实两者在时间上相隔好几百年，而且后者自有名称，叫楚辞，不叫诗。诗曾经面临终点，肯定是古代世界的一件大事，只因年代久远，我们不太能感受到而已。西汉末刘歆撰《七略》，东汉班固据此作《汉书·艺文志》，其中《诗赋略》收录了"歌诗二十八家"。他们根据诗就是歌词的观念，把汉代的乐府歌词也叫做诗。——这大概值得赞许为历史上一次伟大的思想解放，不但诗的历史得到了延续，而且自此以后，诗的所指主要是新兴的五言、七言体制，而不是《诗经》采用最多的四言体制了。

然而，五、七言诗体的观念又逐渐稳固下来，而且这一次几乎是凝固不化了。虽然后来产生了词、曲，也有些作者宣称词、曲与诗相通，甚至本质无异，但毕竟它们被唤作词、曲，不唤作诗。以五、七言为诗的观念凝固了大约两千年，至二十世纪初"新诗"出现，才获解冻。所以，在回顾诗体流变的时候，我们不免要追问：为什么在那么长久的时期内，汉语诗歌的体制必须是五、七言？是什么原因阻止人们把词、曲纳入诗的范畴？它们究竟有什么严重的区别？

今天的人们不难发现诗、词、曲三种体裁的共同性：除了都要押韵外，每篇的句数、每句的字数、每字的声调，或宽或严都有一些规定。换句话说，它们都符合一般的诗歌形式。当然，历史上产生的顺序，是先有诗，然后有词，最后才出现曲，而在诗的体制上，是先有四言诗，后来五、七言代兴。这里的言就是字数，那么，为什么汉语诗歌如此在意每句的字数？我们从这个问题开始说起。

一、字数与音节

与歌合为一体的历史，使诗带有一个与生俱来的特征：音乐性。即便后来与音乐脱离，这音乐性也仍被大多数诗歌理论所强调。而以语言文字来传达的音乐性,是通过语词的音节来表现的。所以,世界各民族的古典诗歌,对每句的音节数及其长短、轻重的配置,大抵都有些讲究。拿与中国古典诗歌关系颇为密切的印度梵语诗歌来说,就有一种"八音节诗",即每句包含八个音节,而以四句构成一章,形式上很像中国的绝句。著名的作品有马鸣(Aśvaghoṣa)的《Buddhacarita》,多含这样的诗体。中国北凉的和尚昙无谶将它译成汉语,名《佛所行赞》,他用五言诗去对译八音节诗,得九千三百多句,可称洋洋大观。如今,这部巨著现存的梵文本残缺严重,而汉语译本则非常完整,堪称中国对于世界文学的一个伟大贡献。

由此来看,汉语诗歌对字数的讲究,正好与讲究音节数的性质相同,因为汉字是单音节文字,一个字一个音节,故字数等于音节数。那么,讲究字数决不意味着中国人写诗比外国人更受限制。现在要讨论的是,四言、五言、七言这几种最主要的诗歌形式在音节(字)的配组上各有什么特点。

汉语诗歌早期的主要体式是四言诗,《诗经》中的作品就以四言句式为主。现在看来,这应该跟汉字在组词造句上体现的特点相关,到今天为止,流行的大多数成语仍是四言的。中古时代僧人们翻译佛经时,也很喜欢用四言句。这个现象颇能说明问题,因为从未有人规定必须用四言句去翻译,其在译文中的大量出现,全属自然。就诗歌方面来说,尽管五言和七言后来已成为一般的诗体,但仍有人喜欢作几首四言诗。而且在文章方面,中国曾长期流行一种以四字、六字句为主的骈文,又称"四六"。无论如何,对于用汉语写作的人来说,四言句式具有相当大的吸引力。

五、七言是最常见的汉诗体式。传统的观点认为五言从《诗经》演化出来,七言从楚辞演化出来。《诗经》的四言句再添一字就成为五言,楚辞有些带虚词的句子读起来就是七言诗。但从《诗经》、楚辞到五言、七言的过程中是否真的存在一个"演化"的关系呢？这似乎也很难追究。至少，在四言、五言、七言诗体都出现后，有的诗人既写五、七言，也写四言，如果你认为他的四言诗是从五言删去一字，他必然不肯承认，他会强调四言的写法如何跟五言不同，不是增删一个字的问题。这就好像七言诗并非五言诗加两个字，道理一样。

从表达方面来看，四言显得古老、庄重、朴素。但鉴于汉语常以两个字为一个阅读单位，故四个字的音节组合方式几乎只有"二二"一种，"一三"或"三一"的方式比较少见。五言虽只多了一个字，却等于多出一个音节单位，其与另两个阅读单位的组合也颇为灵活，像"白日依山尽"读起来是"二二一"，"烽火连三月"是"二一二"，另有少量的"一二二"之句，如韩愈《南山》诗中"时天晦大雪"那样。有时候，三个字也不妨构成一个阅读单位，比如曹操《苦寒行》开篇"北上太行山"和第三句"羊肠阪诘屈"，因为"太行山"和"羊肠阪"是固定的地名，当然不能拆作两截，这样就又增添了"二三"或"三二"两种组合方式。总之，五言句在结构上具有丰富的可能性，适于构思精巧的句子。相对来说，七言字数虽多，但通常情况下倒真的是五言句再加一个音节单位而已，组合方式上未必有多少花样翻新，它的好处一是流畅，宜于表现一泻千里的气势，二是毕竟增加了阅读单位，全句就能容纳更多的曲折、层次，就是古人所谓的"顿挫"，大概李白和杜甫的七言诗便各自发挥了这两种特长。

就艺术上成熟的作品产生的时间来说，四言自是最早，随后是五言诗在六朝时期大获发展，最后才是七言诗在唐代的成熟。这方面确实有先后。就在五言诗充分展现其魅力后，南朝人沈约获得了他对于诗歌史的总结：

夫五色相宣，八音协畅，由乎玄黄律吕，各适物宜。欲使宫羽相变,低昂互节,若前有浮声,则后须切响。一简之内,音韵尽殊;两句之中,轻重悉异。妙达此旨,始可言文……自骚人以来,此秘未睹,至于高言妙句,音韵天成,皆暗与理合,匪由思至。张、蔡、曹、王,曾无先觉,潘、陆、谢、颜,去之弥远。世之知音者,有以得之,知此言之非谬。如曰不然,请待来哲。(沈约《宋书·谢灵运传论》)

他的表述看上去很复杂,其实意思简单:所谓诗歌,一要好看,二要好听。以前的诗人做到了好看,却不懂怎么才好听。有的作品虽然也好听,却是偶然天成,并非诗人自觉追求的结果。所以,此后的诗歌创作应该朝好听的方面去努力。

必须注意的是,沈约要求的好听,不是指诗与音乐相配的效果,而是指诗句本身在音韵上体现的音乐性。换句话说,这音乐性并不诉诸乐曲,而是诉诸字音。很显然,产生此种理论的背景,是诗与歌已经分裂,诗已经不仅仅是歌词,所以诗现在需要一种不必借助于歌唱的音乐性。从此开始,诗走上了讲究声律的道路,这方面的成功,使诗与歌词判然相别。当诗可以用自己的方式去获取音乐性的时候,它就不必改变自己的形态去追随歌词的流变。从汉魏六朝隋唐的乐府诗,到唐宋词,到金元散曲,歌词形态代兴,但五、七言诗则保持了体制上的稳定,因为它跟歌词有不同的艺术追求。当然,后起的歌词如词,也难免逐渐脱离乐曲,而走上与诗相似的讲究字音、声律的道路,但即便如此,诗、词也大抵不相混合。这个问题下文再详,接下来先谈字音和声律。

二、字音与声律

沈约对于声律的探求极为精深。后人评价说,南北朝的人文文化大抵不足取，而"惟此学独有千古"。即诗歌声律之学，是这个时期的中国留给后世最有价值的东西。沈约的理论一般被归结为四个字："四声八病"。

先说"四声"。这是汉语的特色，自当为汉语所固有；但其被发现，则不得不有待于他种语言的对照。恰好此时"五胡乱华"，操着各种语言的人奔驰在中原大地，加上因佛教的传播而为僧人们努力研习的梵文及西域各国语言，中国人可以接触的语言已相当丰富。反过来，当然也会有许多异族人需要学习汉语。在此情形下，四声的问题肯定会被关注。不过当时的汉语发音与今天的普通话有很大差别，而接近于现在南方的方言。今天普通话的四声是阴平、阳平、上声、去声，当时所谓四声则是平声、上声、去声、入声。就声音而论，估计平声有点像现在的阴平，即按一定的音高可以持续延长；而上声、去声则有或升高、或降低的变化，入声只有很短促的发音，一发就收，这三种声调都不能按一定的音高持续延长，所以被归纳为仄声，仄就是不平之意。就字数来说，大概平声字和仄声字数量相当，故后来诗歌的声律只讲平仄，对上、去、入三声的区分不太严格。

再说"八病"。上面所引沈约的话中有"一简之内，音韵尽殊；两句之中，轻重悉异"的说法，意谓诗句中的平声字和仄声字要交错使用，方为动听。如果使用不当，就不好听。"八病"就是八种难听的效果，写诗时要求避免。不过，据说沈约自己的诗歌也不能完全避免这八种毛病，所以现代人对这个理论颇有指责。其实，古人对待它的态度比我们要巧妙得多。沈约的说法是针对所有诗歌而言的，此后的诗人则允许一部分诗歌基本上不必顾忌"八病"，谓之古诗；而另外专创一种"近体"，就是五、七言的律诗和绝句，严格讲究声律，讲究的方式却不是消极地回避"八病"，而是更为积极地制定平仄交替和用韵的规则，供人遵守。对于沈约的理论来说，这是既有扬弃,又有发展,体现了较高的智慧。

　　近体诗声律规则的完全形成,大概要到唐代,但形成之后,唐人也并不完全遵守。其完全被遵守,自宋人始。有关这些规则的详细讲述,不是本文的任务,这里要说明的是,按照汉字的字音来制定平仄交替的规则,原本基于一个事实:即在发音方法上,平是可以按一定的音高持续延长的声音,仄是发声过程中有高低变化或者不能延长的声音,将这两种质地不同的声音交替布置,整首诗便具有动听的音乐效果。但是,我们知道汉字的发音有历史变化,即便声调仍存在,同一种声调的发音方式也有今古区别,比如现代普通话的阳平字,大抵是从前的平声字,但现代阳平一调的发音方式,便不是按一定音高平稳地延长。即便是同一个时代,各地的方言也有很大的差异。所以,实际写作时,并不是按照诗人自己的发音,而是按照国家编定的韵书。这韵书把什么字编在什么声调,那就是什么声调;这韵书把哪些字编在同一个韵部,它们就是押韵的。为了追求统一,看来也只好如此,如果自己的发音与韵书不同,那也只好硬记韵书。唐代诗歌创作繁荣,韵书也就极其畅销,因为还没有雕版印刷,据说便有人可以抄写韵书为生。按理,随着语音的历史变化,应该适时编辑新的韵书,但实际上编辑工作相当滞后,而且往往以沿袭前代韵书为主,因此,从诗歌遵循声律的情况看,宋元明清几代的诗人一直是基本沿袭隋唐韵书的语音系统进行创作。这大概使方言中保存了较多古音的南方诗人占了很大的便宜。当然,像戏曲那样必须追求实际演唱效果的作品,其押韵和声调方面,就远比诗更符合实际的发音。

　　不同时代的语音总是有些变化的。对于现在的人们而言,按前代的声律规则去体会诗的音乐性,其效果一定有些折扣。不过,毕竟语音的变化也是有规律的,所以那音乐效果也不会荡然无存。更重要的是,以这样的方式追求音乐性,不必依赖与诗歌相配的乐曲,这一点值得反复强调。当然,从进化的角度说,新兴的歌词是更具音乐性的,它们与体制稳固的诗之间,关系如何呢?

三、格调与诵读

词在唐代称为曲子或曲子词,就是流行音乐的歌词。虽然从前的乐府诗也可以配乐演唱,但这曲子词的配乐方式与乐府诗不同。简单地说,乐府诗是"选辞配乐",就是诗人只管作诗,到配乐时,乐工要对这首诗作些剪裁,使它适合于音乐的旋律;而曲子词则是"由乐定声",词人主动地按音乐的节拍来确定词句的长短,按曲调的变化来斟酌用字的声调,所以作词又叫填词,一个"填"字形象地表达出"由乐定声"的写作方式。不过,要求填词的人都是音乐上的行家,显然也不合实际,所以,词的写作方式后来也与诗相似,就是将一个词牌中每个字的平仄、每句的长短,以及用韵之处记录下来,形成词谱,对音乐不太精通的人,根据词谱亦可以填词。在曲调失传后,尤其如此。这样,只要习惯了长短句式,填词与做律诗的差别其实不是很大。

那么,诗、词之间的差别就很微妙了。脱离了音乐的词基本上就是特殊的格律诗,其与诗的区别,从体制上说,只有句格。上文提到过,五言诗句的结构方式,主要有"三二"、"二三"或者"二一二"、"二二一"等,也有像韩愈"时天晦大雪"那样"一二二"的句式,但这种句式在诗中毕竟少见,就连韩愈也不曾多用。可到了词里,这个句式便极其常见,比如柳永《八声甘州》中就有"渐霜风凄紧"、"望故乡渺邈"、"叹年来踪迹",王安石《桂枝香》也有"正故国晚秋"、"叹门外楼头"。王词还有"背西风酒旗斜矗"、"但寒烟衰草凝绿"那样"一二二"的七字句式,这在七言诗中几乎没有。同样,词中的四字句,虽也多为"二二"结构,但如柳词中"倚栏干处"那样的"一二一"结构,亦并不罕见。此类不同于诗句的句式出现于词中,当然不是词人有意破坏句子的格调,而是婉曲入乐的需要所致。

不过,在这个问题上,仅以诗词对比,恐怕还不能窥见全貌。如果我们把元代以后的散曲也纳入视野,可能更容易看得清楚。元人郑光祖有《正宫·塞鸿秋》三首,录其二、三两首曲词如下:

> 雨余梨雪开香玉,风和柳线摇新绿,日融桃锦堆红树,烟迷苔色铺青褥。王维旧图画,杜甫新诗句,怎相逢不饮空归去。
>
> 金谷园那得三生富,铁门限枉作千年妒,汨罗江空把三闾污,北邙山谁是千钟禄。想应陶令杯,不到刘伶墓,怎相逢不饮空归去。

一样的曲调,但后一首的前四句都多出一字,演唱时不过快一些而已,其实无妨。然而,就句子的格调来说,这一字之多实在非同小可,前一首读起来仍像诗词,后一首则一望而知其为散曲。在诗词中,除偶然情况下,大多为单音节、双音节词语,而元曲则有大量三音节词,郑光祖曲中就连用"金谷园"、"铁门限"、"汨罗江"、"北邙山",而正是这些三音节词语使曲句变得不像诗句,更通俗的还有"恰便似"、"满口儿"、"做些个"、"响当当"、"兀的不"、"也么哥"之类,它们的加入使句子的节奏感被完全改变,从比较极端的情形来说,可以把诗句的格调舍弃无余,还是举郑光祖的作品为例,其《双调·驻马听近·秋闺》的《尾》曲,写蟋蟀的叫声恼人:

> 一点来不够身躯小,响喉咙针眼里应难到。煎聒的离人,

斗来合噪。草虫之中无你般薄劣把人焦。急睡着,急警觉,紧
截定阳台路儿叫。

真可谓没有一句像诗了。反过来再看词,虽然句式比诗灵活,句子
的节奏感却仍与诗相近。固然也有一部分词作,包含了类似元曲的
异样句格,但总体上仍被控制在诗句或近似诗句的格调中,不至于
十分放纵。所以,若把词放在诗和曲之间来观察,我们便不得不认
为,词与诗的句格更接近些。

其实,明代以后散曲也呈现出向传统诗词格调回归的趋向,走
上文雅化、格律化一途。除少数例外,一般作者还是比较习惯于诗
词的那种简明平稳而又不失灵活的节奏感,他们倾向于用这样的节
奏感来填曲。同时,歌词还在继续流变,民歌俗曲层出不穷,由此一
路走去,或者可以到达现代的白话诗、流行歌词。明代已有少数文
人视诗词曲为前代遗留之诗体,把《挂枝儿》、《罗江怨》等俗曲视为
本朝的"真诗"。二十世纪初"文学革命"观念的影响,更使民间歌谣
受到重视,除《歌谣》杂志的创刊、《中国俗曲总目》的编纂外,明清时
期刊刻的一些俗曲时调集子也被发掘出来,如明冯梦龙辑《山歌》、
清乾隆时刊《时尚南北雅调万花小曲》、《霓裳续谱》、道光时刊《白雪
遗音》等。这里面的歌词,有的纯然便是白话诗,有的则跟元散曲相
似。欣赏此类作品的学者说这是"活文学"。相对而言,诗词便是
"死文学"了。

毫无疑问,这样谈论死活,实在过于简单化。百年以来,民间歌
谣受到如此推崇,其间也确实有非常优秀的作品,但其影响总不如
唐诗宋词,这未必皆因传统偏见之故。从元曲起,舍弃诗词句格,大
量采纳口语,扩大篇幅,固然有耳目一新的效果,但在接受方面也带
来问题,因为口语一旦过时,就比文言更难懂,而曲调失传后,或者

不熟悉曲调的人，面对没有断句的文本简直无法阅读，即便由专家加上新式标点，勉强可以阅读，那缺乏稳定节奏感的作品也不易背诵。正如当前的流行歌曲，曲调流行时，人们可能因熟悉曲调而同时记得歌词，但曲调过时后，歌词也就很容易被忘记。元曲也好，明清时调也好，"五四"以来的白话新诗也好，观念上既获肯定，事实上亦多有佳作，但至今很少有人能大量背诵。中华人民共和国成立以来，"厚今薄古"，但很长时期内，人们背得最多的不是新诗，而是毛主席诗词，这也不能仅仅归结为意识形态方面的原因；当前一般学生能背诵的新诗数量，与能背诵的唐诗宋词数量恐怕也远远不能相比，尽管他观念上也许更肯定新诗。当然，篇幅长短是个问题，但也不仅如此。反观传统的诗词，特别是五、七言诗，其简明平稳而又不失灵活的节奏感，确实是最适合于背诵的。诗歌的生命力恰恰在于其被人背诵，只有常能被人背诵的作品，才是真正拥有恒久生命力的"活文学"。

到此为止，我们已不难领会到一个基本的事实：传统诗词特别是五、七言诗体所铸就的格调节奏，即用单音节字、双音节词语的两到四个单位组合为一句，对于汉语诗歌来说，确实是最适宜的长度，再加上声律上的平仄协调、隔句用韵、修辞上的对仗手法等，我们的祖先成功地塑造了一种最适合于诵读、最易于背诵的诗体。乃至于刚刚学会说话的婴儿，都很容易熟诵大量的绝句，完全不解其义，却可以按人类天生的对节奏、韵律的感受能力，去记住绝句，比记住现代新编的儿歌还要容易得多。从这个意义上说，只要还有汉语，只要诗歌的诵读活动依然存在，五、七言"诗"便不死。

【原载张海鸥主编《诗词写作教程》，中山大学出版社，2011年】

六朝吴歌"变曲"考论

六朝乐府的吴声歌曲中,有一类"变曲",向达先生作于二十世纪三十年代的名文《唐代俗讲考》曾将唐五代的"变文"追溯至此①,但他的这个意见没有得到学术界的响应。而对于"变曲"所作的研究,则以王运熙先生作于四十年代末的《吴声西曲杂考》第四节《子夜变曲考》最为重要②,此文把"变曲"解释为"从旧有曲调中变化出来的新声",嗣后研究六朝乐府者都接受这个结论。笔者近日翻检一些史料,觉于此说有所未安,遂拟另立一说,以求教于王先生及学界同仁。

一、有关《六变》的各种材料

有关"变曲"的材料中最易启人疑窦者,即所谓《六变》,其名称首见于《宋书·乐志一》:

> 《六变》诸曲,皆因事制哥(歌)。
> 《长史变》者,司徒左长史王廞临败所制。

---

① 向达《唐代俗讲考》,《敦煌变文论文集》上册,上海古籍出版社,1982年。
② 王运熙《乐府诗述论》第57—65页,上海古籍出版社,1996年。下文引述王语,均出此处。

《读曲歌》者,民间为彭城王义康所作也。其歌云"死罪刘领军,误杀刘第四"是也。

这三条连在一起,且《宋志》叙述吴声歌曲至此而止,故王先生认为,《六变》当指六种曲调,而其下《长史变》、《读曲歌》两调,"《宋志》虽未明言为《六变》的两种,但一般地可信为属诸《六变》"。唯其如此,王先生对于"《宋志》何以仅叙《六变》的两调"便感不解。依他的理解,是应当叙出六个调名的。但这正可反证,《长史变》与《读曲歌》未必属于《六变》。在我看来,《长史变》与《六变》乃是两组不同的曲调,只不过都属于"变曲",而《读曲歌》,则并无史料言其为"变曲"。

宋郭茂倩《乐府诗集》卷四四"吴声歌曲"题下,引了隋释智匠《古今乐录》的一段话,是研究吴歌的最重要的史料,其中也讲到《六变》:

吴声歌……其曲有《命啸》、《吴声》、《游曲》、《半折》、《六变》、《八解》。

《命啸》十解,存者有《乌噪林》、《浮云驱》……

《吴声》十曲,一曰《子夜》,二曰《上柱》……五曰《欢闻》,六曰《欢闻变》……

《游曲》六曲:《子夜四时歌》、《警歌》、《变歌》,并十曲中间游曲也。

《半折》、《六变》、《八解》,汉世已来有之。《八解》者,《古弹》、《上柱古弹》、《郑干》、《新蔡》、《大治》、《小治》、《当男》、《盛当》,梁太清中犹有得者,今不传。

又有《七日夜》、《女歌》、《长史变》……亦皆吴声歌曲也。

这里对吴歌的各种曲调作了总叙,于《六变》却不列其子目,而题中带有"变"字的,如《欢闻变》、《(子夜)变歌》、《长史变》等曲,并未被列入《六变》。但《乐府诗集》卷四五《子夜变歌》的题解又引《古今乐录》云:

> 《子夜变歌》,前作"持子"送,后作"欢娱我"送。《子夜警歌》无送声,仍作变,故呼为"变头",谓《六变》之首也。

此云《子夜变歌》与《子夜警歌》属于《六变》。那么其它四变是什么呢?《乐录》未予说明。不过《乐府诗集》卷四四《子夜歌》题解引《乐府解题》的话,似乎对此有所说明:

> 后人更为四时行乐之词,谓之《子夜四时歌》,又有《大子夜歌》、《子夜警歌》、《子夜变歌》,皆曲之变也。

这里的《大子夜歌》,郑振铎先生以为是《子夜》诸曲的总引子,王运熙先生以为"不是引子而是送声",要之,非正式的组成部分。那么,把它除外,《子夜》诸曲中还有《警歌》、《四时歌》(包括春、夏、秋、冬四曲)与《变歌》共六曲,既然《乐府解题》说它们"皆曲之变也",而《古今乐录》又谓《警歌》是"《六变》之首",我们就有相当的根据来判断,这六曲便可组成一套《六变》,其中《警歌》是"变头"。果如此,则《长史变》决不会与《子夜警歌》、《变歌》等一同属于《六变》,因为既有"变头"之说,可见《六变》必在一次演出中依次演唱,那自然不会将与《子夜》歌本事毫无联系的《长史变》杂入其中。再推进一步,可以认为《六变》当是一组有着内在联系的组曲,而不是六种"从旧有曲调变化出来的新声"的总称,否则,将六种不同曲子的变调,仅仅因为它们都是变调,就归在一道演奏,是一件难以理解的事。

然而，即便我们将《警歌》、《四时歌》、《变歌》都认作从旧有的《子夜》调变化出来的六个新调，以此来解释《六变》，兹事依然矛盾丛生。第一，这六曲恰好就是《古今乐录》所叙的《游曲》六曲，而《游曲》与《六变》分明是两组曲子。第二，倘若《六变》即是《吴声》十曲中《子夜》一曲的诸种变调，为何《乐录》、《宋书·乐志》等要在叙述了《子夜》曲及其变调之外，又另叙《六变》呢？且《宋志》所谓"《六变》诸曲，皆因事制歌"该作何解？第三，《子夜歌》的本事，据王运熙先生考证，其创始者"大约是晋代的一位无名女子，这女子是多情的，她在夜间等候她的欢子降临，不幸她的欢子竟是一位负情郎"，既如此，则从《子夜歌》变出的《警歌》等自当产生在晋代之后，与《古今乐录》所谓"《半折》、《六变》、《八解》，汉世已来有之"，显然是矛盾的。第四，更重要的是，如果《六变》是汉代以来一直就有的，而《乐录》又并未言其从何种更早的曲调变来，那似乎说明，在《乐录》作者的观念中，《六变》是原创的，六朝时代演奏着的《六变》是自有其来历，而不是从当时的其它曲调变出。与此相应的是，《长史变》之得名，自当因其作者王廞的身份为"司徒左长史"，而不是因为此曲从一个叫《长史》的旧曲变来。这些材料都不支持王运熙先生对"变曲"的解释，但他认为，关于《六变》的这一系列材料本是一篇"糊涂账"，并未因此而疑及"变曲"一词的释义问题。

二、"变"的字义

我认为，在没有一条史料直接说明"变曲"为何物的情况下，要通解其义，是不能抛开《六变》不顾的。经仔细阅读，我觉得关于《六变》的这篇账尚可清理，问题倒在对于"变曲"的理解上。《古今乐录》说："《半折》、《六变》、《八解》，汉世已来有之。"这里将《半折》、

《六变》、《八解》三者并提,"半"、"六"、"八"皆为数字,而"折"、"解"皆为音乐章节的专名,《八解》就由八段曲子构成,《半折》想来是一支曲调分为两段之意,犹如宋词之上下阕,然则《六变》的"变"应该也是乐章的意思,《六变》当是由六个乐章构成的一套组曲。从上文所引的材料来看,《六变》既作为一个完整的节目被演奏,且可由有关"子夜"之情事的六个曲子构成,那么,这样参照"半折"、"八解"的命名方式来理解"六变"一名,是比较合理的。

这里的关键就在对于"变"字字义的解释了。如果把"变"字作变化解,便得出王运熙先生的结论;但"变"字作乐章解,也自是一种古义,有经典为据,如《周礼·春官·大司乐》云:

> 凡六乐者,一变而致羽物及川泽之示,再变而致……六变而致象物及天神。

郑玄注:"变犹更也,乐成则更奏也。"贾公彦疏:"《燕礼》云'终',《尚书》云'成',此云'变',孔注《尚书》云'九奏'。"注疏皆云"变"之字义为乐章(当然,此义是从变更之义引申而来,但在音乐领域已成专名),而且看来是同一个曲子的复奏,"六变"就是将曲子复奏六次。由此可以联想到《楚辞》里的《九辩》,恐怕也就是"九变"(王逸就说"辩"者"变"也),因为其辞太长,所以乐曲要反复九次,才能把辞唱完。《宋书·乐志》说"《六变》诸曲,皆因事制歌",则分明也是为了歌辞能有足够的长度来叙完情事,才将曲子复奏六次。

如此,所谓《六变》实在不是六种固定的乐曲,而只是一套组曲音乐形式,即将某调复奏六次,以使歌辞获得足够的长度来叙事。故《古今乐录》不列《六变》的细目,当是因为并无固定之细目。若此说成立,我们就可以通解上文所言矛盾丛生的材料。《六变》作为一套组曲音乐形式,是"汉世已来有之"①的,《子夜歌》产生并流行后,有人"更为四时行乐之词,谓之《子夜四时歌》",又加上《警歌》、《变歌》,组成一套《子夜》调的《六变》,那只是将歌词加以敷衍,并不改变《子夜歌》原来的曲调,而是将此调复奏六次。其中的"变头"即《警歌》可能稍为特殊,但也仅在有无送声上区别于后五变,基本的曲调仍相一致,所以《乐录》说"仍作变",《乐府解题》说"皆曲之变也",意谓同曲的复奏。这只是《子夜》调的一套《六变》,它的各组成部分,也可以分散了作为"游曲"(意近插曲)演唱。反过来,《六变》也不是只有《子夜》调的这一套,把其它的曲调复奏六次以敷演一个故事,亦可称《六变》,所以有"《六变》诸曲,皆因事制歌"的说法,意谓有各种曲调的"六变"形式,以叙不同的故事。

还要说明的是,《子夜变歌》的"变",并不就是《六变》的"变"。《乐府诗集》卷四五录《子夜变歌三首》之一云:

> 人传欢负情,我自未常见。三更开门去,始知子夜变。

歌里出现"子夜变"字样,则不能认为与歌名毫无联系。此"子夜变"显然跟音乐无干,而指情事之变故,《子夜变歌》就是演述情事变故之歌,在有关"子夜"情事的这套《六变》中,当属高潮部分,也是结尾部分。故此歌虽可作《六变》中的一变,但歌名中的"变"自有它义。

---

① 逯钦立《先秦汉魏晋南北朝诗·汉诗》卷一〇有《古八变歌》一篇,引《选诗拾遗》曰:"古歌有《八变》、《九曲》之名,未详其义。李尤《九曲歌》曰:'年岁晚暮时已斜,安得壮士挽日车。'傅玄《九曲歌》曰:'岁暮景迈群光绝,安得长绳系白日。'全篇无传。独《八变》仅存,《乐府》诸书亦不收也。"按李尤诗见《汉诗》卷五,傅玄诗见《晋诗》卷一,俱自类书辑出,仅为残句,此《古八变歌》独完整,逯钦立先生以为"可疑"。但谓"古歌有《八变》、《九曲》之名",则不误,盖亦《半折》、《六变》、《八解》之类也。汉乐府中原有此种组曲音乐形式。

当然,如萧涤非先生那样释为"双关"①,倒也无不可。

"《六变》"之义既明,则"变曲"一名可顺得其解,即由同调复奏所构成之组曲也。下文就以此说检核《六变》之外其它的"变曲"材料,看看可否通释。

三、同调反复演奏之"变曲"

史料本身出现"变曲"字样的,只有一条,就是《乐府诗集》卷四六《华山畿》题解中引《古今乐录》的话:

> 《华山畿》者,宋少帝时《懊恼》一曲,亦变曲也。少帝时,南徐一士子,从华山畿往云阳,见客舍有女子年十八九,悦之无因,遂感心疾。母问其故,具以启母。母为至华山寻访,见女,具说闻感之因。脱蔽膝,令母密置其席下,卧之,当已。少日果差,忽举席见蔽膝,而抱持,遂吞食而死。气欲绝,谓母曰:"葬时车载,从华山度。"母从其意。比至女门,牛不肯前,打拍不动。女曰:"且待须臾。"妆点沐浴,既而出,歌曰:"华山畿,君既为侬死,独活为谁施?欢若见怜时,棺木为侬开。"棺应声开,女透入棺。家人叩打,无如之何。乃合葬,呼曰神女冢。

这真是一个很感人的浪漫故事,但我们姑且只讨论"变曲"的问题。若以为"变曲"是从旧曲化出的新曲,便很自然地把这条材料的第一句理解为:《华山畿》乃是从旧有的《懊恼》曲化出的新曲。但我看原文的意思应当是:《华山畿》的曲调就是《懊恼》一曲。从所述本

---

① 萧涤非《汉魏六朝乐府文学史》第 214 页,人民文学出版社,1984 年。

事来看,那女子当即用流行的《懊恼》一曲唱出她的情怀,揆以情理,不当于此时尚有心思变创新曲。之所以称其为"变曲"者,盖后人依其曲调反复演唱之故。《乐府诗集》所录的《华山畿》有二十五首,一般来说,一首词与一支曲调相当,我们观其词意,可知其中当有连续演唱者,如有好几首皆用"汝"字结尾,反映出这方面的信息。如有几首连续演唱,则曲调就要反复几次,以此称为"变曲"。

经常被认为属于"变曲"的,还有《吴声》十曲中的《欢闻变》,因其题中有"变"字,且《吴声》十曲中另有《欢闻》一曲,故《欢闻变》被认为是从《欢闻》化出。我们来看一下《古今乐录》对此二歌之本事的记述,都见于《乐府诗集》卷四五的题解:

> 《欢闻歌》者,晋穆帝升平初歌,毕则呼"欢闻不",以为送声。后因此为曲名。
> 《欢闻变歌》者,晋穆帝升平中,童子辈忽歌于道,曰"阿子闻",曲终辄云:"阿子汝闻不?"无几而穆帝崩,褚太后哭"阿子汝闻不",声既凄苦,因以名之。

与此相关的还有《吴声》十曲中的《阿子》,《乐府诗集》卷四五的题解引《宋书·乐志》云:

> 《阿子歌》者,亦因升平初歌云"阿子汝闻不",后人演其声为《阿子》、《欢闻》二曲。

可见这三个曲子的来历是相同的。"欢"是情人,"阿子"似指儿子,其实也可指情人,如《乐府诗集》所录《阿子歌三首》之一云:"阿子复阿子,念汝好颜容。风流世稀有,窈窕无人双。"分明是一首情歌。

褚太后用当时的流行情歌来哭儿子,纯是晋人风味。看来,《欢闻变歌》与《欢闻歌》具有相同的来历,不是从《欢闻歌》化出。两者是姐妹,而非母子。至于何故名为《欢闻变》,那也许因为此歌由一个曲调的几次反复构成,但也许跟《子夜变歌》一样,歌名中的"变"字未必与"变曲"有关。我们没有足够的史料来据以作出判断。

剩下来就是《长史变》了。上文已证明它不属于《六变》,那么它是不是"变曲"呢?题中有"变"字的未必就是"变曲"(如《欢闻变》),题中无"变"字的也有可能是"变曲"(如《华山畿》),而《长史变》,我认为它是题中有"变"字的"变曲"。其本事,王运熙先生已考证清楚,《乐府诗集》卷四五录《长史变歌三首》,显是原辞,唱出王廞临败时的心情。从这三首歌辞的内容,不难看出,它们是前后衔接的,如只唱一首,所述情事就不完整,必须一回依次唱出,方才演完一个节目。所以,我以为这是"三变",曲调重复三次,将辞唱完。此与《六变》自不相同,但无疑是原创的而不是从哪个旧曲变来的。有人以为《长史变歌》之前应当旧有一曲曰《长史歌》[①],这必是子虚乌有的,因为《长史变》的得名,显然由于其作者王廞任司徒左长史的缘故。

据上面的一番检核,我以为把"变曲"理解为同调复奏的音乐形式,是可备一说的[②]。之所以要采取这样的音乐形式,则是为了歌辞可以获得足够的长度,以适应叙事、抒情、描写等各种表达的需要,理论上也讲得通。

---

① 杨生枝《乐府诗史》第 253 页,青海人民出版社,1985 年。
② 题中带"变"字的乐府诗,尚有唐王昌龄《变行路难》一首,见《乐府诗集》卷七一,附于《行路难》之后。然《行路难》多为七言或杂言长篇,《变行路难》仅五言八句,若谓后者是从前者变出,似不应长短悬殊如此。窃谓《变行路难》或与《行路难》曲调无关,而是另一曲调。鉴于当时曲调之一解,其词多为五言四句,故五言八句的《变行路难》可能是"二变"的音乐形式,即同一曲调演奏两次以尽其辞。

四、"变曲"体制的历史意义

考辩"变曲"名义既尽,最后要论述一下:如此考辩有何意义。

且先言其小者。假如我们承认六朝以来有同调复奏的"变曲"体制存在,就可以对某些乐府诗的演唱情况获得更丰富的认识。比如《春江花月夜》一曲,传为陈后主所创,《乐府诗集》卷四七所录隋炀帝、诸葛颖、张子容的作品,每一首都不长,只有五言四句或六句,但唐代张若虚的那首名作却是七言长篇。若说它们为同样长度的一支曲子所容纳,是不可想象的。以故,今人多认为,张若虚的那首只是依题面作诗而已,不配曲子演唱的。在我看来,虽然此诗确实依题面写了春、江、花、月、夜,但此曲如此有名,写一首与此曲无关之诗而题以此名,岂不太为唐突?我们并没有材料来证明此诗究竟能否配曲演唱,但既然题名是《春江花月夜》,则还是配曲的可能性较大些。如疑其篇幅太大,为一个曲调所不容,则不妨猜想为"变曲"的形式,即将《春》曲反复演奏多次,就可以配合此诗了。

当然,这仅是猜测,但并非不可能,因为"变曲"形式是一直存在、发展的,此有宋金时期的史料可以证明。南宋周密《武林旧事》卷一〇,载"宋官本杂剧段数",是研究戏曲史的重要材料,内有二种:

《鹘打兔变二郎》、《二郎神变二郎神》。

此《鹘打兔》乃是曲调名,金《西厢记诸宫调》中有之。"变二郎"意谓用此曲调的演唱来敷演二郎神的故事。《二郎神变二郎神》,如果文字不误,那也就是用《二郎神》一调(宋词中有此调)的演唱来敷演二郎神的故事。可以想见,这是要将曲调反复多次的,即必然采用"变曲"体制,只不过其题中的"变"字作动词用了,此当是"变曲"体制的发展所致,可无疑义。就体制来说,这与北宋赵令畤用十阕《蝶恋花》演唱《莺莺传》故事相去不远。

"变"字的这种动词用法,还可举出一例,即南宋耐得翁《都城纪胜》的"瓦舍众伎"一条,内中记载了一种叫做"唱赚"的演唱体制:

> 赚者,误赚之义也,令人正堪美听,不觉已至尾声。是不宜为片序也。今又有复赚,又且变花前月下之情及铁骑之类。凡赚最难,以其兼慢曲、曲破、大曲……诸家唱谱也。

这种"唱赚",是一套结构颇为复杂的组曲,王国维先生从日本翻元泰定本《事林广记》戊集卷二里发现过一例,其中还包含有上面提到的《鹘打兔》曲调①。所谓"复赚",当是比"赚"更长,所含曲调更多的组曲。这条记载也见于吴自牧《梦粱录》卷二〇"妓乐"条,王国维先生据此判断:"是唱赚之中,亦有敷演故事者。"②他将"变花前月下之情及铁骑之类"一句理解为"敷演故事",揆之原文的语境,可以决定是不错的。这里的"变"字,显然不是一般的表示变化之义的用法,它是与《鹘打兔变二郎》的"变"同义的,从六朝"变曲"的"变"发展而来,到此已成为王国维所说"敷演故事"之义了。"变"字字义的这种转移,肯定与"变曲"的"因事制歌"有关。要之,"变曲"之为体,其形式是组曲,其内容是故事,"变"字的指义乃由其形式向内容转移,其间经过了不算太短的历史过程。

---

① 王国维《宋元戏曲史·宋之乐曲》,华东师范大学出版社,1995年。
② 同上。

"复赚"与《鹘打兔变二郎》一样是以组曲的形式演唱故事,不过后者是一个曲调的反复演唱,犹同于六朝旧有之"变曲",前者则由许多不同的曲调构成,其体制比"变曲"更为复杂了。我们再看金代的材料,元陶宗仪《南村辍耕录》卷二五载有金代的"院本名目",内有两种:

《变二郎爨》、《变柳七爨》。

什么叫做"爨",文中有解释:"宋徽宗见爨国人来朝,衣装鞋履巾裹,傅粉墨,举动如此,使优人效之以为戏。"据此,"爨"乃指扮戏,且是从北宋留存至金代的。"变二郎"、"变柳七"当是搬演二郎神、柳永之故事。这里保留了"变"字,实际已由"变曲"发展而为戏曲了。

从六朝"变曲",到宋杂剧、金院本,可以看出一个发展的过程,那也就是中国古典戏曲的形成过程。宋金通俗文艺材料中保存的这几个"变"字,让我们很幸运地看到了"变曲"的发展去向,也可反过来证明本文对六朝吴歌之"变曲"的理解当去事实不远。果如此,作为吾国戏曲的源头之一,我们的文学史上应给予"变曲"以较高的地位。

不宁唯是,在结束本文之际,我们还有必要重提向达先生在《唐代俗讲考》中将敦煌"变文"溯源于六朝"变曲"的观点。如果"变曲"是指从旧有曲调变化而出的新曲,则谈不上与"变文"有何联系;但如果本文对"变曲"的考论可以成立,那么情况就倒过来,"变曲"与"变文"的关系是很难否认的了。学术界对"变文"的"变"字究为何义的问题探讨了很久,还没有一致认同的结论,我觉得宋金通俗文艺材料中的上述几条"变"字的用法,是很足参考的,就是王国维所解"敷演故事"之义。并且,"变曲"、"变文"与宋金通俗文艺中的

"变",实可打通了来研究。向达先生提出的是一个天才的猜想,要将其坐实,尚需进一步考辩论证。

【原载《文史》第 50 辑,2000 年】

乐府诗换韵与乐曲的关系

一、问题的提出

汉语诗歌的换韵现象,在《诗经》中就出现了,后人研治《诗经》时,将其文本分"章句",换韵大抵与换"章"一致,甚至有数"章"词句类似,只更换韵字的情形,如开篇的《关雎》、《葛覃》、《卷耳》、《樛木》等,都包含这样的换韵方式。由于《诗经》的"章"基本上可以看作一个乐曲单元(如后世乐府诗所谓一"解"),那么不妨认为换韵起初就与乐曲相关。不过,《诗经》的乐曲问题甚难探讨,故下文从汉乐府开始考察。

据说,汉乐府的许多文本混杂了无意义的声词,这对于考察其换韵情况造成了不小的障碍,但还是有一些文本呈现了很清晰的换韵形态,如《乐府诗集》卷二八所载《平陵东》的古辞:

> 平陵东,松柏桐,不知何人劫义公。劫义公,在高堂下,交钱百万两走马。两走马,亦诚难,顾见追吏心中恻。心中恻,血出漉,归告我家卖黄犊。①

---

① 郭茂倩《乐府诗集》第 410 页,中华书局,1979 年。

从用韵情况来看,"亦诚难"的"难"字恐怕有些问题,但我们可以无疑地确定这首诗换了三次韵,而且值得注意的是,换韵的时候伴随了顶真修辞格。关于这种修辞格,王运熙先生曾有一篇精彩的短文,曰《谢惠连体和〈西洲曲〉》①。他认为顶真格的运用是谢惠连体的特色,而诗篇中比较完整地出现顶真格,就以汉乐府《平陵东》等为最早。现在检查他文中举出的其它例子,如萧纲《戏作谢惠连体十三韵》、江淹《谢法曹赠别》以及南朝乐府中的《西洲曲》之类,都可以发现,其使用顶真修辞格也基本上与换韵相伴随,而曹植的《赠白马王彪》七章,则在分章之处使用了五次顶真格,有趣的是,唯一没有使用顶真格的第一、二章之间,并不换韵,而使用了顶真格的换章处皆换韵。那么,换韵与顶真格捆绑在一起,说明了什么呢?

让我们进一步考察《平陵东》的结构,很显然,以换韵、顶真为起结,它可以被均匀地区分成四段。这样的情况,猜想当与乐曲结构相应。《乐府诗集》卷二八录此古辞,注云:"右一曲,魏晋乐所奏。"后面又录曹植之作:

> 阊阖开,天衢通,被我羽衣乘飞龙。乘飞龙,与仙期,东上蓬莱采灵芝。灵芝采之可服食,年若王父无终极。②

此首也在换韵处同时使用顶真格,而可均匀地区分为三段。既然是"魏晋乐所奏",则曹植作词时曲调犹传,必能曲、词相合,但为什么他的歌词比古辞少了一段呢?看来只能这样解释:不是整首歌词,而是以换韵与顶真格的结合所标志的一段,与曲调相应,所以既可以是四段,也可以是三段,每一段的曲调是大抵相同的。

---

① 王运熙《乐府诗述论》第459—462页,上海古籍出版社,1996年。
② 郭茂倩《乐府诗集》第410页。

上述现象也见于唐代的乐府诗,如《乐府诗集》卷一七所载唐人卢同(仝)的《有所思》一首云:

> 当时我醉美人家,美人颜色娇如花。今日美人弃我去,青楼珠箔天之涯。
> 天涯娟娟常娥月,三五二八盈又缺。翠眉蝉鬓生别离,一望不见心断绝。
> 心断绝,几千里。梦中醉卧巫山云,觉来泪滴湘江水。
> 湘江两岸花木深,美人不见愁人心。含愁更奏绿绮琴,调高弦绝无知音。
> 美人兮美人,不知为暮雨兮为朝云。相思一夜梅花发,忽到窗前疑是君。①

此诗四句一韵,换韵之处也伴随了严格或不严格的顶真修辞格,上面的引文据其用韵而换行,分作了五个部分,其实是一首诗。换韵意味着断裂,顶真格的使用又意在绾连,结合起来表示了断而又连的关系,唯最后一部分忽以楚辞体领起,与以上部分明显有别,又未用顶真格,但"美人"一语仍是前面反复出现过的。《有所思》是汉乐府的旧曲,在唐代属于"古题乐府",现在我们暂且搁置唐代的"古题乐府"是否合乐可歌的问题(此事留待后文再论),仍从诗歌与乐曲的关系来解释该诗的这种结构特点。查《乐府诗集》卷一七所录《有所思》一题的历代诗作,最短的是六朝谢朓与吴均的作品,皆是五言四句,那么我们不妨肯定此曲可以四句为一解。这样,虽有五言与七言之别,但据换韵与顶真之法区分开来的卢同诗的每一部分(四

---

① 郭茂倩《乐府诗集》第 255 页。

句),就宜视为乐曲之一解的歌词。由此,我们就难以避免一种推想(除非我们断定此诗与乐曲完全无关):用《有所思》一曲反复五次,才能将此诗唱完。

对现存的乐府诗用韵情况与顶真格使用情况的调查,可以证明卢同此诗中呈现的结构特点至少不是偶然的。虽然并不一律如此,也并不一定呈现得那样完美,但确实出现在许多乐府诗中,值得我们加以关注。如依上述推想,用一支曲子反复几遍以尽歌词的演唱方式来解释之,则与任半塘先生阐释唐声诗时揭示的"联章"一体[①]情形相似,只不过任先生说的"联章"指几首诗构成的一组作品,而这里是一首诗分成了几个部分,但就曲、词配合的方法而言,道理是相同的。当然,"联章"一名是任先生所命,中古时期对于此种演唱方式应有当时的称呼,笔者寻检六朝乐府诗的有关材料,发现有几个"变"字的用法值得注意,所以下文转谈这个问题。

二、关于"变"和"变曲"

《乐府诗集》卷四五的《长史变歌三首》,也许可视为一组"联章"的作品:

> 出侬吴昌门,清水绿碧色。徘徊戎马间,求罢不能得。
> 口和狂风扇,心故清白节。朱门前世荣,千载表忠烈。
> 朱桂结贞根,芳芬溢帝庭。陵霜不改色,枝叶永流荣。[②]

《宋书·乐志》提供了此曲的本事:"《长史变》者,司徒左长史王廞临

---

① 任半塘《唐声诗》第三章第二节、第四节,上海古籍出版社,2006年。
② 郭茂倩《乐府诗集》第662页。

败所制。"考察上引歌词,与此本事相符,但三首歌词须一次连贯唱出,才能完整地表述王廙临败的困境、家世与当时决心,如果只唱一首,表达就不完整。假设一首诗与一支曲子相对应,则此曲当反复三次,曲名中的"变"字也许就表示了这样的演唱方式,因为曲子演奏一次称为"一变",在有关音乐的文献中是很常见的。

但"变"字更常见的意思是"变化"、"变异",所以也无法根据曲名中是否含有"变"字来判断其音乐形式。不过,确实有与"联章"相似的情形,如《乐府诗集》卷四四《子夜歌》题解引《乐府解题》云:

> 后人更为四时行乐之词,谓之《子夜四时歌》。又有《大子夜歌》、《子夜警歌》、《子夜变歌》,皆曲之变也。①

这"四时歌"犹如今天的"四季歌",《乐府诗集》所录有"春歌"、"夏歌"、"秋歌"、"冬歌",每一首皆五言四句,与《子夜歌》同。虽然《乐府诗集》将"春歌二十首"、"冬歌十七首"等分别抄录,但既然名为"四时歌",则演唱时应以"春歌"、"夏歌"等各一首,即四首为一组,若曲调相同,则无异于任先生所谓"联章"。在笔者看来,"皆曲之变也",便可释读为同一曲调反复演奏的意思。不过,这里的"变"字似乎也可作"变化"解,但下面这条材料中的"变"字就不然了,《乐府诗集》卷四五《子夜变歌》题解引《古今乐录》云:

> 《子夜变歌》,前作"持子"送,后作"欢娱我"送。《子夜警歌》无送声,仍作变,故呼为"变头",谓《六变》之首也。②

---

① 郭茂倩《乐府诗集》第641页。
② 郭茂倩《乐府诗集》第655页。

这条材料中出现的"仍作变"和"变头",从"变化"、"变异"的字义去寻绎其意思,就非常勉强。一般来说,在比较两个曲子时,特别指出其中的差异,那大致就意味着其他的部分相同,否则不必比较。《子夜变歌》有两个送声,《子夜警歌》无送声而"仍作变",说明它们之间的差异在于送声的有无,而正曲相同,所以笔者理解的"仍作变",就是正曲仍然再奏"一变"。至于"变头",文中谓之"《六变》之首",则便意味着《六变》可在一次演唱中依次唱出,所以笔者设想,由《子夜警歌》领起,接着《子夜四时歌》(分为四首)和《子夜变歌》,正好是"六变",此是《子夜》一曲复奏了六次,"皆曲之变也",就是同一曲子的反复,即《子夜》曲的"六变"形式。

问题是,叙述到《六变》的其他史料,往往与《子夜歌》等分别叙述,如《宋书·乐志》讲了《子夜歌》的来历,另外又说:"《六变》诸曲,皆因事制哥(歌)。"《乐府诗集》卷四四"吴声歌曲"题下引《古今乐录》一段,乃是对于吴声歌曲的总叙:

> 吴声歌……其曲有《命啸》、《吴声》、《游曲》、《半折》、《六变》、《八解》。
>
> 《命啸》十解,存者有《乌噪林》、《浮云驱》、《雁归湖》、《马让》,余皆不传。
>
> 《吴声》十曲:一曰《子夜》……十曰《团扇郎》……
>
> 《游曲》六曲:《子夜四时歌》、《警歌》、《变歌》,并十曲中间游曲也。
>
> 《半折》、《六变》、《八解》,汉世已来有之。《八解》者,《古弹》、《上柱古弹》、《郑干》、《新蔡》、《大治》、《小治》、《当男》、《盛当》,梁太清中犹有得者,今不传。
>
> 又有《七日夜》、《女歌》、《长史变》……《懊恼》、《读曲》,亦

皆吴声歌曲也。"①

此处将《子夜歌》归属于"《吴声》十曲",又谓《子夜四时歌》、《警歌》、《变歌》是"《游曲》六曲",而对于《六变》,则与《半折》、《八解》并叙,但只说"汉世已来有之",并不像《八解》那样交代具体细目。为什么《八解》有八个细目,而《半折》、《六变》无之呢?上面的材料已说《子夜警歌》是"变头"即"《六变》之首",为什么这里又另成"《游曲》六曲"了呢?结合《宋书·乐志》所谓"《六变》诸曲,皆因事制哥(歌)"的说法,笔者以为:《半折》、《六变》可能只是同一支曲子反复演奏两遍、六遍的音乐形式,所以没有细目可言,以《子夜》一曲可以衍为"六变",以其它曲子也可以如此,故曰"皆因事制哥(歌)"。这样的形式是"汉世已来有之"的,但具体内容可临时敷演。至于《子夜》曲的这个"六变",既可以放在一起演唱,也可以分散了当作所谓"游曲"。

如果以上的解释不算太勉强,那么《乐府诗集》卷四六《华山畿》题解所引《古今乐录》的这句话,也就可以理解:

《华山畿》者,宋少帝时《懊恼》一曲,亦变曲也。②

这里出现了"变曲"一名,王运熙先生《吴声西曲杂考》一文曾解释"变曲"是从旧有的曲调中变化出来的新曲③,但笔者看这句话的意思,是说《华山畿》的曲调就是"《懊恼》一曲",而不是从《懊恼》变化出来的新曲。所以,结合前面有关"变"和"六变"的各种材

---

① 郭茂倩《乐府诗集》第 640 页。
② 郭茂倩《乐府诗集》第 669 页。
③ 王运熙《乐府诗述论》第 57—65 页。

料,笔者曾撰成了《六朝吴歌"变曲"考论》[1]一文,于多年前发表,其结论是:"变曲"就是通过一支曲子的反复演奏,从而使歌词获得必要的长度,可以铺叙比较复杂的内容(而"六变"就是一支曲子反复六次的音乐形式)。但是,毕竟"变曲"一名,只出现于上引一条史料,而关于"变"和"六变"又可以有另外的解释,所以学界仍有不同见解[2]。而且,虽然笔者相信六朝人曾把一支曲子反复演奏以尽歌词的音乐形式叫做"变曲",但唐人大约已不用这个名称,故也无必要固执此名。从歌词形式上看,像《子夜四时歌》那样以四首为一组,《长史变》那样三首一组,每首诗与一支曲子相配,完全符合任半塘先生对"联章"之体的定义,而本文下面要考察的,则是一首诗依换韵而分成几个部分,每个部分与一支曲子相配的情形。

三、对《乐府诗集》"吴声西曲"部分所载唐人作品的考察

先仍局限于吴声西曲的范围内加以考察。这是因为,吴声西曲的歌词是以五言四句为基本形式[3],曲目虽多,曲子和歌词的单元长度似较稳定,方便考察,同时也因为这是清商乐中较新的部分,曲调流传至唐代的可能性较大。《乐府诗集》卷四四至四九所录,每一曲目下按时代顺序排列诗作,其有唐代作品而换韵者如下:

---

[1] 朱刚《六朝吴歌"变曲"考论》,《文史》第50辑,2000年。
[2] 参考崔炼农《吴声歌曲中的"六变"》,《文史》第68辑,2004年。
[3] 王运熙《吴声西曲的渊源》云:"现存吴声歌曲歌词,约三百三十首(指六朝人作品,唐代拟作不计在内),其体式大抵都是每首五言四句,例外的仅约六十首。现存西曲歌词,约一百四十首,其中约一百首是五言四句,例外的约四十首。五言四句这一体制,在吴声、西曲中均占绝对优势,它可以说是吴声、西曲的基本形式。"《乐府诗述论》第30页。

1. 卷四六《懊侬歌》。早期作品为五言四句,唐人温庭筠《懊恼曲》一首七言十六句,四句一换韵。

  藕丝作线难胜针,蕊粉染黄那得深。玉白兰芳不相顾,倡楼一笑轻千金。
  莫言自古皆如此,健剑刺钟铅绕指。三秋庭绿尽迎霜,惟有荷花守红死。
  西江小吏朱斑轮,柳缕吐牙香玉春。两股金钗已相许,不令独作空城尘。
  悠悠楚水流如马,恨紫愁红满平野。野土千年怨不平,至今烧作鸳鸯瓦。①

2. 卷四七《春江花月夜》。原作为五言四句,唐人张若虚一首七言三十六句,四句一换韵,温庭筠一首七言二十句,亦四句一换韵。

张若虚
  春江潮水连海平,海上明月共潮生。滟滟随波千万里,何处春江无月明。
  江流宛转绕芳甸,月照花林皆似霰。空里流霜不觉飞,汀上白沙看不见。
  江天一色无纤尘,皎皎空中孤月轮。江畔何人初见月,江月何年初照人。
  人生代代无穷已,江月年年望相似。不知江月待何人,但见长江送流水。

---

① 郭茂倩《乐府诗集》第668页。

白云一片去悠悠,青枫浦上不胜愁。谁家今夜扁舟子,何处相思明月楼。

可怜楼上月徘徊,应照离人妆镜台。玉户帘中卷不去,捣衣砧上拂还来。

此时相望不相闻,愿逐月华流照君。鸿雁长飞光不度,鱼龙潜跃水成文。

昨夜闲潭梦落花,可怜春半不还家。江水流春去欲尽,江潭落月复西斜。

斜月沉沉藏海雾,碣石潇湘无限路。不知乘月几人归,落月摇情满江树。①

温庭筠

玉树歌阑海云黑,花庭忽作青芜国。秦淮有水水无情,还向金陵漾春色。

杨家二世安九重,不御华芝嫌六龙。百幅锦帆风力满,连天展尽金芙蓉。

珠翠丁星复明灭,龙头劈浪哀笳发。千里涵空照水魂,万枝破鼻团香雪。

漏转霞高沧海西,颇黎枕上闻天鸡。蛮弦代雁曲如语,一醉昏昏天下迷。

四方倾动烟尘起,犹在浓香梦魂里。后主荒宫有晓莺,飞来只隔西江水。②

3. 卷四七《玉树后庭花》。原作七言六句,唐人张祜一首五言四

---

① 郭茂倩《乐府诗集》第 679 页。
② 郭茂倩《乐府诗集》第 679—680 页。

句,温庭筠一首七言八句,四句一换韵。

　　钱塘岸上春如织,淼淼寒潮带晴色。淮南游客马连嘶,碧草迷人归不得。
　　风飘客意如吹烟,纤指殷勤伤雁弦。一曲堂堂红烛筵,金鲸泻酒如飞泉。①

4. 卷四七《神弦歌》。含十一曲,原作有五言三句、四句、六句、四言三句、四句不等,唐人李贺《神弦曲》一首七言十句,前四句一韵,后六句一韵,《神弦别曲》一首七言八句,四句一换韵。

　　神弦曲
　　西山日没东山昏,旋风吹马马踏云。画弦素管声浅繁,花裙綷縩步秋尘。
　　桂叶刷风桂坠子,青狸哭血寒狐死。古壁彩虬金帖尾,雨工骑入秋潭水。百年老鸮成木魅,笑声碧火巢中起。②

　　神弦别曲
　　巫山小女隔云别,松花春风山上发。绿盖独穿香径归,白马花竿前子子。
　　蜀江风淡水如罗,堕兰谁泛相经过。南山桂树为君死,云衫残污红脂花。③

---

① 郭茂倩《乐府诗集》第 681 页。
② 郭茂倩《乐府诗集》第 686 页。
③ 郭茂倩《乐府诗集》第 687 页。

5. 卷四七《乌夜啼》。原作五言四句,唐人李白一首、顾况二首、王建一首有换韵,大约二句或四句用一韵。录顾况一首为例:

玉房掣锁声翻叶,银箭添泉绕霜堞。

毕逋发刺月衔城,八九雏飞其母惊。此是天上老鸦鸣,人间老鸦无此声。

摇杂佩,耿华烛,良夜羽人弹此曲,东方曈曈赤日旭。①

6. 卷四八《估客乐》。原作五言四句,唐人张籍《贾客乐》一首七言十六句,首四句为二句一韵,其后四句一韵。

金陵向西贾客多,船中生长乐风波。

欲发移船近江口,船头祭神各浇酒。

停杯共说远行期,入蜀经蛮远别离。金多众中为上客,夜夜算缗眠独迟。

秋江初月猩猩语,孤帆夜发满湘渚。水工持楫防暗滩,直过山边及前侣。

年年逐利西复东,姓名不在县籍中。农夫税多长辛苦,弃业长为贩卖翁。②

7. 卷四八《雍州曲》。包括《南湖》、《北渚》、《大堤》三曲,原作皆五言六句。唐人杨巨源《大堤曲》一首七言十六句,四句一换韵。李贺《大堤曲》一首为杂言,若将两个三字句作一个七字句看,则亦四句一韵。

---

① 郭茂倩《乐府诗集》第 693 页。
② 郭茂倩《乐府诗集》第 701—702 页。

杨巨源

二八婵娟大堤女,开垆相对依江渚。待客登楼向水看,邀郎卷幔临花语。

细雨濛濛湿芰荷,巴东商侣挂帆多。自传芳酒浣红袖,谁调妍妆回翠娥。

珍簟华灯夕阳后,当垆理瑟秒纤手。月落星微五鼓声,春风摇荡窗前柳。

岁岁逢迎沙岸间,北人多识绿云鬟。无端嫁与五陵少,离别烟波伤玉颜。①

李贺

妾家住横塘,红纱满桂香。青云教绾头上髻,明月与作耳边珰。

莲风起,江畔春。大堤上,留北人。郎食鲤鱼尾,妾食猩猩唇。

莫指襄阳道,绿浦归帆少。今日菖蒲花,明朝枫树老。②

8. 卷四九《杨叛儿》。原作五言四句,唐人李白一首,五七言共八句,四句一韵。

君歌杨叛儿,妾劝新丰酒。何许最关人,乌啼白门柳。

乌啼隐杨花,君醉留妾家。博山炉中沉香火,双烟一气凌紫霞。③

---

① 郭茂倩《乐府诗集》第 705 页。
② 郭茂倩《乐府诗集》第 706 页。
③ 郭茂倩《乐府诗集》第 722 页。

以上所引八曲十一首诗,比六朝旧词的篇幅都显然扩大,假设其能合乐,断不能为乐曲一解所容,而据换韵来剖分,则出现了二句、四句、六句用一韵的现象,但以四句一韵占绝大多数。其中,张若虚的《春江花月夜》和李白的《杨叛儿》在换韵时局部地伴随了不严格的顶真修辞格。如果不考虑合乐,为什么要如此规则地换韵呢?如果合乐,那当然只能是将曲子反复演奏以尽歌词。

必须说明的是,此种演唱方式与不换韵的乐府诗也并不抵触,只不过它们没有区分单元的明显标志,不宜列为这里的论据而已。但也许笔者先入为主,觉得从诗意上区分为每四句一个单元,经常是可能的,比如上面列出的《估客乐》一曲,《乐府诗集》卷四八还录有唐人元稹一首,五言六十八句,其前十二句是:

> 估客无住着,有利身即行。出门求火伴,入户辞父兄。
> 父兄相教示,求利莫求名。求名有所避,求利无不营。
> 火伴相勒缚,卖假莫卖诚。交关少交假,交假本生轻。①

若区分为四句一个单元,第一个单元中出现了"火伴"与"父兄",第二、三单元便分别写"父兄"与"火伴"之语,而且第一、二单元之间出现了顶真修辞格。

四、唐人乐府诗的合乐问题

现在回到前文绕开的话题,即唐人乐府诗是否合乐可歌的问题。王运熙先生《唐人的诗体分类》一文把唐代乐府诗分为三类:

---

① 郭茂倩《乐府诗集》第 700—701 页。

一是古题乐府,用汉魏六朝旧题;二是新题乐府,即新乐府,所谓"即事名篇"者;三是乐府新曲,为唐代配合音乐演唱的新歌曲。按他的判断,前两类皆"案头之作,概不入乐",只有最后一类是合乐的。①

现在我们暂且不论新题乐府和乐府新曲,只论古题乐府。王先生的判断也许根据了总体的或者大部分的情形,但若仔细思量,应该还可区分出一部分不同的情形。比如乐曲的失传,必然是古题乐府不合乐的重要原因,但这里有个时间问题,像《春江花月夜》那样产生于南朝末年的名曲,至晚唐温庭筠之时,固难保其犹传,而在初唐张若虚之时,岂能必其不传? 按杜佑《通典》所载:

> 清乐先遭梁陈亡乱,而所存盖鲜。隋室以来,日益沦缺。大唐武太后之时,犹六十三曲,今其辞存者,有《白雪》……《子夜》、《吴声四时歌》……《懊侬》、《长史变》……《乌夜啼》……《估客》、《杨叛》……《春江花月夜》、《玉树后庭花》……等共三十二曲,《明之君》、《雅歌》各二首,《四时歌》四首,合三十七曲。又七曲有声无辞……通前为四十四曲存焉……沈约《宋书》志江左诸曲哇淫,至今其声调犹然。观其政已乱,其俗已淫,既怨且思矣,而从容雅缓,犹有古士君子之遗风。②

王先生亦曾引用此条资料,以证明清商乐在唐代的衰亡③。但衰亡归衰亡,毕竟仍有数十曲存焉,时至中唐,杜佑尚可感受其声调特征。谓唐人以这些曲目为题的乐府诗,"概不入乐",于理不无纰漏。

唐人古题乐府诗的篇幅,往往比汉魏六朝旧词有明显扩大,判

---

① 王运熙《汉魏六朝唐代文学论丛(增补本)》第390—413页,复旦大学出版社,2002年。
② 杜佑《通典》卷一四六,《文渊阁四库全书》本。
③ 王运熙《乐府诗述论》第206页。

断其不入乐,这一点应该也是重要的根据。不过值得注意的是,本文第三节列出的吴声西曲的八个曲目,有六个见于杜佑所谓"存焉"的四十四曲之中,当非偶然。这些曲目下所录唐人之作,既可依换韵而分割成类似"联章"的形态,则以"存焉"的曲调反复唱之,事属可能。当然,这不能解决所有乐府诗在篇幅上的问题,但可以解决其一部分。

还有一种情形是,旧曲虽已失传,唐人仍以其题作诗,而以新曲唱之。这个情况与乐府新曲其实无异,只是题目用了旧的曲目而已。旧的曲目往往有本事,是写诗的好题材,或者意味着某种特殊的情调,唐人不肯放弃,并非难以理解之事。所以,在上述吴声西曲的八个曲目之外,唐人乐府诗无论其为旧题、新曲,多有符合四句一韵之结构特征的。著名的作品,如高适的《燕歌行》、李白的《行路难三首》,便是如此。上引八个曲目的十一首诗中,有温庭筠三首,而温氏号称知音,所以我们不妨以温氏乐府诗为例,再作考察。

考察的结果是令笔者非常兴奋的。《全唐诗》卷五七五至五七七,录温氏乐府诗数十首,大都有换韵,而除极少数两句、六句一韵者外,基本上为四句一韵。现举以下三首为例:

《全唐诗》卷五七五《锦城曲》

蜀山攒黛留晴雪,簝笋蕨芽萦九折。江风吹巧剪霞绡,花上千枝杜鹃血。

杜鹃飞入岩下丛,夜叫思归山月中。巴水漾情情不尽,文君织得春机红。

怨魄未归芳草死,江头学种相思子。树成寄与望乡人,白帝荒城五千里。

卷五七六《故城曲》
漠漠沙堤烟,堤西雉子斑。雉声何角角,麦秀桑阴闲。
游丝荡平绿,明灭时相续。白马金络头,东风故城曲。
故城殷贵嫔,曾占未来春。自从香骨化,飞作马蹄尘。

卷五七七《西州词(吴声)》
悠悠复悠悠,昨日下西州。西州风色好,遥见武昌楼。
武昌何郁郁,侬家定无匹。小妇被流黄,登楼抚瑶瑟。
朱弦繁复轻,素手直凄清。一弹三四解,掩抑似含情。
南楼登且望,西江广复平。艇子摇两桨,催过石头城。
门前乌白树,惨淡天将曙。鸂鶒飞复还,郎随早帆去。
回头语同伴,定复负情侬。去帆不安幅,作抵使西风。
他日相寻索,莫作西州客。西州人不归,春草年年碧。

之所以选此三首,是因为其中各出现了一次顶真修辞格("杜鹃"、"故城"、"武昌"),在换韵的同时使用。自然,换韵并不必然地伴随顶真,因为顶真属修辞因素,而换韵属体制因素。如果不是为了合乐,为什么温庭筠要如此规则地换韵呢?可以补充说明的是,在乐府诗之外,温氏也留下不少徒诗,情形正好相反,基本上不换韵。上文说过,乐府诗也有不换韵的,那与曲子反复演唱的推想并不矛盾,因为不换韵并不影响四句一解的区分,至于少数二句、六句一韵者,其实也不妨推测为乐曲之一解,此在乐府诗中亦不罕见。

如果唐代的一部分乐府诗确实可以类似"联章"(或所谓"变曲")的方式来演唱,那么乐府旧题之在唐代,除日益衰亡的一面外,其实也有增益发展的一面。一首诗与一支曲子相配,是最简单的情形,但曲子的长度限制了诗歌的表达容量,而舍弃曲子又不利于作品的传播,必然要想办法突破只曲的规模,使歌词拥有更大的表达空间,在宋金转踏、诸宫调、北曲套数出现之前,以只曲的反复演奏来扩展歌词的表达量,当是常见的方法。"变曲"(或"联章")之体便由此出现,而一首诗中以换韵来区分章解(同时或以顶真格来绾连章解)的方法,也许与"联章"一样普遍地被运用。当然,"联章"是今人命名,"变曲"一名又未见唐人用之,则唐人如何称呼此种体制,抑或有无专门称呼,还是一个疑问,需继续考察。

【原载《陕西师范大学学报》2012 年第 2 期】

王绩诗中的"存周"

初唐诗人王绩的生平,自《王无功文集》五卷本发现以来,基本上都能考订清楚,兹据韩理洲《王绩生平求是》①、张锡厚《王绩生平辨析及其思想新证》②及韩理洲会校五卷本《王无功文集》③的《前言》,略述其生平经历:

王绩,字无功,太原祁人,家龙门。隋开皇十年(590)左右生,年十五始游长安,谒杨素。大业中登孝悌庶洁科为秘书省正字,随求为六合县丞,大业十年(614)弃官,浪游中原、吴越,十三年(617)归长安。不久归龙门。窦建德破后,武德五年(622)入长安待诏。贞观初,由于其兄王凝得罪权贵而放归④。贞观中第三次出仕,任太乐丞,不到两年又弃官归田,十八年(644)卒。

得出以上概貌,主要所据材料为:五卷本《王无功文集》的吕才序、《全唐文》卷一六一王福畤《录东皋子答陈尚书书》及王度《古镜记》。这些都是最原始的材料。《古镜记》虽为小说,但通过材料间的相互比勘,觉其记年叙事大致去实不远,故必要时仍可采用。至于新旧《唐书》之《王绩传》,《唐诗纪事》、《唐才子传》、《全唐诗》、

---

① 见《文史》第 18 辑,中华书局,1983 年。
② 见《学术月刊》1984 年第 5 期。
③ 《王无功文集》,上海古籍出版社,1987 年 11 月。
④ 此条韩理洲据《唐会要》卷六二及《录东皋子答陈尚书书》考为贞观四年,但《答陈尚书书》中提及杜淹,而据《唐书》杜淹已在贞观二年卒,其间是非颇不易辨,故仍笼统书"贞观初"。

《全唐文》的小传等，都是根据吕才序而来的第二乃至第三、四手资料了。

但是细读五卷本《王无功文集》，却还有一件大事未被注意。据《古镜记》，王绩自大业十年弃六合县丞后，游中原、吴越，十三年夏六月归长安，"数月，勣（绩）还河东"。但吕才序却说："隋季版荡，客游河北，时窦建德始称夏王，其下中书侍郎凌敬，学行之士也，与君有旧，君依之数月……君遂去还龙门。"看来是王绩回家后，又突然去河北跑了一趟①，原因是龙门已成战场，令他无法居留。《文集》卷二《薛记室收过庄见寻率题古意以赠》说："豺狼塞衢路，桑梓成丘墟。余及尔皆亡，东西各异居。"考以史实，是符合当时情况的，《旧唐书》卷一《高祖纪》大业十三年（617）："八月辛巳，高祖引师趋霍邑，斩宋老生，平霍邑。丙戌，进下临汾郡及绛郡。癸巳，至龙门，突厥始毕可汗遣康稍利率兵五百人、马二千匹，与刘文静会于麾下。"这应该就是吕才序所谓"隋季版荡，客游河北"之背景。序又谓"时窦建德始称夏王"，则据《旧唐书》卷五四《窦建德传》，建德以武德元年（618）冬至（在十一月）改国号曰夏，以次年闰二月诛宇文化及，声称"吾隋民也，隋吾君也"，奉表于原越王杨侗建立的隋政权，被封为"夏王"。王绩到河北"依之数月"，当在此前后。但是不是数月之后立刻便"去还龙门"，却可能性极小，因为那里一直战火缭绕，《旧唐书》卷二《太宗纪》载武德二年（619）十一月"太宗率众趣龙门关"，此行是与刘武周、宋金刚打仗。所以，从大业十三年（617）八月"桑梓成丘墟"到此年（619）将尽，中间有两年多的时期，又恰为隋唐之际历史上最关键的一段，在这段时期内，王绩的传记资料只留下河北窦建德处的"数月"，而自"余及尔皆亡"到"客游河北"，以及"数月"

---

① 《古镜记》载王绩游中原、吴越，归长安前"便游河北"，如此则王绩至河北在大业十三年夏六月之前，但当时窦建德尚未称夏王，与吕才序不合。《古镜记》可疑。

之后,王绩尝另有去处,而为《古镜记》及吕才序所讳言。自然,他们为兄弟为朋友计,都难免有闪烁文字以为开脱的嫌疑,所以对于其生平中这一段暧昧的时期,都言之不详。

再来看凌敬,他是王绩之兄文中子王通的弟子,在文中子《中说》里屡次出现的。隋末群雄竞起于天下,文中子的弟子们纷纷寻找"明主"去投靠,凌敬便到了窦建德那里,他的同学薛收(即上引王绩诗题中的"薛记室收")却投到李世民的幕下,在李、窦战争中,他们曾各为其主地较量过军事才能。按吕才的序,王绩似乎只与凌敬发生过关系,其实这里面大有曲折。事关王绩一生行为之大节,不能不略为考辨。

史料既讳言真实,我们只能根据王绩自己写的诗来探索了。五卷本《王无功文集》卷二有《在边三首》,是旧传的三卷本不收的:

> 客行秋未归,萧索意多违。雁门霜雪苦,龙城冠盖稀。穹庐还作室,短褐更为衣。自怜书信断,空瞻鸿雁飞。
>
> 羁旅滞胡中,思归道路穷。犹擎苏武节,尚抱李陵弓。漠北平无树,关南迥有风。长安知远近,徒想灞池东。
>
> 昔岁衔王命,今秋独未旋。节毛风落尽,衣袖雪沾鲜。瀚海平连地,狼山峻入天。何当携侍子,相逐拜甘泉。

这三首诗,提供了作者在北方边地的经历。其写作的时间,据王绩生平来看,有两种可能性,一是在少年时代"弃襦频北上,怀刺几西游"[①]之时,另一个可能便是"客游河北"之后。三首诗文字都比较成熟,更像中年之作,再从"自怜书信断"、"思归道路穷"等句来看,

---

① 《王无功文集》卷三《晚年叙志示翟处士正师》。

也像是"隋季版荡"之时所作。如果这个推断成立的话,则诗中"犹擎苏武节"、"昔岁衔王命"便意味着他"客游河北"前后的真实情形,并不仅仅是为逃避战火在四处飘零,而是身系王命,为了某种任托而在各地奔走。如此一来,这位唐初著名的隐逸之士,原来却曾积极地参与了隋季政局。他的态度,应该是反唐扶隋。《王无功文集》卷三《晚年叙志示翟处士正师》云:

风云私所爱,屠博暗为俦。解纷曾霸越,释难颇存周。

他以屠博自比,意思很明显,所谓"存周",实即"存隋"而已。至于"霸越"二字,看似用典,但如参考《文集》卷五《无心子》"无心子居于越,越王不知其大人也,拘之仕"语中的"越王",便很可疑他有所暗指。武德元年(618)五月唐高祖李渊在长安称帝的同时,东都留守官奉越王杨侗即隋的帝位,当年王世充、杜伏威、李密等都声称接受这个政权的领导,窦建德也于次年闰二月接受其封职,从表面上看,一时颇有复隋之势。王绩在此时,亦颇以东周时代合纵连横的说客处士自任,一力谋求"存隋",所以他极有可能接受过越王杨侗的什么"王命"。如此我们便可获取这两年中王绩活动之大概。他从龙门家乡被战火轰出来之后,如果不曾预见趁乱起兵的李氏将会开创三百年大唐天下而及时与之认同,则必会奔向他原先出仕过的"朝廷"所在,即东都洛阳,与隋政权的最后亡遗们一起苟延残喘。然后,他似乎衔命持节而奔赴河北,其任务大概是游说窦建德"尊王"攘乱。我们不知道窦建德的一度尊隋是否与王绩相关,但窦毕竟自有其野心,王绩的游说从根本上说是不能成功的。就《在边三首》来看,他的活动范围还远不止此,诗中提到的地名有"雁门"、"龙城"、"漠北"、"关南"、"瀚海"、"狼山"等,涉及北方相当大的区域,这只能解释为离别凌敬、窦建德后的继续奔走，甚至深入"胡中"，似乎还与突厥发生过关系。其实隋末群雄，包括李渊、李世民，在其逐鹿中原之初，都曾称臣于突厥，以寻求帮助；王绩之行，无论是为杨侗，还是为窦建德，都不无可能。自然，他最后所得的结果是失望而归，回龙门去了。也许他获得过局部的、暂时的成功，也许他为此曾付出巨大的努力，这些我们都无法了解其详情。历史有意无意地将这一切忘却，并抹去了，但在诗歌中却并非毫无踪迹，《文集》卷二有一首《山夜》诗，估计就是王绩失望回家后写的：

仲尼初返鲁，藏史欲辞周。脱落四方事，栖遑万里游。影来徒自责，心尽更何求。

这诗意太明显了，他是"吾道不行"后归来，孔子做不成，只好做"藏史欲辞周"的老子了。他心里有些自责，但又以为自己已尽心尽力，虽无奈，也无愧了。从"心尽"二字可见他为了"存隋"而非常努力过的。

一直到武德四年（621），窦建德因不听凌敬的建议而被李世民战败俘获，王绩才又一次到了长安，《文集》卷三有《建德破后入长安咏秋蓬示辛学士》，此时凌敬当一道被捕，据吕才序，王绩在京还见到了他。可见，王绩的入京与窦建德失败有关。吕才序的表述是："武德中，诏征，以前扬州六合县丞待诏门下省。"这是"建德破后入长安"的另一种说法，颇堪玩味。似乎吕才的用意在于遮掩王绩生平中那一段暧昧，因为他既受了越王的"伪命"，则也应另任过什么"伪职"，这里特意说"以前扬州六合县丞"的身份"待诏"，显然是企图抹去其"伪职"了。但是王绩自己的诗题却把"建德破"与"入长安"联结起来。

再后来,王绩作《薛记室收过庄见寻率题古意以赠》,回顾"桑梓成丘墟"以来各自的经历说:"余及尔皆亡,东西各异居。尔为培风鸟,我为涸辙鱼。"薛收比他和凌敬更有政治头脑,明智地投奔了李世民。就是这个薛收在武德四年向李世民力主先破窦建德。所以王绩说"东西各移居",是不是一语双关,以"东西"暗指东都、西都的隋、唐两个政权呢?反正,结果是薛收成功了,是"培风鸟",而王绩则成了"涸辙鱼",谁教他投错了人呢?《文集》卷二《春晚园林》云:"不道嫌朝隐,无情受陆沉……兀然成一醉,谁知怀抱深。"《读真隐传见披裘公及汉滨老父因题四韵》云:"世人无所识,谁知方寸心。"这种陆沉之感,这种"怀抱深"、"方寸心",其实都说明了对隋的怀念,与唐的情感上的对立,故前人评王绩最著名的《野望》一诗①,多谓"长歌怀采薇"有故国之思,应该不错。

终唐一代,人们都以隐士视王绩,新旧《唐书》亦列之隐逸传中,而其为隐士的真实动机与心境,却有如上述。隐士身份是吕才等人在复杂环境下的表述策略所塑造的结果,却被王绩自己的诗语所道破,诗云"存周",就是"存隋"。

至于王绩以何德能而参与逐鹿之争,则亦有说。大致除其家庭世传及兄授的"帝王之道"、"王霸之略"②外,另有一种特殊的本领,即吕才序中倾心称道的所谓"妙占算"。序中述他"客游河北"之时:

> (凌)敬知君妙于历象,访以当时休咎。君曰:"人事观之足可,不俟终日,何遽问此?"敬曰:"王生要当赠我一言。"君曰:"以星道推之,关中福地也。"敬曰:"我亦为然。"君遂去还龙门。

---

① 见《王无功文集》卷二。
② 《王无功文集》后附杜淹《文中子世家》。

建德败后,君入长安见敬,曰:"曩时之言,何其神验也!"

以关中为福地,这是预料占据了关中的李渊有福呢,还是建议窦建德要进占关中才会有福? 我们不得而知。王绩据以推算出这一点的"星道",自是术数之一种,自六朝至隋唐,文士多有这方面的能耐。《河岳英灵集》卷下崔国辅《百丈溪新理茅茨读书》曰:"浪迹弃人世,还山自幽独……开卦推盈虚,散帙改节目。"还山读书而演易卦,好像也是读书人的必修课。

大致太平之世,士人以经义干明主;纷乱之年,则颇有以术数赞帷幄者,所谓"军师"之流,便是这一类人物。如张𬸦《朝野佥载》卷一所载:

> 孙佺为幽州都督,五月北征。时军师李处郁谏:"五月南方火,北方水,火入水必灭。"佺不从,果没八万人。昔窦建德救王世充于牛口谷,时谓窦入牛口,岂有还期? 果被秦王所擒……

王绩若参与窦建德军事,大约也不免就像这里的李处郁。但用兵之略与术数之学,在古人观念中也确实容易混淆,唐初大军事家李靖,在传说及记载中便被形容为深通术数,近于神通,《新唐书》卷九三本传赞遂力辟其说:

> 世言靖精风角、鸟占、云祲、孤虚之术,为善用兵。是不然,特以临机果、料敌明、根于忠智而已。俗人传著怪诡禨祥,皆不足信。

这话可能不错,但作者宋人,时隔一代,于隋唐间人所迷信的东西,未必能真实体会。观《旧唐书》所载,当时的军政大事中,确实是很有些术士参与其间,并起了一定作用的。如:卷五四叙桓法嗣以图谶之术佐王世充,卷七九叙李淳风预知武后革命而为太宗定策,卷八叙道士冯道力、处士刘承祖辅韦后谋倾宗社,卷一九一谓"近者綦连耀之构异端,苏玄明之犯宫禁,皆因占候,辅此奸凶。圣王禁星纬之书,良有以也",等等。由此看来,那时候的人们是吃这一套的。

术数之学,阴阳占卜龟策之流,《史记》、《汉书》都有传,刘歆《七略》中专立一《数术略》,《汉书·艺文志》因之,曰"数术者,皆明堂羲和史卜之职也"。其渊源有自,流变有迹,在中国古代文化中,也足以自成一种传统,史书上大略载入"方伎传"。由杜淹《文中子世家》看,似乎也是王氏家学之一课①,吕才序称王绩"博闻强记,与李播、陈永、吕才为莫逆交,阴阳历数之术,无不洞晓"。这里的李播是李淳风之父,陈永又见于《古镜记》:"还履会稽,逢异人张始鸾,授绩《周髀》《九章》及明堂六甲之事,与陈永同归。"这样,王绩既承家学,复得异人传授,所交往的好朋友,又多是同一类精于术数的名家,其为当时术者之一大宗匠,自不待言。

不过,王绩家传兄授,通经史之学,其明于术数,当与一般方伎之流有所不同。吕才序载他为凌敬以星道推算关中为福地前,先说"人事观之足可,不俟终日",便极可注意。大约他的学问,仍以"帝王之道"、"王霸之略"为本,而以术数为末。末为本用,他治术数之学,必以经义为旨归。他的好朋友吕才及李播父子亦然。《旧唐书》卷七九《吕才传》载其为唐太宗刊正《阴阳书》,"多以典故质正其理,虽为术者所短,然颇合经义";卷一九一《方伎传》载"李淳风删方伎

---

① 《王无功文集》附杜淹《文中子世家》:"开皇四年,文中子始生,铜川府君筮之,遇坤之师。"可见,至少与《易》有关的推算之术,王家是世代掌握的。

书,备言其要"。这吕才和李淳风都是唐朝政府中治术数之学的官方权威,而其治学的原则乃与王绩一致。大约在隋末唐初,术数学中出现了一个不小的思潮,即以儒家经史之学及实践理性精神质正其理,删存其书,使其术归于正道,并获得政府的采用。从此以后,术数也有了正邪之分,所谓正,即合于经义。从《王无功文集》吕才序中对王绩这方面才能的钦佩和推崇来看,这一思潮的中坚人物,或曰领袖,当非王绩莫属。

只是王绩的人生道路与吕才、李淳风颇不相同,吕、李都被政府重用,王绩则一生坎坷,以隋代遗臣两次出仕为唐朝小官,皆不得志而归。其实他跟唐朝廷在情感上始终不能融洽,最后只好成为隐逸诗人。故国之思、陆沉之感,经了乱世磨难,几起几落,使他对于人生、宇宙,对于世代传承的所谓"王道",另有了一番思考,"天道悠悠,人生若浮。古来圣贤,皆成去留"(《文集》卷一《游北山赋》),这里已弃儒向道了。对于从前擅长和自恃的术数之学,也改变了态度,见于《文集》卷二的《灵龟》诗:

> 灵龟君子,有悔也言:明不若昧,进不若退。彼灵龟兮,潜伏平坻。文列八卦,色合四时。出游芳莲,入负神蓍。吐故吸新,何虑何思。赫赫王会,峨峨天府。谋猷所资,吉凶所聚。尔有前鉴,尔既余将。尔有嘉识,尔既余辅。爰施长网,载沉密罗。于沼于沚,于江于沱。既剔既剥,是钻是灼。姑取供用,焉知其佗?呜呼灵龟,孰谓尔哲?本缘未丧,命为才绝。山木自寇,膏火自灭。敢陈明辞,以告来裔。

所谓"灵龟",《尔雅》有"龟俯者灵"之说,详见郝氏义疏,此不赘引;全诗的义旨,则取自《庄子》杂篇《外物》宋元君与神龟之事,神龟能致梦于元君以求救,却不能避渔人之网,杀龟以卜,七十二钻无遗筴,却不能避刳肠之患,"如是,则知有所困,神有所不及也。虽有至知,万人谋之",这正是作者的自拟。灵龟本自然之物,自身无咎无悔,但因为它有"前鉴",有"嘉识",可以为将为辅,便被"王会"、"天府"的人网罗于沼沚江沱,剔剥钻灼以取用。这就好像山中之木,以成材而被砍,树中之膏,能燃火而自灭,灵龟不也就因为能鉴识而取亡自身的吗?推而广之,有才能的人不就是因其才能而丧命的吗?王绩本人,不也就是因长于历象推占而被卷入政治误区的吗?所以人生最好是没有才,没有名。"明不若昧,进不若退",这就是王绩一生经验的概括。

不要有才,不要有为,连神仙也不追求(求仙也是有为有待),只是那样"委化乘流",随运会所至而已。——这便是王绩的隐逸哲学。照这样的哲学,似乎生、死都无所谓了,不过世上谁不爱生,所以凡认定生死齐一的人,或多或少总是出于对"生"的绝望与厌倦,王绩也是如此,《文集》卷五《自作墓志文并序》说:"以生为附赘悬疣,以死为决疣溃痈。"这附赘悬疣的人生当然说不上美丽,主张隐逸的人也并非都有必要把人生形容得如此不堪,我们于此可以隐隐听出的,是他对失败而痛苦之人生的绝望和哀叹。

这样的人生,这样的哲学,正合了《灵龟》诗所寓示的,精通术数之学,明于鉴识,不仅无益,并且适足自害。所以,当吕才、李淳风继续发展其以经义刊正方伎的事业,并获得官方权威的地位时,王绩却主动地退出了,"弃卜筮而不占,余将纵心而长往"(《文集》卷一《游北山赋》)。我们只能在吕、李等人的成就之上悬想一个更为杰出的同道,其实绩却什么都得不到了。

世论王绩生平思想者,多知其儒、道兼杂,而他擅阴阳历数龟策占卜,并始以经义质正其理,实倾动当世,却未有论述。兹特拈出,备为一说。

【原载《渭南师范学院学报》1994年第3期,题为《王绩生平新考论》】

从类编诗集看宋诗题材

在传统的编纂体系里,像诗集这样的文学创作,一般地存于集部书中,大致分总集、别集两类。其编次方式,则约有三种,一以创作先后,即"编年"的方式;一以诗体分编,如五言、七言,古体、近体,律诗、绝句之类,即"分体"的方式;第三种即本文将分析的"类编"方式,其类目如"怀古"、"悼亡"、"风雪"、"节气"之属,在内涵上基本近似于我们今天所讲的"题材"。这说明古人对题材问题早有自觉,在各种类编的诗歌总集、别集中反映出他们的思考和总结,那应该成为我们今天研究诗歌题材问题的重要资料。

在一种严格的古典主义观念中,题材是与主题密切相关的,什么样的题材必须写出什么样的主题,大致都有规定。如方回《瀛奎律髓》,在"登览类"下注"登高能赋,于传识之",即凡登览类诗的标准主题是《诗经》毛传说的"升高能赋",为大夫九能之一;"朝省类"下则云"进思尽忠,退思补过";"风土类"下云"亦不出户而知天下之意也";"宦情类"下云"其位高,取其忧畏明哲而知义焉,其位卑,取其情之不得已而知分焉",如此等等。凡合乎这种古典主义原则的,可以称许为"得体",古人贵"立言有体",故题材中预先隐含着主题,叫做"题中应有之义"。这样一种严格的原则,能否被真正实践,是大可怀疑的,但出于对批评史所提供的某种文化理想的尊重,我们依然可以将它看作古人关于"类"和"体"(题材与主题)的传统观念,或甚而可称"正统"观念。

然而宋诗的创作实践却表明这原则只属于某些选诗家。"类"在诗歌史上必渐离"体"的规范,相对地自由发展。但这里并非着意要将诗歌史表述为一个"解放"的过程,倒毋宁说是对"类"与"体"之间的关系作进一步的探索,寻求更好的共生方式,因为所谓"体"也并非一成不变的,那些创作了"宋诗"的杰出人物,同时也创立了"宋学",诗歌即使不是时代精神的传声筒,也必然与那个时代的文化理想达成深沉的内在的默契,文学的发展毕竟可以归结为文化发展的一个方面。这种发展在诗歌取材上的表现,我们可以从历史文献所提供的大量类编诗集中寻绎出来。

一、元以前类编诗歌的集部书概况

今存第一部类编诗歌的总集,是梁代萧统的《文选》,首以诗、赋、碑、论等文体相次,而于诗体之内,又分二十三类,曰补亡、述德、劝励、献诗、公宴、祖饯、咏史、百一、游仙、招隐、反招隐、游览、咏怀、哀伤、赠答、行旅、军戎、郊庙、乐府、挽歌、杂歌、杂诗、杂拟。必须说明的是,古人分类,难以今日所谓"科学性"求之,文艺题材要进行科学分类,在今天也是难乎其难、挂一漏万之事,我们只能大致上认定那是以题材来分的类别。

其次是唐编的集部书。《四库提要·姚少监诗集》说分类编次"唐人从无此例",万曼《唐集叙录·韦苏州集》也说:"大抵唐人诗集率不分类,也不分体。宋人编定唐集,喜欢分类,等于明人刊行唐集,喜欢分体一样,都不是唐人文集的原来面目。"其实还有些例外,别集如《李峤杂咏》张庭芳注,有日本《佚存丛书》本,分乾象、坤仪、芳草、嘉树、灵禽、祥兽、居处、服玩、文物、武器、音乐、玉帛十二部,每部十首诗,今敦煌遗书尚存 S555 与 P3738 两残卷,共二十三行,却保存着"灵禽十首"一目,可见其分类为唐集的"原来面目"。《白氏长庆集》以"讽谕、闲适、感伤、律诗、格诗歌行杂体"编次,前面三种也属分类。总集则有唐顾陶大中丙子岁(856)所编《唐诗类选》二十卷,为《宋史·艺文志》著录,据《能改斋漫录》卷一一,宋吴曾家尝有其书,惜已不存。另外,类书中有《艺文类聚》,于分类编辑故实外,每类后又列诗、赋、书、赞等文艺作品,也可看作对诗的分类。

再次是宋编唐集。总集有《唐文粹》、《文苑英华》(按此书又有唐以前作品)等,别集则有《韦苏州集》、《孟东野诗集》、《姚少监诗集》等。最著名的自是宋敏求编的《李太白文集》,以歌诗、古赋、表、序等分体,但主体部分是诗歌,可以看作一个典型的类编诗集,其分类有古风、乐府、歌吟、赠、寄、别、送、酬答、游宴、登览、行役、怀古、闲适、怀思、感遇、写怀、咏物、题咏、杂咏、闺情、哀伤等,大致亦以题材分。这个集子在宋代尚有杨齐贤的注本,曰《李翰林集》,元代萧士赟删补杨注而成《分类补注李太白集》。杜甫的集子也有类编的系列,《集千家注分类杜工部诗》至分为七十二类,文繁不赘。

宋人于诗用力甚勤,他们喜欢类编唐诗,就是为了便于学习,但宋人自己的诗集却很少类编,大致皆分体或编年排列。不过,一些名家诗集,如三苏的集子,时人往往将原集打散,重新以类编次。最著名的自是王注苏诗,在东坡集版本中自为一个系列,流传甚广。书称《王状元集百家注分类东坡先生诗》,宋元旧本大都分为七十八或七十九类(区别在于是否将"星河"类附在"月"类内,因"星河"类只有一首诗)。分得更细的是日本内阁文库藏宋麻沙本《类编增广颍滨先生大全文集》,即苏辙的集子,其前六十卷为诗,分类至近百类,有时某类之下还分子类,如此繁复,可见宋人于此道用心的精细。

值得注意的是唐宋时期还出现了一些某门类诗的专集。别集如胡曾《咏史诗》，凡七绝一百五十首，皆咏史事，自共工之不周山迄隋之汴水，各以地名为题。又如阮阅《郴江百咏》、曾极《金陵百咏》、许尚《华亭百咏》，皆题咏一地名胜古迹，以绝句积为百首，当时似有此风尚。总集有孙绍远编《声画集》八卷，皆与图画相关之诗，中又分二十六门。又有宋绶《岁时杂咏》二十卷，将古代到唐人咏岁时节气的诗以岁时节气的自然次序编集。南宋时蒲积中又将北宋欧、苏等人的同类诗编入，厘为四十六卷，称《古今岁时杂咏》。《四库提要》评为："古来时令之诗摘录编类，莫备于此。"

将唐宋两代诸家律诗编为一集的《瀛奎律髓》，虽成书于编者入元以后，但有的版本中仍出现"宋方回"的字样，盖表示"遗民"的意思。此书限于律体，却也是一个类编诗集，分作四十九类，并因合编两代诗的缘故，可以藉此观察唐、宋诗人对同样题材的不同处理方式，故而有其特殊的价值。

二、分类中反映的宋诗题材之总体风貌

《文选》诗分二十三类，赋分十五类，大致皆以题材分，但两类题材却有所不同，诗的题材是"劝励"、"公宴"、"咏史"、"游览"、"哀伤"、"行旅"之类，赋的题材则主要是"京都"、"宫殿"、"江海"、"物色"、"鸟兽"等，大致地说来，诗的分类着眼于人的各种情感行为，赋则以所描写的事物分类。可见在《文选》的时代，人们基本上是遵循着"诗缘情而绮靡，赋体物而浏亮"（陆机《文赋》）的原则。但这一原则不久便被突破，六朝晚期出现了抒情小赋，诗也开始了"体物"的创作。

《艺文类聚》是以"天"、"地"、"人"、"山"、"水"、"服饰"、"食物"、

"果"、"木"、"鸟"、"兽"等"物"分类的,因为每一类下都有诗赋作品,所以它实际上是从"物"的角度第一次将诗分类。但在"人"部里面,又细分出很多小类,其中便包括"行旅"、"游览"、"别"、"愁"、"闺情"、"怀古"等被《文选》采用的"情"的类别。以这样巧妙的方式,将诗赋的"体物"方面和"缘情"方面统一了起来。后来《李峤杂咏》的十二个类别,都是以"物"来分的,但"杂咏"本身却是"情"的类目之一。在分类中出现的这些现象,体现了诗歌题材的变化,即从情感生活的圈子里走出来,面向宽广的自然、社会诸领域。这恐怕也是唐代诗人区别于六朝贵族的一个重要方面。

《文苑英华》和《唐文粹》的诗歌分类中,"情"类和"物"类已被并列在一起,不过编者依然希望将两者有所区分,在排列次序上使它们不显得混杂。但当我们考察王注苏诗与《类编增广颍滨先生大全文集》前六十卷的类目时,会发现宋人对苏氏兄弟诗歌的分类,已不顾"情"与"物"的界限,不受什么诗学规范的影响,而从所存作品的实际情况出发,进行题材上的类编,并且诸类目的排列亦无一定次序可言。不过为了论述方便,这里依然将两种集子的类目中有关题材的,稍作整理,录之如下:

1. 自然景物:月、星河、雷雨、风雪、冰霜、山岳、山洞、奇石、江湖、泉石、溪潭、池沼、井泉。
2. 自然生物:禽鸟、兽、虫、鱼、竹、木、菜(蔬笋)、花(牡丹、芍药)、菌蕈、果实。
3. 岁时节气:四时(春、夏、秋、冬)、节序(元日、上元、寒食、端午、七夕、中秋、九日、冬至、除夜)、昼夜。
4. 人文景观:宫殿、省宇、陵庙、城廓、都邑、村坞、舟楫、桥径、车驾、居室、堂宇、斋馆、楼阁、亭榭、园林、田圃、寺观、坟塔、庙宇、碑文、佛像、古迹。

5. 社会政事：时事、农桑、渔猎、技术、戎祀、社、扈驾、勤政、督役、祈雨、学校、贡举、试选、及第、迁谪、致仕。

6. 人际交往：宗族、妇女、外族、仙道、释老、卜相、医药、庖厨、庶官（省掖、奉使、将帅、宪漕、守备、教授、掾属、令丞、监当，按此类诗许多关于政治）；投赠、戏赠、简寄、寻访、会遇、酬答、宴饮、惠赠、庆贺、送行、留别、伤悼（吊慰、挽词）、嘲谑。

7. 士人日常生活：身体、记梦、生日、坐卧、咏归、修养、省亲、游赏、登览、书画、笔墨、砚、琴剑、音乐、器用、灯烛、食物、酒醴、茶、药物。

　　这些当然只是大致加以概括，并且限于二苏集子所提供的现成类目，不是对宋诗整体的系统清理。在岁时节气方面，蒲积中的《古今岁时杂咏》所提供的子目更细更全；山水形胜与古迹的游览题咏，可以被编入不同的类别，但宋代却有好几部"某地百咏"的专集。至于宋代非常盛行的题画诗，在苏轼集中本不少，却没有专门列出类目，大都归于"书画"类中，而孙绍远编的《声画集》却将这一类题材收为专集，并细分为二十六门。一般地说，如果某一类别的子目被分得过细，很可能是此类题材的诗作十分发达的证明。

　　综合以上的统计情况，可以概括出宋诗题材的总体风貌。第一，"缘情"和"体物"的界限消失。这并不是指"感怀"与"咏物"之类的题材不再单独存在，而是说诗歌在取材上不受限制，并在意义指向和写作技巧上趋向两者的融合，这种融合对两种题材来说，各自都成为巨大的开拓，而终于使诗歌题材扩大至于"无所不包"的境地。第二，政治和社会问题题材的诗歌得到极大的发展。宋代诗人匡教护道的责任感，进入政治决策阶层的机会，和诗人本身与时局、社会问题的紧密联系，各方面都超过了唐人，复古运动的成功也为他们提供了最佳的精神氛围,而这本身就是他们努力的结果。第三,诗歌成为士人风雅生活的必备内容,生活中随处而有的诗意都被发掘出来,非但名山大川、园囿楼观,甚至日常器具、坐卧行立都被表现在诗里。除了把对象硬拉来进行牵强的"言志"外,把对象以某种不同流俗的语言写在诗里,这一活动本身成为一种"雅道",于是"诗料"的开发与句法的推敲本身成为艺术追求,诗不但是千古事业,而且就是生活。第四,关心政事和风流自赏,"言志"与"雅道"也并不互相隔绝,它们可以统一在同一个诗人身上,并呈在他的诗集里。除苏氏兄弟外,甚至以爱国诗人闻名的陆游也是如此,钱锺书先生《宋诗选注》陆游条下云:"他的作品主要有两方面:一方面是悲愤激昂,要为国家报仇雪耻,恢复丧失的疆土,解放沦陷的人民;一方面是闲适细腻,咀嚼出日常生活的深永的滋味,熨贴出当前景物的曲折的情状。"在宋代,这样的情况具有极大的普遍性。"缘情"的诗既可以被拔高为"言志",但又保留其抒写日常情感生活的功能;"体物"的诗既可以像理学家那样发展为"格物致知",或像政治家那样发挥出"因物成务"的抱负,却也可以保留"体物浏亮"的本色,欣赏山石之奇崛、洞穴之幽深,叹天地之辽阔,由落英之牵情。因此,从题材与主题之间的关系而言,除了"立言有体"的正统观念外,诗歌却另有一种纯粹审美方面的传统,自魏晋时候便发展起来,两者都被宋人继承、发展并在他们的精神世界里融合起来。这种融合在很大程度上是得益于宋人都有学问,都各有一套比较成熟的天道人道观,因此他们对历史文化遗产的继承发展都很自觉。

三、关于宋诗题材总体风貌的初步解释

《全唐文》卷三一四李华《杨骑曹集序》云:"开元天宝之间,海内

和平，君子得从容于学，以是词人材硕者众。然将相屡非其人，化流于苟进成俗，故体道者寡矣。"这是目睹盛唐帝国顿然中衰的作家对造成灾难之原因的反思，认为是在太平盛世的表象下失落了传统文化的价值核心即"道"的缘故。中唐以后，以韩愈为代表的、以复古求中兴的士人，以恢复道统之传承为其任，却都因未能掌握政权而不能挽回颓势。复古运动一直到宋代欧阳修身上，才获得政治、文化诸领域的全面成功，使得北宋成为历史上最接近于儒家理想的社会。苏轼《六一居士集叙》曰："宋兴七十余年，民不知兵，富而教之，至天圣景祐极矣，而斯文终有愧于古。士亦因陋守旧，论卑而气弱。自欧阳子出，天下争自濯磨，以通经学古为高，以救时行道为贤，以犯颜纳谏为忠，长育成就，至嘉祐末，号称多士。欧阳子之功为多。"《宋史·忠义传序》言欧阳修、范仲淹等"诸贤以直言谠论倡于朝，于是中外搢绅知以名节相高、廉耻相尚，尽去五季之陋矣。故靖康之变，志士投袂，起而勤王，临难不屈，所在有之。及宋之亡，忠节相望，班班可考。匡直辅翼之功，盖非一日之积也"。被欧公诸贤倡导起来的这种士风，是颇令后世向往的，那应该也是当时诗风的主流。通经学古以救时行道，犯颜直谏以拯济斯民，既是士人立身行事的准则，又是他们诗歌创作的重要内容。故宋诗题材，涉及社会政治的各个方面，并且高自标榜，鄙唐人不知"道"，甚至不屑于李白那样多写醇酒妇人。其社会政治诗虽不像唐人写得积极昂扬，却能在辞句间传达出作者强烈深切的责任感，要胜过唐人。相比之下，唐人写作此类诗，着眼多在怨刺，其积极昂扬处多半只是个人诉求，而宋代这些诗人却都有经世之才、对社会政治的卓越见解，并且真正地以庙谟民生为己任，像王安石、苏轼等都在宋代最重要的政治家之列，他们的诗不但富于才情，并且长于学识，不但揭示现象，并能深探源委，痛下针砭，提示主张，具有极重要的价值。

从题材上说,有几类诗比较突出。一是农事诗,自晚唐杜荀鹤、聂夷中等人发端,在赵宋一代蔚为大观,一直延伸至南宋后期的江湖派;二是有关变法和党争的诗,各家集子里都不少,如果辑录出来,当是一部很可观的"诗史";三是有关边事外交的诗,包括许多使辽诗在内,将它们与唐代边塞诗对比,可以作很多有益的探讨。当然,最杰出的是南宋以"国患"为题材的爱国诗歌,相似的还有南宋遗民写亡国之痛的作品,依我国的传统,它们虽作于入元之后,但也可以归入宋诗。

这当然只是宋诗的一个方面。从上节对苏氏兄弟诗集类目的分析来看,宋诗中更多地被写到的题材,是因"缘情"和"体物"的界限消失而融合一体,并显得范围极度宽广的自然、人文景观及士人日常生活的内容。诗是生活本身,诗无所不在,诗的题材无所不包。文学史上经常被提到的是梅尧臣的以丑物入诗,那被认为是对唐诗的反动或开拓。但在更宏观的视野中,以诗为士人的"雅道",却是魏晋以来绵延着的传统。《世说新语·简傲》:"王子猷作桓车骑参军。桓谓王曰:'卿在府久,比当相料理。'初不答,直高视,以手版拄颊云:'西山朝来,致有爽气。'"这一种脱略俗务、沉浸于艺术审美境界的人生,本是门阀士族制度在精神文化方面的产物,历史发展淘汰了极端不公平的贵族制度,但这一种精神遗产却被保存下来,成为文化人身上不可或缺的精神气质。六朝文人虽多身在官府曹司,却仍不废吟风弄月,梁代曾任水部员外郎的何逊便是一例,以至于后世常把这一职位当作诗人的专利。白居易曾感叹"老何殁后吟声绝,虽有郎官不爱诗。无复篇章传道路,空留风月在曹司"(《喜张十八博士除水部员外郎》),苏轼也说过"诗人例作水曹郎"(《初到黄州》)。士人的这种审美传统,在宋代文官政治和崇尚文化的社会风气里,得到了深厚的滋养,极茂盛地成长起来。梅尧臣有诗羡王珪道:"金带系袍回禁署,翠娥持烛侍吟窗。人间荣贵无如此,谁爱区区拥节幢。"(《谢永叔答述旧之作和禹玉》)在他看来,"学士"是官僚中最荣贵的,拥节幢的封疆大吏还不如文学侍从合于人生理想。王珪以写得一手"至宝丹"的富贵诗而位至宰辅,这在一般爱吟诗作赋的文士大夫心目中,是"致君尧舜"的责任感以外另一个作为人生极致的境界而艳羡期待着的。宋代士人没有不作诗的,他们日常生活里的一切,也就必然被写进诗里,不然这种生活就不"雅"。

《瀛奎律髓》卷一○姚合《游春》下评曰:"所用料不过花、竹、鹤、僧、琴、药、茶、酒,于此几物一步不可离。"这自然是六朝人开始养成的习性,后来成为晚唐诗的一个特征,为宋初的九僧诗所继承,《六一诗话》载进士许洞曾"会诸诗僧分题,出一纸,约曰'不得犯此一字',其字乃山、水、风、云、竹、石、花、草、雪、霜、星、月、禽、鸟之类,于是诸僧皆阁笔"。可见离了这些"诗料",几乎便作不成诗。今存黄庭坚诗1 800余首,约有100余首写田园山水,140多首写茶酒食物,150多首写佛道,近100首写书画砚墨之类,还有下棋、读书,尤其是赠答应酬,难计其数。《六一诗话》所谓"资谈笑、助谐谑、叙人情、状物态,一寓于诗而曲尽其妙",故士人闲居野处、送往迎来、谈禅说道、品茶饮酒、题画咏墨、评诗论艺,都是最常见的诗歌题材。

"桃李春风一杯酒,江湖夜雨十年灯"(黄庭坚《寄黄几复》),由此建立起一种诗化了的生活,它与范仲淹那种"每感激论天下事,奋不顾身"(《宋史·范仲淹传》)的救时行道之志,在宋人看来是可以并行不悖,统合于一体的。欧阳修《梅圣俞诗集序》:"凡士之蕴其所有而不得施于世者,多喜自放于山巅水涯之外,见虫鱼、草木、风云、鸟兽之状类,往往探其奇怪,内有忧思感愤之郁积,其兴于怨刺以道羁臣、寡妇之所叹,而写人情之难言,盖愈穷则愈工。"认为写山川草木、日常生活的题材,与社会政治题材一样,是寓有"道"或"志"的。

这当然也可以在一部分诗作中得到证明，如苏轼在《食荔支二首》中赞美荔枝如何好吃，却又于《荔支叹》里将它斥为"尤物"，觉得不如百谷丰登的好。韩琦的《苦热诗》本写日常情态，说想飞到凉快的地方去，却又顾念苍生，觉得"于义不独处"，"义"在这里横亘出来，颇有截断众流的力量。洛阳的牡丹本是欧阳修笔下才士风情之所寄，而南宋人一写牡丹，便想到陷落的中原（如陈与义《牡丹》、陆游《赏山园牡丹有感》等）。同样，随节候南飞的鸿雁，也被杨万里写成了中原父老向往行在的意象寄托（《初入淮河四绝句》其四）。

在宋代，一切题材都可以写成两种诗，作为精神生活的必备内容，诗情向外投射，弄得"处处江山怕见君"，向内体验，可以过"缓和陶诗紧闭门"的生活；作为对匡世扶道责任的自觉承担，当民族危难时，便一首首都可作"中兴露布"来读。宋儒认为，两者都是合于"道"的。"道"在韩愈笔下主要是一种文化价值，在宋人却扩大为宇宙精神，无处不在。中唐以来，扶"道"者都显得脾气古怪，诗句也桀骜僻涩，自欧阳修论"道"，"其言简而明，信而通，引物连类，折之于至理，以服人心"（苏轼《六一居士集叙》），始倡为平易近人的风貌。所谓"折之于至理"，即将"道"的伦理性、价值性，诉诸普世之常理，把令人敬畏的"正"建立在自然明晰的"真"的基础上。因此，不仅写社会政治题材合于"道"，一切自然山川、草木虫鱼、人文景观及日常生活中，无处不存其"道"，在这里，显现的便是"一物一太极"的精义了。宋诗在题材上呈现出来的总体风貌，毕竟是与"宋学"或宋代思想文化的精神息息相通的。

【原载《文学遗产》1995 年第 5 期】

"理趣"说探源

中国古典诗歌批评中有"理趣"一说,目前已经常被研究、评析者运用,尤其是在宋诗的研究中,几乎已离不开此词。其说虽由清代批评家沈德潜、刘熙载等略引绪论[①],但从文学批评与鉴赏的角度深阐其义,将它建树为一种深契我国诗歌传统的批评理论,则不能不推钱锺书先生。他在《谈艺录》里用了较大的篇幅,稽考历代诗评,汇通中西诗论,发挥"理趣"说的甚深微妙之义[②]。经过他的阐发,此说才被广泛运用。在我看来,这与王国维先生建树的"境界"说,对于诗歌批评有着同样重大的贡献。因为今日的诗歌批评,尤其是古典诗歌的批评,实际上正处于术语匮乏的时期:一方面,传统的术语嫌其义界不够清晰;另一方面,从西方引进的术语又不免隔膜,未能妙契于批评的对象,似"境界"、"理趣"之类既契合传统又经过现代阐释的合用术语并不多。术语的匮乏当然会影响批评的深入发展,而各逞胸臆自铸新词也只能造成表面的术语泛滥,其实少有当于用者。一般来说,古典诗歌批评的术语应当既涵括着某种具有新内涵的批评理论,又与该语所出的旧传统有着深刻的联系,才能与前代诗人的视界融合,足以抉发古人之文心,适于批评实践。

---

① 沈德潜论"理趣"之材料,见钱锺书《谈艺录》所引;刘熙载论"理趣",于其《艺概》之《文概》、《诗概》、《赋概》、《词曲概》中皆有之。
② 见《谈艺录》补订本第222—240页,中华书局,1984年。

本文旨在探讨"理趣"这一术语的历史渊源,包括其语源与其所涵括的批评理论的权舆。智者作之,鲁者述之,为包括钱锺书先生在内的历代智者充一述者,自觉还不能胜任,但身为其著作沾溉所及的后辈,在钱先生新逝之际,勉强草成此文,也可寄托一点哀思。

"理趣"一词源于释典,是众所周知的;但论者往往以为其义出于禅宗,则不确。以余所考,应出于姚秦鸠摩罗什门下阐扬的般若学,而为唐玄奘门下传述的法相唯识学所展开。宋代的诗文批评中多用此词,也是众所周知的,但谓宋人专用此为文学批评术语,则亦不甚确,因为宋人也把它当作含义更普泛的词来用。倒是某些并不用"理趣"一词来表述的批评思想,却是"理趣"说的真正来源。又"理趣"的"趣"字,今人多作"趣味"、"生动"解,以余所考,此字当有更深刻和丰富的含义。

一、般若学与唯识学之"理趣"

就"理趣"一词来说,"理"字不难解,可以一般地理解为"道理",包括具体的事理、物理和抽象的哲理(义理、天理),但"趣"字却并不易解。在古代汉语中,"趣"字的"趣味"、"有趣"之类的意义是产生很晚的,其本义及产生较早的引申义,则如《说文》段注所考:

> 趣,疾也。《大雅》:"来朝趣马。"《笺》云:"言其辟恶早且疾也。"《玉篇》所引如是,独为不误,"早"释"来朝","疾"释"趣马"。又:"济济辟王,左右趣之。"《笺》云:"左右之诸臣皆促疾于事。"《周礼》"趣马",大郑曰:"趣马,趣养马者也。"按"趣养马"谓督促养马。古音七口反,音转乃有清须、七句二反。后人言归趣、旨趣者,乃引伸之义,辄读为七句,以别于七苟,非古义

古音也。

依此,"趣"原为"加快"、"催促"之义,引申而为"归趣"、"旨趣"之义,大约是从手段引申到目的。按段玉裁的意思,除了很早的古籍外,古代汉语中一般是将"趣"字解为"归趣"、"旨趣"的。

不过,字义不等于概念。作为一个概念,"趣"的理论内涵非字义所能包括。古籍中用"趣"字而理论色彩甚为浓厚的,或以《庄子·秋水》为最早:

> 以道观之,物无贵贱;以物观之,自贵而相贱;以俗观之,贵贱不在己;以差观之,因其所大而大之,则万物莫不大,因其所小而小之,则万物莫不小,知天地之为稊米也,知毫末之为丘山也,则差数睹矣;以功观之,因其所有而有之,则万物莫不有,因其所无而无之,则万物莫不无,知东西之相反而不可以相无,则功分定矣;以趣观之,因其所然而然之,则万物莫不然,因其所非而非之,则万物莫不非,知尧、桀之自然而相非,则趣操睹矣。

这一段议论表达相对主义的思想,从"道"、"物"、"俗"、"差"、"功"和"趣"六个角度来论证贵贱、大小、有无、是非的相对性。"以道观之"是从天道的高度来看,"以物观之"是从某物自身的角度看,"以俗观之"是从外来的遭遇看,"以差观之"是从比较来看,"以功观之"是从物的功用看,"以趣观之"则较费解。唐人成玄英疏为"以物情趣而观之","趣"是就物而言的。但清人王先谦《庄子集解》、郭庆藩《庄子集释》都不取此说,王先谦解为"众人之趣向",郭庆藩解为"趣者,一心之旨趣也",则"趣"乃就人而言,指人的意向。因为后文提到尧、桀的不同"趣操",似清人之说较通。然成玄英疏"趣操睹矣"为

"天下万物情趣志操可以见之矣","趣"仍就物言。按《庄子》原文是讲观物的六个角度,不应有一个角度独讲观人,且《庄子》所谓观物,也包括观察人事,人也是天地间一物,故亦可以某二人之自是而相非,例证万物皆自是而相非。然则,文中所举尧、桀之例,与上文"天地"、"毫末"、"东西"等例不异,盖《庄子》之本意,在举二人以推万物,而清人之训诂,乃胶于人而不知推于物,诚不如唐人悬解之为高明。因为人也是一物,故各人的意向是被包含在万物的"趣操"当中的。当然,说万物皆自有其"情趣志操",不免拟人化,揆其文义,此当指事物的内在合理性,每一物都自有其合理性,自是而相非。后人讲到"趣",确实可从人的意向说,也可从物的内在合理性说,如王昌龄《诗中密旨》讲"诗有三格",其一曰"得趣","谓理得其趣,咏物如合砌为之上也",即谓诗句能揭示所咏之物的内在合理性,倘用古人的话说,则谓妙合其神理也。从这个意义上讲"趣",其含义便跟"理"密不可分了。

  《庄子》一书对我国历代理论界的影响是十分巨大的,它赋予"趣"的深刻的理论意义,使后人将"理"、"趣"并提,成为一件很自然的事。今所见较早的用例,有姚秦鸠摩罗什门下僧叡的几篇序文。盖罗什所译经论,每倩弟子作序,而在僧叡作的序文中,经常用到"趣"字:

  《大智度论序》:"理超文表,趣绝思境。"
  《十二门论序》:"若一理之不尽,则众异纷然,有惑趣之乖。"
  《中论序》:"使惑趣之徒,望玄指而一变。"
  《毗摩罗诘提经义疏序》:"谬文之乖趣。"

此或将"趣"与"理"、"玄指"并举,或将"趣"与"文"对举,可见"趣"的含义和用法与"理"差近。而在其《小品般若波罗蜜经序》里,僧叡更提供了"理趣"一词的可能是历代文献中最早的用例：

> 《法华》镜本以凝照，《般若》冥末以解悬。解悬理趣，菩萨道也；凝照镜本，告其终也。终而不冥则归途扶疏，有三实之迹；权应不夷则乱绪纷纶，有惑趣之异。

这是说：《法华经》的主旨是正面阐释佛学的"空"理，摄一切法归于实相；而《般若经》则要以智慧来洞穿一切法，证实相于一切法中。所以，《法华》是"终"，是归结，昧此归结则会错认色相为实有；而《般若》是"趣"，是途径，不明此径亦不能达于实相。在这段文字中，"理趣"的意思当是在义理中显示的归向实相之途径。僧叡《大智度论序》有"归途直达，无复惑趣之疑"的说法，也可证明"趣"为途径之义。这途径当然是通向彼岸的智慧之途，故"理趣"实即"般若波罗蜜"（智度）或"菩萨道"也。若以佛家境、行、果三相勘之，则《法华》所明是境，《般若》所解是行，而果义当在《涅槃经》中阐之，六朝佛学大致以这三经为义理渊府。境只是抽象的成佛之因，须积累万行，功德圆满，才能证得果位，犹如种子须经生长的全过程才能结果，虽然种子与果实看来不异，但种子是抽象的，果实则已包含整个生长过程，是具体的。此与西哲黑格尔所说"概念"、"理念"之关系，思路极其相似。"理趣"正是行之一种，是从抽象之境走向具体之果的一种途径。当然，这个"行"还不是具体的社会实践，而仍是发生在头脑里的抽象的"取空"之"行"，相当于后来有些理学家讲的"格致"，任取一物都只"格"得一个抽象的"太极"，而撇开有关事物的具体知识。倘若一个唯物主义者每观一物都只得出"这是物质"的结论，那缺陷是不言而喻的。般若学的"理趣"之义，本质上也是如此。

但佛学将这抽象的"理趣"阐述得十分精妙复杂。隋代慧远《大

乘义章》卷八末释"趣":

> 所言趣者,盖乃对因以名果也。因能向果,果为因趣,故名为趣。

此将"趣"释为因果间的联系,勘义甚见精微。虽然慧远讲的是"六趣"(天、人、阿修罗、地狱、饿鬼、畜生)之"趣"而不涉"理趣",但"趣"义固如此也。讲"理趣"最多的是法相宗的典籍,唐玄奘所译《瑜伽师地论》、《显扬圣教论》、《成唯识论》中多见此词,姑举数例:

> 《瑜伽师地论》卷七八:"我于彼声闻乘中,宣说种种诸法自性,所谓五蕴,或内六处,或外六处,如是等类,于大乘中,即说彼法同一法界,同一理趣。"
> 《显扬圣教论》卷六:"于彼彼处无颠倒性,是理趣义。"
> 《成唯识论》卷四论第八识:"证此识,有理趣无边。"卷五论第七识:"证有此识,理趣甚多。"

就此数例看,"理趣"当指义理的逻辑指向,即某种道理可依逻辑来展开的内容及其归结。然《瑜伽师地论》讲"理趣",是把它放在一套十分复杂的理论结构当中,加以烦琐分析的。此《论》将"如来言音"分为三种:契经、调伏、本母,即经、律、论三藏。其中本母(即论议)包括十一相,其一为行相,行相包括八行观,其一为理趣。理趣有六种:真义理趣、证得理趣、教导理趣、远离二边理趣、不可思议理趣、意乐理趣。再进一步分析,真义理趣有六种,证得理趣有四种,教导理趣有"三处所摄"、"十二种教",远离二边理趣有六种,不可思议理趣有六种,意乐理趣有十六种。可列表如下:

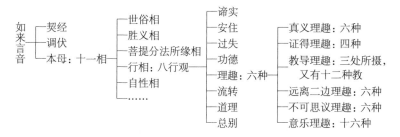

如此分析甚觉烦琐,不能一一搬演,仅举不可思议理趣六种之名目:我不可思议、有情不可思议、世间不可思议、一切有情业报不可思议、静虑者及静虑境界不可思议、诸佛及诸佛境界不可思议。可见,唯识学所谓"理趣"乃是经论中包含的供佛教徒参悟的各种哲理内容,虽较般若学所讲远为细密,而其大旨则仍出般若。玄奘集般若类经典之大成,编译《大般若经》全帙,其卷五七八《理趣分》是玄奘新译者,为全经所含"般若十六会"之第十会,说实相般若之深旨,名"理趣会"。唯识"理趣"即此般若"理趣"之进一步的发挥。

《大般若经》之《理趣分》,又有单行者,如金刚智所译《金刚顶瑜伽理趣般若经》一卷,即《理趣分》之异译。般若类经典中尚有《大乘理趣六波罗蜜多经》十卷,唐贞元四年般若译。凡此皆可见"理趣"之义出自般若学。但尤为重要者,是玄奘弟子窥基所撰《大般若波罗蜜多经般若理趣分述赞》三卷,为解释《理趣分》之著作。此书卷二有对"理趣"之释义:

> 般若理趣即深妙法。理谓法性、道理、义理,趣谓意况、所趣、旨趣。此意即说般若之文所诠深趣,观照般若所取意趣。

按佛学中最为常见的分析方法之一,就是对举"能"、"所"。含有义理的文句,被称为"能诠",而文句阐明的义理,则称为"所诠"。

"能"、"所"关系是应当有机统一的,"能诠"(文句)与"所诠"(义理)合为"句义"。《般若理趣分》云:"尔时世尊为诸菩萨说一切法甚深微妙般若理趣法门,此门即是菩萨句义。"可见"句义"是通向"理趣"的"法门"。"句义"既是"能诠"与"所诠"的统一,则"理趣"自是循文句以求义理的结果。这里出现了一个颇具启发性的思路:对照以前抽象地谈论事物的合理性或因果联系,此处从文句与义理之间的"能"、"所"关系来思考"理趣"的问题,不能不许为一大理论开拓。因为一个文本与它的指义之间,即"能"、"所"之间,可以探讨的问题是十分丰富的。更重要的是,这几乎已经把"理趣"论送上了通向文学批评的"法门",只要再前进一步,就进入文学批评的领域了。

回过头来看唯识学的"理趣"义,固然十分烦琐,若简单地讲,也是探讨经文与佛理之关系的。以故,从般若"理趣"到唯识"理趣"的发展,主要也是因"能"、"所"关系的引入,而使抽象的玄谈转为细密的分析。这种分析方法未必符合中国佛教发展的需要,但它对于文学批评却是可以有所启示的。不过,从后文的引述可知,宋人虽常以"理趣"一词用于文学批评,却未必意识到此词有甚深微妙的佛学含义。这个批评概念显然是来源于佛学的,但它进入文学批评领域时,并没有带入它在佛学领域所取得的比较高深的理论内涵。考虑到这一实际情形,我们应当作出如下较为合理的猜想:通过般若学和唯识学的传播,"理趣"之说已成为佛教的常谈,久之而使此词成为社会上的一个常用词,获得更普泛的词义,到宋代时,自然地被应用于文学批评。

二、宋人笔下的"理趣"

文学批评中单独地用到"理"字或"趣"字,是比较早的。六朝人论文,常以"理"与"辞",或"理"与"文"对举,仅陆机《文赋》一篇就可检出数例:"理扶质以立干,文垂条而结繁"、"要辞达而理举"、"或辞害而理比"、"或文繁理富"、"或理朴而辞轻"、"伊兹文之为用,固众理之所因"等。此篇中还有"选义按部,考辞就班"、"辞程才以效伎,意司契而为匠"等句,将"辞"与"义"、"意"对举,可见"理"的含义与"义"、"意"相近。实际上,这也就是"能"、"所"对举。这样的对举在《诗品》和《文心雕龙》中也是数见不鲜的。至于以"趣"论文之例,亦早见于汉代的文献,如王逸《楚辞章句序》:"虽未能究其微妙,然大指之趣略可见矣。"此后六朝人多有"意趣"、"天趣"、"媚趣"、"情趣"、"佳趣"、"玄趣"等说,至《文心雕龙·熔裁》乃谓"万趣会文,不离辞情",则"趣"与"辞"亦是"能"、"所"关系。上文曾引述僧叡的几篇经序,有将"趣"与"文"对举者,思路正复相同,不过一以论文,一以讲经而已。而僧叡将"趣"与"理"并举的用法,我们在《文心雕龙》里也找得到,此书的《丽辞》篇论对仗,谓"反对者,理殊趣合者也"。可见当时的文论家与佛学家多有合拍之处,"理趣"一词的产生,在这样的情势下,是很自然的事,此词首见于僧叡笔下,原也是偶占先机而已。只是因为当时的般若学及后来的唯识学之理论体系俱较文论更为完备,其分析方法也更为成熟,所以,对"理趣"概念的运用(包括用于翻译)和对其理论内涵的发挥,佛学远远走在了文学批评的前头,以至于我们探讨"理趣"说的来由时,不能不溯源于佛学了。

然而,外典中出现"理趣"一词,也并不比内典晚多少,从唐初所修《晋书》与《尚书正义》中可以检得两条:

《晋书·列女传》述刘聪妻刘氏:"每与诸兄论经义,理趣超远,诸兄深以叹服。"

《尚书》孔安国序:"雅诰奥义,其归一揆。"孔颖达疏:"明虽事异坟典，而理趣终同。"

这里的"理趣"，其含义与单举"理"或"趣"字无大差异，不过以意义相关之二字合为一词而已，乃文言文中极常见之现象，并无理论上的创获，与般若学、唯识学的"理趣"义不可同日而语。当唯识学将"理趣"发展为内涵丰富精深的专门概念时，正值中国文学重兴象不重思理的时代，所以，唐代的文学批评中不但没有形成"理趣"这样一个批评概念，就是把"理"或"趣"单独来讲时，其理论上的开掘也未较六朝有何深入。要到文学创作重视思理的宋代，"理趣"才经常见于文学批评中。这也是不难理解的。

钱锺书先生考证"理趣"一词在文学批评中的出现，曾引及李耆卿《文章精义》中的用例。此后，学术界对其续有所考，而以陈文忠先生《论理趣》一文最为力作[①]。该文搜集了宋代文论中用到"理趣"一词的许多实例，兹转载于下：

> 吕南公《灌园集》卷一四《与王梦锡书》："今同辈中求其识悟理趣如梦锡者为不少，至于思致清拔，每遣词设色，即便过人，未见有如梦锡也。"
>
> 包恢《敝帚稿略》卷二《答曾子华论诗》："盖古人于诗不苟作，不多作，而或一诗出，必极天下之至精。状理则理趣浑然，状事则事情昭然，状物则物态宛然。"
>
> 袁燮《絜斋集》卷八《跋魏丞相诗》："魏晋诸贤之作，虽不逮古，犹有春容恬畅之风，而陶靖节为最，不烦雕饰，理趣深长，非余子所及。"

---

① 见《文艺研究》1992 年第 3 期。

李耆卿《文章精义》:"《选》诗唯陶渊明,唐文唯韩退之,自理趣中流出,故浑然天成,无斧凿痕。"又:"晦庵先生诗,音节从陶、韦、柳中来,而理趣过之,所以卓乎不可及。"

按此数例皆为论诗之语,若仔细考察,可见其中的"理趣"是与"遣词设色"、"雕饰"、"音节"、"斧凿"等文字方面的功夫相对举的,指的是作品所表述或寓含的义理内容,与文字正构成"能"、"所"关系。除了吕南公比较强调"遣词设色"外,其余三人都认为"理趣"比文字重要,他们称道的作品,是"自理趣中流出",而看不到文字"雕饰"的功夫,因而显得"浑然天成"的作品,否则就是有"斧凿痕"的了。这其实算不得新见,需要关心的问题是:此所谓"理趣",是就一般的道理、事理而言,还是就终极的天理而言的呢?我觉得李耆卿的话很像有后一种意思。他把朱熹的诗推崇到陶渊明等人之上,考虑到朱熹论文是要求文"从道中流出"的,则他所谓"自理趣中流出",恐怕也就有差不多的意思。六朝人讲"文"与"理",或"辞"与"理"的关系,只要求作品能言之成理,而至宋人,由于道学及其思维方式的影响,作品的"所诠"必要与终极的"道"、"天理"相通,否则就显得不够透彻。若本着这种思维方式来谈"理趣",那就颇有"目击道存"的味道了。不言而喻,这样的思维方式是很受了禅宗的影响的。

　　不过,宋人用"理趣"一词,也并不专作文学批评的术语,且举数例如下:

　　释赞宁《宋高僧传》卷三〇《梁江陵府龙兴齐己传》:"客自德山来,述其理趣,已不觉神游寥廓之场,乃躬往礼讯。"

　　欧阳修《归田录》卷一:"虽以文辞取士,然必视其器识……或取其所试文辞有理趣者。"

> 朱彧《萍州可谈》卷三："开封府李昂作卦影,自云能识倚伏,每筮得象,则说谕人,亦有理趣。"
>
> 晁公武《郡斋读书志》卷一五《吕杨注八十一难经》条:"采《黄帝内经》精要之说,凡八十一章,以其理趣深远,非易了,故名《难经》。"
>
> 黄震《黄氏日抄》卷六八,评水心《龟山祠堂记》:"记文优缓而理趣高。"

这几条用例中,第一条的"理趣"或许是佛学概念,但含义不清;第二条将"理趣"与"文辞"对举,但也未能遽许为文学批评之术语;第三、四条则是指易学象数或医学方面的理论,与佛学和文论都无关;只有最后一条可算文学批评,但讲的是文章而不是诗歌。可见,"理趣"一词在宋代原有着更普泛的用法,它看来是一个常用词,说一席话或一篇文字有"理趣",大约就是"讲得有道理"的意思。

三、"理趣"说的理论权舆

据上所考,宋人笔下虽常见"理趣"一词,却未必含有多少理论意义,只因宋人论文论诗较前代之重声律辞藻有别,而更重视义理内容,亦即其关注重心从"能诠"转向"所诠",故表示义理内容的"理趣"一词常被用于文学批评而已。但若将"理"与"趣"二字分开来看,则宋人对此二字的理论意义的阐发,较之前代已有显著的进展。就"理"而言,主要是超越了一般的事理物理,而上升为终极的天理,冲破藩篱,直探本原。就"趣"而言,则有将"趣"理解为文学的审美本性者,"理趣"说的理论权舆,端在乎此。

苏轼论文艺有"奇趣"之说,见《书唐氏六家书后》:

> 永禅师书,骨气深稳,体兼众妙,精能之至,反造疏淡。如观陶彭泽诗,初若散缓不收,反覆不已,乃识其奇趣。

他说智永的书法和陶渊明的诗歌有"奇趣",指的就是其独特的审美趣味。苏轼后期极喜陶渊明、韦应物、柳宗元诗,认为深可玩味,并就柳宗元《渔翁》一诗发表了一番著名的评论。《渔翁》诗云:

> 渔翁夜傍西岩宿,晓汲清湘燃楚竹。烟销日出不见人,欸乃一声山水绿。回看天际下中流,岩上无心云相逐。

惠洪《冷斋夜话》卷五记苏轼评此诗:

> 东坡云:"诗以奇趣为宗,反常合道为趣。熟味此诗有奇趣,然其尾两句,虽不必亦可。"

惠洪记下的这段评论,影响很大,《苕溪渔隐丛话》前集卷一九转引其说,世绥堂本《柳河东集》卷四三也录入注文。其主张删去诗末两句,严羽《沧浪诗话》从之,以为"使子厚复生,亦必心服",而刘辰翁则提出异议,以为当存,后来李东阳、王世贞、章士钊皆主存,胡应麟、王士禛、宋长白、沈德潜皆主删,议论颇不一致[①]。至于"奇趣"说,则有清人吴乔的阐发,见《围炉诗话》卷一:

> 子瞻云:"诗以奇趣为宗,反常合道为趣。"此语最善。无奇趣何以为诗? 反常而不合道,是谓乱谈;不反常而合道,则文

---

① 参考王国安《柳宗元诗笺释》卷二《渔翁》诗注四,上海古籍出版社,1993年。

章也。

吴乔将诗与文章异观,未必符合苏轼的原意,但他对"反常合道"的理解,甚有可取之处。所谓"不反常而合道,则文章也",实指没有诗意,而"反常合道",用现在的理论表述,就是以审美的方式把握世界,直达本原,这就是苏轼"奇趣"说的理论含义。他讲"诗以奇趣为宗",实是对诗歌的审美本性的觉悟,抓住了诗的"诗性"。他对陶、韦、柳诗的特别欣赏,即因此故。

人类以各种方式观照、把握世界,形成诸多认识表象,其中有一种表象被认为是真实的,称为知识,一般地说优越于其他的表象,但并不排斥其他如审美表象的存在。相比之下,依知识的方式来把握,显得"常",而审美的方式就"反常",显得"奇"。从认知的角度讲,前者是合"理"的,后者则是一种"奇趣"。从文学表现的角度讲,古人经常把合于常理的叙述叫作"赋",出于"奇趣"的就勉强称为"兴"了。所以,南宋人吴沆撰《环溪诗话》,把柳宗元这首《渔翁》诗称为"赋中之兴",理由是:"渔家诗要写得似渔家……又要不犯正位。"即谓此诗既写出了渔家的真面目,故是赋,又"不犯正位",不直说义旨,故是兴。照此说来,柳诗最后两句直说"无心"义旨,犯了正位,固可删去。不用说,"不犯正位"的意思与"奇趣"说无二。

令我们关注的是,"不犯正位"一语正是注陈师道诗的任渊对陈诗的评价,《后山诗注》卷首《目录序》云:

读后山诗,大似参曹洞禅,不犯正位,切忌死语。

陈师道是江西诗派的代表人物,也是受苏轼影响很深的作家,他作诗"不犯正位",其实就相当于苏轼说的"以奇趣为宗","反常合道为趣"。如此作诗,当然"切忌死语"。而"切忌死语",其实也就是江西派标举的"活法"。"活法"之说是南北宋之交的吕本中提出的,他也是《江西诗社宗派图》的作者。既说"活法",好像原来有个"死法",其实并没有。有人以为,吕本中标举了江西诗派,后来又不满于江西派的诗法,故另倡"活法"之说。其实,依俞成《萤雪丛说》卷一"文章活法"条的记载,此说原在《江西诗社宗派图序》中。此《序》全文已不可得,须将《苕溪渔隐丛话》前集卷四八、《云麓漫钞》卷一四及俞成所节引的三段汇合,才能庶几见其意旨。既然"活法"说就写在《宗派图序》中,那么可见吕本中讲的江西诗法本来就是"活法",吕氏立论并无前后之异,而江西派也未尝有个"死法"。当然,讲"奇趣",讲"不犯正位",比较灵活,不易被诟病,而正面讲到"法",即便是"活法",也容易被找出不是。但"活法"与"奇趣"之间原本一脉相承,这是不能否认的。从指导创作的角度来考虑,恐怕也必须落实到具体的"法",才比较实在。

进一步,就要讨论"奇趣"与"理"之间的关系。如果说,"奇趣"是以审美的方式把握世界,而"理"则是以知识的方式,那么两者是不同的。但宋人讲"理"既已提升至于终极的天理,与"道"同义,则"反常合道"的"奇趣"终于也可相通于"理"。以"反常"故,取径不同于"理",以"合道"故,终极亦归于"理"。这也就是说,知识之途与审美之路最终都穷尽到同一的本体。以宋人的哲学思维水平,获得此一结论并非难事。故严羽《沧浪诗话》"诗有别趣,非关理也"的著名论题,其实也只是说"别趣"与"理"取径不同,所谓"不涉理路"而已,非谓"别趣"不能通于"理"。他所标举的唐人诗,"尚意兴而理在其中",说明他的"别趣"也通于"理"的。这"别趣"之说,与苏轼"奇趣"、江西"活法"的宗旨无以异,虽为攻击江西派而发,其实是取了江西的心肝而诟病其躯体,故我们不妨认可他"取心肝刽子手"的夫子自道。

由于严羽正面提出了"别趣"与"理"的关系的论题,所以,钱锺书先生论沈德潜的"理趣"说时,虽然举出了《文章精义》中"理趣"一词的用例,却仍认为"理趣"说的理论来源是严羽的"别趣非关理"。这当然是正确无误的,从本文对"理趣"之语源和理论权舆的考察来看,固不可说般若、法相之"理趣"义对文学批评毫无启发之用,但文学批评中的"理趣"说确实自有其发生的原委,不仅与般若、法相之"理趣"义没有直接关系,甚至与宋代文学批评中常用的"理趣"一词也无密切联系。它们之间的相同点,大概只有上文所说"能"、"所"关系一层,文句为"能诠","理趣"为"所诠"。

至于"理趣"概念在现代的文学批评中的理论含义,自当如钱先生《谈艺录》中所阐发。本文旨在探其源委,不能于其义有所增益也。

四、"理趣"说的意义

最后,要讨论一下"理趣"说的产生在我国审美观念发展史上的意义。"美"作为某种与"真"、"善"不同的价值,是古人早就体会到了的,否则,就不会在说明事实、扶助教化之外,对于文章的写作还有艺术方面的追求。但审美价值有两个层次,需要作些分辨。其较浅显的层次,是审美对象能产生一种别于实用的特殊效果,如诗文的辞藻和声律之美,虽无当于实用,却自为一种价值;其较深的层次,是审美作为人类意识把握世界的一种特殊方式,与知识的方式取径不同而归极不二。从历史上看,审美价值的前一个层次,是容易被人们感知,故而更早为人们所论述了的。汉魏六朝时代,诗赋大兴,文集从经子史书中独立出来,"文笔"说、"声律"说流行,萧统《文选序》强调"翰藻"为"文"所必备的要素,沈约《宋书·谢灵运传论》据声律论诗史,都说明时人已经把审美效果作为独立的价值来追求。然而,仅此还无以回答保守者的责问:毕竟这有什么用处?于是,有人把"立身"与"作文"判为二途,说"作文"华艳放荡并不妨碍其"立身"的朴实端严。这也不过消极地讲声律翰藻的追求无伤大雅,却不能积极地为审美价值作出令人信服的辩护。而且,仅就翰藻纷披、宫徵靡曼论审美,是不能把"美"论述为与"真"、"善"同等之价值的,它至多是一种无伤于"真"和"善"的良性赘瘤,存之即便无碍,去了倒也干净。这种赘瘤的形态,在大赋中体现得最为显著,盖大赋之令人生厌,并不在于"劝百而讽一",而在其铺排翰藻过甚,辞繁理薄,言不及要,即便持"纯文学"观的人,也很少爱读的。所以,声律翰藻的追求固是审美意识觉醒的表现,但若停留于这一层次,那么马上就会有人把这良性赘瘤当作恶性肿瘤来攻击。要在中国传统的价值体系中为审美价值确立其合理地位,还有待于审美观念的进展。

我们可以注意一下六朝文论中的一个矛盾:一方面,声律辞藻越来越被认为是诗文的根本属性;另一方面,声律过于复杂、辞藻过于繁富,却也一般要被反对。解决这个矛盾的办法是所谓"文质彬彬"之说,即要求声辞方面的一定程度的讲究能与内容相适配。然而,在"文质"论的一般形态中,"文"与"质"其实属于两种不同的价值,"文"的价值在审美方面,"质"的价值却在政治、道德诸方面,两者的适配虽非不可能,但颇有"牛体马用"的味道。与此相应的是,在对于诗文风格的品评上,南朝人经常赞赏的风格是"清",到唐代犹是如此。所谓"清",其实是对声律辞藻的运用提出了很高的要求,既要讲究声律辞藻,又不能让它障蔽意义("所诠")。这是上述矛盾作用的结果。然而即便如此,声辞在这里依然是第二位的,文之大义另有所在,此与把声辞认作诗文根本属性的观念仍相矛盾。解决矛盾的另一个办法,是把诗文的字面看作一套道德隐喻系统,文在此而义在彼,文兴于此,讲究声律辞藻,义寄于彼,待知情人来发煌心曲,两面相合,就叫"兴寄"。这个论调在我国蔚为传统,但也有不少人斥之为"哑谜"。实际上,"兴"与"寄"仍是两种不同的价值,"兴"的价值是审美方面的,"寄"的却是政治、道德、历史、哲学方面的见解或态度。流行于唐代的"兴寄"说仍是一种"牛体马用"的理论形态。

时至宋代,人们对于文学作品的关注重心从"能诠"全面地转向"所诠",诗文"写什么"远比"怎么写"显得重要,故文学批评中屡屡出现表示文义的"理趣"一词,使用者大都强调它高于字面功夫的意义。这固然使一部分内容"当乎义理"却缺乏审美特征的作品获得了过高的评价,但也带来审美观念的深入。依上文所考,从苏轼的"反常合道"之"奇趣"到陈师道作诗"不犯正位",从严羽对"别趣"与"理"的关系的思考到"理趣"说的形成,都已超越声律辞藻等字面效果,而在诗文的意义层次探求作品的审美价值。我们之所以重视"反常合道"一语,就在它实际上有见于审美价值的第二个层次,即某种特殊的观照、把握世界之方式。而所谓"诗以奇趣为宗",就是说,对世界的审美把握是诗的精神、诗的主旨。如此,则声律辞藻等字面审美效果的追求,也就不再与内容相异趣。所以,我们认为"理趣"说的形成,是中国传统审美观念获得了深入发展的一个标志,作为文学批评理论,它不再是"文质"说、"兴寄"说那样揑合两种异质价值的不成熟形态,而具有相当程度的现代意义了。因而,经过钱锺书先生的精彩阐发,"理趣"可以成为现代的中国文学研究者常用的批评概念。

【原载《宋代文学研究丛刊》第 15 辑,高雄丽文文化事业公司,2008 年】

"诗史"观念与苏轼的诗题

诗题参与诗歌意义建构的情形,并非诗歌史一开头就出现的,正如吴承学《论古诗制题制序史》①所云,中国诗歌的诗题是逐渐发展起来的,并且有其特点,即针对诗歌内容以抒情为主的传统,诗题往往具备叙事方面的补充功能。通过对陆云、陶渊明、杜甫等各时期重要诗人的考察,他勾勒了诗题的叙事性逐渐增强的过程,而至宋代的苏轼、黄庭坚,则呈现出"喜欢长题"的显著特征。题之所以长,主要就因为叙事的需要。这里当然牵涉到诗人的叙事意识问题,周剑之在2013年出版了她的大著《宋诗叙事性研究》,对此问题有精彩的展开,其第三章《宋诗诗题、诗序、自注的叙事性》,将关注范围从诗题扩展到诗序、自注等其余副文本,并敏锐地指出一个富有意味的话题,即宋代诗人经常用成组的诗题体现出"连续的叙事性"②。此后,黄小珠试图通过诗歌长题在唐宋间的变化,论述诗人对"史"的意识③;姜双双则专门围绕苏轼的诗题,更为充分地探讨其叙事性,并把具有"连续的叙事性"的诗题称为"日记体诗题"④。这些研究的结果表明,诗题(特别是长题)的叙事功能确实是值得关

---

① 吴承学《论古诗制题制序史》,《文学遗产》1996年第5期,后编为氏著《中国古代文体形态研究》第七章,北京大学出版社,2013年。
② 周剑之《宋诗叙事性研究》第107—134页,中国社会科学出版社,2013年。
③ 黄小珠《论诗歌长题和诗序在唐宋间的变化——以杜甫、白居易、苏轼为中心》,《江海学刊》2014年第6期。
④ 姜双双《论苏轼诗题的叙记性》,《中国韵文学刊》2018年第1期。

注的现象,而一位诗人若是精心制题,大致就意味着他对与诗歌内容(抒情或议论)相关的叙事有着相当的重视。进一步不妨说,重视叙事的这种自觉意识的产生和逐步增强,应该与某种更重要的诗学观念的变化相关,其意义不限于"叙事"本身。换言之,以诗题而不是诗歌正文来承担必要的叙事功能,宜被视为诗学观念的变化和诗歌写作传统(以抒情为主)互相作用的结果。

那么,于唐宋之际新近形成的诗学观念中,可能直接推动诗人对叙事之重视的,是什么呢?笔者首先联想到的,就是藉杜诗批评而兴起,在宋代可以说席卷诗坛的"诗史"观念。当然,要书写具有"诗史"意义的作品,也可以诗歌正文直接叙述史事,实际上从杜甫到苏轼,都有这样的尝试,但从苏轼的情况来看,他明显更倾向于把叙事成分集中到诗题(或诗序、自注、跋语等副文本)之中,从而减轻了正文在这方面的压力,同时也形成了诗题与正文的适当配合。由于通行本《苏轼诗集》①的诗题本身也有一个演变、形成的过程,未必全为苏轼本人所定,因此下文要对有关情况重新加以考察,但苏轼的题、诗配合方式,仍可以被看作"诗史"观念落实于创作的一种实践形态。这里先从唐宋间的"诗史"观念谈起。

一、"诗史"观念

"诗史"之说,来自对杜诗的解读。首发此说的是唐人孟启的《本事诗》:

> 杜逢禄山之难,流离陇蜀,毕陈于诗,推见至隐,殆无遗事,

---

① 孔凡礼校点《苏轼诗集》,中华书局,1982年。

故当时号为"诗史"。①

北宋以后,将杜诗称为"诗史"几成常谈,《新唐书·杜甫传》便正式写入史官论赞:"甫善陈时事,律切精深,至千言不少衰,世号'诗史'。"大致的意思,是说杜甫善于用诗陈述时事,所以既是诗歌,亦具"史"的性质。或者说,是用诗写"史"。

也有人反对这个说法,如南宋大诗人陆游有诗云:

千载诗亡不复删,少陵谈笑即追还。常憎晚辈言"诗史",《清庙》《生民》伯仲间。②

他推崇杜诗,认为其地位完全可以跟"经"相并列,说成"史"反而贬低了。不过,《清庙》为《诗经·周颂》之始,《生民》则属《诗经·大雅》,现在看来都可以算周的史诗,内容上其实还是跟"史"有关。陆游大概把"史"看作一种著述类型,而不认为叙事是其专利,另外的著述类型,如"经",如"诗",也可以叙事的。换言之,不需要把叙事诗表述为用诗写"史"。

这确实是值得倾听的一种意见,但反过来,把杜诗看作"诗史",也并非仅指其叙事诗,或者提及重要历史事件的诗,而是包括抒情诗在内的全部杜诗,总体上兼有"史"的品质,所以"诗史"会成为某些杜诗全集的标题。伴随着"诗史"之说而兴起的,是宋人对杜集的编年整理、注释和刊刻活动,在很大程度上,它意味着对于杜诗的一种解读方式,即通过对非常确定的写作场合的还原,来寻绎文本的

---

① 孟启《本事诗·高逸第三》,《历代诗话续编》第15页,中华书局,1983年。
② 陆游《读杜诗》,《剑南诗稿校注》卷三四,上海古籍出版社,2005年。

含义。实际上,这才是抒情诗为什么能成为"诗史"的原因。从中国诗歌史来看,早期的诗歌往往不适合这样的解读方式,如著名的《古诗十九首》,每一首并无确定的诗题、确定的作者,抒情内容也大都是类型化的情感,恋人或夫妻间的爱情、丧失亲人的悲情、对于背叛者的愤恨、长久离别的痛苦等等,并未具体指实哪一个人在哪一个时刻因哪一件事而发生的感想,读者不妨据相似的体验而将自己代入其中,基本上不必对"作者"加以关心。这个情形就好像今天听一首流行歌曲,如果歌词抒发了失恋的情怀,那并不意味着歌手或词作者正在经受失恋的痛苦。这也并不影响作品的艺术质量,实际上类型化情感的抒发往往感人至深。不过在历史上,这样的作品总是产生于早期,随着诗歌史的发展进程,抒情内容一步步走向具体化,对作者写诗的具体场合的了解就越来越成为解读文本时不可缺少的前提。像杜甫的诗歌,就被认为与其个人身世密切交融,读者将不容易把自己代入其中,而必须对杜甫有相当的了解,才能读懂这些作品。这是抒情传统自身的发展所致。早期抒情诗所写的类型化情感,古今相通,无历史可言,而演变为具体化、个人化的情感后,就有了历史性:何时何地,何人因何事而有这样的所思所感。——为了了解这一点,读者必须密切关注作品中的叙事元素,哪怕只是蛛丝马迹。当然,期待解人的作者,则会越来越愿意提供这些元素。

从这个思路出发去看杜诗文本,尤其是一些鸿篇巨制,其叙事元素确实对抒情内容的具体化、个人化起到强调作用,如《北征》的开篇四句:

> 皇帝二载秋,闰八月初吉。杜子将北征,苍茫问家室。[①]

[①] 杜甫《北征》,《杜诗详注》卷五,中华书局,1979年。

在唐肃宗登基的第二年即至德二载(757)的八月初一日,杜甫将北上去探望他的家人。这确实是"史"的笔法,它使这个伟大的作品一开头就显得苍凉浑厚,气象宏大。就抒情内容而言,这也等于明确指定了哪一个人在哪一个时刻因哪一件事,而发生了以下许多的感想。类似的写法在后来的韩愈、白居易笔下都曾出现,如白居易《贺雨》诗开篇云:"皇帝嗣宝历,元和三年冬。自冬及春暮,不雨旱爞爞。"①这是讲唐宪宗元和三年(808)至四年的旱情。韩愈《月蚀诗效玉川子作》开篇云:"元和庚寅斗插子,月十四日三更中。"②就是说元和五年(810)的十一月十四日半夜三更时分。这样的写法,明显是对杜甫的继承。

回头再看北宋人对"诗史"观念的表述,本来就包含了这样的理解,如胡宗愈云:

> 先生以诗鸣于唐,凡出处、动息、劳佚、悲欢、忧乐、忠愤、感激、好贤、恶恶,一见于诗,读之可以知其世。学士大夫,谓之"诗史"。③

胡宗愈是苏轼的朋友,他这段话,在《诗人玉屑》卷一四、《诗林广记》前集卷二,被摘出来记作孙仅"序"中之语。孙仅的时代更早一些,不过孙仅的《读杜工部诗集序》见于《杜诗详注》的附录,没有这一段。这些相关资料在历代杜集的刊本中多少都有附载,从全文来看,归属胡宗愈更为可信一些。按他的理解,杜诗正因为与其个体经历融合无间,抒写其具体场合的具体情感,所以读者可以从中读

---

① 白居易《贺雨》,《白居易集》卷一,中华书局,1979年。
② 韩愈《月蚀诗效玉川子作》,《韩昌黎诗系年集释》卷七,上海古籍出版社,1984年。
③ 胡宗愈《成都新刻草堂先生诗碑序》,《杜诗详注》附录。

到"史"。

当代研究者中,刘宁关注到胡宗愈的这个意思,从而解说杜甫"诗史"的含义云:

> 杜甫之被奉为"诗史"的典范,一方面是因为他的一部分作品,的确体现了"善写时事"和"实录"的特点,但就其整体的艺术格局而言,则更与胡宗愈的诗史观相接近。杜诗在详陈个体人生出处的基础上,展现了社会时代的广阔画卷,表达了诗人感时忧世之情怀,深入地开拓了以"一人之诗"表现"一代之史"的艺术可能。①

她讲"一人之诗"表现"一代之史",此语可称精辟②。首先是诗,因为这诗的内容是个人化、具体化的"一人之诗",所以也是史,因为具体人生的交织、叠加才是人类的历史。极端地说,这与诗歌是否叙事,是否以历史大事件为题材,已经没有必然的关系。当然,"善陈时事"毕竟是"诗史"之说被提起的出发点,所以一般仍需顾及,但即便如此,叙事的意义也不限于叙事自身,甚至主要不在于叙事自身,时间、地点、人物、事件等基本叙事元素的呈现,可以帮助读者更有效地理解诗意,可以为诗中的抒情或议论提供确定的场合、对象,使之个人化、具体化,这才是以表达"情性"为主旨的中国传统诗歌会向"叙事性"发出召唤的本意。

要之,唐宋之间形成的"诗史"观念,对叙事意识在诗歌领域的

---

① 刘宁《杜甫五古的艺术格局与杜诗"诗史"品质》,《文学遗产》2009 年第 5 期。
② 清人论杜诗也有相似的说法,如浦起龙《读杜心解·少陵编年诗目谱》云:"少陵之诗,一人之性情,而三朝之事会寄焉者也。"宋人黄庭坚《次韵伯氏寄赠盖郎中喜学老杜诗》云"千古是非存史笔,百年忠义寄江花",则更强调杜甫个人的写作态度,也与"一人之性情"的意思相近。

发展确有促进的作用,但它并未建议诗人像从事历史著述一样去写诗,毋宁说,它比单纯的"抒发情性"之说更强调作者的个体情境。在这个认识的基础上,我们才能讨论某一位诗人运用怎样的方式使叙事成分在他的文本中发挥其功能,就苏轼的情况来说,最值得关注的就是他制作诗题的方式了。

二、《苏轼诗集》的编排和标题

早期的苏轼诗中,也曾出现《北征》那样的写法,比如他在凤翔所作的《石鼓歌》,开头两句就是:

冬十二月岁辛丑,我初从政见鲁叟。①

意谓嘉祐六年(1061)的十二月,苏轼到凤翔府签判之任,正式开始从政生涯,为此而到孔庙去拜谒圣人。鉴于这首《石鼓歌》受到韩愈同题诗的显著影响,而韩愈诗中又提到了杜甫,我们完全可以确认他这样的写法是对杜甫、韩愈的刻意继承。不过这在苏诗中,后来并不多见,而且不难想见,类似的写法只适合于长篇古诗,如一般律诗、绝句,全诗只有八句、四句,要分出篇幅去交代时间、事由,也并不现实。因此,泛观其诗集,可见他采用得更多的办法,是把叙述时间、地点和事由的任务交给诗题去完成。比如在孔凡礼先生校点的基本上编年排列的《苏轼诗集》中,用诗题记下准确的时日,就始于卷三的《辛丑十一月十九日,既与子由别于郑州西门之外,马上赋诗一篇寄之》,也作于嘉祐六年。这一年苏轼初入仕途,第一次跟苏辙

---

① 苏轼《凤翔八观·石鼓歌》,《苏轼诗集》卷三。

分离,很显然他记下的这个具体日期,在他的人生中有着特别的意义,我们在解读诗歌时也不能忽略这一层意义。换句话说,诗题中的这个日子具有"纪念日"的性质,此类情况在《苏轼诗集》中屡见不鲜。当然,这个诗题还算不上太长,但如果事由更为复杂,叙事性"长题"的现象便不可避免,或者还需要在诗歌的正文前写一段诗序。如此一来,苏诗的大部分题目,便都参与了全诗意义的构成,是作品的有机组成部分。这当然反映出他对于诗歌创作的基本观念。

不过,《苏轼诗集》的这个面貌,本身也是逐渐形成的,那些诗题在多大程度上出于苏轼之手,为其有意制作,却也需要检查。从一般情形看,诗歌并不是一开始都有标题的,比如题赠类的作品,即题壁、题书、赠人的诗,原先写在墙壁上、书页后、信笺中,很可能只有诗歌正文,未必需要标题,到编入别集的时候,才会以"题某某处(书)"、"赠某某人"命题。类似的情况想必不少,但如出于作者生前已编成的别集,则也不妨认为这些诗题已经作者认可,体现其"制题"的意识。所以,在苏辙为兄长所作《亡兄子瞻端明墓志铭》里已经提到的"《东坡集》四十卷、《后集》二十卷"[①],也就是所谓"七集本"中这两个集子里收录的诗,我们可以认为其标题出于苏轼之手,至少经过本人或编辑集子的子弟所认可。可喜的是,苏轼诗集的编年排列的性质,从这两集就开始了,而编在《东坡集》第一卷的第一首诗,恰恰就是《辛丑十一月十九日,既与子由别于郑州西门之外,马上赋诗一篇寄之》[②]。这就意味着,我们所要关注的苏轼在"制题"方面体现的特征,正好就出现在他本人所认可的诗集的开篇!

然而,此诗在今天通行的《苏轼诗集》中变成了第三卷的起始。

---

① 苏辙《亡兄子瞻端明墓志铭》,《栾城集·后集》卷二二,上海古籍出版社,1987年。
② 见《苏东坡全集》上册《东坡集》卷一,中国书店,1986年,这是"七集本"苏轼集的比较易见的排印本。

那么前两卷是哪里来的呢？南宋的施注苏诗，其实还维持了与《东坡集》基本一致的排列方式；王(十朋)注苏诗因为采用分类而非编年的方式，面貌全不相同，可以不论；孔凡礼校点《苏轼诗集》是用清代的王文诰注本为底本的，而在诗歌排列上，清人查慎行、冯应榴、王文诰编注的三种最有影响的苏轼诗集①，面貌大体相同，即都有了前两卷。这两卷所收的诗歌，在"七集本"中大抵见于《续集》，而《续集》恰是现存"七集"中唯一并非宋代已有，而是编成于明代的一个集子。我们无法详细复原《续集》的编辑过程，但现存的资料显示，这些《东坡集》、《后集》以外的诗歌，更早地见于所谓《外集》。这《外集》倒是宋代已有的，但今天我们只能看到明人刊刻的《重编东坡先生外集》②，而且与《续集》比对，虽然都收录了《苏轼诗集》前两卷的大部分诗歌，其排列顺序却并不一致，诗题也时而出现差异。若再仔细比对查慎行、冯应榴、王文诰所编的顺序和诗题，细微的差异亦所在多有。另外，清人之所以把这些诗编到前两卷，是因为他们认定其写作时间比《东坡集》开头的作品更早，但毕竟还有许多诗歌，是写作时间较晚的，于是就把它们插到《东坡集》、《后集》原来的排列顺序之中，他们各自认为最合适的地方。如此操作，固然包含了对诗集的合理修订，但也会滋生一些问题。

比如，嘉祐八年(1063)七月，凤翔签判任上的苏轼到磻溪祷雨，在《苏轼诗集》卷四留下一组连续的诗题：

《七月二十四日，以久不雨，出祷磻溪。是日宿虢县。二十

---

① 查慎行《补注东坡先生编年诗》，现有王友胜校点本，题《苏诗补注》，凤凰出版社，2013年；冯应榴《苏文忠公诗合注》，现有黄任轲、朱怀春校点本，题《苏轼诗集合注》，上海古籍出版社，2001年；王文诰《苏文忠公诗编注集成》，是孔凡礼校点《苏轼诗集》的底本，中华书局，1982年。
② 明刊《重编东坡先生外集》，有中国国家图书馆藏本，《四库全书存目丛书》集部第11册据浙江图书馆藏本影印，齐鲁社，1997年。

> 五日晚,自虢县渡渭,宿于僧舍曾阁。阁故曾氏所建也。夜久不寐,见壁有前县令赵荐留名,有怀其人》
>
> 《二十六日五更起行,至磻溪,天未明》
>
> 《是日自磻溪将往阳平,憩于麻田青峰寺之下院翠麓亭》
>
> 《二十七日,自阳平至斜谷,宿于南山中蟠龙寺》
>
> 《是日至下马碛,憩于北山僧舍,有阁曰怀贤,南直斜谷,西临五丈原,诸葛孔明所从出师也》

这是一组非常典型的"日记体诗题"了,比对《东坡集》卷一,面貌相同,我们可以认为这是苏轼自觉采取的"制题"方式。但与此相似的还有《苏轼诗集》卷一九的如下一组连续的诗题:

> 《予以事系御史台,狱吏稍见侵,自度不能堪,死狱中,不得一别子由,故作二诗授狱卒梁成,以遗子由,二首》
>
> 《己未十月十五日,狱中恭闻太皇太后不豫,有赦,作诗》
>
> 《十月二十日,恭闻太皇太后升遐,以轼罪人,不许成服,欲哭则不敢,欲泣则不可,故作挽词二章》
>
> 《御史台榆、槐、竹、柏四首》
>
> 《十二月二十八日,蒙恩责授检校水部员外郎、黄州团练副使,复用前韵二首》

看上去,这些诗都是元丰二年(1079)"乌台诗案"之时所作,仿佛也是"日记体诗题"。但比对《东坡集》,在相应的编年位置即卷一一中,并没有这些作品。可以说,苏轼在自己的诗集里驱除了这一段耻辱和痛苦的记忆,把它补上去的乃是后世的编者,我们在《外集》、《续集》和查、冯、王所编的诗集里都能找到这些作品,其真实性应该没有问题,但细察其排列顺序,却全不相同,也并未全部连续。所以这里呈现的"日记体"面貌,是后人不断修订的结果,并非苏轼自制。诗题中的日期,如"十月二十日",《外集》卷六就作"三月二十二日",孔凡礼的校记中也列出其它版本的不少异文。即便我们认为"十月二十日"是合理的、正确的,那也属于校订的成果。这些诗题恐怕未经苏轼认可,只是编者模仿他的"制题"方式而代拟。当然,这反过来也证明编者注意到了苏轼本人有这样的"制题"方式,这一点无可否认。

由此看来,我们固然应该注意"连续的叙事性"或者"日记体诗题"在《苏轼诗集》中的出现,但也需要进一步查证其是否真出于苏轼之手。这里当然不宜详细讨论苏集的编刊历史,我认为比较简单的方法,就是与"七集本"中的《东坡集》、《后集》所载诗题作一核对,与此一致的大致可信,不一致的就要根据具体情况来分析了。下文引证苏轼的诗题,就采取这样的方法。

三、苏轼的诗题

如上所述,苏轼早年在凤翔任上所作诗歌之中,出现了可以确信的"日记体诗题"现象。他曾把这一时期的作品连同苏辙的唱和之作,编为一部《岐梁唱和诗集》[①],这应该便是《东坡集》开头部分文本的来源了,那么完全可以说这个现象是他自觉经营的结果。实际上,被研究者所关注的"长题"现象,也已形成于这部分作品之中:

《壬寅二月,有诏令郡吏分往属县,减决囚禁。自十三日受

---

① 孔凡礼《苏轼年谱》第131页,中华书局,1998年。

命出府,至宝鸡、虢、郿、鳌屋四县。既毕事,因朝谒太平官,而宿于南溪溪堂,遂并南山而西,至楼观、大秦寺、延生观、仙游潭。十九日乃归,作诗五百言,以记凡所经历者,寄子由》(《苏轼诗集》卷三,《东坡集》卷一,嘉祐七年作)

《岁晚,相与馈问,为馈岁;酒食相邀呼,为别岁;至除夜,达旦不眠,为守岁。蜀之风俗如是。余官于岐下,岁暮思归而不可得,故为此三诗以寄子由》(《苏轼诗集》卷四,《东坡集》卷一,嘉祐八年作)

这二题都写明了"寄子由",其出于《岐梁唱和诗集》可以无疑。前一题几乎是一篇小型的叙事"记"文,后一题介绍故乡过年的风俗,引出"岁暮思归"之意,也等于交代了抒情的具体场合。苏轼着意"制题"的情形,于此毕现。上文已经提及的《辛丑十一月十九日,既与子由别于郑州西门之外,马上赋诗一篇寄之》,为《苏轼诗集》卷三和《东坡集》卷一的起始,也极可能就是这个《岐梁唱和诗集》的第一首。若进一步推考,苏轼诗歌文本在"制题"上显示的这种特征,或者就是从《岐梁唱和诗集》开始的。在此之前,苏氏兄弟和父亲苏洵一起,还曾编过《南行前集》、《南行后集》[①],见于《苏轼诗集》前两卷的诗歌,大部分该是来源于此,因为未编入《东坡集》,我们不能确认这些诗题是否为苏轼自拟,但总体上看,可以说没有这样的"制题"特征,基本上只是以所写对象,如"屈原塔"、"白帝庙"之类为题。为什么明明具备《南行》前后集的文本基础,却不把这些诗歌编入《东坡集》呢?也许我们没必要这样提问,但从"制题"特征来看,它们在事实上与《辛丑十一月十九日,既与子由别于郑州西门之外,马上赋

---

① 孔凡礼《苏轼年谱》第75、90页。

诗一篇寄之》以后的苏轼诗歌,呈现了文本上的差异。另一个颇具意味的比照对象,是苏辙的诗歌文本,他自己亲手编纂了《栾城集》,而在卷一、卷二编入了《南行》、《岐梁》集中的诗歌,它们多数是与苏轼作品同题同赋的,但苏辙拟出的标题都非常简约,没有一个长题。当然,必要的时候,苏辙也会在题下加上一个自注,其功能与苏轼的长题相似,但兄弟二人的"制题"方式确实不同。这种不同,大概未体现于《南行》前后集,而在《岐梁唱和诗集》中开始明显起来。

应该说,诗歌"制题"简约化是符合传统的[①],尽管苏轼之前并非没有叙事性较强的长题,《东坡集》中也并非没有简约的短题,但苏轼有意突破传统,其采用长题之非偶然、非单独,则不难肯定,如以下三例:

《予去杭十六年而复来,留二年而去,平生自觉出处老少粗似乐天,虽才名相远,而安分寡求亦庶几焉。三月六日,来别南北山诸道人,而下天竺惠净师以丑石赠行,作三绝句》(《苏轼诗集》卷三三,《东坡后集》卷一,元祐六年作)

《元祐六年六月,自杭州召还,汶公馆我于东堂,阅旧诗卷,次诸公韵三首》(《苏轼诗集》卷三三,《东坡后集》卷一,元祐六年作)

《七年九月,自广陵召还,复馆于浴室东堂。八年六月,乞会稽,将去,汶公乞诗,乃复用前韵三首》(《苏轼诗集》卷三六,《东坡后集》卷三,元祐八年作)

[①] 陈尚君完成于2011年的《唐诗的原题、改题和拟题》一文列举了大量资料,指出唐代诗人所撰的"原题"往往是详细交代作诗缘由、场合的长题,到收入别集时的"改题"会有所简化,而后人辑录时的"拟题"则会更加简约,《唐诗求是》上册第216—254页,上海古籍出版社,2018年。

因为苏轼两次莅官杭州,所以前一例中的复杂感慨,与其生平经历相应;后二例则明显是自相呼应的,因为写作时间差了两年,它们在编年诗集中不会连在一起,但读之则浑然一体,苏轼在撰拟后题时,显然意识到了前题,否则不会毫无铺垫就用上一个"复"字。像这样瞻前顾后的诗题,在《东坡集》里屡见不鲜,最著名的可能是黄州时期的三首同韵之作了:

> 《正月二十日往岐亭,郡人潘、古、郭三人送余于女王城东禅庄园》(《苏轼诗集》卷二一,《东坡集》卷一二,元丰四年作)
> 《正月二十日与潘、郭二生出郊寻春,忽记去年是日同至女王城作诗,乃和前韵》(《苏轼诗集》卷二一,《东坡集》卷一二,元丰五年作)
> 《六年正月二十日复出东门,仍用前韵》(《苏轼诗集》卷二二,《东坡集》卷一三,元丰六年作)

连续三年的正月二十日,重复同样的行为,因此作诗,且用原韵,最后一题也是毫无铺垫就用了个"复"字,几乎就是在提示读者:你把诗集往前翻,可以找到前二首。虽然因为编年的缘故,诗集里不能把三首诗连在一处,但诗题起到了使它们隐然相联的作用。显然,这是苏轼本人有意要追求的效果,在此情况下,他必须大规模地破弃标题简约的传统。

当然,我们需要考察的是具有叙事性的诗题,并不限于"长题"。在叙事的各种元素中,或者说为诗歌抒情提供具体场合的各种要素中,首当其冲的是时间,而通观《苏轼诗集》,标明日期的诗题确实占有很大的比例,因此下文将分类探讨这些日期的性质。上例中的"正月二十日",看来是苏轼有意要将它打造成个人生活中的一个

"纪念日",这种"纪念日"性质的日期,出现在诗题中,还可以举出以下数例:

《去岁九月二十七日在黄州生子,名遯,小名干儿,颀然颖异。至今年七月二十八日,病亡于金陵,作二诗哭之》(《苏轼诗集》卷二三,《东坡集》卷一四,元丰七年)

《八月七日初入赣,过惶恐滩》(《苏轼诗集》卷三八,《东坡后集》卷四,绍圣元年)

《十月二日初到惠州》(《苏轼诗集》卷三八,《东坡后集》卷四,绍圣元年作)

《四月十一日初食荔枝》(《苏轼诗集》卷三九,《东坡后集》卷五,绍圣二年作)

《六月二十日夜渡海》(《苏轼诗集》卷四三,《东坡后集》卷七,元符三年作)

与黄州的"正月二十日"一样,这些日期本身并无特异之处,但苏轼愿意记住这些日子,并告诉读者它们对自己来说十分重要。作为父亲,小儿子的出生、夭折之日,唤起他的伤痛;作为逐臣,一个叫做"惶恐滩"的地名,以及经过艰难旅程终于到达贬所的日期,令他难以忘怀,绍圣元年的"十月二日"对他来说就是岭南贬居生活的开始,具有标志生命某一阶段的里程碑式意义;与此相似,从海南岛获赦,渡过琼州海峡回归大陆的"(元符三年)六月二十日",对他来说也是又一次新生的标志,虽然他并不厌恶海南岛,但离开这个贬谪的极限之地,毕竟意味着政治上的平反,意味着自己的生存意义得到了肯定;相比之下,"四月十一日"看上去没有那么重要,绍圣二年的这一天不过是他"初食荔枝"的日子,但读过东坡荔枝诗的人都会理解他为什么要记下准确日期,以为纪念。

以上这些日期可以说是苏轼个人生活中特殊的"纪念日",诗题中出现得更多的,是具有"岁时节气"性质的"节日",在这种日子写诗,也可以说是中国诗歌的一个传统,苏轼无疑继承了这一传统,下面按创作时间列举一些:

《壬寅重九,不预会,独游普门寺僧阁,有怀子由》(《苏轼诗集》卷四,《重编东坡先生外集》卷三①,嘉祐七年作)

《冬至日独游吉祥寺》(《苏轼诗集》卷八,《东坡集》卷四,熙宁五年作)

《元日次韵张先子野见和七夕寄莘老之作》(《苏轼诗集》卷九,《东坡集》卷四,熙宁六年作)

《癸丑春分后雪》(《苏轼诗集》卷九,《东坡集》卷五,熙宁六年作)

《立秋日祷雨,宿灵隐寺,同周、徐二令》(《苏轼诗集》卷一〇,《东坡集》卷五,熙宁六年作)

《八月十五日看潮五绝》(《苏轼诗集》卷一〇,《东坡集》卷五,熙宁六年作)

《除夜野宿常州城外二首》(《苏轼诗集》卷一一,《东坡集》卷五,熙宁六年作)

《元日过丹阳,明日立春,寄鲁元翰》(《苏轼诗集》卷一一,《东坡集》卷五,熙宁七年作)

《除夜病中赠段屯田》(《苏轼诗集》卷一二,《东坡集》卷六,熙宁七年作)

---

① 此诗未收入《东坡集》,但在《外集》中,题中"子由"作"舍弟",这"舍弟"是苏轼本人的口吻,比《苏轼诗集》中的题目更像是苏轼自拟的。

《除夜大雪,留潍州,元日早晴,遂行,中途雪复作》(《苏轼诗集》卷一五,《东坡集》卷八,熙宁十年作)

《中秋月寄子由三首》(《苏轼诗集》卷一七,《东坡集》卷九,元丰元年作)

《九日黄楼作》(《苏轼诗集》卷一七,《东坡集》卷一〇,元丰元年作)

《寒食雨二首》(《苏轼诗集》卷二一,《东坡集》卷一二,元丰五年作)

《生日,王郎以诗见庆,次其韵,并寄茶二十一片》(《苏轼诗集》卷二二,《东坡集》卷一三,元丰六年作)

《端午游真如,迟、适、远从,子由在酒局》(《苏轼诗集》卷二三,《东坡集》卷一三,元丰七年作)

《泗州除夜雪中黄师是送酥酒二首》(《苏轼诗集》卷二四,《东坡集》卷一四,元丰七年作)

《和子由除夜、元日省宿致斋三首》(《苏轼诗集》卷三〇,《东坡集》卷一七,元祐三年作)

《上元夜》(《苏轼诗集》卷三九,《东坡后集》卷五,绍圣二年作)

《丙子重九二首》(《苏轼诗集》卷四〇,《东坡后集》卷六,绍圣三年作)

《三月二十九日二首》(《苏轼诗集》卷四〇,《东坡后集》卷六,绍圣四年作[①])

《上元夜过赴儋守召,独坐有感》(《苏轼诗集》卷四二,《东坡后集》卷六,元符元年作)

[①] 此题"三月二十九日",表示春天结束,诗中有"酒醒梦回春尽日"之句。此日"春尽",亦属岁时节气。

《用过韵,冬至与诸生饮酒》(《苏轼诗集》卷四二,《东坡后集》卷六,元符二年作)

《寒食与器之游寒塔寺寂照堂》(《苏轼诗集》卷四五,《东坡后集》卷七,建中靖国元年作)

这些诗题大致都不长,叙事有稍详的,也有十分简略乃至并不叙事的,但都提供了日期,如元日、上元、寒食、端午、重九、除夕之类,都是"节日",另外还有苏轼自己的生日。一般情况下,这些日子里会有相应的活动,但有时候作者也未必参与什么活动,只因为是节日,所以生发了诗兴。

不是节日当然也可以有活动,这里勉强称之为"活动日",如下面几例:

《八月十七日,复登望海楼,自和前篇。是日榜出,余与试官两人复留,五首》(《苏轼诗集》卷八,《东坡集》卷三,熙宁五年作)

《正月二十一日病后,述古邀往城外寻春》(《苏轼诗集》卷九,《东坡集》卷四,熙宁六年作)

《八月十七日,天竺山送桂花,分赠元素》(《苏轼诗集》卷一二,《东坡集》卷六,熙宁七年作)

《今年正月十四日,与子由别于陈州。五月,子由复至齐安,未至,以诗迎之》(《苏轼诗集》卷二〇,《东坡集》卷一二,元丰三年作)

《次韵子由五月一日同转对》(《苏轼诗集》卷三〇,《东坡集》卷一七,元祐三年作)

考试放榜、病后出游、寺院送桂花、兄弟离合、兄弟同转对，诸如此类，在某个日期发生了大大小小的事情，苏轼用诗题把这些事情记下来，为诗歌正文所抒的情怀提供了产生的场合。一般来说，并非"节日"的这种"活动日"出现在诗题中时，往往伴随更长一些的叙事内容。

最后还有一类日期，它们既算不上苏轼一生中的"纪念日"，本身也非"节日"，在这一天也并无什么特别的活动，或者重要事情的发生，但在苏轼的诗题中仍出现了不少，我们只能称之为作者的"诗兴生发日"了，如：

《九月二十日微雪，怀子由弟二首》(《苏轼诗集》卷四,《东坡集》卷一,嘉祐七年作)

《十月二日将至涡口五里所遇风留宿》(《苏轼诗集》卷六,《东坡集》卷二,熙宁四年作)

《十月十六日记所见》(《苏轼诗集》卷六,《东坡集》卷三,熙宁四年作)

《六月二十七日望湖楼醉书五绝》(《苏轼诗集》卷七,《东坡集》卷三,熙宁五年作)

《七月一日出城,舟中苦热》(《苏轼诗集》卷七,《东坡集》卷三,熙宁五年作)

《八月十日夜看月,有怀子由并崔度贤良》(《苏轼诗集》卷八,《东坡集》卷三,熙宁五年作)

《七月五日二首》(《苏轼诗集》卷一四,《东坡集》卷七,熙宁九年作)

《元祐元年二月八日，朝退，独在起居院读〈汉书·儒林传〉，感申公故事，作小诗一绝》(《苏轼诗集》卷二七,《重编东坡

先生外集》卷七①,元祐元年作)

《十一月二十六日松风亭下梅花盛开》(《苏轼诗集》卷三八,《东坡后集》卷四,绍圣元年作)

《十二月十七日夜坐达晓,寄子由》(《苏轼诗集》卷四一,《东坡后集》卷六,绍圣四年作)

某一天下雪了,因此思念兄弟;喝醉了,写下五首绝句;天气太热、月色甚好、读书有感、梅花盛开、夜里失眠,等等,仅是个人生活中的一些细节,但苏轼的诗兴由此引起,他便把这个日期记下来。

日期是跟"史"最具关联的一种要素,苏轼有意识地制作诗题,以存"诗史"的情形,可谓一望而知。

四、"一人之诗"与"一代之史"

我们通过以上这么多记明日期、事由的诗题,几乎可以串连起一部简明的苏轼个人生活史。如果再把诗序和一部分作品附带的"自注"考虑进来,则苏诗"副文本"所提供的信息就更为丰富,其对于诗歌意义指向的限定作用就更为明显。由此可见,苏轼确实继承了杜诗评论中产生的"诗史"观念,应用于自己的写作,但他进一步形成了一种更为合理的处置方式,就是用"副文本"来承担"史"的内容,而使大部分诗歌正文仍保持抒情传统。在笔者有限的阅读范围内,似乎是苏轼开始有意识地奠定了"制题"与作诗的这种配合方案,也可以说是新兴的"诗史"观念与诗歌传统互相协调的一种形态。

---

① 此诗未收入《东坡集》,《外集》题作《读〈儒林传〉》,而以《苏轼诗集》中的诗题为诗序。无论为题为序,功能相似。

在"诗史"观念下,整理诗歌文本是强调编年的,这样可以使一本诗集与一个诗人的人生呈现同步展开的景观,体现出"一人之诗"的最好面貌。清人邵长蘅《施注苏诗·例言》云:

> 诗家编年始于少陵,当时号为"诗史"。少陵以后,惟东坡之诗,于编年为宜。常迹公生平,自嘉祐登朝,历熙宁、元丰、元祐、绍圣,三十余年。其间"新法"之废兴,时政之得失,贤奸之屡起屡仆,按其作诗之岁月而考之,往往概见事实。而于出处大节,兄弟朋友过从离合之踪迹,为尤详。更千百年犹可想见,故编年宜也。①

按他的意思,把苏轼的诗歌编年整理出来,也是一部"诗史"。实际上,杜诗的编年,包含了许多宋代编刊者主观处理的结果,而苏诗的编年,大部分有比较原始的根据。除了《东坡集》、《东坡后集》本身带有编年顺序外,苏轼有意识地"制题",在诗题或诗序中写明时间和缘起,成为其"诗史"成立的重要基础。相比之下,杜诗在整体上倒并无这样的文本特征。

逐日展开于诗歌中的个人生活史,使苏轼的"诗史"比杜诗更为个体化,按邵氏的意见,这也并不妨碍对"'新法'之废兴,时政之得失,贤奸之屡起屡仆"等时事内容、"一代之史"的呈现。自然,后一方面在很大程度上得益于苏轼本人的士大夫身份,其政治参与度之高,使个人经历也关乎国史,则个体化的"诗史"不会缺乏与历史世界的联系。

最后附带言及,苏轼制作诗歌文本的这种特征,也见于他的词。

---

① 《施注苏诗》卷首,《文渊阁四库全书》本。

无论是元刊本《东坡乐府》还是南宋人作的《注坡词》,其文本形态都与以前的词集有别,就是在词调(词牌)与正文之间,往往会多出一段说明性的文字。有的比较短,如"密州出猎"、"赤壁怀古"之类,我们现在谓之"词题";有的比较长,如:

> 《定风波》:三月七日,沙湖道中遇雨,雨具先去,同行皆狼狈,余独不觉。已而遂晴,故作此。
> 《满庭芳》:元丰七年四月一日,余将自黄移汝,留别雪堂邻里二三君子。会李仲览自江东来别,遂书以遗之。①

此类较长的文字,今人谓之"词序",有的长达数百字。研究者一般认为,系统地制作"词题""词序",便是苏轼对于词史的一大贡献。而无论为题为序,其功能实际上就与他制作的诗题一样,交代写作的场合,从而使抒情内容具体化、个人化。毫无疑问,苏轼使用同样的方法,把他在诗歌写作中贯彻的"诗史"精神也带入了词的领域,"以诗为词"。

【2019年4月发表于厦门大学"文本·文体·文献"学术工作坊】

---

① 俱见龙榆生《东坡乐府笺》卷二,上海古籍出版社,2009年。

《沧浪诗话》与《玉壶清话》

唐朝政府曾比较认真地执行均田制,限制了汉魏六朝以来门阀贵族势力的发展,但唐末五代的战乱,却在扫荡了旧贵族的同时,也将均田制破坏无余,加上中央政府统治力的软弱,以及商品经济的发展,各地自然地出现了新兴的地主、富民。如果新的统一王朝——北宋政府直接任用这批地主、富民,那么他们一旦跟政治权力结合起来,就会又一次形成豪强门阀的阶层。所幸北宋政府另有主意,就是大力发展科举考试制度,以年均百余人的速度录取进士,让他们成为文官,来管理国家。这批进士文官,虽然事实上也可能来自地主、富民,但至少在理念上,他们从"天子门生"到"朝廷命官",其力量完全来自对国家权力的分有,而并不依靠家族势力。长此以往,形成一个作为国家权力分有者的士大夫阶层,与此身份相适应的观念也随之出现,比如一个清正的官员只靠俸禄养家,不置私产,一个公平的执法者不应当顾虑私人关系,国法面前应该六亲不认,等等。奇妙的是,不置私产、六亲不认,差不多已符合佛教的戒律,理想型的士大夫,生存状态将与僧人相去无几。而就佛教方面来说,北宋时代确立了通过试经获取出家资格,以及政府任命寺院住持,定期轮换的制度,则僧人也差不多成为一种特殊的进士文官了。两者之间实在拥有太多的共同点,互相亲近就是理所当然的事。事实上,这种亲近感完全足以突破儒教和佛教在意识形态上的对立。如果谈论教化治术还有些隔阂的话,那么谈论诗词就完全可以沆瀣一气。这里采录的两部宋人诗话,《沧浪诗话》和《玉壶清话》,都与佛教关系密切,前者以"以禅喻诗"著称,后者则为僧人所著,但记录的却大多是士大夫的诗文轶事。

严格来说,《玉壶清话》是一部笔记,但诗话原本就是专谈诗歌的笔记,故内容较多涉及诗歌的笔记,与诗话之间只是量的区别而已。作者释文莹,字道温,主要活动于北宋仁宗至神宗在位期间。皇祐状元郑獬的《郧溪集》中有一篇《文莹师诗集序》,说他是"钱塘人,尝居西湖之菩提寺,今退老于荆州之金銮",又说他经苏舜钦的介绍,拜见过欧阳修。元人所编《历朝释氏资鉴》卷九记录了他拜见欧阳修时写的一首五言律诗,但目前编成的《全宋诗》并不采录;文莹的道友释契嵩的《镡津文集》有一篇旧序,传为"莹道温"所作,这"莹道温"就是文莹,而目前编成的《全宋文》也不采录。元祐宰相刘挚的《忠肃集》中也有一篇《文莹师集序》,作于熙宁六年(1073),据其所云,文莹诗作甚多,郑獬作序的是前集,而他作序的是后集。但现在,无论前集还是后集,都已失传了,流传下来的文莹著作,除了《玉壶清话》十卷外,还有笔记体的《湘山野录》三卷、《续录》一卷。至于"玉壶"一名,作者在此书的自序中说明:"玉壶,隐居之潭也。"检《湖广通志》卷七八,荆州府江陵县有"玉壶寺,唐开元间建",或者文莹在金銮寺住了几年后,又迁居玉壶寺了。自序作于元丰元年(1078),该是其晚年了。

此书的主要价值,就是记录了从南唐至宋初的许多士大夫的诗作和轶事,特别是对于南唐,作者似乎颇有感情,他埋怨北宋政府没有认真为南唐修史,所以着力搜求有关史料,要补其遗阙。其实,从南唐降宋的文臣很多,他们了解南唐的故事,修史的条件是完全具备的,只是立场问题令他们感到尴尬,而文莹的僧人身份使他免去了这方面的顾虑。由于雕版印刷尚未普及,五代宋初文人的别集保存得不多,文莹的记录遂成为今人搜辑《全宋诗》的重要资源。《玉壶清话》的版本不少,中华书局曾出版杨立扬先生的点校本(1984年版),现在基本上依照这个文本,参考其校记,择善而从。杨先生又从《类苑》等书辑得五条佚文,但其中两条明显是欧阳修《六一诗话》的文字,所以现在只把另三条佚文,加上从《湘山野录》和《续录》中辑出的涉及诗词的条目,作为附录。

至于《沧浪诗话》,严格来说原本也并非诗话,它是由南宋福建的乡绅严羽写的《诗辨》、《诗体》两篇文章,加上札记体的《诗法》、《诗评》、《考证》(当出于弟子或后人的汇辑),五个部分集合而成。据今人张健先生的研究结果,严羽本人并未将这些文字编定为一部诗话,到他的再传弟子元代进士黄清老,才将这些文字汇集起来,当时可能冠以"严沧浪先生诗法"、"沧浪严先生诗谈"之类的名称,予以刊行,或者作为严羽别集《沧浪吟卷》的一个部分;后来定名为"沧浪诗话",那是明代的事了(张健《〈沧浪诗话〉非严羽所编》,《北京大学学报》1999年第4期)。其实,此书的影响,也是到明代以后才变得广泛深远,翻刻的版本也甚多,注释则以近人郭绍虞的《沧浪诗话校释》最享盛名,目前也最为通行。不过,南宋末期的福建人魏庆之所编《诗人玉屑》曾全篇抄录严羽的《诗辨》、《诗法》、《诗评》、《诗体》,早于黄清老的编集工作,应该更能体现南宋的原貌,所以现在就据《诗人玉屑》(上海古籍出版社1978年版)来确定这四个部分的文本,而《诗人玉屑》未收录的《考证》部分,则据通行本。

称严羽是"乡绅",是因为他未做过朝廷的官。大概从北宋后期始,士大夫的地主、富民化,与富民、地主的士大夫化,越来越成为不可阻挡的趋势,时至南宋,两者间差不多已融为一体,区别只在于是否通过科举考试。严羽的家族就是福建邵武的地主,据说同族中出过不少诗人,有"九严"、"三严"之类的称呼,他的同宗兄弟也有考上进士的,令严羽很羡慕。但是,可能因为南宋后期的科举考试内容与他的擅长或爱好不合,他一生未走上这条出仕途径,始终只是陪同地方官游玩谈论,其观点的影响也就仅限于当地而已。现在看来,"以禅喻诗"是《沧浪诗话》的一大特色,但客观地说,严羽的禅学修养本身颇有局限,他可能受到当时声势极盛的临济宗大慧禅影响(本书附录的严羽《答出继叔临安吴景仙书》中也提及了大慧宗杲),所以在他的观念中,临济宗高于曹洞宗,这明显囿于大慧一派的立场。

由于禅与艺术确有相通之处,"以禅喻诗"遂能触及到诗歌的艺术本质问题,这一点是《沧浪诗话》最受今人推崇处。但严羽在《诗辨》中,主要是将禅门乃至佛教各宗派中习见的抬高自派、贬低他派的那种"判教"手段,运用到他对于诗歌史的考察中,为各个时代的诗风判别高低,其中最重要也最受关注的就是推崇盛唐诗而贬低宋("本朝")诗。对于宋人来说,这原也不是太大的问题,因为宋人本就推崇和学习唐诗,比如对崇拜杜甫的黄庭坚说"你的诗没杜诗写得好",是决不会令山谷老人生气的。所以,当时著名的诗人戴复古听了严羽论诗,只觉得他的论调太"高",会与世不合。虽然不合,但"高"之一字足以表明,方向是一致的,并不反逆。明确将唐与宋对立起来的,是元代人,似乎借推崇更早的唐朝来否定刚刚被武力征服的宋朝,会令元人自己处于相当有利的立场,这种立场意识使他们乐意去发现和发挥严羽在诗歌方面的崇唐抑宋之论。到了明朝,有"诗必盛唐"的主张为背景,《沧浪诗话》的大受青睐就更不难理解了。这一部"诗话"编成和流行的经过,本身就反映出诗歌批评史的一个侧面。

要所有士大夫都绝对同化于国家权力分有者的身份,而毫无私心,当然只是理想而已,不过,像范仲淹、欧阳修那样倡导士大夫的自觉意识,继而出现司马光、王安石那样清教徒式的士大夫,在北宋史上确也引人注目。至少,理想型的士大夫是以整个"天下"为关怀对象的,风气所及,像文莹这样的僧人,交往的也多是状元、宰相,即便记录南唐的史事,他也带着总揽全国的眼光。但是,随着社会风气的变化,绝大部分士大夫的家族会无可避免地变成"乡绅",而《沧浪诗话》的内容,从南宋时代的文化背景来看,便具有相当浓厚的"乡绅"色彩。严羽自己读书思考,颇有心得,亦堪称独到,但他明显不具备文莹那样广博的见闻,不曾拥有文莹那样与士大夫社会主流人物的丰富交流,难免以武断的方式发表自以为是的意见。虽然他的意见确有值得倾听之处,但其影响在起初只局于一隅,却也是事实。这当然不是对"乡绅"的贬低,实际上,从北宋后期延续到南宋的福建"乡绅"文化是颇堪关注的,从这里孕育出来的"杨时—罗从彦—李侗—朱熹"一系的道学,后来成为权威意识形态,而严羽的诗学,也差不多成为近世诗学的圭臬,福建的"乡绅"实在很有自豪的本钱。相比之下,道学因为认了北宋的士大夫做祖宗,显得源流宛然,所以更早地走出"乡绅"圈子,进入士大夫社会,而严羽之被士大夫社会接受,则要到他的再传弟子考上元朝的进士以后。

【原为《沧浪诗话·玉壶清话》前言,凤凰出版社,2009 年】

宋代禅僧诗研究引论

中国历代僧人中,能诗者不少,但传统的诗歌总集常把僧道、妇女、无名氏乃至鬼怪的作品编置末尾,形同附录。这说明,僧人即便能诗,也不能充当诗坛的主角。在中国的诗坛上,士大夫(文官)诗人一直占据了压倒优势。尽管与公务繁忙的士大夫相比,僧人更有可能成为专业诗人,但这种专业诗人也只有聊备一格的地位,不是主流。然而,若将视野拓展至东亚汉字文化圈,则日本镰仓、室町时代(约13至16世纪)的汉诗作者却都是禅宗的僧人,他们铸造了日本文学史上的"五山文学"时代。在这个时代的日本,禅僧诗不是聊备一格,而是绝对的文学主流。此种情形在中国是不可思议的,但"五山"禅僧诗的来源却在中国。需要特别指出的是,所谓来源,就其最为直接和重要者而言,乃是宋代的禅僧诗。这一点,不妨说是理所当然的,可无论在中国还是日本,研究者对此都显得认识不足。习见的研究方法,是在思想上或者法系上将宋、日禅僧联结起来,而一旦涉及诗歌,则总以陶渊明、杜甫、白居易、苏轼、黄庭坚等最著名的中国诗人为日本"五山"诗僧的艺术渊源。这种方法当然不能被指责为错误,但其结果确实将宋代禅僧诗轻易忽略了。实际上,宋代禅僧文学与日本"五山文学"不但在人事上具有确凿无疑的继承关系,在创作态度、创作体裁、基本风格上也具有相当程度的一致性,故我们可以把"五山文学"看作宋代禅僧文学的海外分流。

明乎此,对于宋代的禅僧诗,就有刮目相看的必要。据说,对"五山文学"的研究是日本文学史研究中最薄弱的环节,但至少已经有基本资料《五山文学全集》和《五山文学新集》的编纂出版。相比之下,中国对宋代禅僧诗的研究,可以说还处在起步阶段。前人编选的《古今禅藻集》之类,只能供人略窥一斑,还算不上文献清理。应该说,第一次以全部宋代禅僧诗为对象的搜集整理工作,是被包含在《全宋诗》的编订之中,绝大部分禅僧诗由此而获得第一个经过整理的文本。当然,因为专题研究成果的积累不足,对必然涉及的大量禅宗文献本身的特点还没有深入的认识,《全宋诗》在禅僧诗的辑录和作者次序排列、小传撰写等方面,存在缺陷较多。有鉴于此,笔者曾根据自己掌握的资料,将现在有诗作留存的宋代禅僧按其所属宗派、法系重新排列,凡《全宋诗》和《全宋诗订补》[1]已收录的作者、作品,仅指出其所在页码,未收录的则予以增补,编成《宋代禅僧诗辑考》十卷[2]。我的目的,是将此书与《全宋诗》相配,以反映出宋代禅僧诗的全貌。毫无疑问,错讹和遗漏仍难以避免,但距离"全貌"也许已经不远。在学术研究中,综合性的概论与专题性的考察理应相辅相成、循环促进,本文是在专题考察还非常缺乏的前提下,根据个人对宋代禅僧诗"全貌"的认识,尝试作一概论,自然极其粗浅,希望能为今后的深入研究开启端绪,故名为"引论"。

一、作为宋诗重要组成部分的禅僧诗

关于宋代禅僧诗在全部宋诗中所占分量,目前已有金程宇先生

---

[1] 陈新、张如安等《全宋诗订补》,大象出版社,2005年。
[2] 朱刚、陈珏《宋代禅僧诗辑考》,复旦大学出版社,2012年。

的统计。据他所云:《全宋诗》收录禅僧诗164卷另2 758首,共约两万首;《全宋诗订补》补出1 010首;《宋代禅僧诗辑考》补诗7 800余首,由此可以大体推算出宋代禅僧诗约三万首之总数。作者方面,《辑考》共收禅僧1 037人(补《全宋诗》未收录禅僧429人)。这样,若以存诗二十五万首、作者近万人的《全宋诗》为宋诗的总量,则禅僧诗无论在作者数还是作品数上,所占比例都超过了十分之一。正如金先生所说:"禅僧这种特殊群体的创作达到如此规模,显然应当引起重视。"①

确实,从"特殊群体"或者特定作者群的角度讲,这无疑是极其惊人的创作规模,在宋代,我们很难找到另一个与"禅僧"平行的作者群,在诗歌创作的总量上可以与此相抗。近年的宋代文学研究中,流派研究和地域研究是比较多见的,但估算起来,再大的流派、再繁荣的地域(一般以现在的省为范围),也不大可能承担一代诗歌十分之一的创作量。除了"士大夫"外,宋代其他社会身份所构成的群体,如道士、禅宗以外的僧人、江湖谒客、落第举子、闺阁、市民等等,现存的作品也远远达不到这个数量。当然,如以"士大夫"为特定作者群,则禅僧诗就算再翻上一倍,也无法动摇"士大夫"在诗坛的绝对优势地位。但是,禅僧已成为"士大夫"以外的宋诗第一作者群,这个现象依然富有历史意义。我们由此也不难理解,在缺乏由科举制度所产生的"士大夫"阶层的中世日本,从中国传衍而去的禅

---

① 金程宇《宋代禅僧诗整理与研究的重要收获》,《中华文史论丛》2013年第1期。按,作者方面,1 037名是指《辑考》正文所录现存诗作的禅僧,尚未计入《辑考》附录中考出的宋代禅僧,此外当然还会有所遗漏;作品方面,《辑考》对于某些现存的诗集,如觉庵梦真《籁鸣集》、《籁鸣续集》,物初大观《物初剩语》,以及中日禅僧唱和诗卷《一帆风》等,虽被《全宋诗》失收,却也仅予指出,并未抄入。因此,宋代禅僧诗作者、作品的实际数量,应该比金先生统计的还要多。当然,《全宋诗》也没有把禅僧以外的作者作品悉数收录。保守地估计,说禅僧诗在全部宋诗中所占比例超过十分之一,应该不错。《籁鸣集》、《续集》和《物初剩语》的整理本,目前已收入许红霞校考的《珍本宋集五种》,北京大学出版社,2013年。

僧诗为什么能成为文学的主流了。

除非要跟现代文学或外国文学进行比较,一般情况下中国古典文学的研究者是不会把"士大夫"看作特殊作者群的,因为这种身份特征对于传统的作者而言,几乎毫无特殊性。相反,包含禅僧在内的"非士大夫作者"群体的出现和成长,倒是更值得关注的现象,那意味着中国文学的作者开始了身份上的分化。笔者以为,这样的身份分化从北宋起零星出现,而到南宋就变得比较显著,闺阁作家李清照、朱淑真,著名词人姜夔、吴文英、周密,诗论家严羽,以及一大批无官的"江湖诗人",都是"士大夫"以外的作者,其写作能力却并不比士大夫逊色①。同时,禅僧诗的发展高峰,应该也在南宋。总体上看,一部南宋的文学史,恐怕已有相当的篇幅须让给"非士大夫作者"了。换句话说,"非士大夫作者"群体的崛起,正是南宋文坛的一个引人注目的特征。禅僧诗的发达,是以这样的时代特征为背景的。

需要略加说明的,是禅僧与"江湖诗人"的关系问题。我们知道,"江湖诗人"或者"江湖派"得名于南宋陈起所编的《江湖集》,而从现存有关资料来看,《江湖集》也收入僧人的作品②。在宋代的语境里,"江湖"一词最常见的用法,就如著名的范仲淹《岳阳楼记》所示,是跟"庙堂"对举的。在这个意义上,非士大夫或者虽是士大夫却远离朝廷,都可以说成身在"江湖"。至于僧人,只要不在朝廷担任"僧统"之类官职,自然就属于"江湖"。禅宗僧人并不担任僧官,他们经常把"江湖"当作"禅林"的代称。宋末禅僧松坡宗憩所编的

---

① 参考笔者《唐宋"古文运动"与士大夫文学》第243—249页所论"文学创作者的身份分化",复旦大学出版社,2013年。
② 张宏生《江湖诗派成员考》列出的僧人有释绍嵩、释圆悟、释永颐、释斯植,此外葛天民就是释义铦。见张宏生《江湖诗派研究》附录一,中华书局,1995年。

一部禅林七言绝句集,题名就叫《江湖风月集》①。所以,从名称的含义来说,"江湖诗人"应不限于"《江湖集》作者群",而可以广指包含禅僧在内的一切非士大夫诗人,乃至不在朝廷担任显要职务的士大夫。对于这个原本应该数量庞大,而存于史料者却相对有限的群体,我们与其视之为诗歌流派,还不如就当作"特殊群体"来处理②。

回到南宋"非士大夫作者"群体崛起的话题,目前学术界的有关论述,主要集中在"江湖诗人"上面,但就我们现在能够掌握的作者、作品数量而言,不是"《江湖集》作者群",而是禅僧,才构成了宋代"非士大夫作者"的最主干部分。这就说明,禅僧诗作为宋诗的重要组成部分,有着特殊的意义。

二、宋代禅宗和禅僧诗发展概况

《五灯会元》记菩提达磨偈云:

吾本来兹土,传法救迷情。一花开五叶,结果自然成。③

这与宋代文献中记载的许多达磨诗偈一样,并不可靠,因为禅

---

① 此书中国失传,而流行于日本禅林,详见《宋代禅僧诗辑考》附录二。按,《景德传灯录》卷六有"江西主大寂(马祖道一),湖南主石头(希迁),往来憧憧,不见二大士为无知矣"的记载,日本禅僧注释《江湖风月集》,多以"江湖"为上述记载中江西、湖南之合称,亦即禅宗的马祖、石头两大系统,实际上是把"江湖"视为禅林的专称了。但此说比较牵强,已有学者辨其非是,参考芳泽胜弘《江湖风月集译注》第3—4页,日本禅文化研究所,2003年。
② 宋史学界对宋代的"特殊群体"也已有所关注,游彪先生曾将他有关宋代宗室、官员子弟、僧人、士兵等的论文集为《宋代特殊群体研究》一书(商务印书馆,2006年)。我以为文学史研究也可采纳类似的方法,没有必要将大小不同的各种"群体"都勉强视为文学上的"流派"。
③ 《五灯会元》卷一,第45页,中华书局,1984年。

宗"一花开五叶"即沩仰、曹洞、临济、云门、法眼五宗并列,是到五代时期才呈现的局面。但以上诗偈被制作并嫁名于达磨,说明宋代禅林已非常自觉地用五宗的模式来梳理禅宗的历史和禅僧的法系。

实际上,五宗并列的局面也并未维持长久。自五代入宋,沩仰宗最早失去传人,可能入宋而有诗偈传世的沩仰宗僧人,《宋代禅僧诗辑考》只辑到芭蕉继辙和承天辞确二位,诗偈只有四首。接下来消亡的是法眼宗,该宗派因为五代时期南方割据政权的大力扶持,一度非常繁荣,能诗者也不少。《辑考》的第一卷所辑多数是法眼宗僧人,他们大抵集中在浙江地区,其中名声最大、存诗也最多的,应数永明延寿(904—975)。他的影响,当时还波及海外,但《佛祖统纪》对此的叙述是:"高丽国王遣三十六僧来受道法,于是法眼一宗盛行海外而中国遂绝。"①延寿的老师天台德韶(890—971)是法眼文益的亲炙弟子,《全宋诗》辑录了他的两首诗偈,其中一首云:"通玄峰顶,不是人间。心外无法,满目青山。"②据说法眼对此十分肯定,以为"只消此一颂,自然续得吾宗",但后来大慧宗杲却判断:"灭却法眼宗,只缘遮一颂。"③我们很难分辨此类言论的是非,但禅僧对诗偈的重视,却可见一斑。反正,盛极一时的法眼宗到北宋只传衍数代,即烟消云散。可以顺便提及的是,诗歌史上所谓"宋初九僧"中的宝华怀古也是法眼宗禅僧。

差一点与沩仰宗、法眼宗一起失传的是曹洞宗。"曹洞"之称缘自唐代禅僧洞山良价和曹山本寂,洞山是师,曹山是弟子,倒过来称"曹洞",大概只因平声在前、仄声在后比较顺口。实际上传到宋代

---

① 释志磐《佛祖统纪》卷四三,《续藏经》本。
② 释德韶《偈》,《全宋诗》卷一,第1册第6页,北京大学出版社,1991年。按,次句"人间",《全宋诗》误作"人门"。
③ 大慧宗杲《正法眼藏》卷二之下,《续藏经》本。

的曹洞宗跟曹山无涉，是从洞山另一弟子云居道膺延续下来的法脉：道膺传同安道丕，再传同安观志，再传梁山缘观，再传大阳警玄(943—1027)。自道膺以下，直到警玄才有详细的传记资料(如惠洪《禅林僧宝传》卷三《大阳延禅师传》，"延"是"玄"的避讳字)，我们可以推算其师缘观应该活到了北宋，但缘观和警玄留下的诗偈都不多，而且他们的弟子都没能把法脉再延续下去。警玄去世后，受过他教导的临济宗禅僧浮山法远(991—1067)指派一名弟子投子义青(1032—1083)去继嗣警玄，这才使曹洞宗已绝而复兴。宋代的禅籍记载此事大抵清晰，虽然后世的曹洞宗禅僧有些不愿信服，但从生卒年看，义青不能直接得法于警玄，乃是不争的事实，而后世的曹洞禅，全部从义青传衍而来。所以，这投子义青不妨被视为宋代曹洞宗的再度创始人，他也是诗偈写作方面的大家，有颂古专集《空谷集》传世，《续藏经》所收的两种义青语录中，也包含了大量诗作。其弟子芙蓉道楷(1043—1118)、大洪报恩(1058—1111)，再传弟子丹霞子淳(1064—1117)、枯木法成(1071—1128)、大洪守遂(1072—1147)等，都有诗作传世。迨至南宋，继承芙蓉、丹霞法系的天童正觉(1091—1157)倡导"默照禅"，与临济宗大慧宗杲的"看话禅"相对抗，《全宋诗》辑录正觉诗偈六卷，数量有一千数百首，在所有禅僧中亦可以名列前茅之。"默照禅"的口号是"只管坐禅"，作风内敛，在南宋也传衍不广，但法脉倒也不绝如线。《宋代禅僧诗辑考》专设两卷，分别辑录北宋和南宋的曹洞宗禅僧诗，就其全体来看，大致对禅宗史影响较大的，存诗也就较多，义青和正觉可为代表。

北宋时期最为繁荣的宗派，应数云门宗。云门大师(文偃)于南汉乾和七年(949)入寂，距宋朝建国十一年，其弟子一代应有入宋者，目前可以确认的是洞山守初(910—990)，《古尊宿语录》中有他和法侄智门光祚的语录，都包含不少诗偈。光祚的弟子雪窦重显(980—

1052)可以算禅僧中的大诗人,他的《祖英集》、《颂古集》历来声名卓著。云门宗禅僧存诗较多的还有法昌倚遇(1005—1081)、明教契嵩(1007—1072)、慧林宗本(1020—1100)、佛印了元(1032—1098)、智海本逸、蒋山法泉、本觉守一、长芦宗赜、慈受怀深(1077—1132)、月堂道昌(1089—1171)等。另外,《建中靖国续灯录》的编者佛国惟白,著名的诗僧参寥子道潜(1043—?),以及"江西诗派"中的饶节,出家后叫做香严如璧(1065—1129),也是云门宗禅僧。这个宗派在北宋后期以开封府为传法中心,盛况达至极点①,到南宋后却突然衰熄,据南宋笔记《丛林盛事》所说,原因在于月堂道昌的作风过于严峻:

> 月堂昌和尚,嗣妙湛,孤风严冷,学者罕得其门而入。历董名刹,后终于南山净慈。智门祚禅师法衣传下七世,昌既没,则无人可担荷,遂留担头交割,今现存焉。故瞎堂远为起龛,有"三十载罗龙打凤,劳而无功。佛祖慧命如涂足油,云门正宗如折袜线"之句。呜呼,可不悲哉!②

所谓"法衣传下七世",当指:智门光祚——雪窦重显——天衣义怀——慧林宗本——法云善本——妙湛思慧——月堂道昌。其实这道昌并非没有弟子,《嘉泰普灯录》的编者雷庵正受(1146—1209)就是一个,但他似乎没有获得法衣,这是我们目前可以考知的最晚的云门宗禅僧了。值得一提的是,道昌于南宋初期先后住持临安府的

---

① 《建中靖国续灯录》和《续传灯录》列出慧林宗本的法嗣达二百人,其师弟圆通法秀、弟子法云善本、法侄佛国惟白,亦住京师大寺,法嗣众多。苏轼《请净慈法涌禅师入都疏》(《苏轼文集》卷六二,中华书局,1986年)云:"京师禅学之盛,发于本、秀二公。"即指宗本、法秀,而法涌禅师就是善本。
② 古月道融《丛林盛事》卷上,《续藏经》本。

灵隐寺、净慈寺,这两所寺院后来都属于所谓"五山",在道昌之后,除个别曹洞宗禅僧外,基本上都由临济宗禅僧担任住持了。为道昌起龛的灵隐寺住持瞎堂慧远(1103—1176)就属临济宗杨岐派,他所谓"云门正宗如折袜线",就是为云门宗唱的挽歌,这同时也宣告了临济宗独盛时代的到来。

临济宗自唐代以来,原本绵延于北方,入宋的第一代风穴延沼(896—973),原名"匡沼",避宋讳而改,弟子有首山省念(926—993),留下的诗偈都很少。但省念的弟子汾阳善昭(947—1024),却有大量诗偈传世,在法眼宗永明延寿之后、云门宗雪窦重显之前,可算诗偈写作的大家。善昭的弟子石霜楚圆(986—1039)也能诗,跟西昆体诗人杨亿(974—1020)有密切的交往,而且开始把传法的基地转移到南方,其门下有杨岐方会(992—1049)和黄龙慧南(1003—1069),分别开启了临济宗的杨岐派和黄龙派,传衍益盛。当然,从风穴、首山传下来的其他临济宗禅僧中,也有值得注意的诗偈作者,比如西余净端(1031—1104),外号"端师子",擅作白话诗,与北宋"新党"的章惇、吕惠卿有较多交往,却对"新党"的政策持批判态度。在我看来,此僧可称北宋最好的白话诗人。

黄龙派的根据地主要在江西,黄龙慧南与其弟子东林常总(1025—1091)、黄龙祖心(1025—1100)、真净克文(1025—1102)等都善于写作诗偈,而且与士大夫交往甚多,尤其是被"新法"政府所排斥的"旧党"士大夫,凡是有兴趣参禅的,大多被罗入法门。按《五灯会元》排列的法系,苏轼在东林常总的门下,黄庭坚在黄龙祖心的门下,苏辙在慧南另一弟子景福顺(1009—1093)的门下,真净克文的语录也由苏辙作序,他的弟子清凉惠洪(1071—1128)著有《石门文字禅》,是北宋后期著名的诗僧。另外,"江西诗派"的善权也是黄龙派禅僧。

以云门宗和临济宗黄龙派为代表的北宋禅宗的显著发展，也引起了朝廷的注意。厉行"新法"的宋神宗对开封大相国寺的组织结构也做了一番改革，专门辟出慧林、智海两个禅院，于元丰六年（1083）诏云门宗的慧林宗本和临济宗的东林常总赴京，为第一代住持。这等于由朝廷来赐封宗教领袖，意在掌控禅宗这一越来越显得巨大的文化资源。原本兴起于南方的云门宗，以宗本应诏住持慧林为标志，呈现了向北发展的趋势，这可能也是云门宗极盛于北宋而至南宋急剧衰亡的原因之一。与此相反，东林常总则选择了拒诏，他一直留居庐山。坚持以南方为根据地，显然有利于临济宗在南宋的发展。

确实，南宋禅林基本上是临济宗的天下，但其主流却是杨岐派，而不是东林常总所属的黄龙派。黄龙祖心的法孙东山慧空（1096—1158）有语录传世（收入《续藏经》），日本还保存了他的诗集《雪峰空和尚外集》，《全宋诗》即据以辑录其诗二卷。这是进入南宋的黄龙派禅僧中留下作品最多的了。绍兴二十七年（1157），真净克文的法孙典牛天游给杨岐派的大慧宗杲寄诗云："世上有你何用余。"①这似乎承认了黄龙派衰落而杨岐派兴盛的现实。不过，天游的弟子涂毒智策（1117—1192）在宋孝宗时还担任过"五山"之一径山寺的住持，智策的弟子古月道融则是笔记《丛林盛事》的作者。

杨岐派起初不如黄龙派人手众多，但杨岐方会的弟子白云守端（1025—1072）、保宁仁勇，守端的弟子五祖法演（？—1104），仁勇的弟子上方日益都善于写作，留下许多诗颂。法演的弟子有太平慧懃（1059—1117）号佛鉴、圆悟克勤（1063—1135）号佛果、龙门清远（1067—1120）号佛眼，就是所谓"五祖门下出三佛"，杨岐派从此繁

---

① 典牛天游《寄宗杲颂》，《宋代禅僧诗辑考》第308页。

荣起来。"三佛"都留下大量作品,尤其是圆悟克勤,可以视为禅宗和禅僧诗发展在两宋之交承前启后的代表人物,他的两个弟子虎丘绍隆(1077—1136)和大慧宗杲(1089—1163)分别开启了虎丘派和大慧派,成为南宋"五山"禅林的主流。当然,虎丘、大慧两派之外的杨岐派禅僧也有不少勤于写作,北宋如法演的另一弟子开福道宁(1053—1113),两宋之交如清远的弟子龙翔士珪(1083—1146),南宋如克勤弟子瞎堂慧远(1103—1176),克勤法孙或庵师体(1108—1179),以及道宁的四世法孙月林师观(1143—1217),师观弟子无门慧开(1183—1260)等,所作诗偈的数量都甚为可观。

　　大慧宗杲是南宋初年影响最大的禅僧,秦桧政府对他的迫害,反而增强了士大夫和普通民众对这位宗教领袖的好感。他所提倡的"看话禅",可谓风靡一世,理论上虽有曹洞宗天童正觉的"默照禅"与之对峙,但被人信奉的程度远不能与前者相比。秦桧死后,大慧再次住持临安府径山寺,登高而呼,应者云集,成为南渡禅林的核心。可想而知,在政治、经济、军事等方面都欠缺力量的南渡朝廷,特别需要掌控包含禅林在内的文化资源,来帮助收拢人心。大慧之受重视,实际上是南宋政府逐步使禅宗成为国家化宗教的开始。宋神宗诏命慧林、智海住持的做法被继承下来,临安府的径山、灵隐、净慈等著名寺院的住持由皇帝来钦定,象征了宗教与国家法权的结合。后来,这三个寺院连同庆元府的育王、天童二寺,正式被钦定为禅宗最高寺院,这便是著名的"五山"制度。虽然南宋的史书中缺乏有关这一制度形成的确切记载,但它肯定存在,而且几乎原汁原味地被搬到了日本。不妨说,以浙江"五山"为代表的南宋禅林,也拥有中国的"五山文学",与日本的"五山文学"直接联结。

　　不管"五山"制度正式确立于何时,自大慧住持径山起,该寺就已成为南宋禅僧众望所归之地。据学界目前对"五山"历代住持的法系进行考察的结果①,可以发现南宋时期的住持禅僧大半集中于杨岐派。具体来说,南宋前期以大慧宗杲及其弟子佛照德光(1121—1203)的法嗣为多,后期则有越来越多的住持出自大慧师兄虎丘绍隆的法脉。也就是说,南宋禅林经历了以大慧派为主流,到大慧、虎丘二派并盛的过程,至宋元之交,虎丘派颇有后来居上之势。禅僧诗的发展情况,也大抵与此相应。

《全宋诗》录大慧诗五卷,《宋代禅僧诗辑考》又增补五十首以上,数量甚巨。其弟子中,懒庵鼎需(1092—1153)和卍庵道颜(1094—1164)存诗较多,云卧晓莹则是笔记《云卧纪谭》的作者,值得一提的还有一位女弟子无著妙总,《辑考》得其诗近五十首,可称李清照、朱淑真之后的第三名宋代女作家了。佛照德光是大慧去世后的禅林领袖,他本人诗作不多,但弟子中却有浙翁如琰(1151—1225)、率庵梵琮、北磵居简(1164—1246)等以诗著称,江湖诗人葛天民也曾是德光的法嗣,称朴翁义铦。居简的《北磵集》和弟子物初大观(1201—1268)的《物初賸语》,浙翁弟子淮海元肇(1189—?)的《淮海挐音》,以及大慧四世法孙无文道璨(1213—1271)的《无文印》,都是久负盛名的禅僧诗文别集。此外,浙翁弟子大川普济(1179—1253)、偃溪广闻(1189—1263)、介石智朋都能诗,普济就是《五灯会元》的编者。《全宋诗》还录有德光另一法孙藏叟善珍(1194—1277)诗一卷,善珍的弟子元叟行端(1254—1341)出家后由宋入元,《续藏经》所收《元叟行端禅师语录》亦包含大量诗颂。

至于虎丘派,虎丘绍隆南渡后住世日浅,作诗也不多,但其弟子应庵昙华(1103—1163)和法孙密庵咸杰(1118—1186),在《全宋诗》

---

① 参考[日]石井修道《中国の五山十刹制度の基礎的研究》(一)—(四),《駒澤大学仏教学部論集》13—16,1982—1985 年。

中都已有诗二卷。密庵出世后连续住持径山、灵隐、天童等"五山"禅寺,从此振兴了虎丘派。其弟子中有松源崇岳(1132—1202)、破庵祖先(1136—1211)和曹源道生,各自传播禅法,被视为虎丘派的三个分枝,他们本人也都写了不少诗颂。此后,《全宋诗》辑录的有曹源弟子痴绝道冲(1169—1250)诗一卷,破庵弟子无准师范(1178—1249)和石田法薰(1171—1245)诗各三卷,松源再传弟子石溪心月(?—1254)诗四卷、虚堂智愚(1185—1269)诗五卷、虚舟普度(1199—1280)诗一卷,这几位禅师都曾住持径山寺。长期以来,一位僧人在"禅"和"诗"两方面的声誉往往难以兼得,"禅"道高深的即便能诗而不以诗名,以"诗"著称的则容易在"禅"的方面受人怀疑。但到了虎丘派的这几位禅师身上,"诗"与"禅"已完全无碍,融合为一了。无准师范的门下,《全宋诗》录诗二卷以上的有西岩了惠(1198—1262)、断桥妙伦(1201—1261)、环溪惟一(1202—1281)和雪岩祖钦(1216—1287),而希叟绍昙(?—1297)诗多至七卷,法系上与他们同代的还有横川如珙(1222—1289),亦有诗二卷,觉庵梦真则有诗集《籁鸣集》、《籁鸣续集》存于日本。可以说,宋元之交的虎丘派禅僧诗,正处在其发展的全盛期,除以上所举外,现存数十首诗作的禅僧可谓不胜枚举,其遭遇世变的结果是:一部分绵延入元,一部分流扶桑。无准师范、石溪心月和虚堂智愚等径山长老都有一些日本弟子,其中国弟子中也有受邀东渡的,他们直接成为日本"五山"禅寺之开山。

　　以上根据《全宋诗》和《宋代禅僧诗辑考》,对宋代禅僧诗的发展概况作了极为粗略的叙述,从中不难看到,有大量的个案研究值得进行而尚待开展。不过,在深入研究个案之前,对相关文献及其表述特征,禅僧诗的基本类型和风格倾向有所了解,将不无裨益。下文分述这几个方面。

三、相关文献及其表述特征

上文说过,禅僧是现存宋诗除"士大夫"以外最大的作者群。这当然是我们能够搜集到的资料所显示的情形,原本不太合乎情理。因为那个时代具有写作能力的人中,落第举子的数量无疑最大,他们应该是比"士大夫"更大的作者群,其创作量决不可能低于禅僧这一特殊群体。然而,除了作为"江湖诗人"的部分,以及少量例外,那么多落第举子的作品都没能流传下来。禅僧的情况则与此不同,他们建立了一个特殊的文献系统,在书籍的编纂、出版、保存、传习诸环节,都较少受世俗的影响而相对独立,所以能避开不少导致文献失传的因素,而将业绩传给后人。

当然,佛教文献建立其独立的"大藏经"系统,不自宋代始,但禅家对此也有所增益和变革。比如在僧人传记方面,以"译经"、"义解"等"十科"为基本分类的"高僧传"模式虽也延续不断,但就禅宗僧人来说,最重要的却是新兴的"灯录"模式。自《景德传灯录》始,宋代又陆续编纂了《天圣广灯录》、《建中靖国续灯录》、《联灯会要》、《嘉泰普灯录》和《五灯会元》,接下去还有明人编的《续传灯录》、《增集续传灯录》、《续灯存稿》、《继灯录》,清人编的《续灯正统》、《五灯全书》等,形成一个庞大的系列。此外还有专门的禅僧传记集,如惠洪的《禅林僧宝传》。一般来说,禅宗僧人并不注释经典、写作专著,但著名的禅僧大致会有弟子编撰的"语录"传世,很多"语录"会附载禅僧的诗偈、法语、书信等,兼具别集的功能。而且,除了单行的语录外,很早就出现了《古尊宿语录》那样的语录总集。有些禅僧撰有笔记,如惠洪的《林间录》,与此相似的还有《人天眼目》那样的杂著。以上这些类型的书籍中,都可能记录禅僧诗作品。

一部分禅僧出版了诗文别集,北宋如参寥子道潜的诗集、蒋山法泉的《证道歌颂》,南宋更有《北磵集》、《无文印》等。总集也不在少数,如《禅门诸祖师偈颂》、《禅宗颂古联珠通集》、《禅宗杂毒海》等,更是禅僧诗的渊薮。

阅读和使用这些与禅宗相关的文献,必须掌握其表述特征。与一般传记不同,"灯录"的记事重点是摘录禅僧的精彩发言,而不是对禅僧行履的纪年式叙述。除了社会影响甚大的人物外,绝大部分传主都没有记其生卒年,甚至只提供名单而已,了无生平记述。但是它有一个突出的优点,就是几乎所有被收录的禅僧,都被编入代代相续的传法谱系之中,依其法系不难判断该僧的活动时期。可以与此印证的还有一类资料,叫"宗派图",《续藏经》中有明人编的《禅灯世谱》,而日本保存着南宋人绘制的《禅宗传法宗派图》[1]和《佛祖宗派图》[2],后者将菩提达磨以下四千多位禅僧编入了法系,大部分与"灯录"所载一致。这充分说明了禅林对于法系的重视程度,从研究的角度说,我们了解一位禅僧诗作者的法系,大约相当于了解一位世俗作者的家世。

除了法系外,禅宗文献对禅僧的称呼方式,值得特别提出。禅僧有两个字组成的法名,但史料中往往只以下字称呼之,如大慧宗杲省称"径山杲",黄龙慧南省称"黄龙南",乃至于"南禅师"、"南书记"、"南匾头"之类。于是,有一些禅僧的法名,我们现在只能知其下字,不知上字。与法名连称的还有字号(包括表字、赐号、自号)和所住寺院名,常见的方式有:寺名加法名,如"雪窦重显"、"慧林宗本"等;赐号加法名,如"真净克文"、"佛眼清远"等;法名下字加表

---

[1] 日本东福寺所存《禅宗传法宗派图》,见《大日本古文书·东福寺文书之一》,东京大学出版会,1956年。
[2] 南宋汝达《佛祖宗派图》,整理本见[日] 须山长治《汝達の〈仏祖宗派総図〉の構成について——資料編》,《駒澤短期大学仏教論集》9,2003年。

字,如"洪觉范"(惠洪字觉范)、"可正平"(祖可字正平)等①。这对于区别法名(或仅其下字)相同的禅僧,是非常有效的,而在我们辑录禅僧诗作品,或考察某位禅僧的生平、交游时,不了解这种称呼方式,几乎就寸步难行。比如《禅宗颂古联珠通集》,辑录了四十卷禅僧诗,但其所标示的作者名,全是"洞山聪"、"泉大道"、"野轩遵"、"佛印元"这样的简称,须对照"灯录"和"宗派图",才能确认他们是洞山晓聪、芭蕉谷泉、中际可遵和佛印了元。故《全宋诗》编纂之时,对此书虽已利用,但很不充分。类似的问题在面对所有禅宗文献时,几乎都会碰到,《宋代禅僧诗辑考》在很大程度上就是为此而作的。

　　宋代禅僧诗作品能获得良好的保存,还有一个不可忽略的原因,就是宋代禅僧不但拥有中国的后继者,还有他们的"东海儿孙"。我们熟知,日本保存了不少中国已经失传的古籍,但总体上说,世俗文献中哪些会失传、哪些被保存,是具有偶然性的,而禅宗文献则是具有系统性地被彼邦所保存,因为日本的禅林需要传习这些文献。大量的书籍由于被收入《大正藏》、《续藏经》而变得通行,但考其原本,有许多是仅存于日本的。此外还有南宋人编的《中兴禅林风月集》和宋末元初禅僧所编《江湖风月集》,是很重要的僧诗总集,近年才从日本回传,一起回传的还有《物初剩语》、《籁鸣集》等禅僧别集。在宋元易代之际,有不少禅僧作品、禅林资料因东渡日本而幸免于中国的战火焚烧,某些中日禅僧的唱和诗稿,更因日僧的携去而仅存,如近年被介绍到中国学界的《无象照公梦游天台石桥颂轴》和《一帆风》,就是两国禅僧的唱和诗轴,都包含了数十首宋僧作品。

---

① 详细请参考周裕锴《略谈唐宋僧人的法名与表字》,《宋僧惠洪行履著述编年总案》附录,高等教育出版社,2010年。

值得一提的还有收录在《大日本佛教全书》中的《新撰贞和分类古今尊宿偈颂集》三卷和《重刊贞和类聚祖苑联芳集》十卷，编者是日本"五山"禅僧义堂周信(1325—1388)，乃宋末渡日禅师无学祖元的三传弟子。他曾搜集宋元禅僧和一些日本僧人的诗歌，分类编订，前者据说是一个盗印本，后者才是周信晚年重新修定的。现在看来，有关南宋禅僧，特别是宋元之交禅僧及其作品的资料，义堂周信所掌握的很大一部分在我们的闻见之外，无疑值得重视。当然，这两部总集标示作者的方式，与其它许多禅籍一样，也以"大慧杲"、"投子青"甚或"汾阳"、"虚堂"那样的简称为主，但有时候会注明其嗣法何人，给我们确认作者带来方便。可以说，日本禅僧编纂的文献，也完全继承了宋代禅籍的表述特征。

四、禅僧诗的种类

我们所谓的"宋代禅僧诗"，实际上不能简单地定义为"宋代禅僧所写的诗"，因为它们辑自以上所介绍的各类文献，而辑录之时，对于某些作品是不是"诗"，是需要判断的。判断的标准自然宽严有别，所以大体而言，"禅僧诗"包括了以下几个不同的种类。

第一类当然是体制上与世俗文人所作无异的真正的"诗"。这一类无须多加说明，像《参寥子诗集》和《江湖风月集》等别集、总集所收录的，以及禅僧与士大夫的唱和之作、中日禅僧唱和诗轴中的作品，都属此类。与下述其它种类的禅僧诗不同，这种传统意义上的"诗"更容易进入诗歌批评者的视野，被各家诗话所点评，而长于写作者便获得"诗僧"之称。自唐代以来，就有皎然、贯休等著名的"诗僧"，北宋禅僧中大概以参寥子道潜的声誉为最高。

第二类按中国传统的文体分类系统，应该属于"文"而不是

"诗",如题名为"赞"、"铭"、"颂"之类的韵文。这些韵文既押韵而又多为齐言体(每句字数相同),形式上与诗无别,一般集部书籍虽归入"文",但自六朝以来,僧人的作品就经常与文体分类系统产生冲突。这可能因为佛教经典所显示的印度的文体分类没有中国那么复杂,一般只分散文体(sūtra,修多罗,长行)和诗体(gatha,伽陀,偈颂;geya,祇夜,重颂),也就是说,没有与"诗"相别的"韵文"。那么,僧人就很容易把诗与韵文等量齐观,恰恰诗体的法语又被汉译为"颂",而中国的"颂"又是韵文的一个类别,这就出现了僧俗差别:俗人写的"颂"是文,而僧人写的"颂"可能是诗。这个情况当然会蔓延到别的韵文类别,可想而知,僧俗之间亦难免相互影响,到了宋代,就显得非常因人而异:有些人严格区别诗与韵文,甚至把诗与偈颂也区别开来,有些人则毫无区别的观念。在这种情况下,现在从事辑录的人,是只好从宽,无法从严的,因为即便被作者的别集编在"文"类的作品,如果用的不是四言而是五、七言,就有可能被他人所编的总集当作"诗"收录。

  第三类就是偈颂了。由于禅僧们区别诗与偈颂的观念各不相同,故这一类与第一类在实际区分上是非常困难的。推其源起,偈颂是印度诗体的汉译,译经的人经常是用中国的五、七言诗体去对译的,但不一定用韵,所以佛教徒有时候会模仿翻译文体,作无韵的偈颂。这与我们对"诗"的要求差距甚远,但因为相当少见,姑且可以不论。更多的情况是,虽然用韵,但语言浅俗,以此与诗相别。可想而知,对于形式上完全一致的东西,要根据语言风格去作出区分,几乎是不可操作的,更何况许多作者并无区分的意识。从名称上说,"偈"是音译,"颂"是意译,若题名为"偈"的视为诗,则题名为"颂"的也可视为诗,问题是我们不易判断作者所谓的"颂"是"偈颂"之"颂",还是中国传统的韵文体之"颂",实际上他完全有可能不加分别,这就使第二、三类之间,也经常难以区分。

　　第四类是禅家特有的创作体制,即针对前代某一公案发表见解、体会,撰成一颂,名曰"颂古"。它也许可以被视为"颂"的一种,但语录、灯录中都有此专名,而且还有专门收录"颂古"的总集,如《禅宗颂古联珠通集》四十卷,就是《全宋诗》和《宋代禅僧诗辑考》所用的重要文献。此类"颂古"以七言绝句体最为常见,其特殊性在于,读者须同时阅读相关的公案,才能索解。举个例子,如《禅宗颂古联珠通集》卷十九载以下公案:

　　　　赵州问一婆子:"甚么处去?"曰:"偷赵州笋去。"师曰:"忽遇赵州,又作么生?"婆便与一掌。师休去。

这是唐末五代禅僧赵州从谂的故事,在这公案下面,《通集》辑录了宋人的十首"颂古",较易理解的有"野轩遵"即云门宗中际可遵禅师的一首:

　　　　赵州笋,被婆偷,遭掴如何肯便休? 合出手时须出手,得抽头处且抽头。

意思相近的还有"佛鉴懃"即临济宗杨岐派太平慧懃禅师的一首:

　　　　从来柔弱胜刚强,捉贼分明已见赃。当下被他挥一掌,犹如哑子吃生姜。①

---

① 宋僧法应编、元僧普会续编《禅宗颂古联珠通集》卷一九,《续藏经》本。

跟许多用语浅俗的偈颂一样,我们可以把这样的"颂古"看作白话诗,但其含义却并不简单。婆子去偷赵州的笋,而被赵州当场捉住,人赃俱获,可谓身陷绝境。没有别的办法了,她只好放手一搏:一掌打去。面对这绝地反击、意在拼命的婆子,赵州岂敢与之争锋,当即"休去"。——这真是意味深长的行为艺术,但与其说赵州与婆子本人出于此意,还不如说可遵和慧懃对此公案的参悟结果如此。比较来说,以上第一、二类禅僧诗,体制上与世俗文人所作无别,第三类也与其他宗派的僧人所作无别,只有这"颂古"一类,则专属禅僧。故就禅僧诗本身而言,研究上似须以这一类为中心。

最后还有第五类,是与严格的"诗歌创作"距离最远的,几乎不能视为"作品"的文本,姑且称为"有韵法语"。语录、灯录中所见禅僧上堂说法,经常包含押韵的语句,后人编纂僧诗总集,有时会把这种押韵的段落当诗辑出,《全宋诗》和《宋代禅僧诗辑考》也尊重了这一传统,尽量收录"有韵法语"。不过,此类文本的取舍、分割有较大的随意性。如果禅僧的某一次发言全部用韵,那当然可以看作一首诗,但常见的情形是部分用韵,或者基本用韵但夹杂某些散句,这就既可以舍弃不顾,也可以舍弃散句而把押韵的几句分割出来当成"诗"。这样的"诗"在性质上相当于有些诗集中所录的"口号",可以相信不少禅僧是有意为之的,但也有可能是灯录、语录的编辑者修饰而成,我们现在既无从甄别,又无法保证经过分割而得的一首"诗"在表意上的完整性,所以禅僧诗中虽然有此一类,但基本上不宜视为独立的作品。

五、禅僧诗风浅论

作为一个特殊的社会群体,相同的身份和生活状态使禅僧们的诗歌创作在风格上呈现出相当大的趋同性,这是不难理解的现象。同时,也因为禅僧是现存宋诗除士大夫外的最大作者群,所以他们的趋同风格对宋诗整体的风貌也有不小的影响。

首先,不光是禅僧,所有僧人的诗作,在题材、内容和表达上都颇受限制,不能写爱情,不能写世俗欲望,对美好事物的过度迷恋、激烈的情绪,以及怀才不遇之感,等等,都不合适。虽然不是每首诗都必须谈及佛理,但过于华丽的"绮语"则须克制。《六一诗话》记载的一个故事非常生动地形容出僧人在写作上所面临的这种困境:

> 国朝浮图,以诗名于世者九人,故时有集号《九僧诗》,今不复传矣。余少时闻人多称之。其一曰惠崇,余八人者,忘其名字也。余亦略记其诗,有云"马放降来地,雕盘战后云",又云"春生桂岭外,人在海门西",其佳句多类此。其集已亡,今人多不知有所谓九僧者矣,是可叹也。当时有进士许洞者,善为词章,俊逸之士也。因会诸诗僧分题,出一纸,约曰:"不得犯此一字。"其字乃山、水、风、云、竹、石、花、草、雪、霜、星、月、禽、鸟之类,于是诸僧皆阁笔。①

除了自然景物,僧人还有什么可写? 那么,在仅有的题材上努力推敲,讲究技巧,锻炼佳句,便是唯一的出路。当然从另一方面说,他们面对自然和从事推敲的闲暇肯定比士大夫要多,对超然世外的萧散意态、清苦境况的表现也是其本色,所以虽受限制,仍有特长。我们熟知,欧阳修所提到的"九僧"和某些身份相近的隐士,是宋初"晚唐体"诗歌的代表作家。现在看来,这"晚唐体"虽以时代风格命名,

---

① 欧阳修《六一诗话》,《历代诗话》第 266 页,中华书局,1981 年。

到了宋代却已有群体风格的内涵,其作者多为僧人、隐士,他们构成了诗风相近的特殊群体,而同时存在的"白体",则以士大夫作者为主。这当然不能说成绝对的分野,但诗风与不同作者群的对应关系,大致是可以肯定的。我们若从群体风格的这个角度看待"晚唐体",则欧阳修对僧诗的另一种批评,即所谓"菜气",以及苏轼所说的"蔬笋气",乃至用语更为苛刻的"酸馅气"之类①,就与"晚唐体"有相当重叠的含义。按宋代文学史的通常叙述,"晚唐体"出现在北宋初期和南宋后期两个时段,后一个时段的"晚唐体"也可以称为"江湖体"。上文已提及,"江湖"一名的含义也主要指向作者的非士大夫身份,"江湖诗人"也包含僧人。所以,如果把全部僧诗考虑在内,我们也可以说"晚唐体"一类的诗风在两宋三百年间是从未绝迹的。虽然作为诗风的"晚唐体"可以蔓延到僧人以外的作者身上,甚至也有高级士大夫主张或擅长于此,不能专指僧诗的群体风格,但只要我们承认僧诗群体风格的存在,则其与"晚唐体"的密切关系,就值得充分重视。毫无疑问,宋代僧诗的绝大部分就是禅僧诗。

另一方面,从北宋中期起,优秀的诗僧往往因为对僧诗群体风格的摆脱,而获得士大夫的赞誉。实际上,无论是"菜气"还是"蔬笋气"的说法,在原来的语境里,都是为了称赏某僧的诗句不同凡响,而说他没有此"气"。不过这种赞誉经常也引起反对的意见:如果僧人为了避免"蔬笋气"而努力向世俗文人的作风靠拢,那是否就意味着只有"浪子和尚"才能写出好诗?在此类问题上,禅僧与其他宗派的僧人又有显著的区别。佛教的各宗派中,禅家的作风最为自由、泼辣,富有叛逆精神,敢于挑战成规,禁忌相对较少,故在摆脱"蔬笋气"上具有相当的优势。他们甚至会以禁忌的领域来暗喻佛

---

① 详见胡仔《苕溪渔隐丛话前集》卷五七"僧诗无蔬笋气"条,第406页,人民文学出版社,1993年。

法,如五祖法演曾诵艳诗"频呼小玉元无事,只要檀郎认得声",而圆悟克勤就从中悟禅,写出他的体会:"少年一段风流事,只许佳人独自知。"[①]参禅悟道被比况为"一段风流事",佛门最大的禁忌在言语表达上就不复存在。当然,这只是一种言语上的冒险,除了少数破戒狂僧,一般不会转换到实际行为的。然而,言语冒险正不妨说是禅僧诗的突出特征,不只是艳情话语、战争、武器、屠杀类话语,还有呵佛骂祖、对丑陋事物的形容、出人意料的比喻、莫名其妙的跳跃,故意的自我矛盾,逆向思维,以及鄙俚俗语的大量运用等等,禅僧们斗机锋时的表达风格,也全盘被移入诗歌创作,真可谓"语不惊人死不休"。具有此种言语追求的某些禅僧会成为"江西诗派"中人,并不是一件奇怪的事,我们完全可以倒过来认为:构成黄庭坚"诗法"的不少因素原本来自禅家言语冒险的影响。

值得特别提及的是大量运用俗语所造成的诗歌白话化倾向。自唐寒山、王梵志以来,白话诗已自成一种写作传统,而继承这一传统的主要就是禅僧。在上节列举的禅僧诗各种类中,偈颂类、"颂古"类以及从语录、灯录中辑出的"有韵法语",都包含了一部分可称白话诗的作品。虽然宋代的禅宗不断地走向亲近士大夫的一途,但作为宗教,也必定不能抛弃其世俗面向,禅僧们不但要给士大夫说禅,也须给平民百姓说禅,故禅僧诗的白话化倾向与其作者的身份也是相应的。而且,若论宋代的白话诗,主要的部分怕就是禅僧诗,数量上应远超唐代。这也是我们搜集和研究宋代禅僧诗的一大意义。

当然,更多的禅僧诗作品不是纯粹的白话诗,而是文言、白话并用,有意识地造成一首诗在言语风格上的不一致,比如北宋上方齐

---

① 《五灯会元》卷一九,第1254页,中华书局,1984年。

岳禅师的一首《颂古》：

云生洞里阴，风动林间响。若明今日事，半斤是八两。①

前面是对仗工整、格律稳妥的"正常"诗句，最后却来一句俗语。还有与此相反的情形，如中际可遵禅师的一颂：

八万四千深法门，门门有路超乾坤。如何个个踏不着，只为蜈蚣太多脚。不唯多脚亦多口，钉嘴铁舌徒增丑。拈椎竖拂泥洗泥，扬眉瞬目笼中鸡。要知佛祖不到处，门掩落花春鸟啼。②

这大概是说禅僧们的行为都是多余的，把他们比为多脚的蜈蚣，做的事情也仿如以泥洗泥而已。全首基本上使用白话口语，但最后一句却变为"正常"而且很优美的诗句。言语风格上的前后不协，破坏了习见的诗歌格调，所以不少批评家对此表示不满，如明代杨慎云：

至于筋斗样子、打乖个里，如禅家呵佛骂祖之语，殆是《传灯录》偈子，非诗也。③

他认为杂入俗语的这类文本，只能叫做偈子，不是诗。然而，这种"筋斗样子"带来的对习见诗歌格调的破坏，却正是禅僧诗作者有意追求的效果，那无疑也是言语上的一种冒险。北宋有一位以"筋斗"著称的禅僧，即西余净端，语录记其事：

---

① 《宋代禅僧诗辑考》第57页。
② 《宋代禅僧诗辑考》第92页。
③ 杨慎《丹铅余录》卷一六，《文渊阁四库全书》本。

> 师到华亭祇园寺,众请升座,云:"本是霅川师子,却来云间哮吼。佛法无可商量,不如打个筋斗。"遂打筋斗,下座。①

很显然,"打筋斗"是对升座说法之类禅僧日常行为的破弃。诗歌中突然转变言语风格,也正如打了一个"筋斗",其破弃之意与此无异。所以,我们恰恰可用"筋斗样子"一语,来概括最大部分禅僧诗的诗风。包含它在内的各种言语冒险所带来的冒险乐趣,在我看来是禅僧们如此勤于写作的最根本原因。

【原载《跨界交流与学科对话——宋代文史青年学者论坛》,浙江大学出版社,2015年】

---

① 《湖州吴山端禅师语录》卷上《西余大觉寺语录》,《续藏经》本。

《中兴禅林风月集》续考

《中兴禅林风月集》上、中、下三卷,题"若洲孔汝霖编集,芸庄萧瀣校正",为宋末江湖诗人所编僧人绝句集,共百首。本土久已失传,而行于东瀛之禅林,近年因编辑、补订《全宋诗》之故,始受中国学者注意。张如安、傅璇琮《日藏稀见汉籍〈中兴禅林风月集〉及其文献价值》①已据所得龙谷大学藏本补辑《全宋诗》,嗣后卞东波《〈中兴禅林风月集〉考论》②、黄启江《南宋诗僧与文士之互动——从〈中兴禅林风月集〉谈起》③继续比对各自所得异本,考论其中诗人、诗作,颇多收获。黄文对现存的各种版本罗列最详,下文所据主要为大冢光信编《新抄物资料集成》第一卷影印本,即其所谓"《集成》本",原本则藏于名古屋市蓬左文库④,有估计为日本五山禅僧所作的注释,与龙谷大学藏本的注释基本近似。这些注释提供了不少有关诗僧的传记信息,有的可与现存的其它史料互相印证,有的却找不到旁证,也不知注者所据为何种资料。就此类"抄物"的一般情形而言,其注释所反映的未必只是注者个人的学识,而很可能是历代禅林讲习的累积,也就是说,信息的来源可能很早。在宋元之

---

① 《文献》2004 年第 4 期。
② 《域外汉籍研究集刊》第三辑,中华书局,2007 年。
③ 收入所著《一味禅与江湖诗》,台湾商务印书馆,2010 年。
④ 下文误以为"原本藏于日本京都府立综合资料馆",黄文亦承此误。笔者检核,《新抄物资料集成》第一卷所印有京都府立综合资料馆藏《中兴禅林风月集抄》、名古屋市蓬左文库藏《中兴禅林风月集》二种,而下文所谓"《集成》本"实指后者。

交,中日禅僧交往频繁的时代,宋元东渡的僧人和日本的入宋、入元求法僧人,都可能获悉有关诗僧的传记信息,通过五山禅林历代讲习,这些信息借"抄物"而传递至今,所以,今人即便找不到其它史料与之印证,亦不可以忽视它的价值。

本文即以蓬左文库藏本的注释为主要依据,旁参龙谷大学藏本以及其它现存史料,对《中兴禅林风月集》收诗的作者(诗僧)加以考证。因为上述张、傅、卞、黄诸文已经有所考证,故本文题为"续考"。三卷收入作品的诗僧共62位,有些已见于《全宋诗》(但《全宋诗》根据的是其它史料),故对照《全宋诗》及其小传,叙录于下。

1. 道潜

见《全宋诗》第16册,10715页,录诗十二卷,已含本集诗。

按,参寥子道潜(1043—?)[①]是北宋著名诗僧,据陈师道《后山集》卷一一《送参寥序》云:"妙总师参寥,大觉老之嗣。"可知他是云门宗禅僧大觉怀琏的弟子。

2. 保暹

见《全宋诗》第3册,1445页,录诗二十五首,已含本集诗。

按,本集名"中兴",当指南宋,但开卷二僧实是北宋僧(以下亦尚有疑为北宋僧者),不知何故。

3. 显万

见《全宋诗》第28册,18276页,录诗十四首,张如安、傅璇琮辑本集诗三首补之。

[①] 《东坡题跋》卷六《跋太虚辨才庐山题名》:"太虚今年三十六,参寥四十二,某四十九。"据此,道潜比东坡小七岁。

蓬左文库本注："字致一，本集号悟溪。"按，"悟溪"应是"浯溪"之讹。据《全宋诗》小传，显万曾见吕本中（1084—1145），应该是北宋末、南宋初的诗僧。

4. 蕴常

见《全宋诗》第 22 册，14615 页，录诗十首，已含本集诗。

蓬左文库本注："字不轻，号野云，金山寺无用之弟子也。"据《全宋诗》小传，蕴常字不轻，与苏庠（1065—1147）兄弟相交，乃北宋末诗僧，著有《荷屋集》。按，南宋赵蕃（1143—1229）《淳熙稿》卷六有《寄青原山常不轻》诗，卷二〇《代书寄周愚卿二首》之二云："穷冈冈上欧阳子，荷屋屋中常不轻。"同卷《寄周愚卿》云："青原若访常荷屋，助尔扶携觅句新。"综合起来看，赵蕃所说的住在"荷屋"里的"常不轻"，应该就是字不轻而又著有《荷屋集》的蕴常，但他是南宋中期的诗僧。《全宋诗》第 47 册 29653 页有诗僧"常不轻"者，录诗一首，小传说他与杨冠卿（1138—?）有交往，则与赵蕃诗所云应是同一位僧人。蓬左文库本注中的"金山寺无用"，不知何人，南宋临济宗大慧宗杲的法嗣中有无用净全（1137—1207），也许可以推测蕴常是他的弟子①。不过，《全宋诗》所载蕴常诗中，有题为《别苏养直》者，则确是北宋末与苏庠相交的僧人所作。虽然我们也不妨设想一个年龄在苏庠、赵蕃之间，可以前后相及的蕴常，但更可能的是前后有两个同名的僧人，其诗作被混在了一起，现在也难以分辨了。

5. 法具

见《全宋诗》第 27 册，17452 页，录诗十七首，张如安、傅璇琮辑

---

① 无用净全见《全宋诗》第 47 册，29565 页，录诗七首。净全的各种传记，都未提到他住持金山寺，但他在径山寺参大慧宗杲，并嗣其法。有可能"金山"是"径山"之讹。

本集诗一首补之。

蓬左文库本注:"字圆复,号化庵,大鉴派僧。"按,《直斋书录解题》卷二一著录《化庵湖海集》二卷,"僧法具圆复撰",与此注可以互证。但"大鉴派"一语却极其无谓,"大鉴"即六祖慧能,宋代的禅宗都自慧能而出,没有一个不是"大鉴派"。在说明禅僧的派系时,不应该有"大鉴派"这样的说法,所以这很可能是"佛鉴派"的抄讹①。果真如此,则法具为临济宗杨岐派佛鉴慧懃(1059—1117)之弟子。楼钥(1137—1213)《攻媿集》卷七三《跋云丘草堂慧举诗集》云:"近世诗僧,如具圆复、莹温叟辈,沦落既尽。"具圆复即法具,如果他是慧懃的弟子,则应该比楼钥年长,而又有可能共世,称为"近世诗僧"是很合适的②。

6. 道全

见《全宋诗》第 13 册,9058 页,录诗六首,已含本集诗。

蓬左文库本注:"字大同,号月庵。"按,《全宋诗》释道全(1036—1084)的小传,据《天台续集别编》卷五谓其"字大同",又据《五灯会元》卷一七、苏辙《栾城集》卷二五《全禅师塔铭》叙其生平。现在看来,这里可能把两位道全合在一起了。《五灯会元》和苏辙所铭的道全,是北宋临济宗黄龙派真净克文禅师的法嗣黄檗道全,并不以写诗见长,也没有"字大同"的记载。南宋的有些资料中,倒可以见到字号为"大同"的全禅师,如《钱塘湖隐济颠禅师语录》中说,济公圆寂后三日,"时有江心寺全大同长老,亦知,特来相送。会斋罢,全大同长老与济公入龛,焚了香曰:大众听着。才过清和昼便长,莲芝

---

① 日文的"佛"写作"仏",笔画潦草或字迹模糊的时候可能被误认为"大"。
② 提及蕴常和法具二僧的,还有《竹庄诗话》卷二一、《舆地纪胜》卷五引洪迈《夷坚己志》一条。

芬芳十里香。衲子心空归净土,白莲花下礼慈王……"由此可见,湖隐道济(1137—1209)卒时,全大同犹住江心寺;而日本东福寺本《禅宗传法宗派图》(见《大日本古文书·东福寺文书之一》)有"大同全禅师",乃临济宗杨岐派圆极彦岑之法嗣、云居法如(1080—1146)之法孙;另外,黄龙派涂毒智策(1117—1192)之法嗣古月道融撰《丛林盛事》,其卷下也记有"四明道全,号大同者",录其赞金沙滩头菩萨像一首。推算时代,以上三种资料中的全禅师可为同一僧,他才应该是本集的诗僧道全。《全宋诗》所录"释道全"诗六首,宜分属两位道全,而湖隐语录所录一偈,《丛林盛事》所录一首,都可补南宋禅僧道全之诗。

7. 昙莹

见《全宋诗》第 38 册,24021 页,录诗七首,已含本集诗。

蓬左文库本注:"自号萝月。"按,《四明尊者教行录》卷五《上永安持山主书》有"乾道二年(1166)四月八日萝月昙莹"跋,就是此僧。《乐邦文类》卷五有萝月禅师昙莹《西归轩》诗,《禅宗杂毒海》卷四也收有"萝月莹"《妙高台》诗,可补《全宋诗》之阙。

8. 志南

见《全宋诗》第 45 册,27690 页,录诗一首,即本集《江上春日》诗,仅第二句文字有所差异。

蓬左文库本注:"武夷僧也,雪豆派也。"按,禅家讲"雪豆",通常是指雪窦重显(980—1052),则志南乃云门宗僧。但朱熹《晦庵集》卷八一《跋南上人诗》云:"南上人以此卷求余旧诗,夜坐为写此……南诗清丽有余,格力闲暇,绝无蔬笋气,如云'沾衣欲湿杏花雨,吹面不寒杨柳风',余深爱之,不知世人以为如何也。淳熙辛丑清明后一日,晦翁书。"朱熹所引的"南上人"诗句,就是《江上春日》的后两句,所以"南上人"就是志南,他与朱熹同时,应是南宋僧人,与雪窦重显相去甚远。而且,云门宗在宋室南渡后凋零殆尽,因此我怀疑蓬左文库本注中的"雪豆"不指重显。在朱熹写作上引跋文的淳熙八年(1181),雪窦寺的住持是自得慧晖(1097—1183)禅师①,紧接着是足庵智鉴(1105—1192)禅师②,这两位都是曹洞宗的尊宿,最后都在雪窦寺迁化,志南可能是他们中某一位的弟子。

9. 宝昙

见《全宋诗》第43册,27084页,录诗四卷,已含本集诗。

蓬左文库本注:"自号橘洲。"按,橘洲宝昙(1129—1197)是南宋著名诗僧,但他在禅门的法系却颇有问题。《丛林盛事》卷下云:"昙橘洲者,川人,乃别峰印和尚之法弟。"《增集续传灯录》第六《杭州径山石桥可宣禅师》亦云:"蜀嘉定许氏子,别峰印公、橘洲昙公之师弟,昙又其同气。时人谓师禅与印,诗与昙相颉颃。"据此,橘洲宝昙与别峰宝印(见《全宋诗》第36册,22520页)、石桥可宣(《全宋诗》漏收其诗)是同门师兄弟,而在俗时又与可宣为亲兄弟,所以宝昙应属于临济宗杨岐派,为圆悟克勤(1063—1135)的法孙、华藏安民的法子。但是,《续藏经》中有宝昙自著的《大光明藏》一书,分门别派介绍前代主要禅僧,而于圆悟克勤的法嗣只录大慧宗杲(1089—1163)一人,宰相史弥远为此书作序,也说:"橘洲老人,蜀英也,有奇才,能属文,语辄惊人。一日忽弃所业,参上乘于诸方,后造妙喜室中,决

---

① 《嘉泰普灯录》卷一三《临安府净慈自得慧晖禅师》:"绍兴丁巳(1137),待制仇公念请开法补陀,徙万寿及吉祥、雪窦。淳熙三年(1176)敕补净慈……七年(1180)秋退归雪窦,晦藏明觉塔。十年(1183)仲冬二十九日中夜,沐浴书偈而逝。"
② 楼钥《攻媿集》卷一一〇《雪窦足庵禅师塔铭》:"(淳熙)十一年(1184),雪窦虚席,众皆以师为请……勉为起废,一住八载。"可见足庵智鉴是紧接自得慧晖住持雪窦寺的。

了大事。"妙喜就是大慧宗杲,据此说法,宝昙应嗣宗杲,为临济宗大慧派禅僧。宋代传下来的各种灯录、宗派图,在华藏安民、大慧宗杲下面的法嗣中都不列宝昙。可能的情况是:宝昙本来是华藏安民的弟子,但出川之后,看到大慧宗杲影响巨大,所以改嗣大慧。但这样一来,他虽然以诗著称,为士大夫所喜,却得不到禅门的首肯了。

10. 居简

见《全宋诗》第53册,33032页,录诗十二卷,张如安、傅璇琮辑本集诗一首补之。

蓬左文库本注:"字敬叟,号北磵,蜀人。"按,有关北磵居简(1164—1246)的详细论述,请参考黄启江文。

11. 法照

见《全宋诗》第57册,35977页,录诗四首,含本集《表忠观》一首,张如安、傅璇琮辑本集法照诗另三首补之。

蓬左文库本注:"天台僧,号晦岩,大川弟子。"按,大川普济(1179—1253)是南宋临济宗大慧派禅僧。《全宋诗》小传则据《新续高僧传四集》卷三叙述法照的生平,依其所叙来看,他就是天台宗的佛光法照法师(1185—1273),在《续佛祖统纪》卷一有更详细的传记。考虑到南宋浙江地区台教、禅宗颇有互染,则法照曾拜大川普济为师,是不无可能的事。

12. 义铦

见《全宋诗》第72册,45297页,录诗一首,无小传。

蓬左文库本注:"字朴翁,号朴庵,会稽之名士葛无怀,字天民,后作僧也。"按,葛天民是南宋江湖诗人,见《全宋诗》第51册,32062

页,录诗一卷,已含本集诗。陈新等《全宋诗订补》[①]已指出《全宋诗》将葛天民与释义铦分列之误,应该合并。朴翁义铦在禅门属临济宗大慧派,是佛照德光(1121—1203)的法嗣,禅门典籍如《禅宗颂古联珠通集》《禅宗杂毒海》,以及日本义堂周信所编《重刊贞和类聚祖苑联芳集》《新撰贞和分类古今尊宿偈颂集》中,都有义铦的不少佚诗,可补《全宋诗》之阙。

13. 正宗

蓬左文库本注:"杭州之吴山僧。"张如安、傅璇琮以为即《全宋诗》第28册18274页之"释正宗",辑本集诗一首补之。按,《全宋诗》录正宗诗五首,小传云:"出家后居梅山……有《愚丘诗集》。"释晓莹《云卧纪谭》卷上载"池州梅山愚丘宗禅师"与练塘居士洪庆善夜话,这"愚丘宗禅师"应该就是正宗,他是两宋之交的禅僧,但法系不明。

14. 志道

《全宋诗》无志道。

蓬左文库本注:"会稽人,号萝屋,痴绝派也。"按,痴绝道冲(1169—1250)是南宋临济宗虎丘派禅僧,志道在他的派下,算来已是宋元之交的僧人了。

15. 永颐

见《全宋诗》第57册,35983页,录诗一卷,张如安、傅璇琮辑本集诗一首补之。

---

① 《全宋诗订补》第697页,大象出版社,2005年。

蓬左文库本注:"蜀成都人也,字山老,号云泉,无准派僧也。"按,无准师范(1178—1249)是南宋临济宗虎丘派禅僧。黄启江文对永颐有比较详细的考证。

16. 善珍

见《全宋诗》第60册,37774页,录诗一卷,已含本集诗。

蓬左文库本注:"字藏叟,青原人也。"按,藏叟善珍(1194—1277)是南宋末的禅僧,嗣法于妙峰之善(1152—1235),之善是佛照德光(1121—1203)的法嗣,属临济宗大慧派。善珍诗除《全宋诗》所录外,在《增集续传灯录》、《禅宗杂毒海》及义堂周信编的两部诗集中,还有一些。

17. 斯植

见《全宋诗》第63册,39319页,录诗二卷,已含本集诗。

蓬左文库本注:"字子莫,号芳庭,天台人也。芳庭法师,玄会弟子也,在天台日久,故极知山之根源也。"按,黄启江文对斯植考证较详。

18. 大椿

《全宋诗》无大椿。

蓬左文库本注:"字老壑,号灵岳。……文集十卷,行于世。"张如安、傅璇琮以为即《宋诗纪事补遗》卷九六所录释大椿。

19. 惠斋

《全宋诗》无惠斋。

蓬左文库本注:"字举直,至于庐山东溪寺,参常崇禅师。有文集四十六卷,号《草堂集》。"按,张如安、傅璇琮据龙谷大学藏本录作"慧峰",但无论是"慧斋"还是"慧峰",都像别号而不像僧人的法名,而本集的署名是一律用法名的。我以为这是"慧举"之讹。惠举是南宋的诗僧,周必大《文忠集》卷一七一《乾道壬辰(1172)南归录》二月戊午条有云:"有僧慧举,字举直,姓朱氏,父祖皆仕宦,颇能诗,住庵在数里间。闻予入山,来相伴。"楼钥《攻媿集》卷七三《跋云丘草堂慧举诗集》云:"余顷岁游云岩,有诗牌挂壁上,拂尘读之,云:'朝见云从岩上飞,暮见云归岩下宿。朝朝暮暮云来去,屋老僧移几翻覆。夕阳流水空乱山,岩前芳草年年绿。'爱其清甚,视其名,则僧举也。曰:'非季若乎?'僧曰:'此今之庐山老慧举也。'后得其诗编,号《云丘草堂集》,及与吕东莱紫微公、雪溪王性之、后湖苏养直、徐师川、朱希真诸公游,最后尤为范石湖所知,尽和其大峨诸诗……"周必大记慧举"字举直",楼钥记慧举的集名叫《云丘草堂集》,与蓬左文库本的注释合若符节,这一方面可以纠正本集署名的讹误,另一方面又可以证明本集的注释必有传承的依据。在范成大的《石湖诗集》中,可以见到他与一位"举书记"唱和,必定就是慧举了;陆游《渭南文集》卷二九也有一篇《跋云丘诗集后》,历叙宋朝诗僧,而对慧举甚为推崇。不过,我们现在能够看到的慧举作品,也只有楼钥所引的诗牌,以及本集的《琅花洞》一首而已。另外,上引注中所云庐山东溪寺常崇禅师,不见于宋代灯录的记载,不知是何人,若指东林常总(1025—1091),则慧举似乎不及见之。依楼钥所记,慧举确实到过庐山,此注必有所本,有待考证。

20. 绍嵩

见《全宋诗》第 61 册,38605 页,录诗七卷。张如安、傅璇琮辑本集诗二首补之。

蓬左文库本注:"字亚愚,青原人也,痴绝派僧也。"按,痴绝道冲(1169—1250)是南宋临济宗虎丘派的禅僧,黄启江文对绍嵩有详细的考论。

21. 行昱

《全宋诗》无行昱。

蓬左文库本注:"字如昼,号龙岩。"按,张如安、傅璇琮考证他是宋末句容僧,又录其字作"如画",与蓬左文库本异。但此僧名"昱",当以字"如昼"为是。

22. 永际

《全宋诗》无永际。

蓬左文库本注:"号瘦岩,南州人,大川派也。"按,大川普济(1179—1253)是南宋临济宗大慧派的禅僧。张如安、傅璇琮据龙谷大学藏本录作"永隆"。考无文道璨《无文印》卷七有《瘦岩序》云:"淳祐戊申(1248)二月,隆上人自灵隐访予于径山,以瘦岩谒序。"卷一九又有《与隆瘦岩书》。据此,作"永隆"是正确的。

23. 道璨

见《全宋诗》第65册,41161页,录诗二卷。

蓬左文库本在本集卷上《宿道场云峰阁下》诗题下署名道璨,注:"字无文。"按,张如安、傅璇琮所据龙谷大学藏本无此署名,连上一首《崇真观》都认作"永隆"的作品。由于同卷后面又收有署名道璨的《送汤晦静起盱江守》、《上丞相郑青山》二诗,则同一卷中收录同一人的作品而拆作两处,看来不太合理,所以有理由认为蓬左文库本的前一个署名是衍文。但是,我所见的内阁文库藏白文本《中兴禅林风月集》卷之上,在《宿道场云峰阁下》诗题下也有这个署名,因此还不能断定此诗是永隆而非道璨的作品。无文道璨(1213—1271)是南宋临济宗大慧派著名禅僧,《全宋诗》所录道璨诗中有《迎晦静汤先生》一首,即本集的《送汤晦静起盱江守》,又有《上安晚节丞相三首》,其第一首就是本集的《上丞相郑青山》①,无《宿道场云峰阁下》诗,不过41175页《秋思》诗有"自携团扇绕阶行"之句,与本集所录此诗第二句"自携团扇下阶行"几乎相同。

24. 觉崇

《全宋诗》无觉崇。

蓬左文库本注:"蜀人,号雪牛,圆悟派僧也。"按,圆悟克勤(1063—1135)是临济宗杨岐派著名禅僧,南宋的大慧派、虎丘派都出自圆悟门下,虎丘派的《痴绝道冲禅师语录》卷下有《示觉崇禅人(前往建宁府三峰)》法语,看来觉崇约与道冲(1169—1250)同时。

25. 赤骥

《全宋诗》无赤骥,张如安、傅璇琮辑本集诗二首补之。

蓬左文库本注:"字希良,号北野。"目前尚无其他史料可与印证。

26. 宝泽

张如安、傅璇琮据龙谷大学藏本录作"宗璹",而内阁文库本与蓬左文库本同作"宝泽"。《全宋诗》皆无。

蓬左文库本注:"自号秋岩,文集四十卷行于世也。"目前尚无其他史料可与印证。

---

① "安晚"是南宋宰相郑清之(1176—1251)的别号,所以《全宋诗》所录《上安晚节丞相三首》诗题中的"节"字应当是衍文,或者是"郑"字之讹。

27. 祖阮

张如安、傅璇琮录作"祖元"。内阁文库本与蓬左文库本同作"祖阮"。《全宋诗》无祖阮,另有"释祖元",张、傅以为是另一人。

蓬左文库本注:"字叔圆,又翁渊,号清溪,即密庵派僧。"按,密庵咸杰(1118—1186)是南宋临济宗虎丘派的禅僧。

28. 师侃

《全宋诗》无师侃,本集录其诗共三首。

蓬左文库本注:"天台人也,字直翁,号真山。"按,《全宋诗》第65册40656页有刘澜(？—1276)《夜访侃直翁》诗,"侃直翁"应该就是字直翁的这位师侃了,他与刘澜同时,是南宋末期人。

29. 行肇

本集署名"行肇"的《探梅》一诗,见《全宋诗》第59册,36924页,作者释元肇。"行"字应是抄讹。

蓬左文库本注:"自号淮海。"按,淮海元肇(1189—?)是佛照德光的法孙、浙翁如琰(1151—1225)的法嗣,属临济宗大慧派。黄启江文对元肇有详细论述。

30. 惠嵩

见《全宋诗》第72册,45435页,录诗一首,即本集诗。

蓬左文库本注:"字少陵,青原人也,号雪庭。"按,黄启江指出周弼《端平诗隽》卷二有《送惠嵩上人住西山兰若》诗。

31. 智逸

《全宋诗》无智逸。

蓬左文库本注:"字仲俊,号竹溪,诗集二卷,行于世。"目前尚无其他史料可与印证。

32. 可翔

《全宋诗》无可翔。

蓬左文库本注:"字冲高,自号侵翁也。"张如安、傅璇琮推测为南宋嘉定间吴僧。

33. 宝莹

张如安、傅璇琮录作"宗营",又云《宋诗纪事》卷九三作"宗莹"。《全宋诗》皆无。

蓬左文库本注:"字叔温,玉山人,号玉涧,诗集一卷在。"按,无文道璨(1213—1271)《无文印》卷八有《莹玉涧诗集序》云:"予友莹玉涧,早为诸生,游场屋,数不利,于是以缁易儒。胸中所存,浩浩不可遏,溢而为诗。"应该就是此僧。

34. 希颜

《全宋诗》无希颜,张如安、傅璇琮考明本集所收《普和寺》诗见《宋诗纪事》卷九三,作者"睎颜",字圣徒,号雪溪。

蓬左文库本注:"浙江人也,住元广寺,有录,号曰《希颜录》,行于世也。"按,此僧法名,现存的各种史料或作"希颜",或作"睎颜",又或作"睎颜"。《佛祖统纪》卷一六载:"首座睎颜,字圣徒,自号雪溪,四明奉化人……扁所居小轩曰'忆佛',作诗以见志……"(同书卷二七又作"睎颜"。)这是一位天台宗僧人,又颇事净土,《乐邦文类》卷五载"雪溪首座希颜"《忆佛轩诗》十首,其中一首与《佛祖统纪》所引相同。《四明尊者教行录》卷七有"雪溪希颜"《四明法智大师赞》,作于绍兴甲戌(1154)。《法华经显应录》卷下还有希颜悼无畏法师(法久)一诗。

35. 法渊

《全宋诗》无法渊。

蓬左文库本注:"号别舸,永嘉人。"目前尚无其他史料可与印证。

36. 梦真

《全宋诗》无梦真。

蓬左文库本注:"号觉庵,杭州宣城人也。"按,觉庵梦真是松源崇岳(1132—1202)的法孙、大歇仲谦的法嗣,属临济宗虎丘派。日本尊经阁文库藏有他的《籁鸣集》、《续集》抄本,金程宇先生已录出这两个抄本所载诗二百三十五首①,但其中并不包含本集所录的《寄江西故人》诗,而且,在义堂周信编的两部诗集里,也还有不少梦真的作品,不见于《籁鸣集》和《续集》。看来,日本五山禅林间,还曾流传过他的另一个诗集,有待寻访。另外,《籁鸣集》有《送萧芸庄归江西》诗,可见梦真与本集校正者萧瀚有交往。

37. 自南

见《全宋诗》第70册,44445页,录诗一首,张如安、傅璇琮辑本集诗一首补之。

蓬左文库本注:"号叔凯,天台之人也。"按,《全宋诗》小传云自南"生平不详",推测为宋末人。考《无文印》卷八《周衡屋诗集序》

---

① 金程宇《尊经阁文库所藏〈籁鸣集〉〈续集〉校录》,刊于其所著《稀见唐宋文献丛考》,中华书局,2008年。

云:"顷见故人南叔凯于南湖。"卷一三《祭灵鹫(行)果南涧讲师》云:"尚记昔者侍坐时,升降进退,眼中无凡子,韵如叔凯,清如小山,雅如贯卿,和如养直,颙颙印印,应接不暇。今三子者已不可作,小山深入台云……"据此,自南是与无文道璨(1213—1271)同时的天台宗僧人,而卒于道璨之前。《元叟行端禅师语录》卷八有《跋大慧、痴绝、天目、偃溪、晦岩、断桥、象潭、叔凯诸老墨迹》云:"叔凯苦吟,师浪仙而不及者,《九皋集》今在焉。"这里记载了他的集名。

38. 觉真

张如安、傅璇琮录作"觉新",《全宋诗》皆无。

蓬左文库本注:"会稽僧也,字行古,号冶城。"按,黄启江指出,周弼《端平诗隽》卷一有《送觉新上人还越》诗,看来作"觉新"是对的。

39. 正湜

张如安、傅璇琮录作"正逻",《全宋诗》皆无。

蓬左文库本注:"颍川永宁县人也,号石庵。"目前尚无其他史料可与印证。

40. 智纲

《全宋诗》无智纲。

蓬左文库本注:"号柏溪,四明人。"张如安、傅璇琮推测为晚宋僧人。

41. 海经

张如安、傅璇琮录作"海径",《全宋诗》皆无。

蓬左文库本注:"字巨渊,号柏岩。"目前尚无其他史料可与印证。

42. 若溪

《全宋诗》无若溪。

蓬左文库本在卷中《夜坐》诗下注:"雪川僧,号云壑,雪豆派僧。"但卷下《山中》诗下又注"号云岳"。按,本集注中所谓"雪豆",似不指雪窦重显(980—1052),参考前文第8"志南"条。

43. 本立

《全宋诗》无本立。

蓬左文库本注:"号虚舟也。"按,《江湖后集》卷二〇有李龏《送虚舟立上人还天竺》诗,释文珦《潜山集》卷五也有《哭立虚舟》诗,应该就是这位本立。

44. 法俊

《全宋诗》无法俊。

蓬左文库本注:"自号退庵。"目前尚无其他史料可与印证。

45. 妙通

《全宋诗》无妙通。

蓬左文库本注:"字介石,号竹野。"张如安、傅璇琮文和黄启江文都指出,周弼《端平诗隽》卷二有《送僧妙通游平江万寿寺》诗。

46. 宗敬

《全宋诗》无宗敬。

蓬左文库本注:"号菊庄,天台之人也。"目前尚无其他史料可与印证①。

47. 景偲

《全宋诗》无景偲。

蓬左文库本注:"字与明,号兰诸,天台人也。"目前尚无其他史料可与印证。

48. 昙岳

《全宋诗》无昙岳。

蓬左文库本注:"闽中僧也。"目前尚无其他史料可与印证。

49. 如广

《全宋诗》无如广。

蓬左文库本注:"号默堂也。"目前尚无其他史料可与印证。

50. 守辉

《全宋诗》无守辉,但张如安、傅璇琮考《全宋诗》第 72 册 45250 页所录"释辉",就是此僧。

蓬左文库本注:"字明远,雪川人。"龙谷大学藏本又云"所作号《船窗集》"。张如安、傅璇琮考释永颐《云泉诗集》有《游雪城寄辉明远》诗,释居简《北磵集》卷五有《辉船窗见过》等诗,与注释内容契合。按,张、傅所考正确,但《全宋诗》"释辉"名下所录的五首诗,有两首录自《宋艺圃集》卷二二,实是北宋僧仲殊的诗,原书标作者"僧

---

① 从上文第 11 法照条、第 17 斯植条、第 37 自南条的情况来看,本集注文所谓"天台僧"、"天台人"、"天台之人"等,似乎就指天台宗僧人。

晖",也许是因为仲殊在俗时名张挥而致误。

又,本集收守辉诗《八月十四夜简印书记》,蓬左文库本注诗题中"印书记"云:"径山印月江也。"按,《续藏经》有《月江正印禅师语录》三卷,据卷上《月江和尚初住常州路碧云禅寺语录》,其初为住持在元贞元年乙未(1295),那么他担任书记的年份应该略早于此。守辉上交北磵居简(1164—1246),下交月江正印,应是宋末元初僧人。

51. 永聪

《全宋诗》无永聪。

蓬左文库本注:"灵隐之僧也。"张如安、傅璇琮考:"释居简《北磵集》卷十有《金山蓬山聪禅师塔铭》,记其字自闻,号蓬山,于潜徐氏子,师事径山别峰,但未记其曾为灵隐僧,不知其人是否与诗僧永聪为同一人。"按,北磵所铭的,是南宋临济宗杨岐派禅僧蓬庵永聪(1161—1225),嗣法于径山寺的别峰宝印禅师。我以为本集的注释是日本五山禅林讲习的累积,这些禅僧对禅门祖师的派系,尤其是与径山寺有关的,应该十分熟悉,如果这里的诗僧永聪,真的就是蓬庵永聪,他们一定能注出来。所以我怀疑这位永聪是另外一僧。

52. 子蒙

《全宋诗》无子蒙。

蓬左文库本注:"天竺寺之僧也。"按,《景德传灯录》卷二六目录载永明延寿禅师有法嗣"杭州富阳子蒙禅师",不知是否此僧。永明延寿(904—975)是北宋法眼宗禅僧。

53. 嗣持

《全宋诗》无嗣持。

蓬左文库本注："号高峰。"张如安、傅璇琮考张镃《南湖集》卷六有《赠嗣持上人》诗。

54. 守璋

见《全宋诗》第 37 册,23389 页,录诗一首,即本集卷下《春晚》诗。

蓬左文库本注："吴山之僧也。"按,据《全宋诗》小传,守璋于绍兴初住临安天申万寿圆觉寺,应是南宋初的天台宗僧人。

55. 清顺

见《全宋诗》第 16 册,10709 页,录诗五首,已含本集诗。

蓬左文库本注："天竺僧也。"按,据《全宋诗》小传,清顺是北宋杭州的诗僧①。

56. 若珍

《全宋诗》无若珍。张如安、傅璇琮录作"若玢",并考其人即《全宋诗》第 72 册 45357 页之"释若芬",辑本集诗一首补之。

蓬左文库本注："字仲岩,号玉磵,金华人。"按,如果张、傅所考正确,则从注中提供的字号来看,此僧的法名应作"若玢"。

57. 景淳

见《全宋诗》第 18 册,12060 页,录诗二首,已含本集诗。

蓬左文库本注："桂林人也。"按,景淳事见《冷斋夜话》卷六,是

---

① 释晓莹《云卧纪谭》卷上载熙宁间西湖僧清顺诗二首,在《全宋诗》所录五首之外。不过,《天圣广灯录》卷二八已将此二诗录为灵隐玄顺庵主的作品,此书编成在前,不能误抄后人作品,所以此二诗应属玄顺。玄顺是北宋法眼宗僧人,《全宋诗》失收。

北宋的诗僧。

58. 致一

《全宋诗》无致一。

蓬左文库本注:"青原山之人也。"目前尚无其他史料可与印证。

59. 中宝

张如安、傅璇琮录作"仲宝",内阁文库本作"中瑶",《全宋诗》皆无。

蓬左文库本注:"号月溪,武林僧。"按,张如安、傅璇琮考周弼有《赠僧仲宝月溪》诗。

60. 法钦

《全宋诗》无法钦。

蓬左文库本注:"吴门之僧也。"按,《直斋书录解题》卷一五著录《唐僧诗》三卷,云:"吴僧法钦集唐僧三十四人诗二百余篇,杨杰次公为之序。"据此,法钦与无为居士杨杰同时,是北宋的僧人。

61. 俊森

张如安、傅璇琮录作"复森",《全宋诗》皆无。

蓬左文库本注:"山阴之僧也。"按,《偃溪广闻禅师语录》卷上《庆元府阿育王山广利禅寺语录》,署"侍者复森编",也许就是此僧。偃溪广闻(1189—1263)是南宋临济宗大慧派的禅僧。

62. 清外

见《全宋诗》第72册,45195页,录诗一首,张如安、傅璇琮辑本集诗一首补之。

蓬左文库本注:"吴中之僧也。"按,《全宋诗》无此僧小传,目前尚无其他史料可与印证。

【原载《国际汉学研究通讯》第四期,北京大学出版社,2011年】

僧诗、"晚唐体"与"江湖诗人"
——从《圣宋高僧诗选》谈起

一、关于陈起编《圣宋高僧诗选》

南宋江湖诗人陈起所编的《圣宋高僧诗选》①，有前集一卷、后集三卷、续集一卷。前集就是"宋初九僧"诗的一个选集，面目清晰，容易把握，故历来也较受关注；后集和续集则要复杂得多，收入作品的两宋诗僧共计五十二位，编者只标出僧名，并不注明传记信息，对于使用此书的人来说，是一件很头疼的事。从清代的《宋诗纪事》，直到当代的《全宋诗》，辑录者都试图通过其它史料来确认这些诗僧，将他们纳入按时代编排的序列，但都只获得局部的成功。而且令人遗憾的是，对于尚未考知生平的诗僧，《全宋诗》似乎倾向于将他们放弃，故此书中有数十首作品未被收录。

确实，由于僧人同名者多，相关资料又不足，对《诗选》所收作者的考证是颇为艰难的事。知见所及，这方面最值得赞誉的一篇力作，是卞东波的《陈起〈圣宋高僧诗选〉丛考》②，此文将《全宋诗》失

---

① 此书版本情况，详祝尚书《宋人总集叙录》第332页，中华书局，2004年。现有上海古籍出版社《续修四库全书》影印南京图书馆清抄本，台北新文丰出版公司《丛书集成三编》影印《南宋群贤小集》本，较易见。后者题名《增广圣宋高僧诗选》，其实内容与前者一致。
② 卞东波《南宋诗选与宋代诗学考论》第四章，中华书局，2008年。

收的诗作一一录出,比对了诗歌文本,并对多位作者加以详细的考证。在资料上,卞东波最重要的发现,是《四明尊者教行录》卷六所载北宋真宗时二十三位东京僧人赠天台宗知礼大师的诗卷,每一首诗的题下都标明了作者的职务,如"雪苑左街讲经论文章应制笺注御集赐紫鉴微"、"上都左街应诏笺注御集赐紫遇昌"、"上都应诏笺注御集僧希雅"、"东京左街讲经文章应制同注御集赐紫尚能"、"笺注御集赐紫秘演"、"应制笺注御集僧继兴"、"雪苑僧择邻"等①,而以上这七位僧人,恰恰都见于《诗选》,所录的诗也有部分相同。这一发现把我们对《诗选》的认识推进了一大步。下表是我们目前掌握的作者传记信息(略去前集的"宋初九僧"):

序号	僧名	传 记 信 息
		后集卷上
1	赞宁	919—1001,见《全宋诗》第 1 册 150 页,小传较详。
2	智仁	见《全宋诗》第 3 册 1479 页,小传考与"九僧"同时。
3	鉴微	见《全宋诗》第 72 册 45191 页。卞东波考为北宋真宗朝僧。
4	尚能	见《全宋诗》第 3 册 1928 页,小传考为真宗朝浙右诗僧。
5	子熙	《全宋诗》未录,卞东波考为北宋中叶僧。
6	用文	《全宋诗》未录。生平不详。
7	文莹	见《全宋诗》第 7 册 4394 页,北宋僧,小传较详。
8	秀登	《全宋诗》未录。生平不详。
9	惠琏	见《全宋诗》第 72 册 45191 页,无小传。
10	惠岩	《全宋诗》未录,卞东波考为金溪人,号文惠大师。

---

① 释宗晓《四明尊者教行录》卷六《东京僧职纪赠法智诗二十三首》,《大正藏》本。

(续表)

序号	僧名	传 记 信 息
11	显万	见《全宋诗》第 28 册 18276 页,小传考为北宋末期僧。
后集卷中		
12	延寿	904—975,见《全宋诗》第 1 册 18 页,小传较详。
13	智圆	976—1022,见《全宋诗》第 3 册 1497 页,小传较详。
14	遵式	964—1032,见《全宋诗》第 2 册 1097 页,小传较详。
15	重显	980—1052,见《全宋诗》第 3 册 1633 页,小传较详。
16	契嵩	1007—1072,见《全宋诗》第 6 册 3560 页,小传较详。
17	宝麿	?—1077,见《全宋诗》第 1 册 591 页,小传考为北宋神宗时僧。
18	惟政	986—1049,见《全宋诗》第 3 册 1831 页,传见《禅林僧宝传》卷一九。
19	仲休	见《全宋诗》第 3 册 1580 页,小传考为北宋真宗时僧。
20	显忠	见《全宋诗》第 12 册 7901 页,小传考为临济宗石佛显忠禅师。
21	清晦	见《全宋诗》第 72 册 45193 页,生平不详。
22	南越	见《全宋诗》第 72 册 45193 页,生平不详。
23	楚峦	见《全宋诗》第 72 册 45192 页。卞东波考为北宋初年僧。
24	道潜	即参寥子(1043—?),见《全宋诗》第 16 册 10715 页,小传较详。
后集卷下		
25	善权	《全宋诗》未录,卞东波考为北宋末江西诗派僧。
26	梵崇	《全宋诗》未录,卞东波据《宋诗纪事》谓其"字实之"。
27	昙颖	989—1060,见《全宋诗》第 3 册 1923 页,传见《禅林僧宝传》卷二七。

(续表)

序号	僧名	传记信息
28	清顺	见《全宋诗》第 16 册 10709 页,小传考为北宋神宗朝杭州僧。
29	元照	1048—1116,见《全宋诗》第 18 册 12052 页,小传较详。
30	晓莹	见《全宋诗》第 32 册 20575 页,南宋临济宗大慧派禅僧。
31	昙莹	见《全宋诗》第 38 册 24021 页,小传考为南宋僧,号萝月。
32	仲皎	见《全宋诗》第 34 册 21336 页,小传据《剡录》考为北宋末期僧。
33	希雅	见《全宋诗》第 72 册 45194 页。卞东波考为北宋真宗朝僧。
续 集		
34	秘演	见《全宋诗》第 3 册 2017 页,北宋欧阳修友人。
35	择邻	见《全宋诗》第 72 册 45195 页。卞东波考为北宋真宗朝僧。
36	清外	见《全宋诗》第 72 册 45195 页。卞东波考为吴中僧人。
37	蕴常	见《全宋诗》第 22 册 14615 页。小传考为北宋末期僧人。
38	正勤	见《全宋诗》第 72 册 45194 页,生平不详。
39	昭符	见《全宋诗》第 72 册 45194 页。卞东波考为北宋初期僧人。
40	法具	见《全宋诗》第 27 册 17452 页,小传考为两宋之交僧人。
41	如璧	即江西诗派饶节(1065—1129),见《全宋诗》第 22 册 14539 页。
42	惠洪	即德洪(1071—1128),见《全宋诗》第 23 册 15054 页。
43	道全	见《全宋诗》第 13 册 9058 页。卞东波考其号"月庵"。
44	守璋	见《全宋诗》第 37 册 23389 页,小传考为南宋高宗朝僧。
45	希颜	《全宋诗》未录。卞东波考为南宋高宗朝僧。

(续表)

序号	僧名	传 记 信 息
46	守诠	见《全宋诗》第 14 册 9752 页,小传据《竹坡诗话》考为北宋杭州僧。
47	正宗	见《全宋诗》第 28 册 18274 页,小传考为南宋初期僧。
48	继兴	《全宋诗》未录。卞东波考为北宋真宗朝僧。
49	遇昌	见《全宋诗》第 2 册 976 页,小传考为北宋初期僧。
50	益	《全宋诗》未录。此僧法名残缺,不可考。
51	法平	见《全宋诗》第 38 册 24218 页,南宋大慧宗杲(1089—1163)弟子。
52	慧梵	《全宋诗》未录,卞东波据《宋僧录》①考知其人,约南宋中期僧。

　　从以上表格来看,《四明尊者教行录》中所见的七位真宗朝僧人被散列在后集的卷上、卷下和续集,这说明,虽然《诗选》的编者掌握了相关的资料,但并非一开始就决定把他们全部选入。在各卷之中,时而出现一部分作者按时代先后排列的情形,但这个编纂方式并不贯彻全卷。所以,《诗选》恐怕是一卷一卷乃至于一部分一部分地选编出来,随编随刊而成的。这一特点自然令我们联想到编者就是出版者。入选的作者中,北宋的僧人占了绝大部分,南宋僧甚少,而且没有发现晚于陈起的作者,可以相信是陈起编刊的。

　　卞东波也已指出,《诗选》的某些作者作品,亦见于日本保存的南宋孔汝霖编、萧瀚校正《中兴禅林风月集》。经比对,上表中的 11 显万、24 道潜、28 清顺、31 昙莹、36 清外、37 蕴常、40 法具、43 道全、44 守璋、45 希颜、47 正宗,以及"宋初九僧"中的保暹,共十二位诗

---

① 李国玲《宋僧录》第 938 页,线装书局,2001 年。

僧被选入《中兴禅林风月集》。对于这个集子收录的作者,已有学者加以考证,本人也曾撰文探讨[1],这里不再重复。以下对表格中的26梵崇、35择邻和52慧梵,补充一些自己的所见。

梵崇被收在《诗选》后集卷下的第二位,次江西诗派的善权之后,其诗多达十七首,可以看出编者对他的欣赏。卞东波据《宋诗纪事》卷九二谓之"字实之",检原书,谓字"宝之"[2],但未提供根据。不过,十七首中的最后一首《观燕肃山水》,也见于南宋孙绍远编《声画集》卷四,题下署名"僧崇宝"[3],而《宋诗纪事》也抄录了这一首。看来,厉鹗所见的《声画集》也许作"僧梵崇字宝之"。梵崇之名也见于南宋绍嵩的《江浙纪行集句诗》[4],作为诗僧应有一定的名声。其名为"崇",则字"宝之"当不误。《重修琴川志》卷一三有吴郡陆徽之撰于大观二年(1108)的《东灵寺天台教院庄田记》,提到"今阇梨梵崇"[5],若即此僧,则为北宋后期人。《诗选》所录梵崇诗,有《瑛上人自庐山来相访》一首,我怀疑这"瑛上人"乃庐山开先寺的行瑛禅师,为临济宗黄龙派东林常总(1025—1091)禅师的弟子[6],梵崇与他有交往,则活动时期也在北宋后期。那么,梵崇与江西诗派的善权约为同时人,故《诗选》把他们列在一起。

---

[1] 张如安、傅璇琮《日藏稀见汉籍〈中兴禅林风月集〉及其文献价值》,《文献》2004年第4期;卞东波《〈中兴禅林风月集〉考论》,《域外汉籍研究集刊》第三辑,中华书局,2007年,后收入《南宋诗选与宋代诗学考论》第三章;黄启江《南宋诗僧与文士之互动——从〈中兴禅林风月集〉谈起》,收入所著《一味禅与江湖诗》,台湾商务印书馆,2010年;朱刚《〈中兴禅林风月集〉续考》,《国际汉学研究通讯》第四期,北京大学出版社,2011年12月。此集的校勘本曾收入朱刚、陈珏《宋代禅僧诗辑考》附录,复旦大学出版社,2012年。最新的文本见许红霞校考的《珍本宋集五种》,北京大学出版社,2013年,许氏对入选诗僧也有详细的考证。

[2] 厉鹗《宋诗纪事》卷九二,第2233页,上海古籍出版社,1983年。

[3] 《声画集》卷四《观燕肃山水》,《文渊阁四库全书》本。

[4] 绍嵩《江浙纪行集句诗》中的《振策》一首,自注有句出自梵崇,见《江湖小集》卷五,《文渊阁四库全书》本。

[5] 影印《宛委别藏》第48册,521页,江苏古籍出版社,1988年。

[6] 《续传灯录》卷二〇"东林照觉常总禅师法嗣"下列"庐山开先广鉴行瑛禅师",《续藏经》本。

择邻是上述《四明尊者教行录》所列的北宋真宗朝僧人之一，下东波已考证其诗作于天禧四年(1020)。然而，他又从《续传灯录》卷一九发现了一位"净慧择邻禅师"，并谓其著作甚多，有《义断记》等。按，净慧择邻乃法云善本(1035—1109)的弟子，时代上不相合，而有《义断记》等因明学著作的择邻，应是唐代章敬寺沙门。僧人同名者实在太多，考证时需要小心。

　　慧梵列在《诗选》的最后，从我们目前了解的情况来看，他似乎是《诗选》所录时代最晚的僧人。此僧的传记资料，有南宋北磵居简(1164—1246)禅师所作的《梵蓬居塔铭》①，谓其"具宗旨于天竺如虎子，学诗于处士陆永仲"，又谓"亡友上方朴翁义铦"为其编次诗集。按，"如虎子"是南宋高宗朝的天台宗应如法师，传见《佛祖统纪》卷一四；陆永仲名维之，亦高宗朝隐士，传见《宋史翼》卷三六；朴翁义铦就是江湖诗人葛天民，在禅宗法系上，与北磵居简同为佛照德光(1121—1203)的法嗣。推算起来，慧梵当是南宋中期的诗僧，其生存时间比陈起略早。

　　《续修四库全书》在影印南京图书馆藏清抄本《圣宋高僧诗选》的同册，也影印了同为南图所藏的元陈世隆《宋僧诗选补》三卷和《宋诗拾遗》二十三卷。关于后者，已有学者撰文讨论②，前者则是陈起之书的补编，下文略作研究。

二、关于陈世隆编《宋僧诗选补》

　　陈世隆另有《北轩笔记》传世，卷首有作者小传云："陈彦高名世

---

① 释居简《北磵集》卷一〇，《文渊阁四库全书》本。
② 王友胜《论〈宋诗拾遗〉的文献价值》，《湖南科技大学学报》(社会科学版)2006年第5期。此书亦有标点本，辽宁教育出版社，2000年。

隆,以字行,钱塘人。自其从祖思以书贾能诗,当宋之末,驰誉儒林。"①此处交代他是陈思的侄孙。陈思是否就是陈起之子陈续芸,学界尚有不同看法,但从"书贾能诗"的说法,以及陈世隆编《宋僧诗选补》以续陈起《圣宋高僧诗选》的情形来看,我愿意相信他们是一家人。

《宋僧诗选补》三卷,卷上、卷中各收十六名作者,卷下只有永颐一人。此书在有一些作者的名下,注出了他的字号,给我们考证作者带来方便,以下是我目前掌握的情况:

【卷上】

1. 知和三首。按,二灵知和庵主(？—1125),乃临济宗黄龙派宝峰应乾(1034—1096)的弟子,见《全宋诗》第 22 册 14796 页。传详《五灯会元》卷一八。

2. 祖可二首。按,祖可(？—1108)字正平②,属江西诗派,见《全宋诗》第 22 册 14609 页,又见同册 14615 页,作"何正平",实为"可正平"之讹,即祖可。

3. 祖心一首。按,黄龙祖心(1025—1100)禅师,号晦堂,乃临济宗黄龙派创始人黄龙慧南弟子,见《全宋诗》第 11 册 7367 页。传详《五灯会元》卷一七。

4. 道璨十五首,名下注:"字无文。"按,无文道璨(1213—1271),南宋临济宗大慧派僧,见《全宋诗》第 65 册 41161 页,亦见《中兴禅林风月集》。

5. 惟正一首。按,净土惟正(986—1049),北宋初法眼宗僧人,见

---

① 《北轩笔记》卷首,《文渊阁四库全书》本。
② 周裕锴考祖可卒于大观二年(1108),见《宋僧惠洪行履著述编年总案》第 71 页,高等教育出版社,2010 年。

《全宋诗》第 3 册 1831 页,作"惟政"。《圣宋高僧诗选》后集卷中收录的"惟政",亦是此僧。

6. 法成一首。按,枯木法成(1071—1128),北宋后期曹洞宗僧,见《全宋诗》第 22 册 14989 页。传详《五灯会元》卷一四。

7. 文及翁二首。按,所录为《和苏学士东坡韵二首》,亦见《全宋诗》第 66 册 41286 页,据《至元嘉禾志》收入宋末执政文及翁名下。然文及翁非僧人,检《至元嘉禾志》卷三一,在文及翁诗前,有苏轼的原作,题《本觉文长老方丈》,则二人乃同时唱和者。《苏轼诗集合注》此诗题为《秀州报本禅院乡僧文长老方丈》①,可见《至元嘉禾志》和《宋僧诗选补》所署的"文及翁",当指此北宋禅僧文长老,"及翁"也许是他的字号②。

8. 慧日一首。按,所录《题院中白莲花》诗,见《全宋诗》第 71 册 45087 页,题《白莲花》,作者"释惠日",出宋杨潜《云间志》卷中。检原书,在寺观类"明行院"下,其前有北磵居简(1164—1246)所作《院记》。此文收入《北磵集》卷四,题《华亭南桥明行院记》,文内提及院主慧日。可见慧日与居简同时。

9. 净昙一首。按,育王净昙(1091—1146)禅师,乃临济宗黄龙派僧,见《全宋诗》第 31 册 19671 页。传详《五灯会元》卷一八。

10. 法常一首。按,所录《题室门》诗,见《五灯会元》卷一八,报恩法常禅师所作。他是临济宗黄龙派雪巢法一(1084—1158)的弟子。

11. 真觉一首。按,所录《再题华庵》诗,亦被清沈季友编《檇李诗系》卷三〇收入。沈氏必已见到《宋僧诗选补》,故从此书转录僧诗

---

① 见冯应榴《苏轼诗集合注》卷八,上海古籍出版社,2001 年,第 390 页。
② 冯应榴录查注引《本觉寺碑记》,谓"宋蜀僧文及主之,请易为寺"。孔凡礼遂云苏轼"至报本禅院,晤乡僧文及,题诗"(《苏轼年谱》第 236 页,中华书局 1998 年),盖以"文长老"之名为"文及"。果如此,则苏轼当称之为"及长老",而非"文长老",且《至元嘉禾志》与《高僧诗选补》在"文及"法名后特加一"翁"字,亦不可解。兹不取其说。

不少。沈氏标作者为"真觉禅师",并释云:"真觉,不知何许人。徽宗时,陈太后病,用咒水已之,乃令住持崇德福严禅院,赐金环磨衲。"①相同的记载亦见《至元嘉禾志》卷一一寺院类"福严禅院"下,乃"真觉禅师志添"事。志添乃临济宗黄龙派禅僧,传详《建中靖国续灯录》卷一九,为东林常总(1025—1091)弟子。不过此僧法名"志添","真觉"是朝廷赐号,其是否即《宋僧诗选补》所录的诗僧真觉,实难确定。

12. 彩云一首。按,所录《彩云偈》,亦被《檇李诗系》卷三〇转录在"彩云禅师"名下,并释云:"嘉兴真如寺禅堂后有彩云桥,相传禅师居此。"实际上,"彩云"乃此诗开篇语,诗题作"彩云偈"已较勉强,连作者亦名"彩云",则显然有误。《全宋诗》中此诗出现两次,一在第20册13458页"释慧懃"名下,据《嘉泰普灯录》卷二七录;一在第67册42338页"释月磵"名下,据《月磵禅师语录》录,仅少量词语差异。佛鉴慧懃(1059—1117)乃北宋临济宗杨岐派禅僧,月磵文明(1231—?)则是宋末临济宗虎丘派禅僧,后者当称"释文明",不宜名号混用。相比之下,慧懃的时代早,且禅宗文献如《雪堂行和尚拾遗录》、《禅宗颂古联珠通集》卷一〇等,都记此诗作者是慧懃,应予信任。《月磵禅师语录》中有此诗,可理解为文明引用前人语。

13. 惟湛一首,名下注:"字广灯。"按,广灯惟湛禅师乃云门宗僧,传详《嘉泰普灯录》卷五,谓其建炎初年卒,则其活动时间主要在北宋末期②。

14. 怀悟一首,名下注:"字瑞竹。"按,此僧此诗见《全宋诗》第71册

---

① 沈季友编《檇李诗系》卷三〇,《文渊阁四库全书》本。
② 《檇李诗系》卷三〇亦转录此诗,标名"广灯禅师惟湛",但名下所释,实是天台宗超果惟湛法师事,不可从。

45094页,所据为《乐邦文类》卷五。检原书,署"御溪沙门怀悟",而前有无为子杨杰《瑞竹悟老种莲》诗,杨杰《宋史》有传,乃嘉祐四年(1059)进士,怀悟与之交往,乃北宋僧。不过,释契嵩《镡津文集》附录了沙门怀悟所作《序》,末云"绍兴改元之四年甲寅重阳后一日,书于御溪东郊草堂之北轩"①,应该就是这位"御溪沙门怀悟",南宋绍兴时犹存。

15. 净真一首。按,此诗见《全宋诗》第56册35154页,据释如惺撰《大明高僧传》卷一《松江兴圣寺沙门释净真传》录。

16. 梵卿一首,名下注:"字象田。"按,此诗见《全宋诗》第20册13454页,出《嘉泰普灯录》卷六。象田梵卿(？—1116)乃北宋临济宗黄龙派僧。

【卷中】

1. 法具一首。按,法具已见《圣宋高僧诗选》续集。

2. 蕴常三首,名下注:"字不轻。"按,蕴常已见《圣宋高僧诗选》续集。

3. 斯植十二首,名下注:"字建中。"按,斯植乃南宋天台宗僧,亦见《中兴禅林风月集》,此不赘叙。

4. 宗觉一首,名下注:"字无象。"按,此诗见《全宋诗》第37册23042页,出王十朋《梅溪前集》卷二《寄僧觉无象》诗附录。明永乐《乐清县志》卷八有宗觉传,谓其"字无象,乐清人……宣和间,为寇所迫,堕于层崖之下,振衣而起,了无所伤"②,此后与王十朋(1112—1171)相交,可见其生存在北宋末年至南宋前期。又,无文道璨撰《径山无准禅师行状》有云:"久之,游四明,依育王瑞秀

---

① 《镡津文集》卷二二,《四部丛刊三编》影印明弘治刊本。
② 《乐清县志》卷八,《天一阁藏明代方志选刊》第20册,上海古籍书店,1981年。

岩。时佛照禅师居东庵,印空叟分座,法席人物之盛,为东南第一。如觉无象、康太平、渊清叟、琰涮翁、权孤云、嵩少林辈皆在焉。"①佛照禅师即临济宗大慧派僧德光(1121—1203),无象宗觉似是该派弟子。《北磵集》卷一〇有《祭觉无象,以渊清叟配》一文,盖居简为宗觉所作祭文。

5. 智鉴一首。按,《樵李诗系》卷三〇转录此诗于"梅溪僧智鉴"下,并释云:"智鉴,滁州人,元祐时僧。长依真歇于长芦,大休首众,即器之。后遁象山,百怪不能惑。复住雪窦。尝居嘉兴梅溪,有诗。"据此所述,乃曹洞宗足庵智鉴(1105—1192)禅师,但别无证据,可备一说而已。足庵智鉴见《全宋诗》第 35 册 22071 页,传详楼钥《攻媿集》卷一一〇《雪窦足庵禅师塔铭》。

6. 原妙一首,名下注:"字高峰。"按,高峰原妙(1238—1295)为宋末元初临济宗虎丘派僧,见《全宋诗》第 68 册 43161 页。

7. 奉恕一首。按,所录《夏云》诗,见《苕溪渔隐丛话前集》卷五七引《冷斋夜话》,谓章惇(1035—1105)贬雷州日,蜀僧奉忠以此诗讽之。《宋诗纪事》卷九二亦抄入此首,标作者"奉忠"。

8. 妙普二首,名下注:"字性空。"按,性空妙普庵主(1071—1142),乃临济宗黄龙派禅僧,见《全宋诗》第 23 册 15429 页。

9. 可观一首,名下注:"字宜翁。"按,竹庵解空尊者可观(1092—1182)字宜翁,天台宗僧人,见《全宋诗》第 27 册 17926 页,传详《佛祖统纪》卷一五。

10. 道举一首。按,所录《过郑居士斋》,见《全宋诗》第 34 册 21479 页,题《臞庵》,出《吴郡志》卷一四。作者道举,小传考为南宋高宗朝僧。

---

① 《径山无准禅师行状》,《径山无准和尚入内引对升座语录》附录,《续藏经》本。

11. 净端三首。按,西余净端(1030—1103)号端师子,乃北宋临济宗禅僧,见《全宋诗》第12册8337页。但《宋僧诗选补》所录三首,实明教契嵩诗,见《全宋诗》第6册3568页、3572页、3577页。

12. 林外一首。按,所录《酒楼》诗见《全宋诗》第45册27705页,题《题西湖酒家壁》,出周密《齐东野语》卷一三。作者林外,乃姓林名外,字岂尘,非僧人也。

13. 志铨一首。按,所录《梵天寺》诗,已见《圣宋高僧诗选》续集,题《晚归》,作者守诠。《全宋诗》第14册9753页亦据周紫芝《竹坡诗话》录此诗,作者"释守诠",小传谓"一作惠诠"。由此看来,"志铨"或为"惠诠"之讹。"惠诠"之名首见于《冷斋夜话》卷六(《苕溪渔隐丛话前集》卷五七亦引之),谓"东吴僧惠诠,佯狂垢污而诗句清婉,尝书湖上一山寺壁",即此诗,后苏轼见而和之,诠遂以诗知名。今检苏轼诗集,题曰《梵天寺见僧守诠小诗清婉可爱次韵》[①],则原作"守诠"。要之,此僧乃苏轼(1037—1101)同时人。

14. 宇昭一首。按,宇昭是"宋初九僧"之一,所录诗已见《圣宋高僧诗选》前集,但在"九僧"中另一僧希昼之名下。《全宋诗》第3册1441页亦录为希昼诗。

15. 善珍一首。按,所录《春寒》诗见《全宋诗》第60册37792页,作者藏叟善珍(1194—1277),乃宋末临济宗大慧派僧,亦见《中兴禅林风月集》。

16. 德祥一首。按,天界止庵德祥禅师,乃临济宗虎丘派僧,自宋末入元者,传详释文琇《增集续传灯录》卷六、释明河《补续高僧传》卷二五。

---

① 见《苏轼诗集合注》卷八,第356页。

【卷下】

1. 永颐二十三首，名下注："字山老。"按，永颐见《全宋诗》第57册35983页，乃南宋临济宗虎丘派禅僧，亦见《中兴禅林风月集》。

综上所考，此集三十三位作者中，有五位（惟政、法具、蕴常、守诠、宇昭）已见《圣宋高僧诗选》，还有四位（斯植、道璨、善珍、永颐）另见《中兴禅林风月集》。相比之下，此集排列作者更为凌乱无序，有一些作品还存在问题，但集中毕竟包含了不少被《全宋诗》漏辑的"佚诗"，仍具较高的文献价值。总体上说，《圣宋高僧诗选》主要收录北宋诗僧的作品，而《宋僧诗选补》则有更多南宋乃至入元的作者；《圣宋高僧诗选》收录了不少天台宗诗僧，禅宗僧人相对较少，这可能跟编者身居浙江有关，但禅宗毕竟是宋代佛教的主流，《宋僧诗选补》收录的作者大致就以禅僧为主了。所以，两书合璧，文献价值就更高。

三、诗僧与"江湖诗人"

中国的诗坛，虽然一直由士大夫（文官）诗人占据了绝对优势地位，但与公务繁忙的士大夫相比，僧人毕竟更有可能成为专业诗人，故"诗僧"现象亦出现甚早，到宋代便更为常见。一般诗歌总集、诗话类编（如《苕溪渔隐丛话》、《诗话总龟》等）多会涉及诗僧，这些书籍往往将僧道作者与妇女、无名氏乃至鬼怪等收编卷末，处在相当于"附录"的位置。这说明，人们对僧诗有所关注，但大抵以为僧人擅诗具有偶然性，他们不是正宗的"诗人"，或者说他们的本职不是写诗，谈论僧诗的意义也仅限于"聊备一格"。就此而言，僧诗专集的出现，却暗示了此种观念有被改变的趋势。卞东波讨论《中兴禅林风月集》时，已指出这一点：

晚宋时期出现了数部唐宋诗僧选本,至今仍存三部,一部是李龏所编的《唐僧弘秀集》,一部是陈起所编的《圣宋高僧诗选》,一部即是《风月集》。①

《唐僧弘秀集》选录唐代诗僧的作品,另两部则是当代(宋代)僧诗的选本。自然,这两方面都非南宋人所创始,如《直斋书录解题》卷一五著录《唐僧诗》三卷云:"吴僧法钦集唐僧三十四人诗二百余篇,杨杰次公为之序。"这位法钦也见于《中兴禅林风月集》,他与无为居士杨杰同时,应是北宋的僧人。而《圣宋高僧诗选》的前集,看来就是北宋陈充(944—1013)所编的《九僧诗集》②。可见,北宋已有选编僧诗之举,但其蔚成风气,确实要到南宋后期以至元代,除了卞东波列举的三书外,还有上文讨论的《宋僧诗选补》,以及日本保存的宋末虎丘派禅僧松坡宗憩所编《江湖风月集》。诗话方面的情形也相似,宋人编的《苕溪渔隐丛话》将有关僧诗的谈论集中在《前集》卷五六、五七和《后集》卷三七,仍是附置卷末的状态,但至宋末元初,却出现了方回的《名僧诗话》,据其自云:

丁丑(1277)戊寅间,留扬州石塔寺,稍述一二。逮还桐江,过钱塘,搜访古今僧集,订以贝经灯传,至明年己卯(1279),缉成六十卷。③

此书应是专论僧诗的诗话,其篇幅达六十卷,可称洋洋大观,惜乎

---

① 卞东波《南宋诗选与宋代诗学考论》第79页。
② 参考祝尚书《宋人总集叙录》第6页《九僧诗集》叙录。
③ 方回《名僧诗话序》,《桐江集》卷一,影印《宛委别藏》第105册。

不存。

以上这些传世或未传世的书籍,向我们透露了一个时代的特点:在十三世纪后半叶,中国诗坛开始正式接受僧人这一特殊社会群体对于诗歌艺术作出的贡献,"诗僧"被承认为诗坛之一翼。也就是说,"诗僧"不再是偶然出现的个体,其全体成为一个特定作者群而引起关注。这是一个"诗僧"开始具备集团性、社会性的时代,较之从前,"僧诗"的历史意义无疑是被放大了。

众所周知,在文学史上,这也是因"江湖诗人"作为一个群体的存在而引起关注的时代。而且,上述的僧诗选本几乎都与"江湖诗人"相关:《唐僧弘秀集》的编者李龏、《中兴禅林风月集》的校正者萧澥,都是"江湖诗人",陈起更是著名的《江湖集》编刊者,陈世隆是他的后代。这说明诗僧被承认为诗坛之一翼的现象,是与"江湖诗人"的崛起相伴随的。无独有偶,《江湖风月集》的题名中就有"江湖"二字。所以,诗僧与"江湖诗人"的关系问题,看来值得探讨。

在宋代的语境里,"江湖"一词最常见的用法,就如我们在范仲淹《岳阳楼记》中读到的那样,是跟"庙堂"对举的,指的是京城高官圈之外的广阔世界。在这个意义上,非士大夫或者虽是士大夫却远离朝廷,都可以说成身在"江湖"。陈起将其所编的诗集命名为《江湖集》,主要也是就诗歌作者的"在野"或近于"在野"的身份而言。故所谓"江湖诗人",如果突破当代学者以研究"诗派"的方法清理出来的"成员"范围[①],而仅就这个名称本身的含义去理解,便可以广指一切非士大夫诗人,乃至一部分低级士大夫或暂时休官的高级士大夫。至于僧人,那自然就属于"江湖"。实际上,禅宗僧人就经常

---

① 参考张宏生《江湖诗派成员考》,见氏著《江湖诗派研究》附录一,中华书局1995年。

以"江湖"一词代指"禅林"(如《江湖风月集》之题名)。所以,广义的"江湖诗人"是包括诗僧在内的。从现存有关资料来看,《江湖集》也收入僧人的作品,故当代学者清理出来的"江湖诗派成员"中,就有好几位僧人①。

考虑诗僧与"江湖诗人"的关系问题,也能提示我们将"江湖诗人"当作"诗派"处理有所未妥②。具备作诗能力而未获高级士大夫身份的人群,原本应该是相当庞大的,但存于史料者却必然数量有限,依靠这种史料记载的有限性,我们才能为一个"诗派"画出范围,但无法解释:为什么有几位诗僧属于"江湖诗派",而其他诗僧却不是?谁能说出他们之间的区别?

在我看来,如果从非士大夫身份的意义上理解"江湖"一词,则将全部诗僧都视为"江湖诗人",也并不过分。跟其他在俗的"江湖诗人"相比,僧人的"江湖"身份更为牢固,而且在更早的历史时期,在世俗"江湖诗人"还不曾大量出现于诗坛的年代里,诗僧们已经在引领一种与士大夫诗人有别的诗风,这便是以"宋初九僧"和某些身份相近的"隐士"为代表的"晚唐体"。这"晚唐体"后来也被用来概括"江湖派"的诗风,但追本溯源,却与"诗僧"这种特殊身份的作者群相关。

四、特定作者群与"晚唐体"

按严羽的"以时而论"之说,"晚唐体"当指晚唐时期流行的

---

① 张宏生《江湖诗派成员考》列出的僧人有释绍嵩、释圆悟、释永颐、释斯植,此外葛天民就是释义铦。
② 参考史伟、宋文涛《"江湖"非"诗派"考论》,《社会科学家》2008年第8期;侯体健《刘克庄的乡绅身份与其文学总体风貌的形成——兼及"江湖诗派"的再认识》,《中山大学学报(社会科学版)》2011年第3期。

经常被形容为"清苦"的诗歌风格,作为后人学习的对象,其核心作者是贾岛、姚合①。受《礼记·乐记》"声音之道与政通"的影响,评论者经常会从时代风格的角度理解"晚唐体",即所谓衰世之音,或亡国之音。这自然也有道理,但仅从这个角度出发,还不能认识"晚唐体"的所有特征及其形成的理由,因为它并未成为对中国所有朝代的末期诗风的概括。固然,晚唐、晚宋都流行"晚唐体",但明末、清末的主流诗风,却并不被称为"晚唐体"。另一方面,具备类似风格的诗人,也并不一概出现于朝代的末期。"宋初九僧"便是例证,把他们的诗风简单地解释为晚唐"遗风"的延续,是不够合理的,他们的活动时期大约在太宗、真宗乃至仁宗朝,开国之后生存了数十年,且据上文所述《四明尊者教行录》卷六提供的信息,其中的简长、行肇等还在东京做"笺注御集"的体面工作,时值天书屡降、祥瑞日献,朝廷一意粉饰盛平的真宗朝,不妨说,他们是在最应该发出治世之音的年代里吟唱着"晚唐体"诗歌。

所以,"晚唐体"虽以时代风格命名,实际上不能仅从时代风格的角度去认识。让我们重温诗歌批评史上关于"宋初三体"的最著名的一段论述,即方回的《送罗寿可诗序》:

> 诗学晚唐,不自四灵始。宋划五代旧习,诗有白体、昆体、晚唐体。白体如李文正、徐常侍昆仲、王元之、王汉谋;昆体则有杨、刘《西昆集》传世,二宋、张乖崖、钱僖公、丁崖州皆是;晚唐体则九僧最逼真,寇莱公、鲁三交、林和靖、魏仲先父子、潘逍

---

① 严羽《沧浪诗话》之《诗体》篇云:"以时而论,则有……晚唐体。"《诗辩》篇云:"晚唐之诗,则声闻、辟支果也……近世赵紫芝、翁灵舒辈,独喜贾岛、姚合之诗,稍稍复就清苦之风,江湖诗人多效其体,一时自谓之唐宗,不知止入声闻、辟支之果。"参考张健《沧浪诗话校笺》第7、185、203、217页。

遥、赵清献之父,凡数十家。

　　嘉定而降,稍厌江西,永嘉四灵复为九僧旧晚唐体,非始于此四人也。①

所谓"宋划五代旧习",言下之意,后面提出的三体都是北宋形成的新诗风,不是"旧习"了。这表明方回并未把"晚唐体"视为唐末五代残余的遗风。被他列举为三体代表人物的,"白体"、"昆体"无一例外是士大夫,而"晚唐体"虽也有寇准、赵湘等士大夫,但主要是九僧,以及林逋、魏野、潘阆那样的隐士。尤其是当我们沿着方回的思路,将宋初"晚唐体"看作南宋"永嘉四灵"乃至"江湖诗人"的先驱时,其主要作者的非士大夫身份便十分引人注目。由此看来,方回讲的"晚唐体",其内涵的侧重点与严羽有所不同,严羽是"以时而论",侧重于时代风格,而方回也用作对僧人、隐士作品的一种群体风格的概括。这种风格既然被称为"晚唐体",当然渊源或者说形成于晚唐时期,但它在时代变更后仍获得持续的发展,主要是因为社会上有这样一批特定身份的人,即一个特定作者群喜好和擅长于写那样的诗。而且,他们形成这种喜好和特长决非偶然,毋宁说,这是出于一种不可抗拒的原因,与其实际生活状态以及必须扮演的社会角色具有内在的联系。其实,真正的晚唐诗坛,未必只有一种诗风,"晚唐体"的作者选择贾岛为学习对象,多少跟贾岛本人曾出家为僧有关。出于身份方面的原因而主动认同的因素,是一直存在的。所以,宋代诗歌史上的"晚唐体",其主要内涵已经不是时代风格,而是特定的群体风格了。

　　从特定作者群的角度说,属于当时社会上一个特殊群体的僧

---

① 方回《送罗寿可诗序》,《桐江续集》卷三二,《文渊阁四库全书》本。

人①,是比隐士更为特征鲜明的。正是这个特殊群体的长期存在,持续地为诗坛提供了"晚唐体"的作者群,因为对于他们来说,"清苦"即便不是生活的本色,也是社会对他们的期待,无论真心与否,这样的表达风格与其担当的社会角色是最相适应的。仅仅依靠常识,我们就不难理解一个僧人从事诗歌写作时,在题材、主旨和表达上面临的种种限制,他不能写爱情,不能写政治,不能写世俗欲望,对美好事物的过度迷恋、激烈的情绪,以及怀才不遇之感,乃至华丽的辞藻、历史典故等等,一般来说都不合适。中国诗歌史所积累的丰富资源,能供诗僧利用的,其实没有多少。尽管诗歌的世界是广阔的,但诗僧却只能选择一条狭窄的路,果断前行。当他们走到常人不能到达之处时,便拥有了自己的特长。

被《圣宋高僧诗选》和《宋僧诗选补》重复收录的释守诠《梵天寺》诗,可以视为这方面的典范。现据周紫芝《竹坡诗话》录出原文:

> 余读东坡和梵天僧守诠小诗,所谓"但闻烟外钟,不见烟中寺。幽人行未已,草露湿芒屦。唯应山头月,夜夜照来去",未尝不喜其清绝,过人远甚。晚游钱塘,始得诠诗云:"落日寒蝉鸣,独归林下寺。松扉竟未掩,片月随行屦。时闻犬吠声,更入青萝去。"乃知其幽深清远,自有林下一种风流。东坡老人虽欲

---

① 关于"特殊群体",请参考游彪《宋代特殊群体研究》,商务印书馆,2006年。此书将他有关宋代宗室、官员子弟、僧人、士兵等各种"特殊群体"的研究论文汇集一编。我以为,一方面文学史研究也可采纳类似的方法,没有必要将大小不同的各种"群体"都勉强视为文学上的"流派";另一方面,在从事"特殊群体"研究时,诗歌作为其最具体而精微的自我表述,是非常值得倾听的。作为研究方法,这跟目前文学史研究中常见的"流派"、"家族"、"地域"研究有许多相似之处,因为后者实际上也是对"特定作者群"的研究,只不过以各种不同的标准来划分群体而已。不过就"江湖诗人"来说,超越"流派"研究的思路,而从"特定作者群"的角度去探讨,我以为是更切合实际的做法。

回三峡倒流之澜,与溪壑争流,终不近也。①

所谓"言为心声",守诠小诗凄清到了极点的意境,是与其特殊生活状态造就的心境融为一体的,擅诗如苏轼,手摹心追,亦不可及。按周紫芝的评论,这就好像溪壑虽小,却有其特殊的风景,东坡格局再大,能力再强,也不能在特殊领域与之争锋。

抽象地说,每个从事特殊职业的社会群体,都能在表达上形成相应的特长,但具体就中国诗歌史而言,却是僧人首先形成了与一直独占诗坛的士大夫相异的诗风。当这种诗风显出它的特长,为一般士大夫诗人难以仿效时,人们开始关注诗僧,这大概是北宋的情形;进一步,当其他非士大夫诗人较多地走上诗坛,也就是所谓"江湖诗人"涌现的时候,早就在士大夫之外独树一帜的僧诗,便获得了先驱和典范的意义,于是,"江湖诗人"通过编刊僧诗专集,来肯定这样的典范并学习之,这便是南宋后期的情形了。总而言之,在宋代由僧人这一特殊群体逐渐漫延到"江湖诗人"乃至部分士大夫的"清苦"诗风,按照诗歌鉴赏方面对前代诗人主动认同的传统方式,而被称为"晚唐体",但实际上我们不必太迷恋这种鉴赏的结果而固执于这个名称,因为鉴赏者心目中的"晚唐"也各自有所不同。"晚唐体"作为对一个历史时期实际存在的社会群体在表达上趋同风格的概括,其意义应该比作为时代风格重要得多。

在群体风格的意义上考察"晚唐体",也更有利于我们对其存在、发展经过的把握。一般文学史叙述的"晚唐体",出现在宋代诗歌史的两端,即北宋初期和南宋后期,但只要我们将僧诗纳入视野,

---

① 周紫芝《竹坡诗话》,《历代诗话》第350页,中华书局,1981年。苏轼诗即《梵天寺见僧守诠小诗清婉可爱次韵》,详上文。

这两端之间就能具备确凿无疑的联系。本文考察的宋代僧诗专集，便是这方面的有力证据，从上文对诗僧传记信息的考证中可以看到，两宋三百年间，与这个特定作者群的身份相应的诗风一直不曾断绝。对于他们在诗风上趋同的现象，宋代的批评家其实也早有察觉，故有关资料中还出现了另外一些批评用语，如欧阳修所谓"菜气"，苏轼所谓"蔬笋气"，以及听起来更觉苛刻的"酸馅气"之类[①]。这些说法与"晚唐体"之间构成怎样的关系，是我们今后需要探讨的问题。

【原载《多元宗教背景下的中国文学》，中西书局，2018年】

---

① 详见胡仔《苕溪渔隐丛话前集》卷五七"僧诗无蔬笋气"条。

苏轼前身故事的真相与改写

宋人好言前世，在宋代笔记中经常能看到谈论士大夫前身的条目。这种转世书写也影响到了后世戏曲小说的情节架构，出现了一些今生宿怨来世得报的故事，著名的红莲故事系列便是如此。

红莲故事最早著录于《古今诗话》，后因张邦几《侍儿小名录拾遗》的征引而广为流传①，其本身只是得道高僧因美女红莲的引诱而破淫戒的故事，并不涉及转世或前身。然而这个故事后来被拼贴上了轮回转世的情节，在引诱事件结束之后，红莲与高僧相继转世，在来生世界再次相遇，并了悟前世因缘。增加的转世故事主要有三大系列，犯戒高僧分别转世为柳翠、苏轼与路氏女。本文要探讨的是高僧转世为苏轼的故事，此高僧名曰五戒禅师，现存最早的文本见于《清平山堂话本》所收之《五戒禅师私红莲记》，后又经过改写，被冯梦龙以《明悟禅师赶五戒》为题收入《醒世恒言》。在之后的戏曲创作中，此主题不断出现，情节皆本自此二种小说。②

红莲故事母题的研究自二十世纪二十年代以来便成果丰硕，但是关注点多集中在高僧转世为柳翠的系列，对于转世为苏轼的"五

---

① "五代时有一僧，号至聪禅师，祝融峰修行十年，自以为戒行具足，无听诱掖也。夫何一日下山，于道傍见一美人，号红莲，一瞬而动，遂与合欢。至明，僧起沐浴，与妇人俱化。有颂曰：'有道山僧号至聪，十年不下祝融峰。腰间所积菩提水，泻向红莲一叶中。'"张邦几《侍儿小名录拾遗》，《丛书集成初编》本。
② 如沈泰《盛明杂剧二集》卷二四收录的《红莲债》，李玉所作传奇《眉山秀》等。

戒禅师",则研究较少①。其实宋代笔记中已经存在不少关于苏轼前世为僧的条目,不过这位禅僧法号五祖师戒,与小说有所差异。那么笔记条目与小说故事是否存在着联系?宋人谈论中的苏轼前身与小说里的苏轼前身是否分别有着文外之意?本文即拟从"五戒禅师"的原型与形象变迁出发,对此进行一些探究。由于《明悟禅师赶五戒》与《五戒禅师私红莲记》中关于五戒禅师的情节基本一致,故本文从早,以《五戒禅师私红莲记》为征引文本。

一、苏轼前身在宋代笔记中的记载与流变

苏轼前世为僧的故事在北宋后期即已流传,其中最早也最为详尽的记载当属禅僧惠洪于《冷斋夜话》卷七所记之"梦迎五祖戒禅师"条:

> 苏子由初谪高安时,云庵居洞山,时时相过。聪禅师者,蜀人,居圣寿寺。一夕,云庵梦同子由、聪出城迓五祖戒禅师,既觉,私怪之,以语子由,未卒,聪至,子由迎呼曰:"方与梦山老师

---

① 参见青木正儿著,郑师许译《柳翠传说考》,载《小说世界》1929 年第 5 卷第 2 期。张全恭《红莲故事的演变》,载《岭南学报》1936 年第 5 卷第 2 期。白化文《从"一角仙人"到"月明和尚"》,载《中国文化》1992 年第 6 期。谭正璧《三言两拍资料》第 162—170 页,上海古籍出版社,1980 年。吴光正《中国古代小说的原型与母题》第 23—52 页,社会科学文献出版社,2004 年。这些论著都很好地梳理了红莲故事的原型与流变。但是对于苏轼前身的问题,只有谭正璧《三言两拍资料》中有一定的资料辑录,其他诸文均未重点关注。许外芳《"红莲故事"中的苏轼前身"五戒禅师"》一文,是目前所见唯一一篇专注于五戒禅师的论文。但是此文材料并未超越《三言两拍资料》,属于介绍性文字,没有探讨这一形象在笔记与戏曲小说之间的流变过程、原因以及背后蕴藏的意义。载《文史知识》2008 年第 10 期。另,戴长江、刘金柱《"前世为僧"与唐宋佛教因果观的变迁——以苏轼为中心》一文中有对于苏轼前世的论述,惠本文良多。但此文关注点不在红莲故事,只是论及苏轼前身形象最原初的样态。载《河北师范大学学报》(哲学社会科学版)2006 年第 29 卷第 3 期。

说梦,子来亦欲同说梦乎?"聪曰:"夜来辄梦见吾三人者,同迎五戒和尚。"子由拊手大笑曰:"世间果有同梦者,异哉!"良久,东坡书至,曰:"已次奉新,旦夕可相见。"二人大喜,追笋舆出城,至二十里建山寺,而东坡至。坐定无可言,则各追绎向所梦以语坡。坡曰:"轼年八九岁时,尝梦其身是僧,往来陕右。又先妣方孕时,梦一僧来托宿,记其颀然而眇一目。"云庵惊曰:"戒,陕右人,而失一目,暮年弃五祖游高安,终于大愚。"逆数盖五十年,而东坡时年四十九矣。后东坡复以书抵云庵,其略曰:"戒和尚不识人嫌,强颜复出,真可笑矣。既法契,可痛加磨砺,使还旧规,不胜幸甚。"自是常衣衲衣。①

惠洪言之凿凿地申称苏轼的前身是五祖戒禅师,并将苏轼苏辙兄弟本人拉入叙述,大大增强了其可信性。惠洪似乎更在大力鼓吹此说,在所著《石门文字禅》卷二七《跋东坡仇池录》中亦提及此事:

欧阳文忠公以文章宗一世,读其书,其病在理不通。以理不通,故心多不能平。以是后世之卓绝颖脱而出者皆目笑之。东坡盖五祖戒禅师之后身,以其理通,故其文涣然如水之质,漫衍浩荡,则其波亦自然而成文。盖非语言文字也,皆理故也。自非从般若中来,其何以臻此。②

这里惠洪直接将禅师转世作为解释苏轼文风形成的理由,可见他将五祖戒禅师转世为东坡当作已然成立的事实。惠洪之外,受苏轼荐举得官的何薳在其《春渚纪闻》卷一"坡谷前身"条中也持是说:

---

① 惠洪撰,陈新点校《冷斋夜话》卷七,第56页,中华书局,1988年。
② 惠洪《跋东坡仇池录》,《石门文字禅》卷二七,《四部丛刊初编》本。

> 世传山谷道人前身为女子,所说不一。近见陈安国省干云,山谷自有刻石记此事于涪陵江石间。石至春夏,为江水所浸,故世未有模传者。刻石其略言:山谷初与东坡先生同见清老者,清语坡前身为五祖戒和尚,而谓山谷云:"学士前身一女子,我不能详语。后日学士至涪陵,当自有告者。"①

由于苏轼的好友与门生现身说法,苏轼前身为五祖戒禅师自然会获得很高的可信度。实际上苏轼本人的笔下也有着这种前世今生的转世书写,《和张子野见寄三绝句·过旧游》一诗就说:"前生我已到杭州,到处长如到旧游。"②此诗所云在《答陈师仲主簿书》一文中有详细的说明:"轼亦一岁率常四五梦至西湖上,此殆世俗所谓前缘者。在杭州尝游寿星院,入门便悟曾到,能言其院后堂殿山石处,故诗中尝有'前生已到'之语。"③尽管苏轼在诗文中只是用转世话语表达对于杭州的喜爱与眷恋,但这却被笔记作者当作前世为僧的证据而记于笔记,巧合的是,此人正是何薳:

> 钱塘西湖寿星寺老僧则廉言:先生作郡倅日,始与参寥子同登方丈,即顾谓参寥曰:"某生平未尝至此,而眼界所视,皆若素所经历者。自此上至忏堂,当有九十二级。"遣人数之,果如其言。即谓参寥子曰:"某前身山中僧也,今日寺僧皆吾法属耳。"后每至寺,即解衣盘礴,久而始去。则廉时为僧雏侍仄,每暑月袒露竹阴间,细视公背,有黑子若星斗状,世人不得见也。

---

① 何薳撰,张明华点校《春渚纪闻》第 5 页,中华书局,1983 年。
② 苏轼撰,冯应榴辑注,黄任轲、朱怀春点校《苏轼诗集合注》第 625—626 页,上海古籍出版社,2001 年。
③ 苏轼撰,孔凡礼点校《苏轼文集》卷四九,第 1428—1429 页,中华书局,1986 年。

即北山君谓颜鲁公曰"志金骨,记名仙籍"是也。①

何薳将苏轼诗文中对于杭州寿星院的梦悟演绎成先知台阶数的故事,又加上了星斗状黑子等神秘情节,使得前世为僧说的可接受性更强。当然,此处只是记载苏轼自言前世为僧,真正记载苏轼明确承认前世为五祖戒的条目见于惠洪《冷斋夜话》卷七"苏轼衬朝道衣"条:

> 哲宗问右珰陈衍:"苏轼衬朝章者,何衣?"衍对曰:"是道衣。"哲宗笑之。及谪英州,云居佛印遣书追至南昌,东坡不复答书,引纸大书曰:"戒和尚又错脱也。"后七年,复官,归自海南,监玉局观,作偈戏答僧曰:"恶业相缠卌八年,常行八棒十三禅。却着衲衣归玉局,自疑身是五通仙。"②

这样一来,苏轼前世为五祖戒禅师的说法已然十分圆满。根据记载的来源可以大致判断,不论五祖戒禅师的卒年与苏轼生年有无事实之巧合,苏轼前世为五祖戒禅师的说法主要是由惠洪、何薳二人大力鼓吹的。由于苏轼自己经常使用转世话语入诗文,大众对于此说的接受也就相当迅速,南宋初年即已成为士大夫间的共识。如周煇在《清波杂志》卷二"诸公前身"条列举有前世者数人,其中就有苏轼:

> 房次律为永禅师,白乐天海中山。本朝陈文惠南庵,欧阳公神清洞,韩魏公紫府真人,富韩公昆仑真人,苏东坡戒和尚,

---
① 何薳撰,张明华点校《春渚纪闻》卷六,第93—94页。
② 惠洪撰,陈新点校《冷斋夜话》卷七,第53页。

王平甫灵芝宫。近时所传尤众,第欲印证今古名辈,皆自仙佛中去来。然其说类得于梦寐渺茫中,恐止可为篇什装点之助。①

陈善《扪虱新话》上集卷一"自悟前身"条亦有相关记录:

> 东坡前身,亦具戒和尚。坡尝言在杭州时,尝游寿星寺,入门,便悟曾到,能言其院后堂殿石处,故诗中有"前身已到"之语。②

这是苏轼前身故事流变史上的一个重要节点,陈善开创性地将五祖戒禅师与杭州寿星院这两个原本相对独立的因素合并,五祖戒从此在故事中成为杭州高僧。这番修改,充分利用了现有的材料,使得苏轼前身故事在时间地点上达到了完整与圆融。当然,质疑此说真实性者亦有人在,如陈著有诗云:

> 我惜苏子瞻,气豪天地隘。雄文万斛前,盛名表昭代。自负学见道,欲涨欧阳派。胡为所以学,先与本论背。或者交浮屠,聊尔奚足怪。何至敢昌言,前身五祖戒。③

看来南宋时候已经产生了对于这件事的争论,但也正因为有正反两方的冲突,士大夫阶层对于此事的熟知当无异议。士大夫尚且如此,世俗社会当然更不会放过这种著名文人轮回转世的传闻,前世为僧的说法在他们那里一定更广为流传,何况是苏轼这么一个传闻极多的风流人物。这样,宋元之后的世俗民众将这个轮回转世的故

---

① 周辉撰,刘永翔校注《清波杂志校注》第 56 页,中华书局,1994 年。
② 陈善《扪虱新话》,《丛书集成》本。
③ 陈著《本堂集》,《文渊阁四库全书》本。

事与红莲故事相结合就成为可能,而这两者的结合显然也能获得广阔的市场。

二、宋代文献所见五祖师戒禅师形象

笔记所言的五祖戒禅师即五祖师戒禅师的省称,其法名为师戒,由于他曾住持蕲州五祖山,故称之为五祖师戒。宋人习惯单称法名的下字,故上引材料中出现"五祖戒禅师"、"戒禅师"、"戒和尚"等多种称谓。五祖师戒是云门宗禅僧,乃云门文偃弟子双泉师宽的法嗣。在北宋李遵勖辑录的《天圣广灯录》卷二一中,收录了数量可观的五祖师戒说法条目,从中可见五祖师戒的敏锐机锋与高超的禅学造诣。不过现今并没有关于五祖师戒的传记留存,他的言行事迹只散见于不同的文献。尽管惠洪为唐宋禅僧所撰的《禅林僧宝传》中没有给五祖师戒立传,但是卷二九《云居佛印元禅师传》中,却有一段与《冷斋夜话》"同梦五祖戒禅师"条高度重合的文字:

> 东坡尝访弟子由于高安。将至之夕,子由与洞山真净文禅师、圣寿聪禅师连床夜语。三鼓矣,真净忽惊觉曰:"偶梦吾等谒五祖戒禅师。不思而梦,何祥耶?"子由撼聪公,聪曰:"吾方梦见戒禅师。"于是起,品坐笑曰:"梦乃有同者乎!"俄报东坡已至奉新,子由携两衲,候于城南建山寺。有顷,东坡至。理梦事,问:"戒公生何所?"曰:"陕右。"东坡曰:"轼十余岁时,时梦身是僧,往来陕西。"又问:"戒状奚若?"曰:"戒失一目。"东坡曰:"先妣方娠,梦僧至门,瘠而眇。"又问:"戒终何所?"曰:"高安大愚,今五十年。"而东坡时年四十九。后与真净书,其略曰:"戒和尚不识人嫌,强颜复出,亦可笑矣。既是法契,愿痛加磨

励,使还旧观。"①

《禅林僧宝传》和《冷斋夜话》都是惠洪所撰,他将同一个故事分别纳入了禅宗叙述系统与士大夫叙述系统之中。除此之外,在禅宗文献中很难再找到有关五祖师戒的记事了,更无法找到他与苏轼存在转世关系的其他证据。

由于五祖师戒的传记资料极少,惠洪所记载的筠州确认苏轼前身事件就成为五祖师戒形象的主要来源。《冷斋夜话》和《禅林僧宝传》的叙述中提及五祖师戒生于陕西,盲一目以及圆寂于江西高安大愚寺,这三者是五祖师戒形象的重要元素。禅宗文献《林间录》卷下也有相关记载:

> 庐山玉涧林禅师作《云门北斗藏身因缘》偈,曰:"北斗藏身为举扬,法从此露堂堂。云门赚杀他家子,直至如今谩度量。"五祖戒禅师,云门的孙,有机辩,尝罢祖峰法席,游山南,见林,问作偈之意。林举目视之,戒曰:"若果如此,云门不直一钱,公亦当无两目。"遂去。林竟如所言,而戒暮年亦失一目。
> 戒暮年弃其徒来游高安。洞山宝禅师,其法嗣也。宝好名,卖之,不为礼。至大愚,未几倚拄杖于僧堂前,谈笑而化。五祖遣人来取骨石,归塔焉。②

这里很详细地记载了五祖师戒盲一目的因果以及为何晚年圆寂于高安大愚山,可以和《冷斋夜话》、《禅林僧宝传》互相印证。但是,《林间录》的作者依然是惠洪,五祖师戒形象的所有细节都出自其

---
① 惠洪《禅林僧宝传》第 204 页,中州古籍出版社,2014 年。
② 惠洪《林间录》,于亭编注《禅林四书》第 184—185、207 页,崇文书局,2004 年。

手。于是我们可以得出这样的结论,五祖师戒禅师形象最初见于禅宗灯录,其间只有一些说法语录,没有更多信息,是一位典型的禅僧形象。但后来其形象发生了改变与重塑,一些细节被添入,并在宋人好言前世的风气下被说成苏轼前身。这场改变的最早与最主要的记录者便是惠洪,他将五祖师戒的形象构建出来,在士大夫话语世界里大力宣扬,同时又将这个新形象融入禅宗话语世界,造成了一种其本身就源于禅宗文献的假象,而这个假象又给新形象在士大夫间的传播带来了有据性和可信度。后经何薳与陈善的递改,惠洪记录的五祖师戒新形象与杭州西湖寿星院相结合,最终完成了五祖师戒的笔记形象。这个笔记新形象包含了四个重要元素:苏轼前身、盲一目、主持杭州寿星院、暮年倚杖谈笑坐化。这四者与灯录毫无关系,但灯录形象很快就被笔记形象掩盖。至此,士大夫间多不知五祖师戒高妙的话语机锋,只将他当作苏轼前身,五祖师戒对后世发生影响的形象正是这四要素汇融的笔记形象。

三、小说中的五戒禅师形象及其与五祖师戒之关系

现在再来看小说中的五戒禅师,则其形象的传承就非常明显了,就是从惠洪始作俑的五祖师戒笔记形象而来。首先二者皆是苏轼的前世,乃是最明显的相关性。再者小说中有关于五戒禅师圆寂的描写亦是坐化:

> 五戒听了此言,心中一时解悟,面皮红一回,青一回,便转身辞回卧房,对行者道:"快与我烧桶汤来洗浴!"行者连忙烧汤,与长老洗浴罢,换了一身新衣服,取张禅椅到房中,将笔在

  手,拂一张纸开,便写八句《辞世颂》,曰:

    吾年四十七,万法本归一。只为念头差,今朝去得急。传与悟和尚,何劳苦相逼?幻身如雷电,依旧苍天碧。

    写罢《辞世颂》,交焚一炉香在面前,长老上禅椅上,左脚压右脚,右脚压左脚,合掌坐化。①

  这段详细的坐化描述虽然与"倚拄杖谈笑而化"有一定的差别,但是其坐化的方式是一致的。满足了这两要素的统一还不能完全将二者画上等号,还需考察另外两个细节要素。对于五戒禅师的面相,在小说的开头即有明确交代:

    这五戒禅师,年三十一岁,形容古怪,左边瞽一目,身不满五尺。本贯西京洛阳人,自幼聪明,举笔成文,琴棋书画,无所不通。长成出家,禅宗释教,如法了得,参禅访道。俗姓金,法名五戒。②

  此处已然明言五戒禅师盲一目,只不过较《冷斋夜话》泛言盲一目而言,这里明确其盲的是左眼而已。不仅如此,《冷斋夜话》中关于苏轼自述其母孕时梦盲眼和尚的记载在小说中也一并出现:

    且说明悟一灵真性,自赶至西川眉州眉山县城中,五戒已自托生在一个人家,姓苏名洵,字明允,号老泉居士,诗礼之人。院君王氏夜梦一瞽目和尚走入房中,吃了一惊,明旦分娩一子,

---

① 洪楩辑,程毅中校注《清平山堂话本校注》第236页,中华书局,2012年。
② 《清平山堂话本校注》第230页。

生得眉清目秀,父母皆喜。①

由此,二者在盲一目元素上的吻合程度可谓完全一致了。至于最后一个杭州西湖的要素,更在小说的开篇就已交代:

> 话说大宋英宗治平年间,去这浙江路宁海军钱塘门外,南山净慈光孝禅寺,乃名山古刹。本寺有两个得道高僧,是师兄师弟,一个唤作五戒禅师,一个唤作明悟禅师。②

这净慈寺乃杭州著名寺庙,南宋五山之一,《咸淳临安志》卷七八记载:

> 报恩光孝禅寺即净慈
> 显德元年建号慧日永明院,太宗皇帝赐寿宁院额,绍兴十九年改今额。③

小说将五戒禅师定为杭州和尚承自陈善,唯一的改变就是寺庙由寿星院变成了净慈寺。但是净慈寺在北宋时曾名寿宁院,与寿星院只一字之差,故十分可能在流传中发生混淆。再者,作为五山之一的名刹,以净慈寺为故事发生的背景地点,对于市民听众的接受更为方便。这种将地名由陌生变为熟知,是小说戏曲中惯用的手段。由此,小说中的五戒禅师形象与五祖师戒的笔记形象在四大元素上都可相互印证,我们有理由相信,小说的五戒禅师就来源自五祖师戒,

---

① 《清平山堂话本校注》第237页。
② 《清平山堂话本校注》第230页。
③ 潜说友等编纂《咸淳临安志》,收入《宋元方志丛刊》,第4058页,中华书局,1990年。

是从士大夫的话语世界转入了世俗社会的话语世界，离灯录中的那位高僧越来越远。

理清了小说中的五戒禅师形象就是源于五祖师戒后，还有个问题需要考察，即"五祖师戒"的称谓是如何转变成"五戒"的。如果从简称惯例来看，五祖师戒是不可能减缩成为五戒的，但是无论"五祖戒"还是"戒"，都不符合汉语词汇双音节的趋势，因而不利于在世俗社会中传播这个故事，而一个双音节的省称则能很好地扮演这个角色。但为何世俗社会没有选择"师戒"呢？在宋代笔记中从没有出现过"五祖师戒"这个全名，都是以"五祖戒"省称，从而世俗社会成员从笔记中截取这个形象的时候也就只知道"五祖戒"这个名称了。对于普通市民来说，让他们从这个省称中还原出"五祖师戒"的全名似乎是困难的，毕竟全名只出现在一般市民不会去看的灯录中。故而由"五祖戒"三字省为两字，"五戒"应是最为顺畅的方式了。其实《冷斋夜话》的记载中也已经有了端倪，同梦五祖师戒的聪禅师就已然说到"夜来梦见吾二人同迎五戒和尚"。无论是何种原因使《冷斋夜话》的文本出现了这样的文字疏误，都可以证明从"五祖师戒"简缩为"五戒"是最为简便自然的方式。

当然，《冷斋夜话》称"五戒"的现象只不过是偶出，其他宋代文献还是秉持着"五祖戒"这一正确的叫法，"五戒"则要到元明以后才大量出现。这种讹变的原因除了上述的推理外，或者还与五祖师戒形象发生的第二次变化密切相关。

提起五戒，人们首先想到的义项乃是佛教五条基本戒律，这五条戒律也是在世俗社会广为人知的常识。一个市民可以完全不知道佛教徒详密的修行清规，但他一定知道五戒。因此，市民们提到五戒自然就会联想到和尚，久而久之，五戒也就成为和尚的代名词了。明清戏曲已经习惯以"五戒"指称配角和尚。如：

> 自家乃是弥陀寺中一个五戒。(《琵琶记》第三十四出)①
> 小僧扬州府禅智寺一个五戒是也。(《南柯记》第七出)②
> 自家非别,天竺寺一个五戒是也。(《锦笺记》第十五出)③

在这样的联想下,市民们将五戒和尚与五祖师戒的省称混为一谈也就不是那么奇怪了。小说中也顺势将五戒的得名之由理所当然地与五条戒律相关联:

> 长成出家,禅宗释教,如法了得,参禅访道。俗姓金,法名五戒。且问:何谓之五戒?
> 第一戒者,不杀生命。第二戒者,不偷盗财物。第三戒者,不听淫声美色。第四戒者,不饮酒茹荤。第五戒者,不妄言绮语。此谓之五戒。④

这里已经明确说"五戒"乃法名,但"五祖师戒"的法名是"师戒",可见到了小说时代,称谓已经讹变得不知所由了。但从另一角度来看,法名讹变为"五戒"却能达到与红莲故事相辅相成的文学功用。

在惠洪的笔下,五祖师戒尽管已经较禅僧灯录有了比较丰满的变化,但毕竟只是作为苏轼前世而于他者口中出现,其形象还是一个幻影,没有实际血肉。然后,由于小说将其与红莲故事中被引诱的高僧相结合,顿时有了活体生命,主动破淫戒成为五祖师戒在小说戏曲中的主要形象,这就是五祖师戒形象的第二次转变,从笔记形象转变为小说戏曲形象。由于淫戒是五戒之一,其法名五戒但却

---

① 高明《琵琶记》,见毛晋《六十种曲》第一册,第128页,中华书局,2007年。
② 汤显祖《南柯记》,见《六十种曲》第四册,第16页。
③ 周履靖《锦笺记》,见《六十种曲》第九册,第45页。
④ 洪楩辑,程毅中校注《清平山堂话本校注》第230页。

破了淫戒,诚然构成了一对奇妙而有趣的反照。这种法名五戒的僧人却犯五戒的故事,早在唐宋时即有流传。《太平广记》卷一二七录有《僧昙畅》:

> 唐乾封年中,京西明寺僧昙畅,将一奴二骡向岐州棱法师处听讲。道逢一人,着衲帽弊衣,掐数珠,自云贤者五戒,讲。夜至马嵬店宿。五戒礼佛诵经,半夜不歇。畅以为精进一练。至四更,即共同发。去店十余里,忽袖中出两刃刀子,刺杀畅。其奴下马入草走。其五戒骑骡驱驮即去。主人未晓梦畅告云:"昨夜五戒杀贫道。"须臾奴走到,告之如梦。时同宿三卫子,披持弓箭,乘马趁四十余里,以弓箭拟之,即下骡乞死。缚送县,决杀之。①

这个故事里的五戒和尚可要比作为苏轼前身的五戒禅师恐怖得多。但无论如何,他们在名为五戒、又精于佛学、但却触犯最基本的五条戒律之一这三点上是完全一致的。虽然我们尚不能证明这个杀人五戒和失身五戒之间有什么联系,但或许可以推测有一个故事原型的存在,说的就是法名五戒的和尚做了触犯五戒之事。其实,在宋元之后的小说戏曲中,和尚的形象大部分都是不守清规戒律的。尽管法名五戒的不多,但是分别触犯荤酒、杀、偷、妄、淫五戒的和尚形象比比皆是。这种现象或许是处于世俗社会和尚们的真实反映,也可能是世俗社会对于士大夫社会的一种叛逆的想象吧。

随着五祖师戒第二次形象转变,作为苏轼前世的那个和尚就主要以"五戒"为名了。不仅"五祖师戒"鲜为人知,就是"五祖戒"也变

---

① 李昉等编《太平广记》卷一二七,第901页,中华书局,1961年。

得十分罕见。同属世俗社会文本的《初刻拍案惊奇》卷二八《金光洞主谈旧迹,玉虚尊者悟前身》中就如是写到:

> 要知从来名人达士、巨卿伟公,再没一个不是有宿根再来的人。若非仙官谪降,便是古德转生。所以聪明正直,在世间做许多好事。如东方朔是岁星,马周是华山素灵宫仙官,王方平是琅琊寺僧,真西山是草庵和尚,苏东坡是五戒禅师。①

像这样历数前代人物前世的条目不仅出现在通俗文学中,就连士大夫的笔下也是如此。历官江宁知县的王同轨在《耳谈类增》卷二七"王文成公"条就云:

> 古言聪慧士多自般若中来,若《冷斋夜话》载张方平是琅琊寺僧轮化,《孙公谈圃》载冯京是五台僧,《癸辛杂识》载真西山为草庵和尚,《扪虱新语》载苏东坡为五戒禅师,《梅溪文集》载王十朋即严阇黎后身,《明皇杂录》载智永禅师托生为房琯。②

这段话与《初刻拍案惊奇》基本一致,唯一不同的就是士大夫为显示博学,将这些转世说的出处一并写了出来,而这一写便露了马脚。《扪虱新话》的材料已见上引,明明白白写的是戒和尚,但王同轨笔下却是五戒禅师。因此,王同轨显然受到小说戏曲形象的深刻影响。也就是说,自从红莲记与苏轼故事相结合之后,社会上对于苏轼前身故事的接受就从小说中来,惠洪构建出的笔记形象遭受了与灯录中的禅僧形象一样的岑寂命运。

---

① 凌濛初《初刻拍案惊奇》第335页,天津古籍出版社,2004年。
② 王同轨《耳谈类增》,《续修四库全书》本。

四、惠洪构建苏轼前身的言外
之意与宋人的转世话语

上文大致清理了五祖师戒禅师从灯录形象转变为笔记形象再到小说戏曲形象的过程,也分析了笔记形象是惠洪一手记录的。如果我们相信惠洪的记载,那么讨论似乎也就到此为止,然而惠洪的记录是否值得相信却是一个需要重新审视的问题。

惠洪和何薳在年纪上相去不远,都是比苏轼小一辈的人物,二人关于苏轼前身的记载已经有所不同。在惠洪的笔下,苏辙与真净克文、圣寿省聪在筠州一起确认了苏轼的前身是五祖师戒,然而何薳则声称见到黄庭坚手书刻石,上云清老者向苏轼与黄庭坚点破各自前身。这种抵牾不仅存在于不同人的记载中,也发生在惠洪自己的笔下。《冷斋夜话》中苏辙先与真净克文会面,后同遇圣寿省聪,二僧一前一后叙说梦境,而《禅林僧宝传》中却是苏辙一开始就与二僧在一起;《冷斋夜话》中苏轼与真净克文的对话是苏轼先说自己生平细节,克文揭示与五祖师戒相合处,而《禅林僧宝传》则是苏轼问五祖师戒形象细节,克文作答,苏轼再答以自己与其相合的事迹。这些差异不能不令人对惠洪记载的可信性产生疑问。

更明显的违背事实之处见于《禅林僧宝传》,惠洪在叙述完筠州确认前身事件后马上接以"(苏轼)自是常着衲衣,故元以裙赠之,而东坡酬以玉带。有偈曰:'病骨难堪玉带围,钝根仍落箭锋机。会当乞食歌姬院,夺得云山旧衲衣。'又曰:'此带阅人如传舍,流传到我亦悠哉。锦袍错落差相称,乞与佯狂老万回。'"[1]可知在筠州确认前身事件之后较长的一段时间内,苏轼经常穿着僧衣,于是佛印赠

---

[1] 惠洪《禅林僧宝传》第204—205页,中州古籍出版社,2014年。

以衲裙。这两首偈亦见于苏轼诗集,诗集中题云"以玉带施元长老,元以衲裙相报,次韵二首",乃苏轼先赠佛印玉带,佛印以衲裙回赠,与《禅林僧宝传》的记载正好相反。又据南宋王十朋注文可知此诗本事发生于元丰八年的镇江金山寺,即是苏轼先留玉带,佛印以衲裙相报①。苏轼、苏辙在元丰七年相会筠州,与此相距不过一载,《禅林僧宝传》不仅主客颠倒,而且所云"自是常衣衲衣"隐含着的时间长度亦不存在。惠洪显然是保留了真实事件的框架,然后填写自己想象的细节,作为筠州确认前身事件的证据。这样看来,筠州确认前身事件本身,在可信性上也成问题,完全有可能是用相似的方法造就。

不仅如此,惠洪笔下的五祖师戒形象与禅林灯录所述亦有所龃龉,特别是上引《林间录》卷下所载五祖师戒晚年不幸的故事。五祖师戒的法系前后三代主要如下:

云门文偃──→双泉师宽──→五祖师戒┌→泐潭怀澄──→大觉怀琏
　　　　　　　　　　　　　　　　　└→洞山自宝

《林间录》所云五祖师戒暮年来筠州投靠的洞山宝禅师即是洞山自宝。在惠洪的谈论中,洞山自宝对待晚年的五祖师戒很是不善,然而这并不符合灯录中对自宝的评价。北宋惟白辑录的《建中靖国续灯录》卷二有云:

> 筠州洞山妙圆禅师,讳自宝,寿州人也。峡石寺受业,头陀苦行,粝食垢衣。参戒禅师,发明心地,天人密护,神鬼莫测。所至丛林,推为导首。②

---

① 《苏轼诗集合注》卷二四,第 1205 页。
② 惟白撰,朱俊红点校《建中靖国续灯录》卷二,第 65 页,海南出版社,2014 年。

据此条可知,自宝可谓五祖师戒最得意的弟子,丛林推为导首的禅师似乎不会对恩师做出卖之而不礼的举动,况且自宝得以住持洞山,亦是缘于五祖师戒的大力举荐,《禅林宝训音义》有云:

> 瑞州洞山自宝禅师,卢州人,嗣五祖戒禅师,清源下九世。为人严谨,尝在五祖为库司,戒病,令侍者往库中取生姜煎药,宝叱之。侍者白戒,戒令取钱回买,宝方取姜与之。后筠州洞山缺住持,郡守以书托戒所,举智者主之。戒曰:"卖生姜汉住得。"遂出世住洞山,后移归宗寺。①

这便是著名的"自宝生姜"公案,其间自宝的风范与灯录记载相合,与《林间录》所云判若两人。《林间录》一书的性质乃是惠洪"得于笑谈"的"余论",故其间多有未为禅林所知的隐闻秘事,亦有与事实不合之乱谈。陈垣先生就曾指出:"或为禅者一家所说,他宗不谓然也。且语气之间,抑扬太过。"②至于所载自宝不礼师戒的故事是真实的秘闻还是夸诞的街谈巷议,虽不能下定论,但惠洪利用此故事为筠州确定前身事件张目,则应能确认。毕竟同梦五祖师戒的地点正是筠州,这也是条目里真净克文所云五祖师戒的圆寂地点,是确定前身事件的重要机缘,惠洪于他书中记录下五祖师戒圆寂大愚的缘由,能起到与此事遥相呼应的效果。同时,真净克文的确住持过洞山和大愚,惠洪借克文之口说出师戒圆寂于大愚,能使相关叙述显得更加无懈可击。

如此,不仅五祖师戒的形象主要由惠洪记录,确认苏轼前身就是五祖师戒的故事也极有可能是惠洪一手建构。惠洪如此颇费心

---

① 大建《禅林宝训音义》,《续藏经》本。
② 陈垣《中国佛教史籍概论》卷六,第119页,上海书店,2001年。

机,显然有着言外之意。故事中的真净克文,与惠洪具有法系上的传承关系。惠洪其实就是真净克文的弟子,而真净克文则是临济宗黄龙派创派宗师黄龙慧南的弟子,在灯录系统中苏轼也被列入黄龙慧南法系:

```
                  ┌─ 真净克文 ──→ 觉范惠洪
      黄龙慧南 ───┤
                  └─ 东林常总 ──→ 苏轼
```

尽管黄龙慧南在灯录中被列为临济宗石霜楚圆的法嗣,然而他却是从云门宗转投而来。《禅林僧宝传》黄龙南禅师本传中详细记载了这次转投事件的因果,简要来说就是慧南原在泐潭怀澄那里学习禅法,深得怀澄器重,得到了"分座接纳"和"领徒游方"的资格,可见慧南对于怀澄的禅法掌握精深,也是怀澄默认的传法弟子。但慧南后来在临济宗僧人云峰文悦的鼓吹下,转投到石霜楚圆的门下,与怀澄一系断绝往来①。临济宗的这次挖云门宗墙脚事件,对两宗此后的发展产生了深远影响,奠定了临济宗在南宋兴盛的基础。上文已言,慧南叛出的泐潭怀澄正是五祖师戒嫡传法嗣,云峰文悦在劝说慧南改投临济时指出:"云门如九转丹砂,点铁作金。澄公药汞银,徒可玩,入锻即流去。"这是在批评怀澄并没有传承老师的心法,慧南在受石霜楚圆开悟后亦云:"泐潭果是死语。"亦是认可文悦的批评。

泐潭怀澄是否真的没有很好承继五祖师戒的法门?从惠洪的记载来看似乎确实如此。《禅林僧宝传》记载,怀澄还不知慧南已叛出师门的时候,曾遣僧审问慧南提唱之语,慧南有曰:"谓同安无折合,随汝颠倒所欲,南斗七,北斗八。"怀澄对此语颇为不怿,这也坚

---

① 惠洪《禅林僧宝传》第 147—149 页,中州古籍出版社,2014 年。

定了慧南叛出的决心①。此事后来被《五灯会元》所采而广为人知。其实慧南在这里说的"南斗七,北斗八"正是引用五祖师戒所创机锋②,怀澄对此的不悦只能说明他没有掌握老师的话语,同时说明黄龙慧南的禅学虽与泐潭怀澄不同,却与五祖师戒相合。慧南叛出师门之后,怀澄最得意的弟子便是大觉怀琏,他于皇祐元年(1049)受仁宗征召进京,住持十方净因禅院③。怀琏选择与皇室合作,掌握了京城这一最大的弘法阵地,云门宗由此大振,成为北宋中后期声势最浩大的禅宗宗派。然而五祖师戒似乎并不认可与皇室合作④,黄龙慧南与其弟子东林常总后来也拒绝皇室征召,他们的做法再次不同于怀澄而与师戒相合。此外,石霜楚圆通过怀澄不喜的赵州禅开悟慧南,而五祖师戒对赵州禅却有着深入的见解;南宋僧人晓莹在《罗湖野录》中记载了五祖师戒与上方齐岳的交锋,其间师戒三次点额齐岳的话语,完全就是著名的黄龙三关之先声⑤。种种迹象表明,在惠洪的禅史话语体系中,黄龙慧南的法门其实跳过泐

---

① 惠洪《禅林僧宝传》第 149 页。
② 《天圣广灯录》卷二一记载了五祖师戒的这段机锋:"问:'如何是祖师西来意?'师云:'南斗七,北斗八。'进云:'恁么即大众证明。'师云:'七棒对十三。'"李遵勖撰,朱俊红点校《天圣广灯录》卷二二,第 394 页,海南出版社,2011 年。
③ 志磐撰,释道法校注《佛祖统纪校注》卷四六,第 1080 页,上海古籍出版社,2012 年。
④ 《五灯会元》卷一五记载五祖师戒与某僧的对话:"问僧:'近离甚处?'曰:'东京。'师曰:'还见天子也无?'曰:'常年一度出金明池。'师曰:'有礼可恕,无礼难容。出去。'"普济《五灯会元》第 973 页,中华书局,1984 年。
⑤ 《罗湖野录》卷二:"湖州上方岳禅师,少与雪窦显公结伴游淮山。闻五祖戒公喜勘验,显未欲前,岳乃先往。径造丈室。戒曰:'上人名甚么?'对曰:'齐岳。'戒曰:'何似泰山?'岳无语。戒即打趁。岳不甘,翌日复谒。戒曰:'汝作甚么?'岳回首,以手画圆相呈之。戒曰:'是甚么?'岳曰:'老老大大,胡饼也不识。'戒曰:'趁炉灶熟,更搭一个。'岳拟议,戒拽拄杖趁出门。及数日后,岳再诣,乃揭起坐具曰:'展则大千沙界,不展则毫发不存。为复展即是,不展即是?'戒遽下绳床把住,戒云:'既是熟人,何须如此?'岳又无语,戒又打出。以是观五祖,真一代龙门矣,岳三进而三遭点额。张无尽谓雪窦虽机锋颖脱,亦望崖而退,得非自全也耶?"晓莹《罗湖野录》卷二,见朱易安、傅璇琮主编《全宋笔记》第五编第一册,第 233 页,大象出版社,2012 年。其实这段公案依旧由惠洪最早记录于《林间录》,只是没有晓莹详细完整而已。见于亭编注《禅林四书》,第 207 页。

潭怀澄直承五祖师戒,如此黄龙慧南的叛出师门就并非大逆不道,他不是背叛云门,而是纠正误入歧途的老师,将本门法系拉回到祖师的正确道路上。黄龙慧南之所以可在临济宗自成一派,显然是他同时得云门、临济两宗之正的缘故。

　　于是可知,惠洪大力建构苏轼前身为五祖师戒的言外之意,大约跟黄龙慧南的这次叛出师门事件相关。慧南因此事而遭受了绝大多数云门禅僧的指责,与他们的交往也随之断绝,惠洪则通过僧传的记述,使黄龙慧南的禅法可以上承五祖师戒,似乎是在为慧南洗清罪名。将苏轼前身认定为五祖师戒,意义也与此相仿。从禅门谱系上来说,苏轼是黄龙慧南的再传弟子,而这位徒孙却是祖师的转世,显然是对慧南秉承师戒心法的认可,也是慧南叛出师门并非等同于背叛云门的表现。在惠洪的笔下,五祖师戒弟子的形象似乎都不是很好,显然是在非议他们并不能传承师戒心法,只有自己的祖师才能承担。《林间录》中对洞山自宝的记叙放在这个背景下来看便显得意味深长。

　　如是,惠洪建构苏轼前身只是利用佛教中的转世话语为自己宗派服务,在北宋末年云门宗逐渐式微、临济宗方兴未艾的时候为本宗张目,获取兴盛的合理性与解释话语,与真正的佛法奥义并没有太多的关系。其实,宋人的好言前世亦是如此,笔记中揭示前世的条目更多是为了解释此生性格、遭际的来由,不太计较转世话语所承载的佛理。本文所论转世故事的主角苏轼便是典型,尽管苏轼并没有认定自己的前世就是五祖师戒,但在他的诗词文中多次出现对于自己前世的表述:《答周循州》一诗中自认前世或为六祖惠能或是韩愈、《次韵子由三首·东楼》一诗中自认前世为董仲舒、《题灵峰寺壁》一诗自认前世为德云和尚、《江城子》(梦中了了醉时醒)一词中自认前世为陶渊明,此外还有两三处诗文中对苏辙表示自己前世就是你的兄长。这些例子体现出,苏轼其实并不在意自己前世究竟是谁,只要转世话语能够表达此刻之情、内心之志,便不妨借来一用。

尽管宋代士大夫并不把前世故事与佛法相联系,但苏轼前身故事进入通俗世界的小说戏曲之后,在市民眼中却带上了佛法的色彩,二者的不同正体现着士大夫文化与通俗文化的差异。惠洪建构的苏轼前身在世俗社会与红莲故事相拼合,尽管隐去了惠洪为本宗立说的言外之意,却与惠洪"在欲行禅"的理念相暗合。红莲故事其实与《维摩诘经·佛道品》"火中生莲花,是可谓希有。在欲而行禅,希有亦如是。或现做淫女,引诸好色者,先以欲勾牵,后令入佛道"一语密切相关,所指就是修行者于欲望满足之时领悟舍弃欲望之境的修行方式。经文将欲望比作火,而把在欲望中的觉者比作莲花,这就是"在欲行禅"所追求的境界。对于士大夫来说,他们完全可以通过研习经文悟得道理,但世俗社会的民众却不具备这样的能力,所以需要通过故事来传播佛法要义。而用一个带有情色的故事来宣传戒欲的主题,则是禅宗世俗化后所惯用的传法手段,苏轼前身与红莲故事的拼合便是这样一个传法典型。

就小说而言,五戒禅师这个形象是一个淫僧,但这个淫僧与明代后期的淫僧形象迥异。在"世间乃渐不以纵谈闺闱方药之事为耻"的社会风气下,明代后期的淫僧形象多是展现人性与禁欲的对立,这些和尚实际与土匪无异,完全没有使读者听众皈依佛教的能力。但五戒禅师故事则不同,故事中对这位淫僧的态度更多的是同情,并给予了他回头是岸的机会。整个故事以淫事开始,用轮回因果的方式在皈依佛教中结束,到头来却是在宣传一个戒淫的主题。这样来说,五戒禅师是谁并不重要,苏轼其实也只是用来方便宣传的配角,只是从士大夫话语世界中拿来的现成故事,重要的是利用

"在欲行禅"的方式讲佛法。《金瓶梅词话》第七十三回《潘金莲不愤忆吹箫,郁大姐夜唱闹五更》中的一段情节道出了苏轼前身故事在世俗社会的言外之意:

> 说着只见小玉拿上一道土豆泡茶来,每人一盏。须臾吃毕,月娘洗手,向炉中炷了香,听薛姑子讲说佛法。……①

这里薛姑子讲说的佛法既不是经文也不是灯录,就是五戒禅师的故事。引文省略处便是将《五戒禅师私红莲记》篡改后全文抄录。吴月娘所听的佛法就是这么一个带有色情的故事,可以想见世俗社会的佛法面貌就是诸如此类的存在。同样的转世话语呈现出了笔记与戏曲小说两种人物形象,其间各自承载着不同的言外之意,这是宋人与明人的分野,也是士大夫社会与世俗社会的分野。

【此文与赵惠俊合作,英文版 The Previous Lives of Su Shi: Stories of Truth and Adaptation,原载 *Journal of Chinese Literature and Culture*,Volume 4,Issue 2,1 November 2017。中文版原载香港《岭南学报》复刊第九辑,上海古籍出版社,2018 年 10 月】

---

① 兰陵笑笑生撰,陶慕宁校注《金瓶梅词话》第 971—974 页,人民文学出版社,2008 年。

宋话本《钱塘湖隐济颠禅师语录》考论

《钱塘湖隐济颠禅师语录》(以下简称《济颠语录》)虽作为高僧语录而被收入《续藏经》,但其为话本小说之性质,却一望而知。由于这是迄今所知有关"济公"小说的最原始之形态,而其版刻又以明代隆庆三年(1596)本为最早①,故自孙楷第《日本东京所见小说书目》以来,多著录为明人小说。五十年代末,日本学者泽田瑞穗撰《济颠醉菩提》一文②,引郎瑛(1487—1566)《七修类稿》卷三一《济颠化缘疏》云:

> 济颠乃圣僧,宋时累显圣于吾杭湖山间,至今相传之事甚众。有传记一本,流于世。

他认为郎瑛生前所见"传记一本"当即以"语录"之名流传的这本小说,则隆庆本之前已有此书的刻本或写本了。以南宋"说经"、"说参请"、"演僧史"③等佛教或僧人题材之说话文学的流行为背景,泽田氏论文详细梳理了道济的生平事迹与有关小说的演变历史,是这

---

① 此本经中华书局《古本小说丛刊》、上海古籍出版社《古本小说集成》、台北天一出版社《明清善本小说丛刊》等大型丛书影印,已颇易见。
② 泽田瑞穗《济颠醉菩提》,原刊《天理大学学报》第 31 辑,1960 年,收入氏著《佛教与中国文学》第 177—198 页,国书刊行会,1975 年。
③ "说经"、"说参请"见《都城纪胜》、《武林旧事》等南宋笔记,"演僧史"见《虚堂和尚语录》卷七《演僧史钱月林》七绝,详细请参考泽田氏上揭论文。

方面最值得参考的一篇力作。近期则有许红霞撰《道济及〈钱塘湖隐济颠禅师语录〉有关问题考辨》①,在两个方面获得显著进展:一是考证道济生卒年为宋高宗绍兴十八年(1148)至宁宗嘉定二年(1209),二是详勘现存《济颠语录》的各种版本及其内容、语言,认为"把此书归为明人小说是不妥的,至多是明人转述宋人小说,它的始作者一定是宋人"。许氏的这种立场,在其参与编辑的《全宋诗》中似乎也有所反映,《济颠语录》被当做搜辑释道济诗歌作品的最基本的资料。

笔者基本赞同许红霞的考订结果,但小说始作于宋人,与今日所见文本是否为南宋之原貌,毕竟是两件事。比如隆庆本几乎一开头就提到"浙东台州府国清寺",这"台州"之称"府",就是始于明代的事,南宋的话本只可能称"台州",不可能有"府"字。显然,"府"字是明人留下的痕迹。

关于《济颠语录》还有一种过度夸大其真实性的说法:"世所传济颠小说,与他小说不同,皆实事也。"②许红霞引证此说,并简单列举出《济颠语录》涉及的一系列人事,认为"都是实有其人其事,而非作者信口编造"。这里当然已经把小说包含的神通荒怪情节区划出考虑范围,但即便仅就"实有其人其事"的部分内容而言,也还有一个真实性程度的问题,也就是说,是完全符合史实,还是包含了讹传或经过有意的改编。要确定这一点,就须对有关人事作较为详细的研究。故本文就在泽田氏和许氏论文的基础上,主要对牵涉南宋禅林的人事加以考论,以检视话本内容与史实之间的距离。这种距离往往跟话本形成时代与其"本事"之间的时间距离成

① 许红霞《道济及〈钱塘湖隐济颠禅师语录〉有关问题考辨》,《北京大学古文献研究所集刊》第1辑,第224—233页,1999年12月。
② 释际祥《净慈寺志》卷二二《丛谭》"褚堂冯养初母"条,《中国佛寺史志汇刊》第一辑第17册,第1413页,台北明文书局,1980年。

正比,故我们也可以根据它来推考话本的时代。虽然话本的内容可以处在不断被改编的过程中,但有些改编非当代人不能为,有些则相反。

一、关于道济的家世和生卒年

《济颠语录》谓道济之父是"台州府天台县李茂春","乃高宗朝李驸马之后"。按,宋高宗无子女,不可能有驸马。话本虽可编改事实,但讲给人听,也须具一定的合理性。南宋不但是高宗朝,其后孝宗、光宗、宁宗朝也都无驸马,直到理宗朝才有公主嫁人①。生活在南宋的人,决不能不顾皇室子女稀少的苦恼而开这样的玩笑,"高宗朝李驸马"的说法断不可能出自南宋说话人之口。

不过,驸马之说也并非空穴来风。《济颠语录》末附北磵居简(1164—1246)《湖隐方圆叟舍利铭》②,是最原始、最可信的道济传记资料,其中也说道济是"天台临海李都尉文和远孙"。这"都尉"就是"驸马都尉",说明道济先世确为宋朝的一个驸马。笔者以为,居简所称"李都尉文和"当指北宋太宗的女婿李遵勖(988—1038),他是《天圣广灯录》的编定者,与禅门渊源颇深,《宋史》本传记其谥曰"和文",但禅门笔记如《湘山野录》、《罗湖野录》③等提到他时,都称"李文和公",在大慧禅师的语录中,也时而称"李和文",时而称"李文和"。这大概因为"文正"、"文忠"、"文定"之类"文"字在前的谥号比较常见,致使"和文"也容易被误记为"文和"。《释门正统》卷七《了

---

① 《宋史》卷二四八《公主传》所载南宋公主,只有理宗女周汉国公主成人。宋末刘埙《隐居通议》卷二二"范去非诸作"条云,周汉国公主出降时,臣僚贺表有曰:"帝婿贵重,朝廷喜中兴之仅见。"又谓"盖自南渡后,累朝未有帝姬出降故也"。
② 此文亦见北磵居简《北磵文集》卷一〇,《文渊阁四库全书》本。
③ 本文所引佛教典籍,除说明版本者外,皆用《大正藏》和《续藏经》本。

然传》载,因"李驸马诸孙雅善晁(说之)",故在晁说之的推荐下,了然成为台州白莲寺的住持。了然是临海人,《释氏稽古略》卷四载其绍兴十一年(1141)卒。由此看来,在北宋末或南宋初,确实有李遵勖的后代住在台州,能决定白莲寺的住持人选。综合以上信息,道济为"李驸马之后"的说法,应该是可信的,疯癫不羁的他能为禅门所容,大概也是李家世代护持禅教的善报。当然,贵戚与禅门的异乎寻常的密切关系,很大程度上起因于宋朝不许贵戚干政的家法,这一点对于我们理解"济公现象"产生的历史原因,其实十分重要,暂且按下不表。

对照以上所考,回头再看《济颠语录》对道济家世的表述,除了"李茂春"一名的真实性难以证明外,基本上符合事实。所谓"高宗朝",应该解释为文本上的错误。正确的文本宜作"太宗朝",或许流传到明代的文本认不清"太"字,而道济故事发生在南宋,隆庆本的刊刻者遂以南宋最早的"高宗"填实之。但这一误填的后果很严重,随之而来的是一个更大的错误:既然道济之父已是"高宗朝李驸马之后",则道济万不能如许红霞所考证的那样出生于高宗绍兴十八年(1148),所以隆庆本说道济出生"时值宋光宗三年十二月初八日"。光宗只有绍熙一个年号,当然只能理解为绍熙三年(1192)。然而,隆庆本后文又明云济公卒于嘉定二年(1209),则正如许氏所指责,隆庆本中的济公只活到十八岁。面对这样的错误,许氏理解为"小说的性质""不足为信",但笔者以为,小说交代主人公的生卒年之类,虽未必一一符合事实,总体上却应该呈现为一个合理的内部时间,既然《济颠语录》明确交代济公活了六十岁,就不能允许生卒之间只差十八年的情形。所以,"宋光宗三年"应该也是文本上的错误。也就是说,在隆庆本之前流传的文本很可能正确地书写了道济的出生日期,隆庆本的刊刻者因为先把"太宗朝李驸马之后"误作了"高宗朝",此处只好再往下推延两朝,误作光宗朝,其与后面的卒年有无矛盾,他便顾不及了。那么,为什么是光宗"三年"呢?这就牵连到有关道济生年的考证问题了。

《济颠语录》对于道济卒年的表述与北磵居简《湖隐方圆叟舍利铭》一致,应该是正确的,问题只在生年。许氏的绍兴十八年之说,是从各种资料已经提供的说法中挑选了最合理的一种,其来源是清人所编《净慈寺志》,估计也是推论而得,并非对事实的直接记录。如果我们信任《济颠语录》,则道济的生年从这个话本中其实不难推知,许氏亦提到话本中道济的辞世偈有"六十年来狼藉"的句子,她把"六十年"理解为约数,但话本还有济公临死前的一句话:"长老,我年六十不好也。"这说明"六十"不是约数,而是正好六十岁。据此,道济的生年就是宋高宗绍兴二十年(1150)。无论这是否符合事实,按话本的内部时间来讲,应该如此。由此来看"宋光宗三年"这个文本错误,也就容易解释:"光宗"是"高宗"之误,"三"是将竖写的"二十"误认而得。并且,"宋光宗三年"这样的表述是很奇怪的,按通常的方式,此处宜有年号"绍熙",隆庆本的刊刻者恐怕是将"宋高宗绍兴二十年"误作"宋光宗绍熙三年",但不知他何故将"绍熙"删去。也许他意识到了这个生年与后文的卒年有矛盾,捉襟见肘之下,删去一个年号来模糊一下。

如果这样的推想可以成立,那么以上文本错误的存在,倒可以说明这个文本其实很接近南宋的原貌。也就是说,这并不是故事在流传过程中发生了变化,而是文本在刊刻时发生了错误。如果允许我们来改正这些文本错误,那么《济颠语录》所述的道济家世就符合事实,其交代的生卒年也至少保持了内部合理性。值得思考的是,这种合理性是否就意味着真实性?换句话说,是有人将它编织得合理,还是原本就依据了事实?

二、关于道济出家之年

泽田瑞穗和许红霞都提到道济十八岁出家,这是因为《济颠语录》中有如下一段话:

> 修元(按:道济出家前俗名李修元)每日在书院吟咏,不觉年已二九。岂料夫人王氏,卧病不起,时年五十一岁而亡。比及母服阕,仍继父丧毕,母兄王安世累与元言婚事,元亦不挂怀,时往诸寺,但觅印别峰、远瞎堂。二长老不知下落,越半年,始知音耗……

接下去就叙述李修元告别母舅,到临安寻访远瞎堂,剃度出家之事。由于"年已二九"以下没有关于年岁的表述,故出家亦被认作十八岁时候的事。

然而,引文中明明有"比及母服阕,仍继父丧毕"二句,其为父母持服所需的时间不当被忽略。后面说到母舅为之"言婚事",此决不能在持服期间,且身在重孝中的李修元也不宜考虑出家事。等到持服完毕,还有寻访"二长老"的"越半年",则十八岁母亡后,还须相当的岁月才得出家。也许,我们可以把"比及母服阕,仍继父丧毕"的表述理解为父母二丧相继,持服时间基本重合,但按这样的算法,最短也须三年左右。

可见,十八岁出家的说法与话本自身的表述不合,仅仅是误读文本的结果。虽然这一误读并未妨碍两位学者的考证,但我们若能勘明话本关于此事的表述是否依然保持其内部时间的合理性,是否与史实相合,便可帮助我们认识这个话本的性质。先看话本的表

述。李修元告别母舅,到了临安,客店主人告诉他灵隐寺的情况:

> 约有三五百僧。上年殁了住持长老,往姑苏虎丘山请得一僧,名远瞎堂。此僧善知过去未来之事。

次日修元即至灵隐寺,望见了远瞎堂,便与一位寺僧对话:

> 修元急向前施礼曰:"适此长老从何而来?"和尚曰:"是本寺新住持远瞎堂长老,因径山寺印别峰西归,请去下火方回。"

这两处都提供了一个信息,即道济出家的时候,远瞎堂刚刚担任灵隐寺住持不久。

远瞎堂就是瞎堂慧远(1103—1176),是临济宗杨岐派的高僧,其经历见周必大撰《灵隐佛海禅师远公塔铭》,其中云:

> 未几,过天台,历住护国、国清、鸿福三寺。乾道丁亥(1167),沈尚书德和守平江,以虎丘比不得人,力邀师至,则接物无倦,户外屦满。缁素悦服,名达阙下。五年(1169),有诏住高亭山崇先寺。六年,遂开堂于灵隐,赐号佛海禅师。①

从慧远的履历看,他曾在天台诸寺住持,在当地必有影响,故《济颠语录》设定李修元务必寻到慧远门下才能出家的情节,虽是话本小说中常见的宿命论式叙述,却也不无事实上的可能。更重要的是,在住持灵隐寺之前,慧远确曾住持苏州虎丘寺。虽然中间还有"诏

---

① 周必大《灵隐佛海禅师远公塔铭》,《文忠集》卷四〇,《文渊阁四库全书》本。

住高亭山崇先寺"一事,但极为短暂,估计他从虎丘赴临安不久,即"开堂于灵隐"了,所以临安人听说从虎丘请来了一位远瞎堂住持灵隐寺,完全符合当时的实情。这样,我们若把慧远始住灵隐寺的乾道六年(1170)视为道济出家之年,则与话本的内部时间可以符合:话本中的道济当生于绍兴二十年(1150),则乾道六年的道济二十一岁,距离十八岁母亡已有三年,正好符合上文所说为父母持服的最短时间。而且,这一年距道济去世的嘉定二年(1209)恰为四十年,也正好符合北磵居简《湖隐方圆叟舍利铭》中"信脚半天下,落魄四十年"的说法。

到此为止,我们从话本中可以清理出来的内部时间表,不但基本合理,而且与史实相符的程度几乎称得上精确。问题在于,话本叙述道济与远瞎堂宿命论式的师徒关系时,几乎毫无必要地牵涉到另一位高僧:印别峰。李修元一出生就被告知,将来只能出家为僧,而且要拜印别峰或远瞎堂为师;在父母双亡、持服完毕后,李修元也"时往诸寺,但觅印别峰、远瞎堂";而等他终于找到远瞎堂,却又同时获知了"径山寺印别峰西归"的消息;从此,印别峰与整部话本再也没有关系。可以说,出现在话本中的印别峰,充其量只是远瞎堂的一个陪衬。然而,印别峰也"实有其人",即临济宗杨岐派的别峰宝印禅师(1109—1190),虽然他的年龄比瞎堂慧远小不了多少,但法系上属于两代:慧远应是宝印的师叔①。陆游撰有《别峰禅师塔铭》,记其"被敕住径山,淳熙七年(1180)五月也"②。据此,道济出家十年以后,才有所谓"径山寺印别峰",其去世更在道济出家二十年后,与话本所说差距甚远。

---

① 宝印嗣法于华藏安民,而安民与慧远都嗣法于圆悟克勤(1063—1135),属临济宗杨岐派。
② 陆游《别峰禅师塔铭》,《陆游集·渭南文集》卷四〇,中华书局,1976年。

这样一来,话本有关道济出家情节的叙述便令人费解:对出家之年及当时远瞎堂的情况叙述得如此准确,自不可能为后人"信口编造",定是依据事实而来。但那说话人既有条件依据事实,就不当无端去牵涉印别峰。印别峰在话本中虽只起陪衬作用,但对他的叙述错误却令人惊异。说起来,道济与宝印还是同一门派的师兄弟,有相当长的时期同处临安,不可能毫无交往,而宝印又是著名的高僧(话本也设定他具有与远瞎堂不相上下的名声),距离他们时代较近的说书人是不宜如此"编造"的。看来,《济颠语录》的叙述已包含该故事的两个时间层次:上述准确的部分是一开始就有的,而印别峰这个陪衬却是后来添加上去的。当然,所谓"后来"也不会太晚,应该是离宝印稍远但其影响犹存的时期,否则何必找他来做陪衬?照此估计,可能在南宋的后期。

三、关于"昌长老"

与印别峰情况相似的,是话本有关"昌长老"的叙述。济颠虽饮酒疯狂,临安的高僧们却多能包容之,远瞎堂付以衣钵,净慈寺的德辉长老收留他,还任命他为书记,德辉去世后继任净慈住持的松少林,原本就是应道济之请而来,天竺寺的宁棘庵也与他交往,并跟全大同、宣石桥等主持道济死后的火化仪式。与济公不睦的倒是其出家寺院灵隐寺的住持,在远瞎堂去世后,话本叙及的灵隐寺住持先后是"昌长老"和印铁牛两位,他们对济公都有反感。这当然也可能依据事实而来,但根本上还是因为话本必须凸现道济不被正统的佛教徒所理解,故必然要设定一两个"反面人物"。相比之下,印铁牛起初虽曾拒绝接待道济,最后却也参与主持了道济的火化仪式,彻底的"反面人物"只有"昌长老"一人,就是他把济公赶出了灵隐寺,话本中的他不但有一个混名叫"檀板头",还被德辉长老骂为"畜生"。

考察这个"反面人物"时,首先值得注意的,就是"昌长老"的称呼方式在整部话本中与众不同。对于别的长老,大都采用宋代禅林习见的"法名下字＋字号"①的方式,如瞎堂慧远称为远瞎堂,别峰宝印称为印别峰,等等,而这"昌长老"却未见字号。身份信息方面的这种缺失也许反映了宋代说话人出于无奈的隐讳目的,因为他讲述的是一个"实有其人"的故事,这些临安寺院的住持又无一不是现实中的高僧,"法名下字＋字号"的称呼方式使当时的听众能够立即对应到真实的人物,如果对"昌长老"也采用同样的方式,那么这个不可原谅的高僧便受到指名道姓的贬斥。很显然,说话人不愿意直白地道出"昌长老"是谁。

然而,既然是灵隐寺的住持,"昌长老"的原型也未免要被考证出来。许红霞已经指出"昌长老"就是月堂道昌(1089—1171),从现在可以考知的南宋灵隐寺住持名单中②,我们看到法名下字为"昌"的禅僧只有这一位,话本中的"昌长老"自然非他莫属。不过,若认真比对史实,则道昌虽曾住持灵隐寺,却不是在慧远之后,而在其前。《嘉泰普灯录》卷一二《临安府净慈佛行月堂道昌禅师》记:

> 绍兴初,居闽中大吉,徙秀峰龟山,方来万指。诏移金陵蒋山。蒋山新经戎烬,师至一新之。复奉旨擢径山、灵隐。庚辰冬,上表乞行度牒。辛巳春,蒙放行,是年退藏灵泉。乾道丙戌秋,适净慈阙主法,衲子荷包恩师座,乞师振之,王公炎入山礼

---

① 关于称呼僧人的这种方式,请参考周裕锴《宋僧惠洪行履著述编年总案》附录《略谈唐宋僧人的法名与表字》,高等教育出版社,2010年。
② 日本学者石井修道根据《扶桑五山记》等资料整理了包括灵隐寺在内的宋代"五山"住持表,见《对中国五山十刹制度的基础性研究(三)》,《驹泽大学佛教学部论集》15,1984年。这比明清时期编纂的各种灵隐寺志对历代祖师的叙述都更有参考价值。

请,遂不得辞。

道昌的传记还有曹勋《松隐集》卷三五的《净慈道昌禅师塔铭》,与此亦可互证,但《嘉泰普灯录》的编者雷庵正受(1146—1209)乃是道昌的弟子,所以此书对道昌生平的记述更详尽准确。"庚辰"乃绍兴三十年(1160),道昌于此前已住持灵隐,次年辛巳(1161)又辞职"退藏","丙戌"是乾道二年(1166),道昌出任净慈住持,直至乾道七年(1171)去世。可见,道昌实在慧远之前住持灵隐寺,济公出家时,他已在净慈寺,而且次年即去世,当时瞎堂慧远还健在。毫无疑问,历史上的道昌决不可能迫害济公。

那么,话本为何要扭曲史实,找道昌来做"反面人物"?《丛林盛事》卷上的一则记载也许可以给我们提供启示:

> 月堂昌和尚,嗣妙湛,孤风严冷,学者罕得其门而入。历董名刹,后终于南山净慈。智门祚禅师法衣传下七世,昌既没,则无人可担荷,遂留担头交割,今现存焉。故瞎堂远为起龛,有"三十载罗龙打凤,劳而无功。佛祖慧命如涂足油,云门正宗如折袜线"之句。呜呼,可不悲哉!

此处也记述慧远参与主持了道昌的火化仪式,与上文所考可以互证。这一段主要是说道昌没有嗣法的弟子,所以把智门光祚禅师传了七世的法衣搁置不传。智门光祚是云门文偃的法孙,为云门宗传人,从光祚至道昌的法脉为:智门光祚——雪窦重显——天衣义怀——慧林宗本——法云善本——妙湛思慧——月堂道昌。正好是"七世"。道昌并非没有弟子,编《嘉泰普灯录》的雷庵正受就是一个,但或许道昌真的是禅风严峻,对弟子都不满意,故法衣不传。从宋代灯录排列的嗣法谱系来看，智门的法脉在道昌、正受之后确实消失了。不仅如此，整个云门宗都在南宋前期消亡，这个宗派经历了北宋后期的极度繁荣，到南宋却黯然走向末路。

由此看来，《济颠语录》以道昌为"反面人物"，是经过挑选的，即从灵隐寺的南宋住持中挑了一位法脉不传、不可能有徒子徒孙为之主张的禅师，来充当这个角色。从话本的故事结构来说，此角色决不可少，必须有个灵隐住持要当"反面人物"，但现实中的灵隐住持无一不是声名卓著的高僧，他们大抵不是南宋的说话人敢于随便指责的。而且，南宋"五山"住持的席位，极大多数由临济宗杨岐派的禅师出任，恰恰与道济属于同一宗派，身后亦枝脉繁盛，像道昌那样的云门宗禅僧，身后又无传人的，真可谓凤毛麟角。尽管事实上他出任住持在慧远之前，但没有另一个住持比他更适合充当这个话本的"反面人物"了。自然，时过境迁之后的明代说书人，既无必要也不太可能去做这样的挑选，把月堂道昌编造成话本中"昌长老"形象的，无疑应是南宋人。可怜这位禅师，因为没有传人，身后竟被骂作"畜生"。

四、临安高僧群

南宋驻跸临安，逐渐将径山寺、灵隐寺、净慈寺等禅宗名刹的住持任命权收归朝廷，谓之"敕差住持"，意在把传衍已盛、影响广泛的禅宗建设为国家化的宗教，故愿意与世俗政权合作的高僧，也大多云集临安，成为临安社会的一个特殊群落。《济颠语录》虽然强调济公不愿与"贼秃"们为伍，交往的都是"十六厅朝官、二十四太尉、十八行财主"以及普通市民，但整部话本前后仍出现不少高僧，尤其在最后的火化仪式中，临安的高僧几乎如集体谢幕般一齐出场，所以，这个话本依然为南宋中期的临安高僧群留下了一个缩影。

紧接瞎堂慧远之后担任灵隐寺住持的,实际上不是月堂道昌,而是南宋初年影响最大的禅僧大慧宗杲(1089—1163)的弟子佛照德光(1121—1203),周必大为他作《圆鉴塔铭》云:"孝宗皇帝雅闻其名,淳熙三年春,诏开堂灵隐寺。"①这淳熙三年(1176)正是慧远去世之年,可见德光是因慧远去世而前来补缺的。在法系上,德光是慧远的师侄,而在宗杲、慧远去世之后,德光已是临济宗杨岐派最核心的人物,称得上是当时的宗教领袖,孝宗皇帝对他的重视并非无因。《济颠语录》中先后出场的印铁牛、松少林、宣石桥,都是他的弟子(详下文)。由此,我们不难概括出济公所面对的临安高僧群的一个结构特征,就是以德光一派为主干。不用说,话本准确地反映出这个历史情况,也表明它很接近南宋的原貌,因为我们很难想象一个明代的说书人能勾勒出这样的面貌,除非他对禅宗史特别下过功夫。

然而,话本也留给我们一个疑问:为什么恰恰是德光本人,不曾在话本中出场?鉴于德光是继慧远住持灵隐寺的实际人物,我们就难以避免一种稍嫌大胆的猜想:话本中"昌长老"所扮演的角色,也许事实上属于德光,或者话本初创时,就是以德光为这个"反面人物"的原型。不过,德光与道昌不同,他弟子众多,法脉盛大,不但雄踞南宋,而且绵延入元,南宋的话本不能明刀真枪地拿他做"反面人物",故无奈而以道昌代替之,被取代的德光于是也不再出现于话本。

德光的几个弟子,这里也须稍作交代。松少林的"松",禅籍中一般作"崧",即少林妙崧禅师,《枯崖和尚漫录》卷上有"临安府径山少林佛行崧禅师"条云:"生于建之浦城徐氏,受业于梦笔峰等觉,瑞

---

① 周必大《圆鉴塔铭》,《文忠集》卷八〇。

世于安吉报本,嗣东庵,道声四驰。未几,起住杭之净慈。"所云"东庵"也就是德光。在话本中,松少林是在净慈寺火灾后,因济公的提议、邀请而赴任净慈住持的,之前则在"蒲州报本寺"。这"蒲州"想必是"湖州"之讹,也就是南宋的安吉州。妙崧确实是从安吉州报本寺赴净慈的,话本中的这一细节十分准确。当然,据程珌《净慈山重建报恩光孝禅寺记》①,妙崧始任净慈寺住持,是在"嘉定庚午",即嘉定三年(1210),时道济已去世。不过,程珌的记文也强调了妙崧在嘉泰四年(1204)火灾之后重建寺宇的功劳,话本只是要将这个功劳归到济公,鉴于当时人都曾听说此事跟妙崧有关,故让妙崧提前担任住持,济公为其下属,从而使济公任其实而妙崧仍享其名,这正是话本小说以其主人公介入历史事件的通常方法。

关于印铁牛,许红霞指为"释宗印(1148—1213),字铁牛",与《全宋诗》卷二六五四"释宗印"小传所云近似②。按,《增集续传灯录》卷一在"育王佛照光禅师法嗣"下,并列"育王空叟宗印禅师"与"灵隐铁牛印禅师",其为德光的两个弟子甚明,自《新续高僧传四集》卷一一始牵合为一人,而被《全宋诗》"释宗印"小传所继误,这个小传还据《释门正统》卷七"宗印"条叙述其姓氏、籍贯、行实,生卒年盖亦由此推得。实际上,《释门正统》的宗印乃是天台宗的北峰宗印,并非禅门的空叟宗印,而"铁牛印"又另是一人。日本东福寺本《禅宗传法宗派图》在德光法嗣中列出一位"铁牛心印"③,这才是印铁牛。《续藏经》中有《虚舟普度禅师语录》,卷首《行状》云:"圆顶日,且大集禅讲硕德为之证,净慈少林崧为之落发,灵隐铁牛印为之付衣。"可见,心印与妙崧确曾同时住持临安的这两大名刹。

---

① 见程珌《洺水集》卷七,明崇祯元年刻本。石井修道《对中国五山十刹制度的基础性研究(一)》(《驹泽大学佛教学部论集》13,1982年)对此文有比较详细的分析。
② 见《全宋诗》第50册,第31097页,北京大学出版社,1998年。
③ 《禅宗传法宗派图》,见《大日本古文书·东福寺文书之一》,东京大学出版会,1956年。

至于宣石桥,许氏已正确地指为石桥可宣禅师。《增集续传灯录》卷六将可宣列为华藏安民的法嗣,与别峰宝印即话本中的"印别峰"为师兄弟,可是,北磵居简的《北磵文集》卷九《铁牛住灵隐疏三首》,却有一条题下注云:"石桥住净慈,同法嗣。"疏中也有"四蜀两翁,一门双骏"之语,意谓石桥可宣和铁牛心印是师兄弟,那便都是德光的弟子。从居简文中还可以获知,他们都是四川人,同时住持临安的两大刹,则可宣之住净慈,盖与妙崧相先后。德光的这几个弟子,确实构成了南宋中期临安高僧群的主干。顺便提及,为道济写作了《湖隐方圆叟舍利铭》的北磵居简,也是德光的弟子。

话本中的其他几位高僧,不见于禅宗灯录的记载。东福寺本《禅宗传法宗派图》在杨岐派圆极彦岑禅师的法嗣中,列了一位"大同全禅师",应该就是话本中的"全大同"了。日本名古屋市蓬左文库藏《中兴禅林风月集》收了一位"道全"的诗,注云:"字大同,号月庵。"则"全大同"名道全,亦杨岐派僧[1]。不过,话本中的全大同来自温州江心寺,似不属临安高僧群。另一位"宁棘庵",查李国玲《宋僧录》,有嘉定间僧妙宁,号棘庵[2],名号相合,可惜并无有关生平的详细记载。话本中的宁棘庵住天竺寺,此非禅宗寺院,想来他不是禅僧。对整部话本来说,更为重要的人物是净慈寺的"德辉长老",除了瞎堂慧远外,他给予了济公最大的知遇之恩。既然他是净慈寺的住持,当然应该是禅林的高僧,可宋代灯录对他却毫无记载。《宋僧录》和《全宋诗》都列出"德辉(1142—1204)"[3],所据都是《净慈寺志》和《新续高僧传四集》,那其实并非宋人所记,其资料来源无非是《济颠语录》而已(详下文)。所以,这个"德辉长老"是否"实有其

---

[1]　关于大同道全的考证,详见本书所收《〈中兴禅林风月集〉续考》一文。
[2]　李国玲编著《宋僧录》第 300 页,线装书局,2001 年。
[3]　《宋僧录》第 981 页,《全宋诗》第 48 册,第 30337 页。

人",倒须认真考虑。

上文已经提到,话本对临安的高僧大都使用"法名下字+字号"的称呼方式,"昌长老"是一个例外,而"德辉长老"又是一个例外,他没有字号,却给出了全名。"昌长老"之所以例外的原因已如上述,那么"德辉长老"又为何例外呢?按照话本提供的时间线索,我们可以找到当时担任净慈寺住持的实际人物,是曹洞宗的自得慧晖(1097—1183)禅师。《嘉泰普灯录》卷一三《临安府净慈自得慧晖禅师》云:"淳熙三年(1176),敕补净慈。"可见,正是在瞎堂慧远去世的同一年,自得慧晖担任了净慈寺的住持。如果道济真的是在慧远死后不久被驱逐出灵隐寺,那么收留他的净慈住持就只能是慧晖。按照宋代禅林的称呼习惯,自得慧晖可以被称为"晖自得"或"自得晖禅师",鉴于"晖"与"辉"、"得"与"德"都容易互混,我们就有理由猜想,历史上其实并不存在话本所谓的"德辉长老",不过是"自得慧晖"的讹传或误刻而已。

就笔者所掌握的资料来看,把"德辉"记载成真实的净慈寺长老,盖始于明释大壑撰《南屏净慈寺志》,该书卷四排列净慈寺历代祖师,把"德辉"列为第二十代,小传云:

> 德辉禅师,不详何许人。嘉泰初住净慈,四年寺毁,师亦随火化去。其有《辞世偈》云:"一生无利亦无名,圆顶方袍自在行。道念只从心上起,禅机偶向舌根生。百千万劫假非假,六十三年真不真。今向无明丛里去,不留一物在南屏。"预书壁间。①

按,嘉泰四年净慈寺火灾事,在程珌《净慈山重建报恩光孝禅寺记》

---

① 释大壑《南屏净慈寺志》卷四,明万历刻、清康熙增修本。

中有明确记载,《辞世偈》则见于《济颠语录》,把这两种资料牵合起来,就得出上引小传,除此之外,根本"不详何许人"。所谓第二十代住持的说法,更是荒唐悠谬,北宋的雪窦重显(980—1052)禅师被列作第二十二代,自得慧晖却是第十二代,这还只是年代错乱,被列为第十八代的辨才元净(1011—1091),乃是北宋的天竺寺僧,并非禅宗祖师,简直"认贼作父"。可见这《南屏净慈寺志》殊不足信,后来清人编《净慈寺志》及民国时期所成《新续高僧传四集》,沿袭其说而列"德辉"传记,不过谬种流传而已。值得注意的是,在《南屏净慈寺志》卷八《著述》中,有全大同《送净慈济书记入龛文》,印铁牛《起龛》,宁棘庵《挂真》,宣石桥《秉火》,宁棘庵《起骨》、《入塔》等,与"德辉"的《辞世偈》一样,都抄自《济颠语录》。《南屏净慈寺志》编于万历年间,编者释大壑可能见到了隆庆本。

要之,有关"德辉"的记载,最初的史料来源无非就是《济颠语录》,而这个话本中的"德辉长老"其实是"晖自得"或"自得晖长老"之误。当然,自得慧晖并未像话本所叙的那样被烧死于净慈寺嘉泰四年(1204)的火灾,他早于淳熙七年(1180)离开了临安,退归雪窦寺,淳熙十年(1183)冬沐浴书偈而逝。那么,慧晖离开后的净慈住持,应该另有其人,遗憾的是,笔者至今未能查出火灾发生时的住持是谁,这一位住持可能真的葬身火海,但一般来说他也必须对火灾负责,故宋代的史料似乎都不愿提及他的名号,明人编辑寺志时也不得其人,而以"德辉"实之。其实,话本将淳熙至嘉泰几近三十年间的净慈住持设定为"德辉"一人,也非常违反常识。可见"德辉"这一人物经过了很大幅度的编造,是话本涉及的人物中离史实最为遥远的。按《湖隐方圆叟舍利铭》所记,济公确是"死于净慈",想必其生前托庇于净慈长老处委实不少,故话本中的"德辉"几乎就是一个"善意的净慈长老"的代名词。可以想象,从以自得慧晖为原型创造出"德辉"这一人物,到"德辉"被发展为净慈长老的抽象代名词,是需要一些时间的。但是,正如话本挑选月堂道昌来做"反面人物"一样,其将净慈住持抽象化的做法,也有南宋禅林的人事背景,故不会晚于宋代。

我们详考临安的高僧群,除了将史实与话本内容相比照的目的外,还想提出一个问题。上文已提及,话本在整体上要描绘一个不被正统佛教界所理解的破戒狂僧,但前后出场的临安高僧却大抵与济公友好,而在南宋中期的临安,所谓的佛教界也无非是这些高僧在领导,那么,此事就十分费解:那种迫害济公的势力,或者说济公以他极端反常的行为方式来争取摆脱的那种压力,是从何而来?一个结识"十六厅朝官、二十四太尉、十八行财主"的出家人,受到普通市民的欢迎,又获得高僧群的肯定,他还有什么不满?

实际上,话本中出场的"朝官"(文官)、"财主"和普通市民并不太多,除了高僧外,出场最多的就是"太尉"了。为了回答上述的问题,我们须对济公所交游的这些"太尉"作些考察。

五、二十四太尉

《济颠语录》中出场的太尉共六名:王太尉、陈太尉、毛太尉、石太尉、冯太尉和张太尉。另外,话本中还有"众太尉"、"二十四太尉"等说法。太尉乃全国最高武官,怎能如此之多?此情形令人联想到《水浒传》,那里面也有不少太尉,故事发生的背景也是宋朝。其实,京城里住着许多太尉,正是北宋后期至南宋这一历史时期的特殊现象,洪迈《容斋三笔》卷七"节度使称太尉"条云:

唐节度使带检校官,其初只左右散骑常侍,如李愬在唐邓时所称者也。后乃转尚书及仆射、司空、司徒,能至此者盖少。僖、昭以降,藩镇盛强,武夫得志,才建节钺,其资级已高,于是复升太保、太傅、太尉,其上惟有太师,故将帅悉称太尉。元丰定官制,尚如旧贯。崇宁中,改三公为少师、少傅、少保,而以太尉为武阶之冠,以是凡管军者犹悉称之。①

秦汉时期作为最高军事长官的太尉,在唐代被当做一种荣誉称号,赠予各节度使,这才使太尉泛滥起来。但是,唐代的节度使分布各地,平日不会集聚京城,至北宋徽宗崇宁以后,"以太尉为武阶之冠",即武官之阶官的最上级,这才使京城里有了许多太尉。此情形延续至南宋洪迈的时代,仍是"凡管军者犹悉称之"。所谓"二十四太尉",可能跟禁军的兵制有关,这方面尚待考察。不过,明代以后废除了太尉之官名,所以太尉满朝的现象乃是宋代所特有的,济公与这些太尉之间发生的故事,当然也是在南宋就被开始编制的。这些故事的情节并不复杂,几乎只是梗概而已,看来未经多少加工,大体上可以认为是南宋的原貌如此。

　　稍为深入地考察这些太尉,可发现他们虽然带了这"武阶之冠"的衔头,却不像真正带兵打仗的武将。实际上,依靠军功的积累,要升到这"武阶之冠",不过如岳飞那样少数大将而已,那是国家的柱石,怎会如话本中表现的那样,成日在京城闲逛?那么,话本里的这些游手好闲的太尉是从何而来?笔者以为,这样的太尉多半是跟帝后之家沾亲带故的贵戚。由于宋朝实行文官政治,科举出身的文官占据了士大夫的主流,而他们又鄙薄武官,不肯转到武阶,故在朝的武官倒多由贵戚子弟荫补,其官阶上升也快,应该有不少可以升到

---

① 洪迈《容斋随笔·三笔》卷七,第339页,岳麓书社,1994年。

太尉。宋朝大抵不许贵戚干政,故这些太尉无事可做。话本里的毛太尉和王太尉,都跟太后关系密切,毛太尉屡次替太后办事,王太尉则从太后处得到一百道度牒。按通常的情形,大臣有事该找皇帝商量,怎会与太后结交?由此也可窥见他们的贵戚身份。

值得注意的是,作为驸马之后的济公,原本也是贵戚身份,只是世代隔得远些,可能已沦为"没落贵戚"而已。从李遵勖编定《天圣广灯录》,以及上文提到的李氏诸孙决定台州白莲寺住持人选一事,我们可以看到贵戚介入宗教事务的热情。贵戚不得干政,常受正统士大夫的排挤,却又处甚高之地位,拥有较多的财富和各种社会资源,无聊之余,投身或亲近宗教,是可以理解的常态,而济公之出家为僧,也是"没落贵戚"的一条出路。虽然"没落",毕竟是贵戚之后,与当代的贵戚仍有许多共同语言,故济公得与"二十四太尉"建立密切的关系。

话本并未交代济公如何结识这些太尉。他出家后不堪坐禅之苦,得到远瞎堂的点拨后,突然大悟,从此就疯癫了。话本接着就写远瞎堂之死,然后济公回了天台,一年后再到临安,在灵隐寺勉强熬了一阵子,终于熬不住,又偷偷喝酒,一喝就不可收拾,索性便外出游荡,而在游荡时,他已经与那些太尉熟识。显然,他结识众太尉是在远瞎堂未去世时。若按本文所考的年岁,济公在乾道六年(1170)出家,至远瞎堂去世的淳熙三年(1176),有六七年时间,话本并未具体叙述济公在这期间的活动,只说他疯癫而已。然而,这疯癫的日子他并没有白过,其涉及面相当广阔的形形色色的社会关系,就在这数年之中建立起来了。

鉴于有关济公的史料甚少,我们只好了解一下他的老师瞎堂慧远在此期间的活动,以为参考。慧远的语录保存在《续藏经》中,即《瞎堂慧远禅师广录》四卷,其第二卷都是任灵隐寺住持时所说,但编次序列较乱，现在按时间先后罗列如下：

乾道七年(1171)正月二十日、二十三日，入内奏对语录；

乾道八年(1172)正月二十八日，宋孝宗驾幸灵隐寺，奏对语录；

乾道八年八月六日，入内奏对语录；

乾道八年十月三十日，受佛海禅师号，谢恩升堂语录；

乾道九年(1173)四月八日，入内奏对语录；

淳熙元年(1174)四月初七日、五月三十日，入内奏对语录；

淳熙二年(1175)四月八日，入内升座录；

淳熙二年闰九月初九日，入内奏对语录。

由此可见，这慧远几乎是个御用的禅师，经常要进宫（"入内"）去说法。那些太尉既是贵戚，想必也出入宫禁，而与慧远多有来往。济公拜了这样的师尊，跟太尉们结交便是容易的事。

六、贵戚、武官、庶民与士大夫

《水浒传》中的太尉有好有坏，《济颠语录》中的太尉则没有反角，他们是济颠的主要支持者，贵戚身份使他们可以绕开官僚体制和正常的办事程序，直接借助宫廷的力量，替济公办成一些通常来说不可想象的事。虽然他们未必真正掌握军队，但作为太尉，名义上毕竟是高级武官，广义来说，也属于士大夫阶层。然而，我们从《济颠语录》中可以看到，这些太尉的日常生活跟文官士大夫颇异其趣，除了出入宫禁外，他们也游行市井，其爱好竟与市井庶民无别。且看话本中如下一段：

话说土地庙隔壁，有个卖青果的王公，其子王二"专喜养虫蚁"，偶得一只勇猛能战的促织，每斗必赢。一日被张太尉撞见，用三千贯钱和一副寿材板从王二那里买来，次日就与石太尉的促织斗，赢回了三千贯。张太尉给它起名叫王彦章,这王彦章后来连斗三十六场,全部胜利。但至秋深,促织大限已到,张太尉"打个银棺材盛了,香花灯烛,供养三七日出殡",到方家峪安葬。众太尉都来送葬,还请济公主持仪式,"指路"、"下火"、"撒骨",一应俱全。

这可能是整部话本中最生动的一段。我们从这里可以看到作为宗教司仪的济公,平日给太尉们提供怎样的服务;但更有意思的是,张太尉与庶民王二不但趣味一致,也直接交易,他给促织起名叫王彦章,显然也因为原本得自王二。而且,其他的太尉也都有同好,至少他们都愿意出席张太尉给促织举办的隆重葬仪。他们跟王二的区别,仅仅在于他们有钱有位,若从精神上说,则并无超越世俗之处。

除了众太尉外,话本中出场的官员还有几位"提点"。按宋代的官制,有"提点刑狱使"等文官,也有"提点在京仓草场"那样的武官。话本中的"提点"们不是夜宿娼家,就是开药店赚钱,其女眷亦随意见客,看来多半是武官,或者只是富商财主。虽然话本设定济公与"十六厅朝官"也有来往,但真正出场的人物中,可以认定为文官士大夫的,只有临安知府。这知府扮演的角色是符号化的:既然故事发生在临安,自然免不了要跟临安知府打一点交道,可这知府是谁,也就是他的个人性,在话本中并不重要。可见,济公所拥有的社会关系,主要是贵戚、武官、财主和市民,而对于宋代社会担负了最重要责任的文官士大夫,那并不是他乐于交往的对象。

士大夫当然也有佞佛的,也有放荡从俗的,未必个个道貌岸然,但就其主体部分而言,是科举出身的知识精英,以社会秩序的维护者和核心价值的承担者自居,趣味大致高雅,态度偏于严厉。宋代士大夫(文官)的强大,在中国历朝可谓居于首位,这就使济公所面对的社会呈现出雅俗对立的结构,也就是士大夫的世界和非士大夫的世界,后者包括了贵戚、武官、财主、庶民等,虽然地位各异,但在知识程度和生活趣味上比较一致,与作为知识精英的士大夫形成对立。很显然,济公愿意在非士大夫的世界中游刃有余,而《济颠语录》的讲述者所善于刻画形容的,当然也是这个世界。

如果我们习惯从经济地位去解析社会结构,对上述雅俗对立的图景会感到奇怪,但宋元以降,贵戚、武官与庶民通俗文学的亲密关系,是显而易见的,被文官士大夫所鄙弃的东西,往往在贵戚、武官的资助下获得发展,而通俗文学表现他们的形象时,也大抵比表现士大夫要生动得多。不妨顺便提及的是,宋元通俗文学中经常出现的"衙内"形象,虽然常被理解为公子哥儿,其实正如朱东润先生所考①,这"衙内"也是一种军职,即武官,只不过常由贵戚或高官子弟充任而已。尽管"衙内"总被当做反面角色来表现,但其身为武官而行同市井的情形,则与《济颠语录》中的太尉们一样。

作为贵戚出身的禅僧,济公在非士大夫,即"俗"的世界中可谓如鱼得水,然而,对于宋代的禅林来说,与另一个"雅"的世界,即文官士大夫建立良好的关系,却是更迫切的需要和更显著的趋势。换句话说,"士大夫化"才是宋代禅宗的发展主流,就此而言,济公的行为是反主流的,这便使他始终感觉到强大的压力,而形为疯癫。

七、禅宗的士大夫化与"济公现象"

中国佛教史上时时出现一些疯癫的僧人,他们或性情怪异,或行为逾矩,却又似乎别有神通,显得高深莫测。济公只是其中一人,但就影响来说,可为代表。这影响当然大部分来自通俗文学的宣

---

① 朱东润《说"衙内"》,见氏著《中国文学论集》第350—359页,中华书局,1983年。

传,故济公成为此类疯僧中最著名的一位,原本与他身处通俗文学勃兴的南宋时代有关。日本学者永井政之曾著《破戒与超俗——从济颠评价说起》一文①,阐述了破戒狂僧的历史源流及其思想史意义。他所谓的"超俗",表象上是破戒、疯癫,实质上是对于那种已被组织到国家体制之中的宗教秩序的反抗,从而又暗示着对于真正宗教性的维护。此文颇能予人启发,但济公所处南宋时代的特点,未引起永井氏的充分重视。在笔者看来,南宋禅林确实是被组织到国家体制之中的宗教秩序的最好体现,而通俗文学的勃兴及其支持者的广泛存在,又使对此秩序的反抗有所依托,至少能获得部分肯定,两方面的交互作用,才使济公的形象获得凸显。在此意义上,我们不妨称之为"济公现象"。

南宋朝廷成功地将禅林秩序纳入国家体制的情形,不是本文要讨论的内容,这方面已有学者做了精深的研究②。此处只需指出一点,即延续前代而来的"试经度僧"和南宋确立的"敕差住持"制度,跟科举考试录取进士,任命为各级文官的程序,几乎是同一模式,故僧人也可被视为一批特殊的进士文官。这当然会令宋代的禅僧与士大夫越来越亲近,而士大夫势力在当代社会的强大,也令禅门宗派的兴盛与否,离不开士大夫的支持。实际上,具有足够的知识和写作能力,却由于各种原因未走上科举——文官之途的士子,出家参禅而成为高僧,是接近乃至介入以士大夫为中心的高层文化圈的又一条途径。此类士大夫化的禅僧,在宋代特别是南宋,可谓不胜枚举,他们吟诗作文,对各种社会现象提出意见,编制行卷,乃至出版别集,藉此与士大夫交流。以大慧宗杲、佛照德光为领袖的临济

---

① [日]永井政之《破戒与超俗——从济颠评价说起》,《镰田茂雄博士还历纪念论集——中国佛教与文化》,大藏出版,1988年。
② 请参考刘长东《宋代佛教政策论稿》,巴蜀书社,2005年。

宗杨岐派,便积极顺应此种趋势,使南宋禅宗的主流迅速地士大夫化。在此形势下,即便是反主流的济公,当他面对临安知府的时候,也必须用类似士大夫的方式去与之周旋。话本中,济公呈诗知府,说他们的关系就好像苏东坡与佛印了元禅师;知府于是大喜,也酬和一首,说他们也像李翱和药山惟俨禅师的关系。——这是禅僧和士大夫交流的最最烂熟的腔调了。

按话本的设定,济公具备甚强的写作能力,足以与士大夫周旋,而且他担任净慈寺的书记,这方面的机会自然不少。但是,如果他一味追随士大夫,净作些你是东坡我佛印、我是李翱你药山的唱和诗,那也就没有我们这里要谈论的济公了。话本中的济公,其根本的能力不在于写作,而在于"神通"。他善知过去未来,能够解开因果,预告后事。众太尉和许多市民之所以要请他主持丧葬,是因为他那些"指路"、"下火"、"撒骨"之类的念念有词,并不只是完成仪式,而是真正有效,能够超度亡灵。他还能够给太后托梦,指示她该做什么。即便是体现其写作能力的文字,也往往与"神通"相结合,使这些文字具有预言性质。呈给知府的诗固然只须体现写作能力即可有效,因为士大夫会认同这种能力;但其他场合写作的文字,就要有以后发生的事情与此相应,才能在士大夫之外的社会上显示出神奇的有效性。

这样的"神通"是否真正存在,或者历史上的道济禅师是否真有"神通",并不是我们必须讨论的问题,因为仅仅是关于济公具有"神通"的传言,就足以使他立足于士大夫之外的社会,并令一部分士大夫也对他有所敬惧。由贵戚、武官、财主、庶民等各色人群所构成的"俗"的世界,乐于传颂并夸大这样的传言,连那些本身已士大夫化的高僧,也必须优容这破戒狂僧,以保持一种即便是士大夫化的宗教也毕竟不可缺乏的世俗面向。于是,"济公现象"获得彰显,围绕济公的一系列故事被编制和修订,形成通俗话本而流传至今。其所包含的荒怪神奇内容,固然显示了"俗"的世界在高度理性的士大夫主流文化压迫下的扭曲状态,但这个"俗"的世界的存在,及其自我表达手段(通俗文学)的渐趋成熟,使济公不会像前代的疯僧那样被湮没,其生前因为反主流而付出的代价,随着通俗文学的发展壮大而越来越多地得到补偿。

八、结　　论

《济颠语录》是一部话本,现存最早的隆庆刻本又有明显的文本讹误,通常情况下是不能当作史料看待的,但是,宋人留下的有关道济禅师的可信史料又极少,所以现在无论做话本的研究,还是做道济生平的研究,都未免要将话本内容与有限的史料互相参证,而难以完全避开循环论证的嫌疑。其实,明清以来净慈寺志的编辑者就已经在做这件危险的工作,其结果是将话本的有些内容改造成了貌似史料的形态,反而贻误后人。笔者当然也没有更好的方法,能够做到的不过是更谨慎一些,取更多的相关史料来参证而已。按本文所考,这个话本对于济公出生、出家、去世等重要时间点的交代,尚能呈现为一个合理的内部时间表,据此可以修正某些文本错讹。以史料中明确记载的时间点(如道济卒年),或者我们从有关史料中可以推出的时间点(如道济出家之年),来与之对勘,可发现其符合的程度几乎精确。由此看来,话本关于济公家世和生平基本履历的叙述乃根据事实而来,应予信任。反过来,这也说明隆庆本虽刊刻于明代,有一些明人改动的痕迹,但其内容接近南宋的原本。

话本涉及的其他人物,主要有两群,一是南宋临安的高僧群,二是"众太尉"。高僧们多数"实有其人",且其结构特点(以杨岐派佛照德光一系为主干)符合南宋中期的实况。与这些高僧的传记资料对勘,可发现话本有关他们的叙述已经过一定程度的改编,但这种改编往往准确地反映出南宋禅林的人事背景,并非后人所能措手。至于"众太尉",实际身份该是南宋的贵戚、武官,而且太尉如此之多,乃当时特有之现象,话本的有关情节自然也是宋人所编。《济颠语录》虽连缀了不少故事,但若将涉及以上两群人物的故事抽出,便所剩无几,且故事的情节并不复杂,看来未经多少加工。所以,从内容可以判断,这基本上是一个宋话本。明人对文本的某些改动,并不意味着故事的发展。

这个宋话本的存在也能帮助我们认识南宋的禅林乃至整个社会。以科举出身的文官为主体的士大夫阶层占据了宋代社会的压倒优势,他们所倡导的雅文化成为主流,使南宋的禅宗也迅速地士大夫化。与此相对,在知识能力和生活趣味上比较接近的贵戚、武官、财主、庶民等各色人群却组成一个"俗"的世界,像济公那样少数反主流的破戒狂僧,就以此为依托,度过其扭曲的人生,而成为这个世界的传奇。本文称之为"济公现象"。

留下来的问题是,济公何以会选择反主流的人生道路?贵戚出身只能是原因之一,而且具备知识能力而士大夫化的贵戚也并不少见。所以,话本以"昌长老"的名义所掩盖的那个原型——佛照德光与济公的关系如何,也许值得追究。当然我们找不到可以依据的史料来解决这个问题,但无论济公是否真的受到过德光的迫害,他与杨岐派之间曾经很不愉快,该是事实。济公的老师瞎堂慧远也是杨岐派,为什么他跟杨岐派会发生矛盾?依笔者对南宋禅林的了解,济公虽可能深受曹洞宗自得慧晖禅师的关照,但他因此而背叛杨岐派的可能性仍是微乎其微的,故猜想这矛盾可能出在"嗣法"问题上。北磵居简撰《湖隐方圆叟舍利铭》,只说道济"受度于灵隐佛海禅师",未云其为慧远的法嗣。也就是说,慧远只是济公的剃度之师,二人之间的年龄差距也过于遥远,按规范化的禅林秩序,济公须另有一个年龄差距较为合适的"嗣法"之师,这比剃度之师远为重要。继慧远之后住持灵隐寺的德光,其实是济公最好的"嗣法"对象,而从话本中看,德光的一些弟子对他也颇有好意。济公若是"嗣法"德光,想来他的人生道路会比较顺利。然而,这是一种势利的考虑,真正的禅僧,在哪个老师的启发下获得彻悟,他就只能"嗣法"于这位老师。济公可能从这种真正的宗教性出发,坚持"嗣法"慧远,不肯"认贼作父",才导致他无法融入慧远身后以德光为核心的杨岐派主流,从此走向他反主流的传奇人生。——这当然只是猜测而已。

【原载《西南民族大学学报》2013年第12期】

中土弥勒造像源流及艺术阐述

弥勒(Maitreya)造形，与其说是对佛陀某一弟子的立像纪念，还不如说是佛教教义中"未来佛"概念的形象化，所以它在造形上并不受像主原型的限制，而可以自由地汲取自然和人生中一切美好的形象，根据艺术家的理解和想象进行发挥和创作。

最早的弥勒造像见于文献记载的，当是东晋沙门法显西行时在北天竺陀历国内看到的八丈高木刻弥勒菩萨，《法显传》载：

> 其国昔有罗汉，以神足力，将一巧匠上兜率天，观弥勒菩萨长短、色貌，还下，刻木作像。前后三上观，然后乃成。像长八丈，足趺八尺……古老相传，自立弥勒菩萨像后，便有天竺沙门赍经律过此河者。像立在佛泥洹后三百许年，计于周氏平王时。由兹而言，大教宣流，始自此像。

按陀历国即《大唐西域记》卷三之达丽罗川，在今克什米尔西北部印度河北岸。《西域记》并云造像的罗汉是末田底伽，旧译末田地，他是阿难的关门弟子，佛教的第三祖，根据阿难转嘱的佛旨，到罽宾(在今克什米尔地区)传教，也就是说，他把佛教带到了中亚和西域，陀历国的大弥勒像便是传教的一个标志。所谓"大教宣流，始自此像"者，《西域记》亦云"自有此像，法流东派"，肯定了弥勒像与佛教东传的密切关系。现存弥勒造像中,确实有铭记可考为最早的,在秣菟罗地区,约造于公元二世纪贵霜王朝时期。其后,弥勒的形象便长期活跃在印度和中亚的佛教中,并随着佛法东渐而一起经由西域,传入中国。

就时间和地点两方面来考虑,传入中国的早期佛教艺术,应属于犍陀罗风格。据专家研究,在犍陀罗佛教造像中,弥勒菩萨的标志是束发髻,长发垂肩,手持一瓶。现存最早的中国所造弥勒菩萨像,就完全符合这些标志,笔者所知有二:一是陕西三原出土,今藏日本东京藤井有邻馆的金铜立像,水野清一《中国雕刻》推断其创作年代为三世纪末至四世纪初的十六国时期;二是故宫博物院藏东晋鎏金铜质立像,见《中国美术全集·雕塑编3 魏晋南北朝雕塑》第二七。另外,《高僧传》卷五记苻坚遣使送释道安"结珠弥勒像",猜想也应是同样的形象,即忠实而笨拙地照搬的犍陀罗原型。然而,没有多久,中国艺人就抛弃了持瓶弥勒立像,而开始据自己的理解和想象来创造自己的弥勒了。

一、神谱中的未来一席:组像中的弥勒

关于弥勒继轨释迦而为未来之佛的记载,在最初的佛经即《四阿含》中已有了,后来的《弥勒上生经》《弥勒下生经》等,可以看作是对《阿含经》中有关章节的发挥。弥勒意为慈氏,名阿夷多,南天竺婆罗门子,为释迦弟子,大乘佛教的最高菩萨和小乘除成佛前的释迦牟尼以外的唯一菩萨,在释迦处受记,死后生兜率天上,未来当下世,在龙华树下证道成佛,所以一般又称弥勒为"未来佛",塑像中有菩萨装的,也有塑为佛身的,大致早期以菩萨装的比较多见。相对于"未来佛"而言,释迦为"现在佛",释迦之前还有六个佛:毗婆

尸、尸弃、毗舍婆、拘楼孙、拘那含、迦叶,统称"过去佛"。过去六佛与释迦一道构成"七佛",是佛教艺术中很常见的题材,最有名的莫过于麦积山的七佛窟了。而在早期的七佛群像中,经常加入菩萨装的弥勒,构成一个完整的"佛谱"。甘肃出土的北凉石塔便是如此。据王毅《北凉石塔》(见《文物参考资料》1977年第1期)一文的介绍,塔身上通常八面开龛,浮雕七佛一菩萨,菩萨为交脚坐像(按交脚坐为中土造弥勒菩萨的标志)。这样的八身造像,在印度犍陀罗艺术中就有,在我国新疆(古西域)境内石窟中也有出现,但在犍陀罗造像中,弥勒作交脚坐者仅少数几例,且其标志性特征仍在手持一瓶,至北凉石塔,则已放弃了瓶子,而把交脚坐的特征固定了下来,后来在云冈第10、11、13诸窟和龙门古阳洞、莲花洞中出现的七佛一菩萨组像,凡为坐像者则弥勒一定是交脚的了。有时候弥勒体积造得比七佛小很多,但也有突出弥勒的,如甘肃泾川南石窟北魏开的1号窟中,正壁雕三身立佛,左右壁又各二身,各高6米,而在门壁两侧各雕一交脚坐弥勒菩萨像,高达5米。这种七佛二菩萨,重复出现弥勒的例子,恐怕为世仅见,它既达到了布局的均衡与对称,又强调了七佛与弥勒菩萨的继承关系,是宗教上表现教义的要求与艺术上和谐对称美的要求相结合的产物。

  我们可以把七佛像看作佛教的一个神谱,在神谱中蕴含着一种世界图象,这种图象以空间的展示来传达出对时间结构的理解。由于七佛在造像上装束一致,不能体现出时间的观念,所以完整的"佛谱"造像中,应该有菩萨装的弥勒加入,它给平板一律的组像带进了清新的气息,把过去和现在引向未来,由于未来的加入,而使整个组像呈开放的性格,从而显示出生命力。观想者在这组造像前,由空间的直观向时间的知解渗透,由感觉上引起的崇仰向哲理的思悟挺入,心灵充满拥有真理的愉快,并将这心灵的领悟投入造像布局的形式中，修养越高的人，在此形式中看到的意味便越多，于是在心灵对于通过感性形式表现出来的理性内容的欣赏中，宗教观想便向着审美活动转化，宗教与艺术借着这"有意味的形式"而相通起来。在这里，弥勒菩萨是一个关键，正是它唤醒观想者的知解向时间的深处切入，点燃观想者的智慧，使他心灵明亮，从而把宗教膜拜的对象升华为审美的艺术品。

然而七佛一菩萨的造像，就其为佛教哲理的形象化来说，仍有依人依经而不能依法依义之处，所谓过去六佛、将来弥勒佛之类，就哲理上而言不过是对漫长过去和遥远未来这双向延续的无限时间的顽强拯救，所有的名号不过是虚构，是"神道设教"，泥于这些声色数量，反而有碍于法身无色之义，因此用一尊佛像来代表一切的过去，把七佛一菩萨更抽象而为二佛一菩萨或三世佛，自是佛教艺术发展进程中的必然境地。三世佛是最常见的组象之一，在敦煌莫高窟、天水麦积山、大同云冈、洛阳龙门等石窟造像中占有很大的比例，然而如果就艺术形象的塑造而言，二佛一菩萨的布局显得更富变化和表现力，更能引起人们的联想。这个题材早见于新疆克孜尔石窟的壁画，即在侧壁上画一幅交脚弥勒菩萨说法图，与另壁的佛说法图和中心柱正面的佛造像构成二佛一菩萨的形制，如17窟、38窟等。这个绘塑结合的"三世"形制在敦煌276、402、404等窟中也可以看到，那时间已在隋代了，但在此之前，麦积山的北魏晚期洞窟里，则有二佛一菩萨的石刻造像，如101、142、163窟，正壁一佛、侧壁一佛、另一侧壁便为交脚弥勒菩萨。从逻辑上说，这种形制应早于雷同的三世佛。

在密教造像中，胎藏界的弥勒，坐于中台八叶院东北方莲台上，金刚界的弥勒，于贤劫十六尊中坐于东方。这些组像里的弥勒，正如三世佛中的未来佛一样，在造像艺术上没有什么特别的价值了。

应该指出的是,在以上七佛一菩萨、二佛一菩萨的组像里,弥勒菩萨都是交脚坐像。由此,当我们看到一尊单独的交脚菩萨时,我们有理由认定,那多半是弥勒,交脚菩萨是中土弥勒造像的一大特色。

二、特殊的菩萨:交脚弥勒

弥勒菩萨从佛教神谱中独立出来,被单独地造像膜拜,是中国佛教艺术的一大特色。为弥勒造像之风的兴起,得力于两方面的条件:一是教义上弥勒信仰的建立,二是艺术造形上的某种特殊的表现手段,即交脚坐相被固定地用在弥勒形象的塑造上。

中国弥勒崇拜,开始于东晋的释道安,《高僧传》载他曾经聚集同志一起发愿往生兜率天,去见弥勒,据说他后来真的实现了这一宏愿。从西北地区发源而流行起来的弥勒信仰,主要是与大乘佛学的内传有关。大乘是修菩萨道的,而所有菩萨中,最有资格被崇拜的就是弥勒了,并且因为小乘一样地崇拜他,所以基础也最好。作为对信徒们的将来的承诺,在"往生西方"之说未流行时,"值遇弥勒"是唯一的希望,因此在已知的北朝佛教造像中,从西秦、北凉始就风行弥勒(交脚坐)像。北凉沮渠京声贵为皇室,而译《观弥勒上生兜率天经》;元魏灭北凉,沮渠安周西奔高昌,犹造弥勒像碑;与此同时,原北凉的"沙门佛事俱东",使此风大行于中原,亦波及南朝,并流进四川;直到东魏以后,大量的观世音菩萨造像崛起,交脚弥勒菩萨才渐渐退潮。

交脚坐的弥勒菩萨像,在犍陀罗雕刻中已有数例,但纯属偶然,既有非交脚坐的弥勒,也有非弥勒的交脚坐像。在我国新疆的石窟中,绘塑结合的二佛一菩萨形制中弥勒菩萨虽为交脚坐,而交脚仍不专属弥勒,在克孜尔壁画中,佛的坐式大多为交脚倚坐。作为生活中常见的人体姿势,它不同于佛经上讲的那些有特别意义的坐式,而是纯粹"按照美的规律来创造"的。在印度流行的"三道弯"式立像(头向左侧,脚向右,臀左突,或全部反一个方向)中,由于丰臀外扭,站立时为了平衡,也为了身体曲线的更好显示,便自然地形成很多交脚而立的姿势,这在克孜尔壁画中也是常见的,如著名的"度善爱犍闼婆王图",即是造形很优美的两身交脚立乐神。交脚在这里不表现任何宗教含义,只是一种为了追求人体曲线的美而采取的塑造形象的艺术手段。由立而坐,情理正同,交脚坐作为日常生活中的常见坐姿,被采纳于艺术形象的塑造,并在一定的时空范围内被固定地用来塑造某一艺术形象,这也不是太奇怪的事。宗教上的弥勒崇拜必然要求为弥勒菩萨寻求一种特殊的形象,所以交脚坐式到中国后成为弥勒的特殊坐式,正体现出宗教偶像崇拜与艺术表现手段的结合。

在永靖炳灵寺西秦开 169 窟,及北凉石塔中,弥勒已为交脚菩萨像,在敦煌莫高窟的第 268、275 等北凉窟中,所供主尊便是交脚弥勒菩萨(268 窟是一交脚佛,但头部过大,显为后来补塑,原塑必是菩萨)。275 窟是著名的弥勒窟,正壁前塑 3.34 米高交脚弥勒,坐双狮座上,冠饰化佛,袒上身,挂缨络,为敦煌早期最大的彩塑,可惜双手已残,是时间留下的缺憾,即便这位佛教中的时间拯救者也不能例外。此窟两侧壁上层各开二阙形龛,内各塑一交脚菩萨,表示弥勒高居兜率天;窟的前室左右壁上又开树形龛,各塑一半跏坐思惟菩萨,表示弥勒下生后将在龙华树下修成佛道。敦煌的北魏洞窟,对这些北凉形制都有所继续,一是在侧壁的上层开阙形龛,内塑交脚菩萨或是在中心柱的某侧面或两侧面上层开阙形龛塑交脚菩萨,两者都意指弥勒在兜率天宫修道或说法;另一形制是交脚菩萨与半跏坐思惟菩萨对称地出现在左右壁或中心柱两侧。但半跏坐是佛教中有宗教含义的坐式，表示思惟，所以不能专属，只有在与交脚菩萨对称出现时，我们才可以认定是弥勒。敦煌千佛洞终北魏一代，此制不衰，至西魏、北周后却逐渐消失。在云冈石窟，早期的昙曜五窟中已有以交脚弥勒为主尊的第17窟，此后云冈以弥勒为主像的洞窟仍层出不穷，一直延续到北魏迁都以后。13窟的主尊高达13米，是笔者所知最大的交脚弥勒造像了。弥勒崇拜在云冈是显而易见的。北魏迁都洛阳后，云冈渐衰而龙门兴起，仅古阳洞内就有很多交脚弥勒，而且几乎每一尊旁都有铭刻的发愿文，造主大多是贵族官僚。另外，中心柱侧面上层龛、阙形盒、交脚像与思惟像对称等形制，在两处石窟中也不乏其例。祈神求福，在商周彝器铭文中一般只求"子孙永葆"；敦煌藏经洞所出晋凉写经，始有愿"七世父母、现在眷属"得到福佑的内容；龙门古阳洞造像发愿文，则除此外又加上一句"一切苍生，咸同斯福"。这里可以看出大乘佛教流行的消息。

交脚弥勒菩萨既是北朝佛教艺术的一大表现题材，也是中国艺术史上造形艺术的一个重要形象。中国上古的造形艺术，讲求气韵生动，朴质中带着热烈和疯狂，想象奇特，天人不分，为了尚"气"往往忽略"形"似，或根本想不到要求形似，至佛教艺术东传，把印度古代艺术中对人体肉感的追求和犍陀罗风格中所蕴含的求形似，讲比例，崇尚人体美的希腊意识一起带到了中土，于是注意造形写实，愉悦耳目的艺术风尚开始兴起，在谢赫《古画品录》和姚最《续画品》中都称这样的绘画为"别体"，与诗歌中的"新声"（徐祯卿《谈艺录》："桓灵废而礼乐崩，晋宋王而新声作"）实是同调。交脚弥勒菩萨像的优美造形正体现了中国艺术的这一走向，从气走向形，进一步便要奔向唐代形神兼备的伟大艺术顶峰了。

三、伟大的主尊：弥勒大佛

重"形"的艺术"别体"之兴起，应当与佛教造像中对佛身"三十二相"、"八十种好"的刻画有很大的关系。大乘流传以后，造像为佛身的不只有释迦牟尼，西方阿弥陀佛、东方药师佛、贤劫千佛、十方无量诸佛、过去和将来佛等，几乎都作同样的造形，时空的藩篱被彻底打破，每一特定时空都各有其佛。在这个时候，弥勒也不宜顽固保持其菩萨像了，所以早在交脚菩萨风行的时候就间有交脚佛存在，但那只是一种变体，且都是些小型造像，不值一提。作佛像的弥勒并不以交脚造形为特色，那么如何辨认呢？在那许许多多的佛像中间，弥勒仍有他的特色，即高大。《大正藏》No.454 鸠摩罗什译《弥勒下生成佛经》叙弥勒下生时的形象：

> 身紫金色，三十二相，众生视之无有厌足，身力无量不可思议，光明照耀无所障碍，日月火珠都不复现，身长千尺，胸广三十丈，面长十二丈四尺，身体具足端正无比。

佛教认为，在人心向善的世代，人们都长得高大，寿命也长；人心浇漓，十恶泛滋时人便长得矮小而短寿。当弥勒下生时，"人寿四万八千岁"（女子到五百岁才出嫁），大地平坦，树上生衣，庄稼一种七收。由于世上个个都是好人，崇敬佛法，所以自然界对人也特别优厚，这在习惯了伦理本位与天人感应观念的中国人，是很容易接受的。他们相信未来的人类是高大的，本来就超绝常人的佛当然就更雄伟无比了。

根据现存的遗物来看，为弥勒造大像，当始于南北朝而盛于唐。

今河南浚县东南大伾山麓高 21 米的倚坐弥勒佛,是北朝的遗制,有后周显德六年(959)《准敕不停废记》,曰大佛已有四五百年了,这个时间不甚可靠,跨度也太大(自北魏文成帝兴安中至北齐文宣帝天保年间),很难确定;南朝的作品,则有浙江新昌的大佛,《法苑珠林》卷二四记:

> 释僧护,本会稽剡人也……后居石城山隐岳寺,寺北有青壁,直上数十余丈……于是擎炉发誓,愿博山镌造十丈石佛,以敬拟弥勒千尺之容。

这个大像于南齐建武中开工,终僧护一生未能完成,一直到梁天监十五年,才在僧祐的主持下毕功。其像"坐躯高五丈,立形十丈",今实测高 13.74 米,是江南最古的大像了。《艺文类聚》卷七六收有"梁刘勰《剡县石城寺弥勒石像碑铭》",是为确证。《法苑珠林》所谓"镌造十丈石佛,以敬拟弥勒千尺之容",则说明了大像之"大"的含义。

据《续高僧传》卷二九载,隋代道积曾在蒲州普救寺造百尺弥勒像,其遗迹之存亡,笔者尚未能卜,但由此已可见出唐代大佛的源有所自了。唐代最聪明最有天赋的人,并不尽在诗坛,而更多的在佛教界,天朝国力的强盛,物质的富足,以及人们精神生活境界之高远,气魄之宏大,也为佛教造形艺术上大规模创作巨像提供了条件与动机。其中与弥勒大像有关的,还有两个特殊的原因:一个来自政治上,就是众所周知的武则天自称弥勒下世;另一个来自佛教界自身,就是玄奘大师的特别提倡。关于玄奘一生崇奉弥勒,临死不辍,于各种传记中都历历可见,这里想指出的是,弥勒崇拜显然与玄奘传述的大乘法相唯识之学有关,这个学派源自印度的瑜伽行派,创始人是无著、世亲,其基本论著如《瑜伽师地论》等,据说是无著大师上升到兜率天去听弥勒亲口讲说记录下来的,所以弥勒实际上是法相宗的上帝。值得注意的一个现象是,《瑜伽师地论》的梵文、藏文版一般都署名无著,有一个法国藏本则讲作者是僧护,学术界认为比较正确,但中文版则赫然署名弥勒,从署名的选择里不难看出一种宗教的热情。但玄奘创立的法相宗在中国流行的时间不长,玄奘大师个人的伟大形象所感染的比学理上的影响却要大得多也深远得多,就深远的角度讲,还要胜过武则天所起的作用。当然,大像之热的兴起,最主要的原因仍得属于大唐帝国的时代风气。

  唐代弥勒大像是继北朝交脚弥勒后在中国造形艺术史上占有突出地位的又一大形象。其著名者有敦煌莫高窟的南北二大像,龙门惠简洞和摩崖三佛的主像,及四川的乐山大佛。另外如炳灵寺171龛石雕大佛等,也是这一代风气所及的遗作。

  大,是对宗教含义的形象化表现,是对六朝传统的继承,也是唐人在艺术上所崇尚的风格取向。在体魄巨大而形容慈和的主尊面前,你感觉到自己的渺小,但那是一种谦虚的而非胆怯的渺小,不是由于害怕、惊惧,而是从心甘情愿的程度上捐弃自我,归依于大法。如敦煌的南大像,在塑造时就巧妙地利用透视,将头放大,眼睑内雕出深深的斜角,嘴唇也多几个面,使形体转折形成的阴影,让26米之下的观者能看到恰到好处的比例和"慈悲威重"的神色。宗教和艺术的效果一齐出来了。

  龙门惠简洞,是咸亨四年(673)惠简法师为高宗和武后开的;未完工的摩崖三佛像,雕的是三世佛,但由于武则天的关系,特意把未来一尊移到了正中间。这两处的弥勒大像,相貌与奉先寺卢舍那本尊极相似(惠简洞因此又称"小奉先寺"),都是依武则天美丽而庄重的脸庞为原型来塑造的(摩崖像的未完工,也是因武则天的失败)。

卢舍那本尊是佛教雕塑中众所周知的最伟大的作品，是中国传统造形艺术的代表和唐代形神兼备的艺术高峰的标志。在未完工的摩崖三像的主尊上，我们也能依稀看到卢舍那的风采。

四、世俗化身：布袋弥勒

唐以后的佛教雕刻，很少有气魄雄伟的大像了。除了三世佛与一些密宗造像外，也很少有未来佛的题材了。弥勒的衰落与佛教的衰落几乎是同时的，与民族生命力的消退、对未来的自信的丧失更密切相关。称雄世界的"天可汗"时代一去不还，现实人间的苦难毕竟要迫使你放弃美好的理想，世俗化已成为它的必然走向。"送子观音"之类与佛教哲理完全对立的菩萨崇拜的兴起，是世俗化的最好说明，弥勒佛也要应时另现他的不同化身了。历史总会找到适当的形象去满足这个需要，而这一次是来得相当及时。就在唐王朝刚刚成为过去不久的五代时期，浙江的布袋和尚应运而出了。这位自称"契此"的僧人，头肥体胖，经常袒胸露腹，张口大笑，平时总以杖荷一布袋，见物就乞，分少许入袋，饥即食，饱便睡。生性喜欢小孩，时与嬉游，山间水涯，悠然自适，后梁贞明三年（917）入灭，灭前说一偈曰："弥勒真弥勒，分身千百亿，时时示时人，时人不自识。"那意思大概是说人人自有佛性，弥勒即是人人天赋中都有的佛性而已。但这些话后来被理解成：他布袋和尚便是弥勒的化身。于是后世的弥勒像，便变成这个"大肚能容天下难容之事，开口便笑世间可笑之人"的胖和尚形象了，我们称之为"布袋弥勒"。

中华民族也许是很欣赏这种笑口常开的胖子的，所谓"心宽体胖"，所谓"笑一笑，十年少"，都体现出这种生活和处世的哲理，宋以后所造寺院几乎无一或缺这个造像，他被安置在天王殿，是进庙后所见的第一尊像,他的两边是四大天王,背后一般是护法韦陀,韦陀的对面则是供奉释迦的大雄宝殿。地位虽说有点下降,但更深入人心了,对那些于佛教所知不深的人来说,甚至对部分佛教信徒来说,弥勒佛就是布袋和尚。

中国造形艺术史上又一个举足轻重的形象,就这样随着佛教的世俗化而诞生并广泛流传了开来,由江浙而传遍全国各地,而东渡扶桑。大致北宋时就已很流行,杭州南山区的烟霞洞内就有北宋造的布袋弥勒,其神情姿态还比较规矩,对胖和笑的特征还没有太过分的强调。最有名的布袋弥勒,则是附近的灵隐飞来峰壁上开凿的那一铺,据传也是宋代的作品。这个已成为灵隐造像代表的弥勒,随意地斜靠着石壁,右手搭一只大大的布袋,遥遥对着通往灵隐的石径,张口笑迎,眉毛漾开,眼睛几成两个月牙,浓郁的世俗人情味呼之欲出。在他面前,你一点点的敬畏也没有了,仅仅是可爱。他不再是一个从别的地方降临到这个世界里来的拯救者,而是在我们的日常生活中嬉笑与共的凡人。有的造像根据布袋和尚喜欢跟小孩玩耍的性格特征,在他的身上加几个攀爬着的小孩,世俗的情味就变得更浓了。

完成了世俗化,也就完成了中国化。佛教的衰落本身也意味着佛教真正融入中国的文化传统之中,成为她体内流动的血液,从其为中国人(多指士大夫)精神生活的时髦内容,发展到处处体现于全民族(从士大夫到老百姓)的日常生活中,在交脚弥勒——大佛——布袋弥勒的变迁中,完整地显现出这一个过程来。

五、结　　语

这是一部中国佛教史,一部中国造形艺术史,两者之间交光互照,色彩缤纷。Maitreya 在这块悠久的土地上,度过了他成长的几个阶段,在他生命经历轨辙上刻下了三个影响深远的形象。作为宗教崇拜的偶像,他的时代已经永远地过去了,然而伴随着偶像雕塑而体现出来的审美理想与艺术创造,却以其永不褪色的魅力吸引、震撼和陶醉着一代又一代的人们。从犍陀罗到克孜尔,从敦煌到云冈,从龙门到灵隐,从忍辱苦修的坚忍神色到充满自信的微笑,从这微笑里的慈祥、宁静到开怀畅笑的乐天、可亲,我们不难看出这个古老民族的历史的某些侧面。不过在今天,布袋弥勒已经成为一个固定的模型,制作越来越容易,这说明"世俗化"其实也为中土弥勒造像艺术画上了句号。

主要参考书:

章巽《法显传校注》、季羡林等《大唐西域记校注》、汤用彤《汉魏两晋南北朝佛教史》、姜亮夫《莫高窟年表》、段文杰《敦煌石窟艺术论集》;谢赫《古画品录》、张彦远《历代名画记》、道世《法苑珠林》;《文物参考资料》杂志、《敦煌研究》杂志;《大正新修大藏经》中四《阿含》及弥勒经典部分。

主要参考图册:

文物出版社《中国美术全集》、《敦煌莫高窟》、《云冈石窟》、《龙门石窟》、《麦积山石窟》等。本文所论石刻及彩塑作品,凡不注出处者大部分为作者亲身游历考察所见。

【原载《复旦学报》1993 年第 4 期】

于阗的毗沙门信仰及"托塔李天王"名号之由来

托塔天王李靖,是神魔小说《西游记》、《封神演义》中的重要角色,在中国民间,可谓家喻户晓。历史上的李靖是唐初名将、杰出军事家,若神化为战神,与小说中天兵天将之统帅的身份倒也相合。不过,《封神演义》说李靖是商代的陈塘关总兵,与唐初名将相去甚远;百回本《西游记》则并不叙述李靖的来历,也毫无唐初名将的影子。而且,《西游记》在多数场合称其为"李天王",只偶尔提及其名为李靖。进一步追索与《西游记》相关的一些早期文献,如朝鲜《朴通事谚解》中所存《西游记平话》残文、杂剧《杨东来批评西游记》"神佛降孙"节,以及《七国春秋平话》卷下等,也多只称"李天王",而不言何名。如果我们把"李天王"简单地看作"李靖天王"的省称,则上述情形多少有些奇怪。所以,笔者本文想提示另一种可能性,即"李天王"之说的产生要早于"李靖天王"。也就是说,民间传说先让托塔天王姓了李,然后再以唐初名将李靖附会之。那么,托塔天王为什么会姓李,就是这里要研究的问题了。

众所周知,托塔天王的原型是佛教中的北方多闻天王,即毗沙门天王。由于对毗沙门天王的崇拜在唐代非常流行,而"李"又是唐朝的国姓,所以我们也不妨先猜测"李天王"之说起于唐朝。然而,宋代有不少笔记、画跋、像赞,提及毗沙门天王或北方多闻天王,并不说他姓李,则"李天王"之说起于唐朝的猜测恐怕是靠不住的。一般认为产生于南宋的《大唐三藏取经诗话》,是《西游记》的前身,毗沙门天王在这个话本中的地位极其重要(几乎相当于百回本《西游记》里的观音),但天王也并不姓李。换句话说,这个"李"不能从唐朝的国姓简单地得到解释,它应该还有特殊的来历。

托塔天王的"李"姓是从哪里来的?《西游记》中的一个情节,也许可为这个问题的解决提供一丝线索。该小说里有一妖怪金鼻白毛鼠,是托塔李天王的义女。笔者以为,将这头老鼠精与托塔天王捆绑在一起追索其来历,上述问题便可迎刃而解。

一、毗沙门天王与"金鼠"

毗沙门,梵文 Vaisravana,于阗文 Vaisramana,俗语才是 Vesamana[①],译名当来自俗语。希麟《续一切经音义》卷六释:"毗沙门,梵语也,或云毗舍罗婆拏,或云吠室罗末拏,此译云普闻,或云多闻。"[②]本来,他只是佛教所谓"四大天王"中的一位,即北方天王,其在中国的造像,至晚从唐代起,便是手托一座小塔。但到了《西游记》等近世戏曲小说中,却是既有"四大天王",又有独立的托塔李天王,可见其地位之特殊。关于这托塔天王的研究,就笔者所知,近代自俞曲园先生发端,见《曲园杂纂》三十六及《茶香室三钞》卷一七"托塔天王"条,略说"塔"之来由;1944年王逊先生作《云南北方天王石刻记》一文,对雕像的仪轨及源流略有考释[③];1958年柳存仁先生著《毗沙门天王父子与中国小说之关系》,可许为二十世纪有关该

---
① 季羡林等《大唐西域记校注》卷一"缚喝国"条下注,中华书局,1985年。
② 希麟《续一切经音义》卷六,《大正藏》本。
③ 王逊《云南北方天王石刻记》,《文史杂志》第3卷3、4期合刊。

课题的最详细深入之论述①；此后比较重要的文章，有庄伯和先生的《兜跋毗沙门天》②和张政烺先生《〈封神演义〉漫谈》③等，最近则有邹西礼、夏广兴二位先生的《毗沙门天王信仰与唐五代文学创作》④，引述包括敦煌遗书在内的各种文献，以再现唐代毗沙门天王信仰的流行盛况。以上诸先生的文章为此课题的研究奠定了良好的基础，笔者尚能拾其剩义而予以阐发者，首先便在天王与鼠精的关系。

唐代推行毗沙门天王信仰的一个有力人物，是"开元三大士"之一的不空三藏(704—774)，他翻译了五部有关的经典，即《毗沙门天王经》、《毗沙门仪轨》、《北方毗沙门多闻宝藏天王神妙陀罗尼别行仪轨》、《北方毗沙门天王随军护法真言》和《北方毗沙门天王随军护法仪轨》。其中《毗沙门仪轨》记录了一则著名的故事，后来被《大宋僧史略》、《佛祖历代通载》等史籍所引述。大意如下：天宝元载(742)，西域敌国围攻安西，不空三藏为唐玄宗作法，请北方天王神兵救护。天王于是与次子独健率三五百天兵，身着金甲，打退敌兵。敌军营垒中"并是金鼠咬弓弩弦及器械损断，尽不堪用"，只好解围而去。天王在城门北楼上显身，大放光明。安西地方官于是画下其像，进呈朝廷，皇帝乃下令在全国军营中遍立毗沙门天王祠⑤。

这个故事当然出于杜撰。虽然唐玄宗倡导毗沙门天王信仰应

---

① 柳存仁《毗沙门天王父子与中国小说之关系》，《新亚学报》第3卷第2期，收入作者《和风堂文集》，上海古籍出版社，1991年。
② 庄伯和《兜跋毗沙门天》，《觉世》月刊第22期。
③ 张政烺《〈封神演义〉漫谈》，《世界宗教研究》1982年第4期。
④ 邹西礼、夏广兴《毗沙门天王信仰与唐五代文学创作》，陈允吉主编《佛经文学研究论集》，复旦大学出版社，2004年。
⑤ 不空译《毗沙门仪轨》，《大正藏》本。

该是事实①,但天王神像之传入长安,却不待天宝元载安西进呈,据《图画见闻志》载:"明皇(即唐玄宗)先敕车道政往于阗国传北方毗沙门天王样来,至开元十三年(725)封东岳时,令道政于此依样画天王像。"②传自于阗的这个天王像,就是所谓"兜跋毗沙门天"像,而不空所译上述经典中描述的天王仪轨,也符合此种造像的特征,后文将会详述。其实,关于毗沙门天王种种神力、灵验与何以值得崇拜的说教,早在《金光明经》中就出现了。此经有大量内容涉及毗沙门天王,是毗沙门崇拜的有力载体,自北凉以来即有译本,最通行的是唐高宗、武后时释义净译的《金光明最胜王经》,它也是唐代最流行的大乘经典之一,在敦煌遗书里,其残卷断片甚多。《金光明经》的传抄之盛,自可印证毗沙门崇拜的流行之盛。不空三藏的努力结果,似乎在于密切了毗沙门天王与军队的关系,使该天王几成战神。这一点对于确立该天王在中国民间传说中的身份,即天兵天将的统帅,还是十分重要的。

再来看天王助阵故事本身。此故事里有一个重要情节,"金鼠咬弓弩弦及器械损断,尽不堪用"。对于战斗的胜利,这金鼠所起的作用几乎是关键性的,而且它应该是听从了天王的指挥。我们有理由认为,此处追随天王的"金鼠"与后来成为天王义女的金鼻白毛鼠不无关系。敦煌遗书 P4518 为一幅毗沙门天王的纸画,其脚下就带着一位鼠神,可见"金鼠"追随天王也早就不是偶然的了。由于该画幅附有于阗文题记,我们就不免要到有关于阗的史料中去追索天王与金鼠的关系。于是我们不难发现,上述情节并非出于想象虚构,而是直接搬用了民间传说,即于阗的"鼠壤坟"传说。

---

① 《全唐文》卷七三〇卢弘正《兴唐寺毗沙门天王记》云:"毗沙门天王者,佛之臂指也,右扼吴钩,左持宝塔……在开元则玄宗图象于旗章……自时厥后,虽百夫之长必资以指挥,十室之邑亦严其庙宇。"可证唐玄宗参与促成了毗沙门天王崇拜的浓厚气氛。
② 郭若虚《图画见闻志》卷五,《文渊阁四库全书》本。

二、"鼠壤坟"传说与于阗的毗沙门信仰

"鼠壤坟"传说见《大唐西域记》卷一二,大意云:于阗的沙漠中鼠大如猬,其毛金色,有一次匈奴来寇,于阗王不敌,遂焚香请鼠帮忙,后来便有大批的金鼠去咬断了敌营里的马鞍、弓弦、甲链等装备,使敌军失去战斗力,损兵折将而归。很显然,这个传说作为一个情节被搬入了上述天王助阵故事,那也许意味着,"金鼠"最初得以追随天王,就在于阗。因为于阗一地不但产生了"鼠壤坟"传说,而且也是毗沙门天王的"故乡"。唐玄宗命令全国军营塑造的毗沙门天王像,其形制就是从于阗传来的。

按照佛经的讲法,雪山以北属毗沙门天王镇护地区,西域乃至中国都属这个范围。于阗国(今新疆和田一带)作为丝绸之路上的重要据点,正是佛教东传的一个中转站,据玄奘所记,"昔者此国虚旷无人,毗沙门天王于此栖止"①,竟以于阗为毗沙门天王之住所。这自然是毗沙门崇拜在当地兴盛的反映。二十世纪以来,因敦煌藏经洞出土的文献中包含了不少于阗文文书以及牵涉于阗的古藏文文书,故学者们得以据此研究于阗国家及其佛教的历史,较早的成果有日本羽溪了谛的《于阗国之佛教》②,近期则有张广达、荣新江先生的《于阗史丛考》③。他们都或多或少地触及了毗沙门天王在于阗的特殊地位,但没有专门从这个角度展开论述,故笔者虽不通于阗文或古藏文,而尚可据汉文史料作些补充。

在笔者看来,毗沙门信仰在于阗的具体展开方式,是以关于毗

---

① 《大唐西域记校注》卷一二"瞿萨旦那国"(即于阗国)条下。
② [日]羽溪了谛著,贺昌群译《西域之佛教》第四章《于阗国之佛教》,商务印书馆,1999年。
③ 张广达、荣新江《于阗史丛考》,上海书店,1993年。

沙门天王的传说故事,改编了于阗本土的感生神话与开辟神话。《大唐西域记》卷一二载:

> 瞿萨旦那(即于阗)国……王甚骁武,敬重佛法,自云毗沙门天之祚胤也……(其王)齿耄云暮,未有胤嗣,恐绝宗绪,乃往毗沙门天神所祈祷请嗣。神像额上剖出婴孩,捧以回驾,国人称庆。既不饮乳,恐其不寿,寻诣神祠,重请养育。神前之地忽然隆起,其状如乳。神童饮咽,遂至成立,智勇光前,风教遐被。遂营神祠,宗先祖也。自兹已降,奕世相承。

依此,则于阗王室乃是毗沙门天王的后代了。敦煌藏经洞所出藏文文书中,尚有如下说法:印度 Dharmasoka 王的王妃在莲花池里沐浴,适值毗沙门天王从空中经过,王妃感而怀孕,产下一子,后为于阗国王。二十世纪初斯坦因在新疆和田丹丹乌里克遗址中,曾发现残破的毗沙门天王塑像,其旁有一幅壁画,画着一位美女沐浴在长着莲花的池上,下方有一小孩。当即表现这一感生故事者[①]。

世界各民族的早期神话,几无一不以本族先祖为天神之子,我国汉族商周先祖如斯,他族亦然。佛教传来后,又在传说中将其血统与印度联系起来,故于阗王室被说成天神与印度王族的后代。但是,作为先祖来源的这个天神,在最初的传说中,应该是于阗本土所信仰之神灵,须待佛教流行甚久以后,才会以佛教神灵如毗沙门天王,来取代该族的原始天神。这一点虽然没有确证,而论理应当如此。所以,天王赐子的故事当是原始感生神话的改编版。

与感生神话情况相似的是开辟神话。敦煌藏文文献《西藏传》

---

① [英]斯坦因著,殷勤等译《沙埋和阗废墟记》第十八章,新疆美术摄影出版社,1994年。

中说,于阗国之地本是一片汪洋大海,佛遣弟子舍利弗与毗沙门天王奋神力决海,始有陆地①。在莫高窟晚唐至五代宋初的壁画中,多有表现此故事的,如231、237窟西壁龛内盝顶北披东下角,及9、454、39、340、334、401等窟的甬道顶部,等等。敦煌遗书P3352存此类故事画的榜书底稿十余行,其中亦有"于阗国舍利弗毗沙门天王决海时"一条。此画在敦煌流行,显然是因为归义军政权与于阗国关系友好之故。这故事的原型,必为彼地先民的开辟神话,被佛教徒加以改造,用佛教人神取代了当地的原始神灵。

在佛教传播的历史上,以关于佛教神灵的故事来改造当地固有的神话传说,乃是常见的情形。在中国,也曾有佛教徒想把孔子、老子说成儒童菩萨与迦叶的化身,只因中国的传统文化极为强大,故其说不显,而在于阗,则成功地改编了当地的感生、开辟二种神话,用毗沙门天王替换了其本地的原始天神。不难想象,此天神原来所拥有的一切光彩,及于阗一地原有的许多神奇故事,都会转移附益到毗沙门天王的身上,使有关的故事丰富完整起来。来自于阗"鼠壤坟"传说的"金鼠",之所以成为天王的追随者,亦不外此故。《全唐文》卷七九一王洮《慧聚寺天王堂记》②云:

> 谨按释氏书云,天王生于阗国,作童儿时,犹能血镞射妖,遂去走天竺,遇金仙子,授记护阎浮提,补多闻王……

此文作于大中三年(849),由文中可知,当时于阗已成传说中的天王故乡,而天王赐子故事,也已演化为天王本人的来历及成长的完整"本起"。我们有理由认为,这完整的"本起"必形成于于阗国,然后

---

① 详见羽溪了谛《西域之佛教》第四章。
② 此文《吴都文粹》卷八作《昆山天王堂记》。

传入唐朝内地,而此完整"本起"故事的形成,就标志着毗沙门崇拜的成熟形态。可惜,由于史料的缺乏,我们已无法窥其全豹,但一鳞半爪依然能够捕捉到的,除了上引的一篇记文外,《一切经音义》卷四〇著录《佛说毗沙门天王成就经》,此经很可能就是记文中说的"释氏书",即于阗王西行遇佛授记补多闻王的完备讲述,经文今虽不存,而《音义》条目中尚存有"于阗"词条,却是一个确凿的证据。《一切经音义》卷六〇著录的《大唐中兴三藏圣教序》下也有"于阗"词条,其中说:"此国界有二天神。一是毗沙门天王,往来居于阗山顶城中,亦有庙,居七重楼上;一是天鼠神,其毛金色有光,大者如犬,小者如兔,甚有灵,求福皆得,名鼠王神也。"①这说明唐人印象中的于阗,就以毗沙门天王与"金鼠"为特色的。

在于阗国成立的完整成熟的毗沙门天王崇拜,也在造像形制上固定了下来,即著名的"兜跋毗沙门天"。于阗人民接过印度传来的素材,把他们的艺术创造凝聚在这一造像形制中,再把它传向西藏、中原,乃至日本。在这一过程中,他们起了最重要最关键的作用。当然,因为于阗本地的史料残缺不全,我们只能参考中原的文献,以及敦煌留下的文字和形象资料,略作推考。

三、兜跋毗沙门天

于阗式的毗沙门天造像,唐玄宗时已经传到了中原,但敦煌莫高窟大量出现独立的毗沙门天像,却要晚至中唐以后,如 154 窟龛外的塑像、南壁西侧的两幅壁画、107 窟西壁帐门南北两侧壁画等。那大概是因为此时的敦煌被吐蕃所占领,而吐蕃同时也占领了于

---

① 慧琳《一切经音义》卷六〇,《大正藏》本。

阗,故毗沙门天王随同其与舍利弗决海的故事,在莫高窟一再地被表现。其毗沙门天皆一手托塔,一手执戟,脚下踩一女神。由于决海故事本属于阗的开辟传说,故壁画的形制当然是从于阗传来的。张议潮起义后,敦煌由归义军统治,一直到北宋,跟于阗国保持友好关系,曹议金且将女儿嫁给于阗国王李圣天,双方交往频繁,故于阗的各种传说故事如媲麻城瑞像、坎城瑞像、勃迦夷城瑞像、于阗太子出家等,包括决海故事,遂反复见于敦煌壁画的描绘①。另外,尚有P4514中木刻十数印张,榜题"大圣毗沙门天王",其侍从中有一人手执一个小孩,或许便是表现赐子于阗王的故事。像下有跋记,云是五代晋开运四年归义军节度使曹元忠刻。此刻像为较早的雕板印刷品,有散张曾为王国维先生所得,写过跋文,王伯敏《中国版画史》亦录入。又P4518有天王像,P4524破魔变画卷中也有毗沙门天,大抵都是同一类造形。所以,敦煌的形象资料可以证明托塔执戟、脚踩女神的毗沙门天造像形制来自于阗。

从中国向东,渡海而至日本。据传入唐留学的高僧空海,于西元806年携一尊大型木雕自长安归日本,此木雕名为"兜跋毗沙门天像",当时被安置在平安京(今京都)正门的罗城门楼上,作此城的守护神。罗城门倒塌后,便搬到东寺(又称教王护国寺),一直保存至今,成为日本的国宝②。这"兜跋毗沙门天像"的形制与上述敦煌资料中的造形完全一致,故我们以此名来称呼该造像。

当然,接下来的问题就是:"兜跋"一词是什么意思?此名必唐代已有,然后乃可流传日本。《大正藏》第七十六册《行林》第六十五《毗沙门法》中有"兜跋事"条,引《大梵如意兜跋藏王经》云:

---

① 详细请参考张广达、荣新江《敦煌"瑞像记"、瑞像图及其反映的于阗》,《于阗史丛考》第212页。
② 详见庄伯和文,上揭。

> 彼如意藏王,北方恒河沙国土之中……能变万像,度诸众生,即现十种降魔之身。云何为十身十号?一者无量观世音自在菩萨,二大梵天王,三者帝释天王,四者大自在天,五者摩醯首罗天,六者毗沙门天王,七者兜跋藏王,其威德亦如毗沙门天王身相貌,忿怒降魔,安祥圆满,有无量福智光明,权现兜跋国大王形象,八多婆天王,九北道尊星,十者牛头天王。

按此经今不存,大意以上述十尊神道,为北方宝生如来之变相。此种密教经典,总是以"变相"、"化身"之类说法,为主要的手段,想去综合整理先前的许多各不相属的神话传说。与此经相似的,有《大正藏》第七十九册《秘抄问答》第十四本"毗沙门"条下所引的《秘密藏王经》:

> 我为未来世一切众生而作大归依所,最显三身名字,一者毗沙门天王护世者云,二者羯咤天王云,三者不思议王云。

同册《薄草子口诀》卷二〇"毗沙门天"条下所录经目中,便有《佛说毗沙门天王秘密藏王咒经》,想即此《秘密藏王经》,惜已不存。综上所述,除"不思议王"一名比较抽象外,其余羯咤天王、兜跋藏王、多婆天王、北道尊星、牛头天王数名,我们都可以看作毗沙门天之别名,或采用密教的说法,为其"化身。"

因前引材料中有"权现兜跋国大王形象"的说法,前代学者多释"兜跋"为西域之国名,或径读为"吐蕃"。但我们从造像上可以确信,所谓"兜跋毗沙门天"者,实即于阗国所崇拜之毗沙门天,上述诸名中,"羯咤"一词,中古的发音便当近于 khotan(于阗),或可为证。至于因何缘故而以"兜跋"称呼该国,则殊不易解。于阗在五代时曾号"大宝于阗国",见于敦煌石窟壁画之榜题,未知此"大宝"是否与"兜跋"有关？但笔者颇疑心"兜跋"实为梵语 stupa 的对音，而与国名无干，此词有"塔"、"塔婆"、"兜婆"等好几种译法，都是音译，"兜跋"疑即其一。果然如此，则"兜跋毗沙门天"不过就是"托塔天王"的意思，与造像上的特点也相吻合了。很有可能，"多婆天王"之"多婆"，根本便是"兜跋"的另一种译音。此外，"北道尊星"显从"北方天王"化出，而"牛头天王"，则必与于阗的牛头山有关，因为那里便是毗沙门天的降临之地①。

总之，以托塔为主要特征的"兜跋毗沙门天"造像形制，是从于阗传出，这一点已可无疑。

四、托 塔 天 王

手托一塔既是于阗式"兜跋毗沙门天"的最主要之特征，则托塔的意味何在，当须追究。在中国史料中，托塔像出现甚早，如《宣和画谱》就载有陆探微《托塔天王图》②，如果属实，则六朝时已有此像（但这一点也许值得怀疑）。以后，有唐代吴道子的《托塔天王图》、《请塔天王像》③，周昉的《降塔天王图》、《托塔天王像》、《授塔天王图》④等见于《宣和画谱》，另外《图画见闻志》和《益州名画录》也载有常重胤的《请塔天王》⑤。这些作品都没有留存下来，但托塔的形象却一直流传。鉴于以上记载中尚有"请塔"、"降塔"、"授塔"字样，则可以猜测，关于这塔的来历，必曾有过一个故事。《广川画跋》有《北天王像后题辨》云："昔余尝得内典，说四天王所执器，皆报应中出。北天，毗沙国王也，尝兵斗不利，三逃于塔侧。方其困时，愿力

---

① 参见《大唐西域记校注》卷一二"瞿萨旦那国"条注文所引证的诸种材料。
② 《宣和画谱》卷一"陆探微"条下，《文渊阁四库全书》本。
③ 《宣和画谱》卷二"吴道玄"条下。
④ 《宣和画谱》卷六"周昉"条下。
⑤ 郭若虚《图画见闻志》卷二、黄休复《益州名画录》卷上"常重胤"条下，《文渊阁四库全书》本。

所全……"①这是说,毗沙门天王前生曾以佛塔为避难之所,故后来成了天王,就常托一塔。此说出自"内典","内典"即佛经,但没有指出是哪部佛经。唐代曾以于阗国为"毗沙都督府",故"毗沙国王"可指于阗王,那么这里的"内典"或许跟《慧聚寺天王堂记》说的"释氏书"相同,即很可能是《一切经音义》卷四〇著录的《佛说毗沙门天王成就经》,可惜现在已经遗佚了。

所幸的是,敦煌遗书 S4622《毗沙门缘起》却叙述了关于塔的来历的故事:

> 佛告阿难,汝今谛听,当为汝说。乃往过去无量劫前,我未发菩提心时,有二国王,一名频婆仙那王,一名阿实地西那王,两国怨家,递相伤害。其频婆仙那王为国富兵强人民炽盛,开战得胜。其阿实地西那王为兵弱国虚,恒常输失,乃发意于国内常祭祀五百夜叉,令食啖频婆仙那王一国人民。其频婆仙那王见是事已,于舍利塔前供养众僧及七个罗汉,便舍王位,发大誓愿:"我今身为国王,若救护众生不得,枉受王位。愿我当来之世作大力夜叉王,押伏驱使一切夜叉、罗刹、恶鬼神等,护阎浮提世界一切众生。"便自出家,命终生兜率天上。

> 时夜摩天有一仙人,名摩末叱摩,自念过去诸仙于香山禅定谷修定,易得神通,"我今当下阎浮,于彼修定",即从天下。时魔波旬乃发遣五百天女亦随。仙人住处有一莲花池,天女等每日于池中澡浴,露出身体,或(惑)乱仙人。时有转轮王女,未嫁已前,常涂香药,亦随天女,池中洗浴。仙人自恨修定不得,便告诸女:"从今已后,勿于此处洗浴,各归本天。"其天女等便

---

① 董逌《广川画跋》卷六《北天王像后题辨》,《文渊阁四库全书》本。

归天宫,唯有轮王女不相用语,每日常来。仙人嗔责咒愿:"汝既玩嚣,不用我语,愿你生一着钾戴器杖儿。"

天帝释观见此事,语频婆仙那王:"汝有誓愿,护阎浮提世界一切众生,莫遗本愿。汝于此女受胎。"其王即从天下,便于女处受胎。十月满已,于母腹中放五色神光,一切夜叉、罗刹、阎罗王、诸恶鬼等皆生恐怖,诸毛皆竖,战悚不安。其母即从颔下烈(裂)生毗沙门天王,生已,母便命终,得生天官。毗沙门天王生经七日,肉身上天宫往看其母,其帝释观见毗沙门天王上天,共功德天母手擎舍利塔,迎毗沙门天王:"汝于过去世,于此塔前发大誓愿。汝收此塔,当省前事。"

此叙塔事甚备,而古人图画中所谓"请塔"、"授塔"、"托塔"等名,也由此得到确切的解释。不过,这个故事与《广川画跋》所述的有差异,又《大正藏》第二十一册《七佛八菩萨所说大陀罗尼神咒经》卷四,及《陀罗尼杂集》卷七皆云"毗沙门父字婆难陀,母字苏富",看来也与这篇《缘起》的内容不合,因《缘起》中的天王不能有父。所以,关于毗沙门天王的故事,历史上必曾产生过不少,即就托塔的原由而言,也会有过不同的说法,《缘起》所述盖为其中的一种。然而,以此解释"兜跋毗沙门天"像仪轨中最突出的托塔一项,似已足够了。

除了托塔外,"兜跋毗沙门天"还有一个显著特征,就是其脚下踩一女神。这女神是坚牢地神,又名欢喜天,曾发愿顶戴天王之足。此据《金光明经》可以简单地得到解释,故不详叙。

五、李 天 王

现在回到本文开头提出的问题,就是托塔天王为什么会姓李?

既然天王的"故乡"在于阗,我们便可从于阗去寻求答案。

新旧《五代史》和《宋史》都记载了一个名为"李圣天"的于阗国王,他是敦煌归义军节度使曹议金的女婿,莫高窟第98窟东壁有他的画像,榜题为"大朝大宝于阗国大圣大明天子",按敦煌研究院段文杰先生的描绘,其像"头戴冕旒,上饰北斗七星,头后垂红绢,高鼻,大眼,蝌蚪式的八字胡,身穿衮龙袍,腰束蔽膝,双脚有天女承托。天女托足,大约是模仿毗沙门天王像的形式,故腊八燃灯节布告中称此像为'大像天王',另有称作'小像天王'的,在第454窟东壁同一位置上,造形特点及衣饰均相同"①。按此说至确。李圣天立在繁花地毯上,毯下伸出半身欢喜天,有项光,双手托其足,此为毗沙门天王造像之特征;而冠饰北斗七星,当即含"北方"之意;将此李圣天像称为"大像天王"、"小像天王",则李圣天当然也可称"李天王"。在唐五代,异族的首领常有"天王"之称,如P5007所录诗中即称北庭回鹘首领仆固俊为"仆固天王",S6551《佛说阿弥陀经讲经文》也屡称回鹘国主为"天王"。值得注意的是,此讲经文中,还称回鹘国主为"圣天可汗"。可想而知,"圣天可汗"与"天王"是同一词(唐太宗那个颇足自豪的"天可汗"称号,其实也与"天王"不殊,西域各族上此尊号,是依他们称呼自己首领的习惯,并不特别崇高)。因此,于阗王李圣天,即"姓李的圣天可汗",亦即"李天王"。

此为历史上真实存在过的"李天王",其时间在五代,远早于"李靖天王"之说的出现。鉴于于阗国王向有毗沙门天王"祚胤"之称,则其名号自也可以加于毗沙门天王的身上。故以"李天王"称呼毗沙门天王,当始于于阗。那么,产生在五代于阗的这个说法何以能传入后世中原的戏曲小说呢?这大概是以西游故事(即玄奘西行时

---

① 段文杰《晚期的莫高窟艺术》,《敦煌石窟艺术论集》,甘肃人民出版社,1988年。

种种神奇遭遇)为其传播之载体的。取经故事的神话化,从唐代就开始了,以后逐渐产生孙悟空等形象。敦煌附近的榆林石窟有西夏时代壁画三幅,画的是西游故事,内容有唐僧、白马与猴行者,可见当时河西、西域一带此故事传衍之盛;而壁画里还没有猪八戒、沙和尚的形象,可见尚属此故事的早期形态。《西游记》的基本情节虽是从中原传向西域,但它在传衍过程中吸收了许多来源不同的小故事,其中也有些故事和妖怪形象的原形在西域,是托附在西游故事的载体上,从西域返传内地。如上文说到的金鼻白毛鼠为天王义女的情节,就显然是从于阗传入,依笔者的推想,将毗沙门天王称为"李天王",也是从于阗传入的。伟大的古典小说《西游记》的形成,原是汉族与西北各民族共同创造的结果。

不过,于阗王室的姓氏,向来被译为"尉迟",据今人对敦煌出土于阗文文书的研究,李圣天的姓名是 Visa Sambhava(尉迟僧乌波)[1],那么这个"李"姓是他与汉族交往时特意使用的了。其原因大概如《宋史》所云,为"自称唐之宗属"[2]。果然如此,则此"李"姓的来源,仍然间接地关涉到大唐国姓了。无论如何,五代时于阗王的汉字姓氏为"李",乃是确凿的事实。鉴于其为毗沙门天王的后代,那么天王的姓氏当然与之相同,也是"李"。

【原载《佛经文学研究论集续编》,陈允吉主编,复旦大学出版社,2011年】

---

[1] 关于五代时期于阗王室的问题,详细请参考张广达、荣新江《关于唐末宋初于阗国的国号、年号及其王室世系问题》,《于阗史丛考》第32页。
[2] 《宋史》卷四九〇《外国传》六"于阗"条下,中华书局,1977年。

百回本《西游记》的文本层次：
故事·知识·观念

引言：遇见"化石"

人民文学出版社提供了百回本《西游记》的标准文本，作为中国小说的"四大名著"之一，绝大多数国人在中学阶段已经完成对它的阅读，并对其中所述的故事了然于胸。所以，没有特殊的需要，一般人不会再重新审视这个文本。笔者相信，阅读时知识储备的不足，使绝大多数国人失去了充分领略《西游记》妙处的机会。

比如，第六回讲到太上老君要帮助二郎神擒拿孙悟空，与观音菩萨有一段对话：

> 菩萨道："你有甚么兵器？"老君道："有，有，有。"捋起衣袖，左膊上，取下一个圈子，说道："这件兵器，乃锟钢抟炼的，被我将还丹点成，养就一身灵气，善能变化，水火不侵，又能套诸物；一名'金钢琢'，又名'金钢套'。当年过函关，化胡为佛，甚是亏他。早晚最可防身。等我丢下去打他一下。"①

---

① 《西游记》第六回，第72页，人民文学出版社，2010年10月第3版。

老君的话中有"化胡为佛"一句，因为跟故事情节的进展没有什么关系，读者完全可以忽略不顾，人民文学出版社的文本也没有给这句话加注。确实，忽略此句并不影响阅读，而注意到这一句，则需要读者具备有关《老子化胡经》的知识。笔者初次阅读《西游记》时，也不掌握这种知识，现在重读时遇见此句，却觉得意味无穷。

《老子化胡经》与佛、道相争的历史相缠夹，在《西游记》故事开始酝酿形成的唐宋时代，估计曾是一本众所周知的书。但是，自元朝政府下令销毁此书，知道它的人就越来越少，至少它已经退出了大众的视野，其重新获得关注，要到敦煌遗书中的几个抄本被发现以后。那么，明朝百回本《西游记》的"作者"又何从获得老子"化胡为佛"的知识？

把《西游记》视为"证道书"的学者也许能够解释这一点：如果"作者"是一位道教徒，他可能在《化胡经》被销毁后继续拥有相关知识。然而即便如此，情况也并不因此而显得乐观。"老子化胡"的说法在百回本《西游记》中既没有出现的必要，在全书中也没有实质性的呼应①，实际上它与《西游记》所描述的世界可谓格格不入，而且无论如何老君也不该面对观音菩萨去自吹什么"当年过函关，化胡为佛"，那菩萨的修养再好，怕也不能容忍。很明显，"作者"并未意识到，他让老君说出这么一句话来，是如此地不应场合。

一句没有必要、没有呼应、不应场合的话语，孤零零地嵌在文本之中，我们只能把它当作"化石"来看待。在《化胡经》流行的唐宋时代，作为有关老子的言说中极普通的"常识"，在某个通俗文本中形成了这样的话语，或者在说书人口中成了套语，经过了一番我们难

---

① 第五十二回降服青牛时，老君说："我那'金刚琢'，乃是我过函关化胡之器，自幼炼成之宝。"这里再次出现"化胡"，但提供的相关信息并不超过第六回，全书之中没有对"化胡"的进一步叙述或说明。

以知其细节的遇合,该文本或套语被百回本《西游记》所吸收,此时的"作者"已不能确知其含义,故亦不曾加以修改,莫名其妙地保存下来,成了一块"化石",很不和谐地夹在文本之中。

其实,类似的"化石"在《西游记》、《水浒传》等通俗小说中并不稀见。从故事开始流传,到目前被我们认可的"小说"文本的形成,经过了漫长的时间,于是,许多不同来源、形成于不同时期的元素,被汇集于此,如果不曾被"作者"充分消化,就成为上述那样的"化石"。一块一块地寻出这样的"化石",也许是一件饶有趣味的事,但这不是本文的目的。毋宁说,笔者关心的恰恰是与此相反的另一方面,即不同来源、形成于不同时期的许多元素,如何被整合到百回本的文本之中,成为一部理应具备自身统一性的"长篇小说"。

对于具有特定作者的"作品"来说,作者是其自身统一性的保障。我们通过了解作者的想法,去有效地解读他的作品,使这个作品呈现为自身统一的对象。即便声称只关心作品本身的批评家,其解析文本时,也大抵仍以"作品"的自身统一性为前提,严格地说,这依然需要一个特定的"作者",尽管他经常被隐去不提。就此而言,《西游记》可以成为特殊的考察对象,其自身统一性如何,尚待检证,无论给它标上一个"作者"吴承恩的做法是否合适,吴都不能成为其自身统一性的保障。

那么,在没有"作者"保障的前提下,这部"小说"的文本如何形成其自身的统一性?我们可以设想几个层次来加以考察:首先是故事,完整而无矛盾地讲述取经故事,是最浅表的层次,无数"作者"可以在这个方向上合作,然后由写定者综合起来,形成统一性;其次是文本所包含的具有客观性的知识,如上述"化胡"的说法那样,对于一个历经众手的文本来说,考察其如何处理这类知识,可以检证写定者的工作力度,也就是文本统一性达到的程度;最后是观念层次,一般情况下这是作者的思想在作品中的体现,但《西游记》有没有这种统一的思想性,还是个问题,这里把文本中包含的思想性内容称为"观念"。

一、故事:行者的传奇

唐僧师徒西行取经过程中经历的一次又一次磨难,无疑是《西游记》故事的主体部分,这些磨难大抵由盘踞各处的妖怪造成,除妖伏魔是师徒五人(包括白龙马)的主要任务。就此而言,每一次磨难都可以被讲述成相对独立的小故事,而它们的结构大致相似。这些故事在进入百回本《西游记》之前,绝大多数都已经存在,并各自拥有长短不同的发展历史。把它们前后联缀起来,成为一书时,当然要有所整合,去掉一些重复、矛盾的情节。百回本在这方面所做的工作,基本上是成功的,如按中野美代子教授的分析,在妖怪的分布上还具有匠心独运的对称结构[①]。不过,也有经常被人诟病的一处"败笔",就是在乌鸡国和狮驼岭都有文殊菩萨的坐骑青毛狮子下界为妖,构成了重复。这可能是百回本"作者"的一个疏忽,但这两个故事分别形成,情节都较为复杂,即便"作者"已经意识到重复,可能也不忍舍弃一方吧。与早期取经故事相对简单的"遭遇妖魔"情节不同的是,百回本中的有些磨难被认作神佛们有意安排的对唐僧师徒的"考验",而且要满足"九九八十一难"之数,而实际上毕竟没有那么多的故事,所以一个故事经常要包含好几"难",舍弃一个故事

[①] 以第五十五回为对称轴,分布在第五十回前后的独角大王和第六十回前后的牛魔王,都是牛怪,分布在第四十五回前后的虎力、鹿力、羊力三怪和第六十五回前后的黄眉怪,分别为假道士和假佛祖,等等。参考中野美代子《西遊記——トリック・ワールド探訪》第100页,岩波书店,2000年。另外,以通天河为轴,前面的黑水河与后面的子母河也对称分布,见上书第91页。

的损失是可想而知的。

相比于故事联缀时的技术处理,从"长篇小说"的立场来看,主人公如何获得"成长"是一个更大的问题。在一个一个故事被单独讲述或演出时,唐僧师徒的形象基本上已被角色化,遇到妖怪,唐僧总是怕得要命,八戒总是嚷着散伙,沙僧默默不语,全靠孙悟空辛苦降妖。对于单个故事来说,这个套路具有不错的效果,但如此联成一书,将使主人公重复扮演同样的角色,不会吸取教训,不会学得聪明淡定,不会"成长"。解决这个问题并非易事,百回本对此有所努力,但显然做不到尽善尽美,比如唐僧两次驱逐孙悟空,就因为那两个故事都是现成的,无法作出根本上的修改,只好任其重复。不过总体上看,相对于之前的取经故事,百回本在主人公的塑造方面,也显示了一种策略:弱化唐僧,而强化孙悟空。

我们熟知,世德堂百回本《西游记》缺少有关唐僧身世的正面叙述,人民文学出版社的文本据清代的本子补了"陈光蕊赴任逢灾,江流僧复仇报本"一回,作为附录插入第八、九回之间,使故事显得"完整"。如果我们把唐僧看作此书最核心的人物,这个缺失便是不可思议的,而其实,即便补上一回,关于唐僧来历的叙述还是不够"完整"。百回本多次提到唐僧本是佛弟子金蝉子,因为听法时疏忽大意而遭贬下凡,但这一点只通过其他人物的对话来补述,而不正面记叙。南宋的《大唐三藏取经诗话》,已明确讲述唐僧三世取经,前二世被深沙神所吃,至明代《西游记杂剧》,则发展为十世取经,九世被沙僧所吃[1],这一番巨大的曲折也没有被百回本吸收。当然我们没有理由要求百回本将此前流传的相关故事全部吸收,但第八回、第二十二回仍提及沙僧项下挂着九个取经人的骷髅,而且唐僧"本

---

[1] 参考张锦池《论沙和尚形象的演化》,《文学遗产》1996 年第 3 期;谢明勋《百回本〈西游记〉之唐僧"十世修行"说考论》,《东华人文学报》第 1 期,1999 年 7 月。

是金蝉子化身,十世修行的原体"(二十七回),故吃他一块肉可获长生,又成为一路上许多妖怪决心拦截唐僧的目的,可见在百回本形成的时代,唐僧的这个来历已经与其他故事构成呼应,无法将其形迹消除干净了。那么,为什么百回本要将有关唐僧来历的正面叙述,无论其前世今生,一概消除呢?

从故事之间的呼应来看,唐僧的来历并非可有可无,从"小说"塑造主人公的立场来看,"十世取经"之说也更能烘托取经之艰难,彰显唐僧所成就之伟业。实际上,从唐宋以来,取经故事就是按这个方向在不断演进。所以,无论是《大唐三藏取经诗话》,还是《西游记杂剧》,故事都从唐僧起头,整体上呈现为"唐僧取经的传奇",孙悟空等其他人物,皆是半路出场的配角。太田辰夫先生曾在龙谷大学图书馆发现《玄奘三藏渡天由来缘起》抄本,他认为是早于百回本的"西游记之一古本"①,其结构也是如此。然而,恰恰是百回本颠覆了这个原先固有的结构,改以孙悟空为贯穿始终的主人公,唐僧反过来成了半路出场的人物。其第一回名为"灵根育孕源流出,心性修持大道生",可见"作者"并非不重视主人公的"来历",只不过那并非唐僧的来历,而是孙悟空的来历。"作者"可能认为,有了这个来历为全书起头,如果再按上唐僧的来历,全书就会有两个头,那就必须削除一个。

结构上的这种改变,使某些故事中与唐僧来历相关的元素失去了呼应,这些元素没有被处理干净,成为我们判断"作者"改变结构的证据。另一方面,有关孙悟空来历的故事,如大闹天宫等,在《大唐三藏取经诗话》和《西游记杂剧》中原本只见于主人公口头的简单追叙,在百回本中则被铺衍成前七回的正面详叙。《明文海》卷三四

---

① [日]太田辰夫《西遊記の研究》第九《玄奘三藏渡天由来縁起》と西遊記の一古本",研文出版,1984年。

三有耿定向《纪怪》一文云：

> 予儿时闻唐僧三藏往西天取经，其辅僧行者猿精也，一翻身便越八千里。至西方，如来令登渠掌上。此何以故？如来见心无外矣。从前怪事，皆人不明心故尔，苟实明心，千奇百怪安能出吾心范围哉。①

耿定向《明史》有传，是嘉靖三十五年进士，时代上早于世德堂百回本的刊行。他幼时似乎听说了孙悟空翻不出如来手掌心的故事，但这个故事发生在孙悟空帮助唐僧取经，到达西天之后，其性质大概只是一番游戏。而在百回本中，这是孙悟空大闹天宫，不可一世之时，如来镇伏他的手段，故事的发生时间和性质被完全改变。无论如何，关于孙悟空参与取经之前的经历，百回本的叙述是空前详细和精彩的。

从"作者"的意图来说，他显然是要把本书的第一主角从唐僧转为孙悟空，只是因为一路遭遇磨难的那些故事都已成形，使他无法将唐僧处理成一个纯粹的配角，但相对于《大唐三藏取经诗话》和《西游记杂剧》，百回本中的唐僧还是被明显地弱化了，不仅来历不详，其祈雨的神通、独立与某些妖魔打交道的能力，也一概失去，成了一个"没用"的"脓包"，所有困难都要依靠孙悟空来解决。同样被弱化的还有沙僧，凶恶而威猛的深沙神变成了晦气脸色、默默不语的挑夫。这种弱化的倾向，可能并不始于百回本，但就这个文本自身而言，弱化有其合理性，就是反衬出孙悟空的强化。至于百回本何以要如此强化孙悟空，这个问题且留待后文探讨。总之，就文本

---

① 耿定向《纪怪》，《明文海》卷三四三，《文渊阁四库全书》本。

的叙述故事的层面而言,百回本的特色在于它意图将"唐僧取经的传奇"改编为孙悟空先因大闹天宫而被镇五行山下,后因取经路上勇猛精进而终成正果的行者传奇。

二、知识:渊博的错误

除了故事需要整合、疏通以外,百回本的"作者"还面临一项艰巨的任务,就是必须掌握和消化他所依据的资料(无论是文本资料还是口述资料)中的许多知识。因为所叙故事在题材上的特殊性,这个文本势必涵盖异常广泛的知识面,出入古今中外,兼及三教九流,如果"作者"不掌握相关的知识,只是剿袭旧文,不加处理,那就会使他的文本夹杂许多与老子"化胡为佛"之说相似的"化石"。所以,考察文本在这个层面显示的情形,可供我们据以判定其"作者"的知识能力。

百回本的第二回叙菩提祖师教孙悟空腾云飞翔时,有一段对话:

> 悟空道:"怎么为'朝游北海暮苍梧'?"祖师道:"凡腾云之辈,早辰起自北海,游过东海、西海、南海,复转苍梧,苍梧者却是北海零陵之语话也。将四海之外,一日都游遍,方算得腾云。"

第十二回叙观音菩萨在长安显出真身,唐太宗传旨,找个画家描下菩萨形象:

> 旨意一声,选出个图神写圣远见高明的吴道子,此人即后图功臣于凌烟阁者。当时展开妙笔,图写真形。

这两段中,"苍梧者却是北海零陵之语话也"和"此人即后图功臣于凌烟阁者",都是补充说明之句。跟"化胡为佛"被孤零零地嵌在文本中不同,"苍梧"和"吴道子"是这个文本的"作者"自以为能够掌握的知识,故各有一句话加以说明。然而,这两句说明恰恰都是画蛇添足,从知识的角度来说都是错误的:"苍梧"在《尚书》和《楚辞》中都作为南方的地名出现,两《唐书》记载的"图功臣于凌烟阁者"都是另一位画家阎立本。当然,这两个错误不一定是百回本的"作者"所造成的,但他至少并不加以纠正。

与此相似的,是第十四回龙王给孙悟空讲的张良拾履的故事:

> 龙王道:"此仙乃是黄石公,此子乃是汉世张良。石公坐在圯桥上,忽然失履于桥下,遂唤张良取来。此子即忙取来,跪献于前。如此三度,张良略无一毫倨傲怠慢之心,石公遂爱他勤谨,夜授天书,着他扶汉……"

说张良拾履有"如此三度",并不符合《史记》、《汉书》对此事的记载,龙王的讲述从知识角度来说也是错误的。

比起这些有关地名和历史人物的知识错误来,百回本《西游记》把释迦牟尼与阿弥陀佛合为一身,以及对大量佛教名词如"三藏"、"盂兰盆"等的解说错误,是更为惊人的。主张吴承恩作者说的鲁迅,也屡次以作者不读佛书为解[①]。可是,吴承恩即便不读佛书,也不至于不读《尚书》、《楚辞》、《史记》、《汉书》、两《唐书》吧?就此而言,推定任何一位具备传统士大夫知识能力的"作者",都是颇有问

[①] 鲁迅《中国小说史略》第十七篇云:"作者虽儒生,此书则实出于游戏,亦非语道,故全书仅偶见五行生克之常谈,尤未学佛,故末回至有荒唐无稽之经目。"《中国小说的历史的变迁》第三讲云:"作《西游记》的人,并未看过佛经。"见《鲁迅全集》第九卷,第172、327页,人民文学出版社,2005年。

题的。另一方面,要说这些错误都是从前的说书人所造成,吴承恩或别的"作者"只是简单承袭,未加修改而已,也并不太合情理。我们不可过于低估说书人的知识能力,实际上宋元时期的有关史料就显示了说书人的专业化倾向,各种不同类型的题材,为不同的说书人所专擅,像取经故事这样的佛教题材,很难想象其讲说人会对佛教知识一无所知。不熟悉佛教的人,可以去讲别的故事,不必涉足这个领域,而既然倾情注力于此,则应该会下一点功夫去了解,像"三藏"、"盂兰盆"这样的名词,从明代一般书籍或日常生活中就可以很方便地获知其含义,不必凭空自造一种误解。自"小说"的立场而言,这种误解当然不会影响《西游记》的文学价值,但反过来,它对取经故事的发展也没有根本用处,从"文学手法"的角度去解释也是勉强的。

综上所述,粗略地看,百回本《西游记》文本中的知识错误,可以分为三种类型。第一种如"化胡成佛",因不解其义而致误用于不适当的场合,这对于一个明代的"作者"来说是可以谅解的;第二种如"苍梧"在北方、吴道子"图功臣于凌烟阁"、张良"三度"拾履之类,其出于民间说书人之口固可谅解,若出现在吴承恩那样的儒生笔下则不可谅解;第三种就是佛教方面的许多荒唐无稽的说法,对于任何一个试图以自己的方式叙述取经故事的人来说,都不应该错到如此地步,无论其为读书人抑或民间艺人。

确实,百回本对佛教名词的误解,并非偶然发生,而是几乎全盘皆错。这里隐含着一个矛盾:既然"作者"不读佛书,对佛教知识一无所知,那就应该连这些词语、名目的存在也不甚知晓,碰上了也该尽量避开,或只是照录旧文,不加说明,又怎会去牵涉到如此众多的"专有名词",并主动给出错误的解说?可以说,百回本在佛教知识领域所呈现的"渊博的错误",是这个文本的又一大特色。这使笔者颇为怀疑：那不一定是"作者"的知识错误，而很有可能是故意歪解。歪解当然可以为文本添些诙谐，但另一个不得不考虑的因素，是百回本《西游记》明显的道教色彩。这个文本的形成过程中，曾经有道教徒上下其手，是无可怀疑的，很可能是他们将佛教名词统统歪解。这当然只是猜测，但由此，我们的讨论便须转入"观念"的层次。

三、观念：大众向往的"生活力"

百回本《西游记》在"观念"层次多少带有牵强附会痕迹的"道教化"倾向，几乎已经为学术界所公认①。不少学者因为把这个文本视为独立的"作品"，故强调道教思想是其主旨，但若从取经故事的历史演变的角度来看，道教思想当然不可能从这个佛教题材的故事中自然地引申出来，而是百回本的"作者"着意经营的结果。当我们把"道教化"看作这个文本在观念层次上的一大特色时，其与上文所述故事、知识层次的特色，即强化孙悟空，歪解几乎所有佛教名词，之间存在什么样的关系，似乎甚可探讨。换句话说，把全书贯穿始终的主人公从唐僧改为"心猿"孙悟空，将一些非常浅显以至于妇孺皆知的佛教知识都改成诙谐之妄谈，也许就是为了"道教化"的实现。

不过，笔者并不想就这个问题展开过多的讨论，因为对于一部"小说"而言，将一个佛教故事"道教化"，对许多佛教知识给予歪解，好像也没有多少文学上的意义，至于强化孙悟空而弱化唐僧的做法，其得失如何，也可以随人所好、见仁见智。通读百回本《西游记》，"道教化"意图主要是从回目的编制上体现出来，若就具体行文

---

① 最近发表的相关论文，可以举出陈洪《从孙悟空的名号看〈西游记〉成书的"全真化"环节》，《中国高校社会科学》2013年第4期。他将"道教化"更具体地落实为"全真化"。

而言,其在观念层次呈现的另一种特色,是更值得指出的,就是这个文本中的几乎所有人物,都有相同的行为准则,或者说行动理由。

且看第三回中孙悟空在龙宫讨宝的一段:

> 老龙王一发怕道:"上仙,我宫中只有这根戟重,再没甚么兵器了。"悟空笑道:"古人云:'愁海龙王没宝哩!'你再去寻寻看。若有可意的,一一奉价。"……悟空道:"这块铁虽然好用,还有一说。"龙王道:"上仙还有甚说?"悟空道:"当时若无此铁,倒也罢了;如今手中既拿着他,身上无衣服相趁,奈何?你这里若有披挂,索性送我一件,一总奉谢。"龙王道:"这个却是没有。"悟空道:"'一客不犯二主。'若没有,我也定不出此门。"龙王道:"烦上仙再转一海,或者有之。"悟空又道:"'走三家不如坐一家。'千万告求一件。"龙王道:"委的没有,如有即当奉承。"悟空道:"真个没有,就和你试试此铁!"龙王慌了道:"上仙,切莫动手!切莫动手!待我看舍弟处可有,当送一副。"悟空道:"令弟何在?"龙王道:"舍弟乃南海龙王敖钦、北海龙王敖顺、西海龙王敖闰是也。"悟空道:"我老孙不去!不去!俗语谓'赊三不敌见二',只望你随高就低的送一副便了。"

这一段比较集中地从孙悟空的口里冒出"愁海龙王没宝哩"、"一客不犯二主"、"走三家不如坐一家"、"赊三不敌见二"四句俗语,作为他向东海龙王坚索兵器、披挂的理由。必须说明的是,这并非为了描写他的无赖。实际上,在整部百回本中,孙悟空一直用这样的"古人云"、"常言道"、"俗语谓"为自己的行动提供理由,仅就前七回来看,除上引四句外,还有"人而无信,不知其可"、"为人须为彻"、"亲不亲,故乡人"、"今朝有酒今朝醉,莫管门前是与非"、"诗酒且图今日乐,功名休问几时成"、"胜负乃兵家之常"、"杀人一万,自损三千"、"皇帝轮流做,明年到我家"等。

不光是孙悟空,百回本里的其他人物,也往往引述此类话语为自己的行为准则,如第二回菩提祖师说:"自古道,神仙朝游北海暮苍梧。""世上无难事,只怕有心人。"第五回崩巴二将说:"常言道,美不美,乡中水。"第八回观音说:"古人云,若要有前程,莫做没前程。"八戒说:"常言道,依着官法打杀,依着佛法饿杀。"第九回水族说:"常言道,过耳之言,不可听信。"第二十四回清风明月说:"孔子云,道不同,不相为谋。"唐僧说:"常言道,鹭鸶不吃鹭鸶肉。"第二十六回黑熊说:"古人云,君子不念旧恶。"第二十八回黄袍怪说:"常言道,上门的买卖好做。"第二十九回宝象国众臣说:"自古道,来说是非者,就是是非人。"第三十回沙僧说:"古人云,与人方便,自己方便。"第三十六回僧官说:"古人云,老虎进了城,家家都闭门。虽然不咬人,日前坏了名。"……直至第九十九回,唐僧已经取得真经,走上归程,在陈家庄被挽留供养,却要说服徒弟们不辞而别,其理由仍是:"自古道,真人不露相,露相不真人。"如此之类,集中起来差不多可以编成一个对日常行为具有指导意义的常言俗语的小手册,这也是百回本的一大特征。

相比于"道教化"主旨落实到具体行文时的牵强附会之感,人物行动理由的这种一致化现象,在全书中贯穿得更为彻底,行文上也生动自然得多。在笔者看来,这个文本所达到的最高统一性,端在于此。作为人物的行动理由,引用"古人云"、"常言道"、"俗语谓"等等,可以被用来推进故事情节,也可以解释出现在故事世界中的一些事物、现象、知识,当然也意味着能被对话双方共同接受的,乃至能被那个世界一致认可的某些观念。而且,妙处还在于,我们不必追问是哪一位特定的"作者"为全书带来了这种统一性。

此类常言俗语、古人名句,经过世俗社会的长期洗炼,成为认识某类现象、对处某种问题时最佳选择的提示。它们不是从某个特定的思想体系生发的抽象原则,而是汇集了许多具体的经验,综合了所有前人的智慧,其间不必加以有条理的编织,也不必顾及相互矛盾之处,数量极多,而且始终如水银泻地一般结合着具体的生活场景,随处涌出。一个人对此掌握得越多,便越能在日常生活中所向无碍。虽然只求当下有理,前后并无统一性,却也有别于极端投机的功利主义,因为经世俗社会的长期洗炼而为大众所接受者,基本上符合大众的立场,纯粹损人利己的东西将被排除。可以说,这是大众化的智慧。就其来源而言,当然也有不少出自古代某家某派的思想,但不管出自哪家哪派,所有思想性的因素,都经"大众"这一层网的过滤,仿佛全民投票产生的合宜取向,凝结在这些"常言道"、"古人云"、"俗语谓"中,而随机取用,以为行动准则。因为本来就是大众筛选的产物,那当然便是对大众社会具有说服力的道理,容易被接受,而通行无阻。反过来,大众社会传诵这些常言俗语,本来也旨在总结生活经验。在百回本《西游记》形成的时代,《四书集注》教读书人学会了应举投考,而这些常言俗语则教会庶民大众如何生活。对此掌握得越多,越有心得的人,他的"生活力"也就越强。把这么多的常言俗语集合起来,并为每一条提供了应用范例的百回本,便几乎可做大众生活的教科书。

由于百回本以孙悟空为贯穿全书的主人公,所以他成了那个世界里掌握此类常言俗语最多的人物。于是,孙悟空的"本事"也就是他的力量便呈现出两个方面:七十二般变化、筋斗云、火眼金睛之类,是超人的"神通力";交游广泛,"处处人熟"①,能灵活运用大量

---

① 《西游记》第三十二回,孙悟空自云:"我老孙到处里人熟。"第三十四回,金角大王云:"那猴头神通广大,处处人熟。"人民文学出版社,第391、416页,2010年10月第3版。

饱含人情世故的常言俗语来指导行动,才是他真正适应人世的"生活力"。前者只能令孙悟空能战、敢战,后者才能造就他战无不胜的功勋。也许,唐僧成佛后,可以获得相应的"神通力",但他似乎永远不会具备孙悟空的"生活力"。或者说,为了描写这种"生活力",选择孙悟空为核心主人公,确实比唐僧要理想得多。并不是为一种特定目标而九死一生的献身精神,而是如金箍棒一般屈伸自如的"生活力",才能成为庶民大众的人生理想。同时,如果"常言道,依着官法打杀,依着佛法饿杀"才是被百回本的世界所认同的人生格言,那么所有一本正经的佛教名词都被歪解为诙谐之谈,也就顺理成章,掌握前者而不是后者,才能提高"生活力"。大众文化对于高度"生活力"的向往,在百回本《西游记》中如此灿烂的绽开,使它根本不需要某一个特定的"作者",也不需要某一家特定的思想为其主旨,完全可以说,它是"大众文学"的一个经典文本。

【原载《复旦学报》2017 年第 1 期】

雅俗之间：禅宗文学的两种面向

——以禅僧诗"行卷"和"演僧史"话本为例

中国佛教徒自六朝以来，早就认为"不依国主，则法事难立"①，故历代高僧多跟皇室或士大夫交结，走上层路线以获取支持；但是，作为宗教，还要在更为广大的社会下层中吸收信众，故佛教文化也须具备世俗面向。宗教的这种兼具上层路线与世俗面向的特征，使它往往成为雅俗文学沟通的桥梁，佛教对中国文学史发生的作用，就包含这方面。著名文人通过其师友中的僧人接受佛教的影响，僧人中出现擅长诗歌的"诗僧"，或者僧俗诗人互相唱和，是文学史上常见的情形，而佛教徒面对大众的通俗讲唱活动，也早就发展到相当专业化的水平，敦煌遗书中保存的唐五代各类讲唱文本，大致便是此种"俗讲"的产物②。所以从"佛教文学"的内容构成来看，总体上由雅、俗两层合成，是其基本面貌。当然我们也不妨说，这跟整个社会文化的分层，呈现了同构的关系，并非特殊。但是，如果说到雅、俗两层之间互相沟通、交融的情形，则发生于宗教教团这样一个内部更为统一的共同体内，显然更为容易。我们无法在正史的列传里找到一系列说书人，但历代"高僧传"的"十科"分类里，却既包含了从事翻译和高深佛学著述的和尚，也包含了从事讲唱活动或具有

---

① 慧皎《高僧传》卷五《释道安传》，第 178 页，中华书局，1992 年。
② 参考向达《唐代俗讲考》，《敦煌变文论文集》上册，上海古籍出版社，1982 年。

传奇色彩的善于化俗的僧人①。实际上,佛教文学的雅俗互动可以说是整个中国文学雅俗互动的先导。

时至宋代,禅宗成为最具影响力的佛教宗派,朝廷通过敕差住持、五山十刹制度,使其逐步体制化,士大夫多与禅僧交流,而禅僧也呈现出"士大夫化"的趋向,除了山居诗、渔父词、四六疏榜等特色体裁外,他们在一般诗文写作上也相当努力,几与士大夫文学合流。另一方面,城市经济、市民社会的发展也使通俗文学的生长获得了更为肥沃的土壤,分化出许多各具特色的类别,而像"谈经"、"说参请"、"演僧史"等类别就与佛教或禅宗相关。本文以禅僧诗"行卷"和"演僧史"话本为例,勾勒其间的互动情形,以考察禅宗文学在沟通雅俗方面所起的作用。

一、禅僧诗"行卷"考述

到目前为止,我们能掌握的宋代禅僧诗,有作者千余人,作品约三万首,对照《全宋诗》,无论作者数还是作品数,都超过了 10%。②作为一种特定社会身份所构成的特殊群体,达到这样的创作规模,当然是十分惊人的。除了"士大夫"外,我们找不到另一个可以与"禅僧"平行的宋代作者群,能达到这个创作规模。无疑地,这在很大程度上要归功于佛教徒建立了一个相对独立的文献保存区,就是佛藏,它使僧人著述容易留存至今。但前提是禅僧们勤于写作,有

---

① 《高僧传》的"十科"是译经、义解、神异、习禅、明律、亡身、诵经、兴福、经师、唱导。《续高僧传》改为译经、义解、习禅、明律、护法、感通、遗身、读诵、兴福、杂科声德,此后为《宋高僧传》和《补续高僧传》所遵循。
② 参考金程宇《宋代禅僧诗整理与研究的重要收获》,《中华文史论丛》2013 年第 1 期;朱刚《宋代禅僧诗研究引论》,《跨界交流与学科对话——宋代文史青年学者论坛》,浙江大学出版社,2015 年。

更大量的作品产生，才有其部分被保存下来的可能。实际上，虽然我们掌握的三万首禅僧诗，一半以上来自现存的禅僧别集，但千余作者中绝大多数并无别集存世，他们的作品辑自各种类型的文献。这就意味着，除了少量被编定、刊刻的别集外，禅僧诗曾以其他多种面貌流传。我认为，善于做诗的禅僧们把自己的作品抄成"行卷"，投呈前辈、友人，是比较原初的一种面貌。

在宋末元初虎丘派禅僧松坡宗憩所编的《江湖风月集》中，有两首与"行卷"相关的诗，值得注意。一是宗憩自己的《题友人行卷》：

山行水宿几辛苦，雪韵霜词迥不同。谁把金梭横玉线，织成十丈锦通红。①

另一首是与他同时的千峰如琬《题行卷》：

白苹红蓼岸边秋，一曲吴歌转得幽。此处有谁知此意，春风攒上百花球。②

题中所说的"行卷"，显然是个诗卷，虽然没有明确作者是谁，但宗憩这位"山行水宿"的"友人"，多半可以推想为僧人，而如琬盼望"有谁知此意"，则他所题的这个"行卷"也许就是他自己的。时代上与他们相近的石门善来禅师，也写有一首《题海藏主行卷》：

衲卷寒云访别山，瘦行清坐自闲闲。声前得句句中眼，不

---

① 松坡宗憩《题友人行卷》，朱刚、陈珏《宋代禅僧诗辑考》附录《江湖风月集》卷下，复旦大学出版社，2012年，第714页。
② 千峰如琬《题行卷》，同上，第720页。

在吴头楚尾间。①

这一个"行卷"的作者"海藏主",则明确是一位禅僧了,他在云游吴楚的生活中写了不少诗,编成了"行卷",投赠著名的善来禅师,为之题跋。

我们知道,"行卷"本是科举制度的产物,唐代进士为了博取上位者的赏识,有利于科举登第,而将自己的得意之作抄成"行卷"去投呈。自宋代科举实行封弥、誊录制度后,"行卷"的功能基本丧失,举子们已无必要做这件事。当然,向前辈或著名文人呈上诗卷请求斧正的行为,是依然存在的。禅僧们本不从事科举,但大概因为他们把科举叫做"选官",把参禅叫做"选佛",仿佛构成了相似的关系,所以也称自己的诗卷为"行卷"。收到这种"行卷"的人,往往要为之题跋,此题跋可以用诗写(如上引三诗),但也可以用文。检索《全宋文》,我们可以找到好几篇为诗僧"行卷"所作的序跋,如北磵居简(1164—1246)《书泉南珍书记行卷》云:

> 学陶、谢不及则失之放,学李、杜不及则失之巧,学晚唐不及则失之俗。泉南珍藏叟学晚唐,吾未见其失,亦未见其止,駸駸不已,庸不与姚、贾方轨!②

这位"珍书记"应该是南宋临济宗大慧派的藏叟善珍(1194—1277),于居简为师侄,所以把"行卷"呈送长辈。从居简文可以看出,这是一个学晚唐诗风格的诗卷。此时的藏叟尚未担任住持,还是某个寺院的"书记",即负责寺院与外界往来文书的僧职。具备写作才能的

---

① 石门善来《题海藏主行卷》,同上卷八,第529页。
② 释居简《书泉南珍书记行卷》,《全宋文》卷六八〇二,上海辞书出版社、安徽教育出版社,2006年。

禅僧,先担任"书记",然后获得声望和机会出任住持,是常见的"出世"途径。可想而知,年轻禅僧获得"书记"职位是需要写作才能被老和尚认可的,这就有了投递"行卷"的必要性。由此可见,虽然领域不同,功能上确实与唐代进士"行卷"相似。比藏叟更晚的无文道璨(1213—1271),也写有《跋敬自翁庐山行卷》、《书灵草堂天目行卷》①等同类的文章。

除了老和尚外,诗僧的"行卷"也会投呈给世俗的名流,南宋宝祐状元姚勉(1216—1262)《赠俊上人诗序》云:

> 汉僧译,晋僧讲,梁魏至唐初僧始禅,犹未诗也。唐晚禅大盛,诗亦大盛。吾宋亦然。禅犹佛家事,禅而诗,骎骎归于儒矣,故余每喜诗僧谈……山中僧皆能诗,俊上人其一也。翌日,索其近稿,以《临川行卷》十余首进余。②

他喜欢跟诗僧交流,而遇到的这位"俊上人",把十余首诗编成了一个《临川行卷》。这跟道璨所题"庐山行卷"、"天目行卷"的命名方式相同,表示编入该"行卷"的作品在题材上比较集中。时代更晚的牟巘(1227—1311),也有《题四明二僧诗卷》云:

> 东皋谋师以四明此山、华国两上人,见余于蓬庐,过当过当。读行卷殊佳,盖有意趣,有标致,顾不类僧语。③

这里记述了两位僧人登门呈送"行卷"给士大夫的情形。

---

① 释道璨《跋敬自翁庐山行卷》、《书灵草堂天目行卷》,《全宋文》卷八〇七九。
② 姚勉《赠俊上人诗序》,《全宋文》卷八一三四。
③ 牟巘《题四明二僧诗卷》,《全宋文》卷八二三〇。

需要注意的是，从时间上看，以上这些在标题或正文中直接出现"行卷"字样的材料，都出自13世纪以降，即晚宋或宋元之交，似乎此时才流行"行卷"的称呼。牟巘的题中称之为"诗卷"，北磵居简的同类文章也有题为《书璧书记诗卷》《跋后溪、敬堂诗卷》①的，同时人刘克庄(1187—1269)亦撰有《跋通上人诗卷》②。看来"诗卷"的叫法是更早，也更为一般的。南宋初的周紫芝(1082—1155)就有《书琏上人诗卷后》《书何正平诗卷后》等为僧人"诗卷"所作的题跋③。若更往上推，则北宋苏辙(1039—1112)《与参寥大师帖》已有"所示诗卷愈加精绝，但吟讽无已"④之语，他读的是云门宗禅僧参寥子道潜(1043—?)的"诗卷"。道潜的诗歌后来由其法孙编成了《参寥子诗集》，编纂的基础应该就是这样的"诗卷"，欧阳守道(1208—1272)有《敬上人诗集序》云："云壑上人示予诗卷……"⑤这也可以看成从"诗卷"编为"诗集"的一个例子。编纂别集时以现有的"诗卷"、"行卷"为基础，自是顺理成章之事。

当然，"诗卷"的称呼很一般，僧俗无别，但我们把考察范围从"行卷"扩大到"诗卷"，还能看到另一类现象，如晁说之(1059—1129)《题黄龙山僧送善澄上人诗卷》云：

> 于是黄龙大德曰德逢、善清、如山、惠古、宗秀、直言、绍明、重政相与赋诗送行。予避贼高邮，获观览……靖康丁未春

---

① 释居简《书璧书记诗卷》《跋后溪、敬堂诗卷》，《全宋文》卷六八〇一。
② 刘克庄《跋通上人诗卷》，《全宋文》卷七五八六。
③ 周紫芝《书琏上人诗卷后》《书何正平诗卷后》，《全宋文》卷三五二一。"何正平"当作"可正平"，即江西诗派的诗僧祖可(? —1108)，字正平，文中有"曩时人问：'可郎诗何如?'仆尝应之曰……"云云，称为"可郎"，即"可正平"也。关于祖可卒年，据周裕锴的考证，见《宋僧惠洪行履著述编年总案》第71页，高等教育出版社，2010年。
④ 苏辙《与参寥大师帖》，《全宋文》卷二〇七四。
⑤ 欧阳守道《敬上人诗集序》，《全宋文》卷八〇〇九。

晁伯以。①

他看到的这个"诗卷"不是某一位诗僧的个人作品集,而是善澄离开黄龙山时,多位禅僧"赋诗送行"的一个"总集"性质的卷轴。假如它流传下来,面貌肯定跟保存在日本的《无象照公梦游天台石桥颂轴》、《一帆风》②等相近,不过晁说之所题的这个"诗卷"比后者的产生时间要早一个半世纪。就禅僧的云水生涯而言,产生此类"诗卷"的场合是不少的,而且可以说是惯例性地产生的,比如无文道璨《贺知无闻颂轴序》云:

> 大川老子住净慈之三年,于五百众中命东嘉知无闻掌法藏。江湖之士美丛林之得人,大川之知人,说偈赞数,百喙并响。③

净慈寺新任命了一位僧人担任某个职务,很多人都送来诗颂,表示祝贺,联成了一个"颂轴"。类似的丛林"盛事",估计是频繁发生的。

综上所述,别集、总集性质的"行卷"、"诗卷",应该是禅僧诗流传的较为原初的形态,我们由此可以想见吟诗之风在禅林的盛行,时代越晚,此风越盛。因为禅宗不像其他宗派那样重视佛学论著或固定的修行仪式,所以到了宋元之交,人们印象中的所谓"禅僧",基本上就是在一心写诗的僧人。士大夫遇到禅僧,大抵都就诗歌的话题进行交流,谈佛论道的反而很少。

---

① 晁说之《题黄龙山僧送善澄上人诗卷》,《全宋文》卷二八〇六。
② 《无象照公梦游天台石桥颂轴》是宋末中日禅僧唱和诗集,见《宋代禅僧诗辑考》附录,《一帆风》是六十九位宋末禅僧给日本僧人南浦绍明(1235—1308)送行的诗集,有陈捷的介绍和辑录,见《日本入宋僧南浦绍明与宋僧诗集〈一帆风〉》,《中国典籍与文化论丛》第九辑,北京大学出版社,2007年。
③ 释道璨《贺知无闻颂轴序》,《全宋文》卷八〇七九。

二、"演僧史"话本

禅僧诗中,亦有言及通俗文学者,如宋末临济宗虎丘派禅僧虚堂智愚(1185—1269)有一首《演僧史钱月林》云:

> 浚发灵机口角边,断崖飞瀑逼人寒。若言列祖有传受,迦叶无因倒刹竿。①

从诗中看,这钱月林是一位说话人,而诗题中的"演僧史"应该指其说话的类别。

关于宋代通俗说话的类别,近代以来研治中国小说史的学者都根据《都城纪胜》《梦粱录》《武林旧事》等宋末笔记对说话家数的叙述,进行梳理。由于这些笔记的原文条理不甚清晰,所以学者们解说纷纭,难以一致②。这样的情形也导致某种误解,仿佛笔记所提供的类别名目已然全备,除此之外没有其它的名目了。其实,专就牵涉佛教、禅宗的部分而言,笔记提示的只有"谈经"、"说参请"、"说诨经"几个名目,如《梦粱录》云:

> 谈经者,谓演说佛书。说参请者,谓宾主参禅悟道等事,有宝庵、管庵、喜然和尚等。又有说诨经者,戴忻庵。③

此处对几个类别的含义有所解释,且也可见擅长这些题材的说话人

---

① 释智愚《演僧史钱月林》,《虚堂和尚语录》卷七,《续藏经》本。
② 参考赵景深《南宋说话人四家》,《赵景深文存》第699页,上海古籍出版社,2016年。
③ 《梦粱录》卷二〇"小说讲经史"条,中国商业出版社,1982年,第181页。

中,如"喜然和尚"本身就是僧人。问题在于,我们迄今所了解的一些宋代流传的佛教故事,从题材上看,很难归入这些类别。比如东坡、佛印参禅的故事,固然勉强可以归入"说参请",但有关花和尚的故事、唐三藏取经的故事,要归入"谈经"、"说诨经"或"说参请",都文不对题。笔者曾考证《钱塘湖隐济颠禅师语录》基本上是一个南宋的话本①,其题材也与上述名目不相应。因此我们还有必要去考察,史料中有没有别的更合适的类别名目?

同是宋末的资料,智愚禅师诗题中的"演僧史",就是叙述说话家数的笔记中未提及的名目,它也许是"说史书"或"演史"的一种,但诗中说到列祖传授之类,则似乎也可包含禅宗的故事,与"说参请"相交叉。具体情况当然难知其详,重要的是还有这样一个名目的存在,而且这个名目倒可以把上面提到的一些故事归纳进去,因为唐三藏、佛印了元、济颠禅师,都是唐代、北宋和南宋实际生存过的僧人,把有关他们的传说演为"僧史",跟"演史"话本的方式是相同的。在我看来,刊印时间与虚堂智愚很接近的《大唐三藏取经诗话》,就可以说是"演僧史"的话本,至少从字面上看,归入"演僧史"比归入"谈经"之类要合适得多。

宋代的禅宗灯录和某些笔记,对东坡、佛印参禅作诗,互斗机锋的情形有不少记载,若据此演成话本,与"说参请"之名目是相应的。但这种内容恐怕只是文人觉得有趣,讲给市民听,是索然无味的。所以,有关故事实际上朝着远离"参请"的方向发展,到《清平山堂话本》所录的《五戒禅师私红莲记》②,就几乎成为一个带色情的转世故事:东坡、佛印的前世是净慈寺的五戒、明悟两位禅师,五戒错了

---

① 朱刚《宋话本〈钱塘湖隐济颠禅师语录〉考论》,《西南民族大学学报》2013 年第 12 期,已收入本书。
② 程毅中《清平山堂话本校注》第 230 页,中华书局,2012 年。

念头,与美女红莲媾合,因为被明悟点破,迅速坐化,投生为苏轼,明悟也立即赶去,再世为佛印,始终监着苏轼。——参禅故事发展到这样的形态,才能迎合听众的口味。这个话本里有好几处对时间的表述,如"治平年间"、"熙宁三年"、"元丰五年"等,似乎已颇有"演史"的味道。

至于花和尚的故事,现在难以知晓其单独被讲述时的具体情形,若看《水浒传》中对"鲁智深浙江坐化"的描写,则也牵涉到禅宗史上实有的高僧大慧宗杲(1089—1163):

> ……直去请径山住持大惠禅师,来与鲁智深下火。五山十刹禅师,都来诵经忏悔。迎出龛子,去六和塔后烧化那鲁智深。那径山大惠禅师手执火把,直来龛子前,指着鲁智深,道几句法语,是:"鲁智深,鲁智深,起身自绿林。两只放火眼,一片杀人心。忽地随潮归去,果然无处跟寻。咄! 解使满空飞白玉,能令大地作黄金。"①

这一段对"下火"仪式和法语的叙述,与《钱塘湖隐济颠禅师语录》描写的同类场合,是十分相似的,宋代禅僧的语录中,有的也附载一些"下火"的法语,当时僧人火化确有这样的仪式。所以花和尚的故事,从内容上说固然可以与"朴刀""杆棒"之类"小说"的名目相应,但也少不了"演僧史"的成分。大慧宗杲是两宋之交影响最大的禅僧,其作为杭州的"径山住持"已在南宋,而鲁智深故事的设定时间是北宋末,这一点并不合拍,但很可能南宋的说话人已经创作了这个情节,他面对的听众都把大慧禅师视为高僧的代表。

---

① 《水浒传》第九十九回《鲁智深浙江坐化,宋公明衣锦还乡》,人民文学出版社,1997年第2版,第1284页。

从话本发展而来的小说中,出现大慧禅师的还有《警世通言》卷七的《陈可常端阳仙化》(亦见《京本通俗小说》,题《菩萨蛮》),故事设定的时代是南宋绍兴年间,主人公可常出家为僧,是灵隐寺"印铁牛长老"的弟子,此后又有一位传法寺住持"槁大惠长老"出场。作为灵隐寺住持的"印铁牛"也见于《钱塘湖隐济颠禅师语录》,笔者曾考证此僧为南宋临济宗大慧派的铁牛心印①,他确实做过灵隐寺住持;而所谓"槁大惠",应该是"杲大慧"即大慧宗杲的误写。当然从法系上说,心印是宗杲的法孙,并不同时,宗杲生前也没有做过传法寺的住持,但故事既以五山禅林为背景,则难免要将禅林最著名的领袖人物牵连进来。从这个角度看,该故事开始被讲说的时间,宜在南宋,而且可以说是名副其实的"演僧史"话本。

值得注意的是,《陈可常端阳仙化》中提到了"唐三藏",而且把他说成一个贪吃的人,这一点不符合《西游记》的唐僧形象,倒与《大唐三藏取经诗话》中的唐三藏有几分接近②。看来以上这些"演僧史"的故事,在发展中有互涉的倾向。"五戒"禅师是东坡的前世③,佛印禅师是东坡的朋友,历史上的大慧禅师则自称是东坡的再世,他在南宋禅林的巨大名声,使他成为故事中花和尚火化仪式的主持人,陈可常所在世界的领袖,其法孙"印铁牛"则既是陈可常的师父,也是济颠禅师火化仪式的主持人之一。故事所涉的人物,可以被如此牵连起来,形成一种"史"。较之世俗的"演史"故事,以"转世"的观念把生存时代不同的人物联结起来,可能是"演僧史"这一类别的特长,虽然相似的手法后来也被各种类型的小说所使用,但"转世"

---

① 参考拙作《宋话本〈钱塘湖隐济颠禅师语录〉考论》。
② 参考太田辰夫《西游记研究》第32—33页,复旦大学出版社,2017年。
③ 宋人笔记所说的东坡前身是云门宗禅僧五祖师戒,"五戒"应是故事流传中讹变所致,参考朱刚、赵惠俊《苏轼前身故事的真相与改写》,香港《岭南学报》复刊第九辑,上海古籍出版社,2018年,已收入本书。

元素起初由佛教故事培植起来,并非超乎想象之事。除了体现出佛教要阐明的"因果"外,这样的说法带来的最大效果是,让听众感到这故事跟他们最熟悉、最敬仰的人物有关,从而引起兴致。作为宗教领袖的大慧禅师,被"演僧史"话本设定为标志性的背景人物,自是顺理成章,而把本朝第一文人苏东坡也牵连进来,则已经呈现了雅、俗文学互动的景观。

三、禅宗文学的雅俗互动

二十世纪初中国"俗文学"研究兴起的时候,是把禅宗语录也当做唐代俗文学的,这主要是因为语录用了大量白话,而早期禅僧的行迹也多少有点传奇性。宋代的禅林越来越规范化、体制化,像济颠那样反常的、传奇性的禅僧不多见,其语录虽继续保持记录白话的传统,但颇具"别集"化的倾向,越来越多地附载禅僧所作的诗文。不过前文已指出,即便"士大夫"化的禅僧,作为宗教实践者也仍须面对普通信众,而具世俗面向。所以禅僧诗中,时常会涉及通俗文学的内容。上节所述的"演僧史"一名,就出自宋末禅僧虚堂智愚的诗题,下面我们回过头,举出一个宋初的例子。

临济宗的汾阳善昭(947—1024)禅师,是宋初禅僧诗的重要作者,他的诗歌中有一首《赞深沙神》,我们知道,这个深沙神后来演化为《西游记》中的沙僧。诗云:

> 大悲济物福河沙,现质人间化白蛇。牙爪纤锋为利剑,精神狞恶作深沙。鼻高言言丘带岳,耳大轮辋山叠岌。黡颡两睛悬金镜,磔索双眉锸铁叉。有螺筋,有蚌结,皴皴散散身爆烈。脚蹈洪波海浪翻,手拨天门开日月。现威灵,如忿怒,遥见便令

人畏惧。璎珞枯髅颈下缠,猛虎毒蛇身上布。师子衫,象王袴,更绞毒龙为抱肚。非但人间见者惊,一切邪魔无不怖。真大圣,实慈力,现相人间人不识。都缘尘劫纵顽嚚,不信大悲施轨则。或惊天,或震地,哮吼喊呀声匝地。警觉群生睡眼开,敲磕愚迷亲佛智。我今知,能方便,利物观根千万变。或擒或纵或扶持,只要速超生死岸。驱雷风,击焭电,霹雳锋机如击箭。鞠鞠磕磕震天威,爆爆焊焊须锻炼。丘区巘崿一齐平,剑戟枪刀无不殄。化人天,伏神鬼,硗硬刚强尽瞻礼。放光焭烁静乾坤,吐气停腾清海水。吾今赞尔实灵通,旷劫如来亲受记。颂曰:威灵不测化人天,现质三千满大千。一念遍收无量劫,河沙诸佛口亲宣。①

此诗没有提及唐三藏取经故事,主要描绘深沙神令人畏惧的形象,但可以注意的一点是,深沙神的"颈下"已缠着"枯髅"(骷髅)。后来,这些骷髅被解释为深沙神吃掉的取经人头骨,而这些取经人乃是唐三藏的前世。《大唐三藏取经诗话》讲唐僧三世取经,前二世被深沙神所吃,至明代《西游记杂剧》,则发展为十世取经,九世被沙僧所吃②,吃掉后就把骷髅挂在脖子上。通行本《西游记》小说里没有明确叙述这样的情节,徒然让沙僧挂着这些骷髅,但在观音的指导下,唐僧依靠这些骷髅才渡过了流沙河。我们难以确知善昭禅师是否认为深沙神与唐三藏有关,但如此详细刻画深沙神形象的作品,在十世纪末或十一世纪初,可谓绝无仅有。大概此后不久,玄奘的画像也开始在脖子上挂骷髅了。

---

① 释善昭《赞深沙神》,《宋代禅僧诗辑考》第169页。
② 详见张锦池《论沙和尚形象的演化》,《文学遗产》1996年第3期;谢明勋《百回本〈西游记〉之唐僧"十世修行"说考论》,《东华人文学报》第1期,1999年。

另一方面,禅僧既以经常作诗为特征,则以禅僧为主人公的"演僧史"话本,自然也要包含一些诗歌,说话人必须替他的主人公从事诗歌创作。当然,这些拟作多数显得浅俗。实际上,上文提到的《五戒禅师私红莲记》《陈可常端阳仙化》和《钱塘湖隐济颠禅师语录》等文本中都交织着不少浅俗诗歌,《水浒传》里以大慧禅师的名义给花和尚"下火"的法语,也近似诗歌。从诗歌史的角度说,处理这些作品是比较麻烦的,比如《全宋诗》的编纂者似乎相信《钱塘湖隐济颠禅师语录》中的济颠诗歌就是南宋道济禅师本人的作品,但《水浒传》里的那段法语,肯定不会被辑入大慧宗杲的名下。这个做法妥当与否,可以再议。总体上说,由于禅僧作诗,本来就有一部分呈现了通俗风格,喜欢使用口语,所以即便是说书人拟作的浅俗诗歌,似乎也符合主人公的口吻,比有关柳永、王安石、苏轼的话本中替这些大文豪拟作的诗词,较少引起读者的不适之感。

禅僧诗中有一类特殊的作品,叫做"辞世颂",即禅师临终所说偈颂,形式上往往同于诗歌。宋代禅僧几乎都有"辞世颂",话本中的五戒、陈可常、济颠也都有之,连《水浒传》也为花和尚拟了一段非常通俗的临终偈语。按理,"辞世颂"通常要表现出一位禅师毕生修行的功力,那就非同小可,不是说书人能够代拟出来的,但他们似乎也能找到一些办法,比如陈可常的《辞世颂》云:

　　五月五日午时书,赤口白舌尽消除。五月五日天中节,赤口白舌尽消灭。①

因可常生前被人诬告,故其端午辞世,作此颂,反复表示自己的清

---

① 《警世通言》卷七《陈可常端阳仙化》,人民文学出版社,1956年。

白,与话本内容倒也相应。但此颂实有来历,见《梦粱录》卷三:

> 杭都风俗,自初一日至端午日,家家买桃、柳、葵、榴、蒲叶、伏道,又并市茭、粽、五色水团、时果、五色瘟纸,当门供养。自隔宿及五更,沿门唱卖声,满街不绝。以艾与百草缚成天师,悬于门额上,或悬虎头白泽。或士宦等家以生硃于午时书"五月五日天中节,赤口白舌尽消灭"之句。①

由此可见,说话人为可常拟作的《辞世颂》,取自南宋民间的端午节行仪,稍加敷演而成。"舌耕"者的这类本事,自是不小。

雅俗文学互动所产生的一个更重要的结果,是它们能共同映现出一个时代具有标志性、特征性的景观。禅僧与士大夫一旦发生诗歌唱和,双方都容易自拟为佛印、东坡,因为这被视为诗禅交流的一种典范,于是《钱塘湖隐济颠禅师语录》也设置了济颠与临安知府唱和的情节,其唱和诗中也互拟为佛印与东坡,《五戒禅师私红莲记》则为他们构造了两世因果。苏东坡是宋朝文人的标志性存在,所以说话人有意要把相关因素引入故事。另一个"箭垛式人物"是大慧禅师,说话人未必知道他的法名叫做宗杲,作为宗教领袖是在南宋初年,当他的故事里需要一位德高望重的僧人时,便拉大慧出场。

不仅如此,由于驻跸临安的南宋朝廷把愿意与官方合作的禅门高僧召集到径山、灵隐、净慈等行在寺院,所以无论士大夫或说书人都耳濡目染,在杭州有这样一个特殊群体的存在,笔者曾称之为"临安高僧群",并指出其结构特征,在南宋前期是以临济宗杨岐派的大慧宗杲及其弟子佛照德光(1121—1203)一系为主干②。这个派系里

---

① 《梦粱录》卷四"五月"条,第 19 页,中国商业出版社,1982 年。
② 详见拙作《宋话本〈钱塘湖隐济颠禅师语录〉考论》。

产生了一批久负盛名的禅僧诗别集,如德光弟子北磵居简(1164—1246)的《北磵诗集》,法孙物初大观(1201—1268)的《物初剩语》、淮海元肇(1189—?)的《淮海挐音》,以及大慧四世法孙无文道璨(1213—1271)的《无文印》等,可以说代表了禅宗文学"雅"的一面。然而,若根据《钱塘湖隐济颠禅师语录》、《陈可常端阳仙化》以及花和尚故事等通俗文学文本涉及禅师的情形,我们也可以勾勒出一个几乎相同的临安高僧群:

显然,临济宗杨岐派在南宋政权核心地区的发展,使一代禅宗文学的雅俗两面都浮现出共同的"临安高僧群"印象。禅僧这一特殊群体在文学史上沟通雅俗的功能,于此可见。

【2019年6月发表于武汉大学"古代中国的族群、文化、文学与图像"学术会议】

附 录

书评一
《宋僧惠洪行履著述编年总案》，周裕锴著，高等教育出版社，2010年

清人王文诰有《苏文忠公诗编注集成总案》，是彼时为止最详尽的苏轼年谱，今人周裕锴著《宋僧惠洪行履著述编年总案》，亦是今日为止最详尽的惠洪年谱。所谓"总案"者，盖诗人年谱与诗歌系年实为一事，王氏依创作年份编录苏诗，加以注释，名为《编注集成》，又以案语形式阐明系年理由，总成一书，便等于年谱。大概周氏对于惠洪别集《石门文字禅》，也有编年注释之计划，其先成《总案》，则编注之面世，可以克日待也。

宋人别集，尤其是自编或亲友所编的别集，每类作品的编排大抵有时间顺序，这为作品系年提供了甚大的便利，苏轼《东坡集》亦不例外①；但惠洪的三十卷《石门文字禅》，现在看来却是个很突出的例外，我曾数度努力推寻其编排顺序，皆了无所获，今得周氏所考比照之，可确定此集编者并无时间意识。这就使作品系年失去最可

---

① 王文诰有时改变《东坡集》编排顺序，另行系年，反成错讹。姑举数例：《东坡集》卷七《次韵刘贡父李公择见寄》，编在熙宁九年诗中，王氏据朋九万《东坡乌台诗案》改系熙宁八年；《东坡后集》卷六《子由生日》、《以黄子木拄杖为子由生日之寿》，编在元符元年诗中，王氏以为此年东坡已作《沉香山子赋》贺苏辙生日，不当重复，故改系元符二年。其实，以上数诗在苏辙《栾城集》卷六、《栾城后集》卷二皆有和作，其编排顺序所示创作年份，与《东坡集》《东坡后集》可谓弥合无间，王氏轻改系年，殊不足据。今人孔凡礼《苏轼年谱》、《苏辙年谱》仍沿王氏臆见，不重宋集序次，窃以为亦失当。

依靠的信息,周氏编纂此《总案》的难度与用力之勤,不难想见。当然,如本书《弁言》、《凡例》所云,周氏之前,已有日本江户僧阔门《注石门文字禅》、京都大学人文科学研究所《禅林僧宝传译注》附柳田圣山《觉范惠洪略年谱》、美国学者黄启江《惠洪年谱简编》,中国台湾学者黄启方《释惠洪五考》、吴静宜《惠洪文字禅之诗学内涵研究》附《惠洪年谱》,大陆学者陈自力《释惠洪研究》附《惠洪年谱新编》、李贵《宋代诗僧惠洪考》等先行成果。周氏综合其说,驳正错讹,补其未详,在长达十年之间,细读惠洪一生著述,旁参历史文献、宋人别集、禅门典籍与各种传记资料,周密考证,终成五十余万字的巨编。书成寄我,我披寻数月,受教无量,而要其大端有三:一是对诗僧惠洪的生平创作,可得全新的了解;二是读禅门史料,可得其行文的凡例;三是对北宋后期文坛,可得立体化的认知。下文就此三端,略作胪叙。实不足为本书之评议,仅述本人开卷之益而已。

一

由中古以来标榜"不立文字"的佛教宗派——禅宗,发展出南宋乃至日本镰仓以后的"五山文学",其对于"文字"的态度之转变,当然会有一个较长的历史过程,但北宋惠洪明确倡导的"文字禅",实堪视为标志。新近出版的禅宗思想史著作,也有特辟专节加以论述者[①]。作为宋代首屈一指的"诗僧",惠洪受文学史界的关注,从上文所列研究成果,也可见其一二。尽管如此,有关惠洪的研究仍未臻于充分的程度,随着研究的深入,即便是对其生平著述的基本描述,也须不断改写。《宋僧惠洪行履著述编年总案》(以下简称《总

---

① 如麻天祥《中国禅宗思想史略》第二编第六章第四节"惠洪与文字禅",中国人民大学出版社,2007年。

案》)几乎一开卷,就刷新了一个基本信息:"俗姓彭氏,名乘"(第5页)。

惠洪的俗姓,一向有姓彭、姓喻二说,《总案》据惠洪集中多处对其宗亲的称呼方式,判断其本家姓彭,出继喻氏。在此基础上,周氏对稗海本《墨客挥犀》卷六"渊材开井禁蛇"条的自注"渊材姓彭名几,即乘之叔也"加以考察,因《墨客挥犀》为杂抄他书的辑撰性质,而"开井禁蛇"一条乃抄自惠洪的《冷斋夜话》卷九,故自注所谓"乘之叔也","乘"当是惠洪自称。彭渊材确实是惠洪的叔父,而惠洪曾被下狱刺配,剥夺僧籍,其时著述宜署俗名,故"彭乘"为惠洪俗名的判断,我认为是可信的。以前孔凡礼校点《墨客挥犀》(中华书局,2002年)时,也曾查明此书的辑撰性质,但他认为上述注文"乃后人妄加,不可信",而又复猜测此书辑撰者必是惠洪彭氏族人,他称之为"彭□"。在我看来,孔氏离正确的结论只有一步之微,其否定"彭乘"而另立一位"彭□",何如径认"彭乘"?可见文史考据之学,决不仅仅是发现和搜集史料而已,根据史料所载信息,作出合理的判断,是至为关键的。

当然,有判断也就会有异见,有异见则必须争议,有争议而所涉问题重要者,则堪称之为学说。《总案》附录《惠洪与换骨夺胎法——一桩文学批评史公案的重判》、《关于〈惠洪与换骨夺胎法〉的补充说明——与莫砺锋先生商榷》二篇,就是在拥有的史料基本相似的情况下,因不同的判断而引起一番争议的记录。这争议不光关涉惠洪的生平著述,也牵连到文学史、文学批评史的重要问题,故有必要稍作说明。周氏前文曾发表于《文学遗产》2003年第6期,后文的纸本则初见本书(电子本已载《文学遗产》网络版第四期)。《文学遗产》在发表周氏前文的同期,一并刊出了莫氏《再论"夺胎换骨"说的首创者》,针锋相对。这显然出于编者的组织,本来应该很有意义,但由于周氏是提出新说,而莫氏乃维持成说,故这样的安排容易给读者造成的印象是:此事由周氏挑起,又由莫氏平息了,等于什么也没发生。其实,如果抛开对于学术史上相沿已久的成说的顾虑,则二氏得出相反的结论,关键在于惠洪《冷斋夜话》中一段文字的标点问题。按周氏的标点,换骨夺胎法乃惠洪所创,而按莫氏所认可的传统标点,则惠洪乃是转述黄庭坚的说法。仅就文意而言,两种标点都是通的,其他史料中也未确凿明言首创者为谁,那么,作出不同的判断,完全基于判断者对黄庭坚、惠洪二人的生平著述、写作习惯乃至当时文风诗风的了解。莫氏早以黄庭坚和江西诗派研究闻名,周氏也擅长宋代诗学和禅宗研究,他们在这个问题上形成了不同的学说,都值得倾听,因为专家对于研究对象的理解,有长年沉浸其中所致的体会,不是追问证据、辨析语义之类通常的研究方法可以为他们分辨短长的。不过我个人是倾向于支持周说的,这倒不是因为我能够断定黄庭坚决无这样的诗法,而是如周氏所言,禅门诗僧更喜欢谈论此类诗法,其出于惠洪的可能性更大。而且,从批评史的角度说,换骨夺胎法见于惠洪笔下是确凿无疑的,其是否出于黄庭坚却还有疑问,那么,在获得新的证据以前,这"产权"只能判归惠洪。批评史上其实也有相似的现象,比如"成竹在胸"之说,苏轼的原文也可以被理解为:他在转述画家文同的指教①,但一般批评史都在苏轼名下,而不在文同名下评述此说。有关史料都揭示出来后,信从哪一种说法,只待读者自己的判断了,但无论惠洪是提出者还是转述者,禅门说诗的传统与江西派诗学在他身上的综合,是值得重视的。

上文说过,《石门文字禅》的编排大致无序,确定每个作品的写

---

① 苏轼《文与可画筼筜谷偃竹记》,阐述其成竹在胸之说后,紧接一句"与可之教予如此"。《苏轼文集》卷一一,中华书局,1986年。

作时间极其困难。但是,通观《总案》,周氏对惠洪绝大部分作品都作了系年考证,这在很大程度上得力于他对北宋禅林和文坛全景的整体了解,故能旁参他人的行迹,捕捉住惠洪作品中隐含的信息,推求其确凿的或者最可能的写作时间,信以传信,疑以传疑,使惠洪、禅林、文坛三者得以立体呈现。另一方面,对惠洪作品的精读,自不可少。他的精读称得上细心如发,比如第 129 页发现十四首编在古体诗的作品,均为《浣溪沙》词,而为《全宋词》失收,便是突出的例子。其订正前人误说之处,亦辨析精严,比如第 14—15 页订正"十九试经"之说,也是显著的一例。"十九试经"出自惠洪本人的《寂音自序》,故前人皆以为可靠无疑,但《总案》以确凿的证据,断定惠洪到开封试经得度,乃在元祐五年二十岁时,从而判明《自序》为晚年误记。这样的例子举不胜举,相信任何人通读本书后,都会感到:我们从来没有如此深入具体地了解惠洪。

二

对宋代禅林从整体全景到具体细节的深入了解,是周氏的专长,《总案》反映出他在这方面的造诣,可谓独步海内。

读书首重识例,像禅宗典籍那样的专业文献,不识其行文的习惯、凡例,就无法正确理解和充分运用,甚至根本读不通。《总案》第 2 页解释"洪觉范"的称呼时,即发其一例:

> 北宋末禅僧常以法名与表字连称,名取简称,即法名第二字,字取全称。以本集所见,如洪觉范、平无等、如无象、睿(慧)廓然、祖超然、一万回、珪粹中、权巽中、太希先、规方外、因觉先、忠无外、超不群、端介然、修彦通、演胜远、清道芬、津汝楫等

等,均属此类。据此称呼惯例可考证禅僧之字,以补僧传、灯录之不足。

周氏本人也觉得此例甚为重要,故另作《略谈唐宋僧人的法名与表字》一文,附录本书之后,对禅门僧人的称呼习惯解释得更为清楚,并据此纠正当前古籍整理中涉及禅僧时的许多表述和标点错误。实际上,就我所知,由于不明此例,各种学术著作中出现表述不确、理解错误、辑佚遗漏、张冠李戴等种种缺憾的情况,比周氏指责的远为严重。比如原始资料中以字号或简称形式出现的宋代禅僧(真净克文称为"真净"、"真净文"、"文关西",大慧宗杲称为"杲"、"径山杲"、"妙喜"、"普觉禅师"之类),我们在转述时,理当调查其正式的法名加以说明,至少在《全宋诗》、《全宋文》的作者小传或《宋人传记资料索引》、《宋僧录》那样的工具书中,不应照抄原始资料,沿用简称、字号而已。在涉及世俗人物时,这已是最起码的原则,但一涉及僧人,这条原则几乎全被放弃,有关宋代禅僧的表述中,几乎满眼皆是简称、字号,甚至把同一僧人的不同称呼并列起来分别表述,仿如二人。更为严重的是,编纂总集时照录原始资料,真的把一僧拆成了二人。如周氏已指出的,释祖可字正平,时人呼为"可正平",后人又妄改为"何正平",我们现在翻检《全宋诗》,就可以看到"释祖可"与"何正平"两立。周氏考明释士珪字粹中[①],而《全宋诗》亦将"释

---

① 见该书第65页。除周氏所论外,吕本中《东莱诗集》卷一四有《东林珪、云门杲将如雪峰,因成长韵奉送》,卷一五有《简乾元珪老》、《别后寄珪粹中(一作鼓山)》诗,此"东林珪"、"乾元珪老"、"珪粹中"即为同一人,《新续高僧传四集》卷一一《宋温州龙翔寺沙门释士珪传》云:"靖康改元,江州漕使方郎中请住庐山东林,后以兵乱避地闽中乾元。"其经历与吕诗之称呼相合,此亦可证珪粹中即士珪。吕氏诗题中的"云门杲"则是大慧宗杲,《古尊宿语录》卷四七有《东林和尚、云门庵主颂古》,就是士珪与宗杲所作颂古各一百十篇,《大慧普觉禅师年谱》绍兴三年条云:"东林珪禅师自仰山来同居,各作颂古一百一十篇。"以下转录士珪《书颂古后》一文,可以证实。但《全宋诗》编者却将"东林和尚"误认为卍庵道颜,在"释道颜"名下辑录这些颂古作品。

士珪"与"珪粹中"两立。其他如惠洪嗣法之师克文禅师号真净,而《全宋诗》除"释克文"外还有两位"释真净",其中一位当作"释居说"(净住居说,号真净),一位就是克文;跟惠洪有交往的惟清禅师号灵源,而《全宋诗》既有"释惟清"又有"释灵源";彦岑禅师号圆极,而《全宋诗》既有"释彦岑"又有"释圆极";释蕴常字不轻,而《全宋诗》既有"释蕴常"又有"常不轻";大慧宗杲有室名妙喜,而《全宋诗》既有"释宗杲"又有"释妙喜";此外如"勇禅师"当即"释仁勇","普融知藏"当即"释普融",等等,不一而足。反过来,"释道全"名下,却将一个字"大同"的南宋僧人和北宋的黄檗道全禅师合为一人;"释宗印"名下,则不但将南宋临济宗大慧派佛照德光的法嗣空叟宗印、铁牛心印合为一人,而且误抄天台宗北峰宗印的传记资料。释契嵩的《镡津文集》有一篇旧序,乃"莹道温"所作,即《玉壶清话》、《湘山野录》的作者释文莹(字道温),但《全宋文》的"释文莹"名下并不辑录此序。如此种种,全非资料搜集上的缺陷,只因不明禅门称呼之惯例,而令千辛万苦搜集来的资料不能被正确、充分地使用。笔者有幸在十年前即遇周氏指教此例,自那以后,方觉禅籍可读可用,在这方面有切身的体会,故愿提请学界师友,认真看待此事。

其实,有宗教信仰的人做事认真,出于僧人之手的文字大部分疏凿明白,并非荒唐杂乱的堆积。宋代比较重要的禅僧,在灯录、僧传中大抵有所记载,只要明白其表述惯例,细心推寻,不但上述种种缺憾都可以避免,还能收获大量有用的信息。灯录所载重在禅僧的精彩语句,对其生平经历时常忽略,所以大量禅僧的生卒年不可知,但对所录禅僧的法系,即其嗣法何人,却交待得非常明白,我们根据法系,不仅可以判明绝大部分禅僧的大致活动时期,也可以分辨某些同名的禅僧。所以,按灯录的编纂凡例查明禅僧的法系,是阅读和使用禅籍时必须遵循的又一重要原则。《总案》在这方面称得上示范之作,对每一位涉及的僧人,都致力于法系的调查或考证,除书中各条案语外,书后又有人名索引以便翻检,而附录的《惠洪交往禅僧法系世系表》,则是其查考结果的集中展现。此表共列155位与惠洪有交往而法系明确的禅僧(其他法系未明者不在此表),其中八十余位见于灯录的记载,由此可见灯录对宋代禅林面貌的反映,其深度、广度大抵都不让人失望。

当然,灯录也不可能全无缺漏错讹,比如惠洪的师兄佛照惠呆禅师,各灯录都只记"佛照呆禅师",周氏据惠洪的文字,又纠正版刻错讹,才推考出他的全名;又如惠洪为之作塔铭的长沙三角道劼禅师,在《续传灯录》中只有"三角劼禅师"之名见于卷二九目录龙门清远禅师法嗣的名单,而周氏据惠洪所作塔铭,知其实为石门应乾禅师的法嗣,故疑《续传灯录》误载。应当说,塔铭是更原始的第一手资料,我们完全有理由据此纠正灯录。不过这样的情况毕竟很少发生,更须下功夫的乃是对灯录失载禅僧的法系考证,周氏据《石门文字禅》和其它史料考明的此类禅僧,亦将近70位。灯录对这些禅僧的失载,倒也未必是编者的怠慢,因为按禅林的习惯,一位禅僧的法系是在他就任寺院住持的仪式上,为其嗣法之师拈香而正式交代的,所以不曾担任住持或所住寺院过于偏僻的禅僧,人们难于了解他的法系,其为灯录所遗漏的可能性便甚高。北宋著名的诗僧如参寥子道潜,灯录亦失载,我们据陈师道《后山集》卷一一《送参寥序》"妙总师参寥,大觉老之嗣",这才知道他是云门宗大觉怀琏(1009—1091)禅师的法嗣。事实上,诗僧、画僧之类,以一艺著称后,其禅学上的造诣反易遭人怀疑,经常不会担任住持,多半要被灯录遗漏的。以周氏所考为例:《总案》72页的僧善权,字巽中,号真隐,名列《江西诗社宗派图》,乃著名诗僧,周氏据惠洪《冯氏墓铭》考明其为石门应乾禅师弟子,属临济宗黄龙派,于惠洪为法侄;《总案》91页的华光仲仁,以墨梅著称于画史,周氏据惠洪《妙高仁禅师赞》考明其为临济宗黄龙派东林常总之法孙、福严惟凤之法子,于惠洪亦为法侄。此二僧皆未见灯录记载,但在文学艺术史上却有一定的重要性,从其身为禅僧的角度而言,周氏考明其禅门法系的意义,相当于对世俗作家考明其家世。这本来应该是文艺史研究的基础工作之一,可惜我们在周氏此书中,才看到对此基础工作的负责认真之态度。

由于种种原因,无法确定其宗派、法系的僧人,自然还是存在的,比如同样名列《江西诗社宗派图》的释祖可,《总案》70页虽据《云卧纪谭》考得其师为"真教果禅师",但对此"果禅师"的法系却也无从调查,71页推考祖可卒年为大观二年(1108),则是另一种可喜的成果。就全体而言,《总案》在这方面的大量收获,已经向我们证明:法系是有关禅宗僧人的最重要的基本信息,嗣法关系在宗教、思想、情感、艺术等人文联系的意义上完成了对宗族血统关系的模仿,不同时代的禅僧由法系而获得对精神性传统的认同,同时代的禅林则依法系为纽带而编织成一张兼具精神性和现实性的网络,而且这张网络还有意朝士大夫、文人的世界延伸,从而也会间接地促成士大夫、文人间的联结。仍以上文所举为例,我们既知参寥为大觉怀琏之嗣,则考虑到苏洵与怀琏的友谊,当可进一步观察苏轼与参寥的"世交",再考虑参寥与秦观的友谊,当可深化对苏、秦联结的认识。值得指出的还有一点非常重要:《总案》围绕惠洪而详考其所交往的禅僧及其联系,等于把惠洪所属的临济宗黄龙派这一"局域网"完整而具体地描画出来,这不难令我们联想到"苏门"文人集团与黄龙派的关系。在灯录中,苏轼为东林常总的法嗣,苏辙为上蓝顺的法嗣,黄庭坚为黄龙祖心的法嗣,秦观为建隆昭庆的法嗣,他们的师祖都是黄龙慧南。惠洪嗣法真净克文,法系上与他们同代,而如《总案》所考,这一代禅师的法嗣中,多有江西诗派中人。不过惠洪乃克文晚年弟子,实际上只能仰视那些"法兄",而平交于"法侄"辈的禅僧、文人,包括江西派诗人、诗僧①。那么,诗家江西宗派的建立,在很大程度上是以禅家黄龙派的存在为依托的了。当然,黄龙派向士大夫世界或"文坛"的延伸,还不限于此,像王韶、徐禧、彭汝砺、韩宗古等政治上与苏氏"蜀党"乃至元祐旧党不一致的士大夫,也被列在黄龙祖心的法嗣中,甚至王安石也被列入真净克文的法嗣,与惠洪关系密切的张商英、陈瓘,则可列入黄龙派的更下一代②,而此二人的政治态度,也有同有异。所以,《总案》描画出的禅僧丛林,自然与士大夫社会或"文坛"相联结。

三

2001年10月,我曾有幸赴日本神户大学进修,恰逢周氏几乎在相同时间访问大阪大学,此时北京大学派遣在神户大学任教的张健,和阪大主持中国文学教席的浅见洋二,都是宋代文史的研究者,于是招请当时执教于京都女子大学的大野修作,和在阪大做助教的加藤聪、攻读博士课程的藤原佑子等,共组读书会,读本就是江户僧廓门注《石门文字禅》。这个读书会两周一次,维持了大约两年,稍后到早稻田大学访问的陈尚君,游历关西时亦曾客串。读书之外当然也有其他活动,但读的时候是相当认真的,对惠洪的几乎每个文字都细致考索。记得有一次读《器之喜谈禅,纵横迅辩,尝摧衲子,丛林苦之。有诗见赠,次其韵》诗,诗的内容都解释了,可就是不知

---

① 我个人以为,惠洪常遭非议,生平坎坷,或与其认师年辈太高有关。如果他肯嗣法于湛堂文准或兜率从悦等法兄,自降一辈,则与其他禅僧会更易相处。
② 宋代灯录皆载张商英嗣法兜率从悦(惠洪法兄),明代《居士分灯录》卷二则谓陈瓘嗣法灵源惟清(清嗣黄龙祖心),此虽未必可靠,但《大慧普觉禅师宗门武库》载陈瓘"酷爱南禅师语录,诠释殆尽",此"南禅师"当指黄龙慧南,则瓘亦可视为黄龙派中的士大夫。

道题目中的"器之"是谁。根据"彭侯惯法战"的诗句,可知此人姓彭,"器之"当是字,但姓彭而字"器之"的人,不但大家都没有印象,各种人名辞典也全无收录。当时《四库全书》的电子检索软件开发上市不久,阪大已购置于其中国文学研究室,于是设想种种可能的词条加以搜索,结果也一无所获。苦恼之余,当然只好作罢,但我彼时尚属年轻,不曾经历多少挫败的事,所以对此番挫败始终记忆犹新。然而时隔十年,周氏却在《总案》的27页解决了这个问题:

> 诗称"彭侯惯法战",可知器之姓彭。诗又谓"从来内外护,刘远名亦双",乃用东晋刘遗民与僧慧远事,以喻己与器之。然为外护者,须为一邦之守臣。而内护者如慧远乃居庐山,故可推知外护者当为庐山所在地江州之守臣。诗又言"追配能与庞",以庞居士喻指彭侯。考惠洪于绍圣元年秋后至庐山归宗寺,其时知江州者正为彭汝砺。《林间录》卷上:"灵源禅师为予言:彭器资每见尊宿必问:'道人命终多自由,或云自有旨决,可闻乎?'往往有妄言之者,器资窃笑之。暮年乞守溢江,尽礼致晦堂老人至郡斋,日夕问道,从容问曰:'临终果有旨决乎?'晦堂曰:'有之。'器资曰:'愿闻其说。'答曰:'待公死时即说。'器资不觉起立曰:'此事须是和尚始得。'予叹味其言,作偈曰:'马祖有伴则来,彭公死时即道。睡里虱子咬人,信手摸得革蚤。'"据此,则彭汝砺亦喜谈禅,且尝窃笑妄言衲子,与"喜谈禅"、"尝摧衲子"之彭器之事相合。又据前举汝砺《云居相送至下山庄》"好去庞居士,善来洪上人"一联,正所谓"追配能与庞"之意。故惠洪此诗题之"器之",当为"器资"之误。据宋杜大珪《名臣碑传琬琰集》中卷三一曾肇《彭待制汝砺墓志铭》,汝砺于绍圣元年十二月某日卒于知江州任上,则惠洪此诗当作于十二月前。

我读到此段,可谓积年疑惑,一朝涣然冰释,所以虽然读的是考证文字,感受却如在清风朗月下。周氏本人,一定喜过于我,有《总案》的《后记》为证:

> 细绎文本,如侦探推理;广采旁证,如法官办案。蛛丝马迹,草灰蛇线,水穷云起,柳暗花明。得一二条材料,辄作数日喜,破两三处疑难,复有半月乐。故五载寒暑,何啻五载清欢,其间兴味,所谓可与知者道,难与俗人言也。

为了不做俗人,我们应该积极分享周氏的喜乐。然而正如彭汝砺的这条例子所示,关于许多人物的考证,并不是简单使用工具书、检索软件,或偶遇一两条史料便可解决的,有时候脑子要转几个弯,古人所谓"思之思之,鬼神通之",这里也有转瞬即逝的灵感,而抓住这灵感的力量来自积年辛勤、持之以恒的求索。

彭汝砺在北宋英宗朝状元及第,此后十年沉沦下僚,而处之淡如,颇见其"德行";神宗朝出任御史,为职在纠弹的"言语"之官;哲宗朝曾任中书舍人,乃专掌辞命的"文学"之选;后来晋升吏部尚书,则亦不乏"政事"之才。衡以孔门四科,他在当时士大夫中都堪称一流,又有《鄱阳集》十二卷现存,可资研读。但自近代以来,人文领域被强分为文、史、哲三个学科,以各自的标准确立研究对象,哪个学科都不容易关注到他。近代学科体系造成的此类盲点,似乎也只有在制作人物年谱时,作为谱主的交游对象才偶然显现出来,但只要我们不满足于简单抄几句史传了事,那么这个人物留在各种史料中的痕迹,还是会让我们感受到一个杰出的生命存在数十年间放射的热量,不允许我们仅仅视其为"时代背景"中的一物。也正因为宋代思想、历史、文学的研究者中,越来越多的人有这样的体会,所以随着研究的深入,各领域几乎不约而同地向"士大夫研究"倾斜,将包含一般意义上的"思想家"、"政治家"、"文学家"在内的"士大夫"或"士大夫社会"作为考察的对象。通读《总案》全书,我们就不难看到,围绕惠洪的除了禅宗丛林外,还有这样一个士大夫社会,在文学史的意义上,也可以视为当时的"文坛"。而《总案》之所以能给我们提供这个"社会",当然是因为周氏对他涉及的每一个人物都不轻易放过,经过他穷追猛打式的考索,每一个体都无从遁形,于是大量的"现场"就获得真实的还原。

《总案》204页对潘兴嗣的考证,269页对许顗卒年的考证,289页对陈瓘卒年的考证,都是很具体的成果,这样的成果很难一一列举,但让我最感兴味的,是23页对黄庆基的考证。元祐年间弹劾苏轼的这位御史,是文学史家研究苏轼时的一个"背景"物,从未有人关心他究竟是何许人也。但经过周氏的调查,我们却知道他是抚州金溪人,王安石的表弟,也就是王安石好几首诗题里的"黄吉甫"。另外周氏还曾告我,曾巩《喜似赠黄生序》亦为黄庆基作,"喜似"即为其"似"王安石而"喜"。可能因为文中未明言"黄生"之名,周氏不愿将此判断写入《总案》,不过我认为这判断无误。当我们知道了黄庆基的这番来历后,至少对于其弹劾苏轼一事将增进几分认识,读王诗、曾文时也会有更多的联想,或许还应该思考元祐朝廷何以听任王安石的死党出任御史?这个在元祐末期为"新党"的重新崛起开路的人物,何以选择苏轼为打击对象?总之,我们决不会认为这番考证是多余的。然而,如果允许我饶舌的话,我还想借这个例子再次提示"士大夫研究"的必要性,因为我们不妨思考这样一个问题:为什么迄今为止的王安石、苏轼、曾巩的年谱、传记对这样一个人物都轻易放过,不加深究?

士大夫之外,当然还有一个更宽广的社会。惠洪的行迹北至太原，南达海岛，周氏查检了大量的地志（不够明确处也时加考案），联系惠洪作品，来追踪其所到之处交游、创作的场景，细心的读者也将看到一幅一幅北宋末年地方社会的画面，那是与《清明上河图》所描绘的东京的面貌有相当差异的。由于本书毕竟不是论著，周氏只能点到为止，但他的案语时时在提醒我们如何更深入地阅读惠洪作品中反映出来的那个时代、社会。此处姑举一例。宋徽宗宣和元年（1119）正月，推出了一个奇怪的宗教政策，似乎是以道教吞并佛教，令寺院改为宫观，僧人皆称"德士"（《总案》243页），至次年九月，又取消此令，"德士"复为僧人（264页）。这当然一向被视为徽宗的许多荒唐行为之一，但周氏却从惠洪《德士复僧求化二首》，发现此事另有玄机："此言德士复僧，换新度牒，必输五千钱，乃朝廷敛财之一途。此文可补诸史之阙。"（265页）我们由此才明白这一"荒唐"行为原来是如此"高明"的操作：取消僧人身份再加以恢复，让他们重新付钱领度牒，统计全国所得，其财必相当可观。虽然周氏的案语说得很简单，但他的学术关注面之广，于此例可窥一斑。

  示寂于建炎二年（1128）的惠洪，在临终前夕看到了北宋的灭亡。一个行脚僧与他的时代几乎同时走到终点，仅凭此点，《总案》的读者想必就能了解周氏研究惠洪的意义。其积年辛劳所收获的成果，并非区区一文所能总结转述的，但我以为，即便只就以上三个方面来说，此书也已经把当前的学术研究提升到一个新的水平。而且，因为舍弃了一般性的叙述、铺垫，集中表达尖端成果，从而使本书拥有的真正丰富性，似乎也很难为其它著述形式所具备，故对于周氏采用"总案"形式以免去虚语，我以为亦值得赞许。

【原载《中华文史论丛》2011年第1期，上海古籍出版社】

书评二
《法眼与诗心——宋代佛禅语境下的诗学话语建构》,周裕锴著,中国社会科学出版社,2014年

禅(或者更广泛地说佛教),对于不以此为本职的其他社会人群来说,意味着什么?这问题可能有多种答案:一个相对独立的宗教团体,一套理论体系,一种思维方式,或者一些脍炙人口的故事等等。但在某一个时代,当它对社会各行各业都发生了普泛而显著的影响时,以上答案的哪一个都不足以说明这种影响。几年前,我曾在一次会议上听到包弼德教授的一个有趣的说法,他谈及某种思想对社会的影响时,说"让我们设想一下流行很广的一种传染病的情形……"当时我听到这个比喻,就立即联想到禅。因为正是禅宗经常会"以病喻禅",把个体的真实领悟比喻为生病,只有患者才能获得生病的切身体验,旁人只能看到部分症状而已,甚至精通佛学理论的高僧也不过如医生一般探究了某些病理,与亲身生病依然有别。这当然只为了描述"如人饮水,冷暖自知"的独特体验,但若考虑到其传播、影响的话题,则正好可以与"传染病"的比喻相衔接了。

"传染病"是一个比喻,当我看到周裕锴教授的新著《法眼与诗心——宋代佛禅语境下的诗学话语建构》时,忽觉书名所用的"语境"一词,也许就表达了"传染病"比喻所要形容的那种无所不在的

影响吧？想来想去，觉得不错，"就是它了"！

周老师自己的说法，叫做"佛教文化语境"，他说："所谓佛教文化语境，我的理解就是由各种佛教活动及佛教观念而构成的社会背景和文化背景。它既包括形而下的坐禅读经、礼忏发愿等具体的宗教修行活动，也包括形而上的一般知识、思想与信仰世界。"（第2页）为了具体呈现这个文化语境，他在此书的第一编中画了许多表格：《宋代文人与禅宗关系一览》、《〈枯崖漫录〉载南宋参禅文人一览》、《宋元明清佛教史传（禅宗文献之外）载宋代文人学佛一览》、《宋代文人佛藏注疏刊刻一览》、《宋代文人佛教经律论三藏序跋》、《宋代文人禅宗传灯录语录序跋一览表》、《宋僧别集一览表》、《宋僧总集一览表》。这八个表格占据了40页左右的篇幅，把宋代文人参禅学佛的人数规模、阅读佛典禅籍的情况、有关佛学的著述以及僧侣的集部著述都展现出来，作者希望"这些详细的统计数据有助于我们了解宋代三百年间知识精英阶层的佛教文化语境，并由此语境而了解佛禅话语在宋代社会流行的必然性"（第3页）。

这些表格并不是一下子可以做出来的，需要长期持续的关注和积累。它们当然都可以精益求精，比如《宋代文人与禅宗关系一览》，是从十一部宋代禅林笔记、灯录和僧传中找出禅僧和士大夫文人的交往记录，查考出具体僧名、人名并依时代顺序制成，这里并未包括文人的著述中提到的他们与禅僧交往之情形，可想而知遗漏必然不少。但对于作者想要呈现的宋代佛禅"语境"来说，这些表格已经达到了目的。尽管此前也有学者从事相似的研究工作，我们仍可以说这些表格把读者对此"语境"的了解带到了全新的高度。

我们相信，第一编的叙述和统计表格，对研究宋代宗教史、思想史、社会史的学者都会有所启示，并提供有用的资料信息，不过周老师将把他的话题一步一步引向诗学，也就是从"法眼"引向"诗心"。

对于关注禅学或宋代文学研究的读者而言,周裕锴教授是我们熟知的专家,其《中国禅宗与诗歌》(上海人民出版社,1992 年)、《宋代诗学通论》(巴蜀书社,1997 年;上海古籍出版社,2007 年修订版)、《文字禅与宋代诗学》(高等教育出版社,1998 年)、《禅宗语言研究入门》(复旦大学出版社,2009 年)、《宋僧惠洪行履著述编年总案》(高等教育出版社,2010 年)等著作,显示了他在宋代禅学和诗学两方面的深厚学养。长期浸润于这两大领域的诸多典籍,使他非常善于发现一系列诗学术语的佛学来源,考察和解释其转化、演变的详细过程。不过,尽管这个过程在以上著作中也有所描述,但着眼于此过程本身,更为完整而有结构地加以论述的努力,却集中体现在这本《法眼与诗心》中。本书共分四编,每编含三或四章,除第一编《文化语境:宋代文人和僧人的佛学修养及著述》外,后面三编恰好画出了佛学思想资源转移到诗学话语的三个步骤。也就是说,第二编谈的是思想资源,第三编谈转化的情形,第四编落实到诗学话语。

第二编《思想资源:宋代文人接受佛禅经典的主要观念》,深入分析了《楞严》、《华严》、《金刚》、《维摩》、《圆觉》等宋人最为常读之佛经中所蕴含并被关注的重要佛理,如《楞严》的法身哲学,《华严》的法界观等,基本上把第一编通过人际交往和著述总貌来证实其存在的"语境",还原为观念化的图景。由于《楞严》、《金刚》、《圆觉》、《维摩》被宋代文人视为佛经中的"四书",《华严》又是佛教义学研究的重要对象,故以此五经为中心来构画这个观念化图景,自具较高的合理性。当然我们可以追问:"只有这些吗?"在我看来,本书第一编所提供的《宋代文人禅宗传灯录语录序跋一览表》,就值得进一步重视,因为直接从佛经汲取思想资源,对很多人来说并不容易,而灯录、语录就显得更为亲近。换句话说,"语境"经常不是经典阐说的义理、信仰,而是借灯录、语录传播开来的形象和故事。我非常遗憾周老师对"佛教文化语境"的描述中似乎轻视了这些形象和故事,其实无论何种思想观念,一旦托附于某个形象和故事,其传播的范围和速度便更为显著,有时几乎可以用"疯狂"来形容,对"语境"起到有力的构造作用。

第三编《审美眼光:佛禅观照方式在诗歌创作中的转化》,则考论的基本资料转移到了诗歌作品上,试图就此分析佛学思想资源如何转变为诗人观照世界的审美方式。作者着重讨论了《楞严经》的"六根互用"、"转物"观念如何转化为诗中的通感和拟人主义,《华严经》的"万法平等"观念如何哺育了诗人们"以大观小"、"小中见大"的艺术构思,"妙观逸想"的艺术想象,"千江一月"、"全花是春"的审美感悟,《圆觉经》《金刚经》的"空幻"思想如何启发了宋代诗人的艺术幻觉。与学界此前对于佛教与宋诗关系的研究相比,本书这一编的特色是突出了"观照"的问题,即禅观与诗观如何相通,或者说僧人与诗人在观照世界方面的一致性。从"转化"的角度说,等于强调了主体即"人"的作用。必须补充说明的是,正像作者所指出的那样,从历史上看,由佛禅思想资源转化而来的以上审美方式和表达方法,是到了宋代诗人那里才获得清晰的自觉,因而是全新的,说明了佛教思维给宋代诗学带来的新变化。在很大程度上,作为文学史家的职责,使作者更乐意去关注对于某个时代来说是"新"的东西,而不是对于某个论题来说必须顾及的完整性。严格地说,被他视为立论基础的"宗教地掌握世界与艺术地掌握世界的一致性"(第140页),也许只适合一部分诗人,对此持有怀疑态度的读者,也许将为书中叙述的各种现象寻求另外的解释。不过即便如此,我们依然感到兴奋,因为周老师对"六根互用"的审美实践、"转物"诗学及"以大观小"、"全花是春"、"如幻三昧"等话题的提示,确实令我们耳目一新。

第四编《诗学话语：宋人诗论中佛禅术语的引用和演绎》，似乎回到了读者所熟悉的为周老师所擅长的领域，讨论佛典、禅学词语向文学艺术的延伸，以及充斥于宋代诗话中的"以禅喻诗"话头的隐喻意义。如果说，第三编考察的是什么样的"法眼"转为"诗心"，那么这一编就换了一个角度，考察哪些"诗心"来自"法眼"。从文学批评史的立场看，这里最值得重视的，也许是第二章《〈沧浪诗话〉的隐喻系统和诗学旨趣》，出于对南宋禅学语境和严羽的整个诗学趣向的了解，作者得以深入考察这部诗话的"隐喻系统"，还原其"以禅喻诗"的本意。他的结论与学界传统的观点有许多不同，如谓"第一义之悟"指对诗歌原初的本质的理解，"透彻之悟"指这种理解的程度，是对同一等级诗歌的不同表述，"妙悟"并非兼有格调、神韵之二义；"临济下"与"曹洞下"在南宋禅学语境下确有高下之分，"曹洞下"隐含了宋人以黄（庭坚）陈（师道）诗为曹洞禅的指涉；"别材别趣"出自禅宗"教外别传"的喻义，苏（轼）黄（庭坚）诗与盛唐诸人诗的对立犹如"教门"与"宗门"的对立，"以文字为诗"作为"不立文字"所隐喻的对立面而被批判；"兴趣"指感兴的趣味，与神韵、意境无关，提倡"兴趣"与推崇李杜诗并无矛盾；"羚羊挂角"、"空中之音"等禅语只是关于语言文字在显示意义的澄明性方面的隐喻，并非倾向冲淡空灵的"王孟家数"，等等（详见第 224—225 页）。鉴于《沧浪诗话》在中国诗歌理论批评史上的重要性，以上这些结论的学术价值不言而喻。作者认为，明清以来诗论家对这部诗话中许多禅宗话头的误解，是因为混淆了"以禅喻诗"和"以禅入诗"的区别。"在整个《沧浪诗话》中，'禅'只是作为比喻这一修辞手段的喻依，诗和禅只是一种比喻关系，二者本非一体，也不相通，所以诗中不必有禅，甚至不可有禅。"（第 224 页）无论我们是否同意周老师的结论，这一考察都具有非凡的意义，它彰显了"佛禅语境下的诗学话语建构"的一种容易被忽视、被误解的方式,就是建构者虽然使用了大量佛禅词语,但并非直接借用其原义或略作引申,而是用了参照、比喻的方式,两者不交叉,而呈现为平行的关系。与交叉线一样,有意识地画一条平行线也必然受到已经存在的那条线的严重影响,甚至是更为持续和深刻的影响,但解读者似乎习惯于把它们理解为交叉关系。所以,我以为周老师这一研究在方法论上也有提示作用。当然,如本编其他部分所示,诗学话语借用佛禅词语的原义或引申义的情况,也并不少见,此不赘述。

上文逐编介绍了周书的内容,限于能力,我无法对书中包含的更多具体成果提出批评意见,只对其框架、要领作了一些点评。在此基础上,让我们重新回到包弼德教授所提示的"传染病"的话题。如果把佛禅看作一种"传染病",那么这本《法眼与诗心》就讲述了它如何侵入"诗学"肌体的一个故事。如果使用严羽"以禅喻诗"式的平行比喻法,则全书四编中,第一编以大量数据证实了该"传染病"的存在,第二编是把一部分佛经视为"传染源"来加以考察,第三编分析了一种传播方式,以诗人为特定传染对象,描写其如何因为被感染而产生了"观照"世界的新方式,第四编就是在"诗学"范围内对传染结果的查证。我们知道,周裕锴教授数十年来一直在讲述这个故事,但从来没有这一次讲得那么完整,这是此书的主要价值。当然随之而来的一个问题是,不同的研究者很可能发现"传染病"的另一种传播方向,比如与"以禅喻诗"正好相反的"以诗喻禅"的方式,早在唐代就逐渐流行于禅师们中间。在所谓"不立文字",即放弃了理论性的言说后,他们或者指东道西地讲一些俗语谚语,或者不明所以地称呼一下眼前的事物,或者哑然做一些肢体动作,乃至扬眉瞬目、棒喝交下之类,但也经常会使用诗句,包括前人的作品或自己的新创,这些诗句至少有一部分可以被视为理论性言说的替代品,是"以诗喻禅"。那么,诗对禅的这种影响,与禅对诗的影响,何者更早发生?这问题当然不好回答,但若换一种问法,有没有"诗歌语境下的禅宗话语建构",则应该可以得到肯定的回答,因为对唐宋时期的中国社会来说,"诗"一定是比"禅"更为疫情严重的一种"传染病"。或者也可以说,诗人参禅与禅僧作诗,是一种"交叉感染"的传播方式。这显然比周老师讲述的故事更为复杂,虽然我们没有理由要求他在一本书中处理两个完全相反的主题,但我感到提出这一点仍有所必要。

这是因为,"传染病"的比喻原本更适合于"诗"而不是"禅",文化传统、科举制度、社会习俗、基础教育,等等,都是"诗"病得以滋生和传染的温床,而"禅"病呢?如本文开头所说,禅师们"以病喻禅",为的是强调一种只属于患者个人的独特体验,这样一种极具个体性的内省式的"病",怎么会成为如此广泛地漫延到社会的"传染病"?在我看来,原因之一,恐怕就是它经常跟"诗"病结合在一起,才这样易于传播吧?至少,染上"诗"病的禅僧会更容易把"禅"病传给诗人。或许,这是我们可以期待周老师会给我们讲述的另一个故事,因为据我所知,似乎没有人比他更适于讲述这个故事了。

【原载《人文宗教研究》2016 年第 2 册,宗教文化出版社】

书评三
《美的焦虑：北宋士大夫的审美思想与追求》，
[美]艾朗诺著，杜斐然、刘鹏、潘玉涛等译，
上海古籍出版社，2013年

此书原名 The Problem of Beauty: Aesthetic Thought and Pursuits in Northern Song Dynasty China，2006年由哈佛大学出版。据我所知，美国学者田安(Anna M. Shields)已经为此书写了书评①。所以，本文将针对刚刚出版的中文译本，表达一个中国本土研究者的阅读感受。首先应该注意的是，中文译本令人意外地将标题中的 problem（问题）译成（或者说改成）了"焦虑"，还在副标题中加入了"士大夫"一词。当我试图了解这个中文书名的来由时，发觉它有一个产生、修改和确定的过程，而且是一个扑朔迷离的故事，发生在艾朗诺(Ronald Egan)教授、其夫人陈毓贤女史（她也是译者之一）、译者杜斐然（哈佛大学博士生）、上海古籍出版社的责任编辑刘赛、审稿人马颢之间，他们通过电子邮件交换意见，错综复杂，长达年余。不过重要的是，来之不易的中文书名反映了作者、译者、编者对此书终于达成的共识，向我们提示了理解此书主旨的途径。换句话说，与原版书名显得不甚一致的"焦虑"和"士大夫"二词，现在要被当作"关

---

① 文见 Harvard Journal of Asiatic Studies, Vol.67, No.2(Dec., 2007), pp.475–484。

键词"来看待。下文将从"焦虑"说起。

一、为什么"焦虑"

我花了几乎一个月的时间调查书名"焦虑"的来历,现在获知,早在2012年2月,艾朗诺将中文译本的版权授予上海古籍出版社时,就已在信件中提出,他考虑将书名改成"美的焦虑"。此后,作者、译者、编者之间关于书名的讨论一直延续到出版前夕。杜斐然最近给我的信中说,她本来直译为"美的问题",等到译完结论一章,才在定稿前决心改成"美的焦虑",其理由是:

> 在英语中,可以被翻译成"问题"的有两个词,一是problem,二是question。question非常中性,而problem就是"存在问题、有问题了"的意思。比如,在英文讨论中如果说"I have a question",就是"我想提个问题",这后面接的是个问句;如果说"I have a problem (with what you just said)",那就变成了"我认为你刚才说的有问题(我接受起来有问题)",这之后跟的是自己的意见和质问。因此,problem在翻译成中文的时候,如果译为"问题",那其实是暗含两个解释方向,一是这个时代中存在的几个主题、讨论的问题、当时代人的concern;另外一个方向才是我们想要它传达的意思,就是"存在问题"的意思。

按她的理解,因为与传统观念有所冲突,北宋士大夫意识到他们对美的鉴赏和追求是"有问题"的,从而引起心理矛盾,以及试图克服矛盾的曲折表述,这才是英文书名所要传达的意思。从这个角度说,"焦虑"不但是作者本人提议的新书名,而且也是原书名的一个传神的译法。

我想这应该符合艾朗诺本人的写作意图,实际上,在陈毓贤翻译的此书《引论》部分,我们就能读到"焦虑"一词:"11世纪左右,中国士大夫对美的追求空前地热烈,开拓了大片的新天地,但也因而造成新的焦虑。"(第1页)他所说的新天地,主要包括四个领域,书中分列为六章:

第一章　对古"迹"的再思考:欧阳修论石刻
第二章　新的诗歌批评:诗话的创造
第三章　牡丹的诱惑:有关植物的写作以及花卉的美
第四章　苏轼、王诜、米芾的艺术品收藏及其困扰
第五章　宋词:多情之恼
第六章　宋词:新的词评观念,新的男性声音

其中第一、四章讲的是艺术品的鉴赏与收藏,第二章讲的是诗话,第三章讲花谱,第五、六章讲词。这六章加上前面的《引论》和最后的《结论:社会阶层、市场与性别中的审美》,构成了全书。艾朗诺关于四个领域的讨论,虽然各自都可以被看作专题性的研究,但从文学艺术史的角度看,它们涉及了创作(词)、鉴赏(艺术品收藏)、批评(诗话)以及日常生活中的审美(花卉),有足够的理由把它们视为一个整体。更重要的是,这些讨论中确实贯穿了统一的思路,如其自云:"总的说来,北宋末士大夫的精神内容和表达方式都扩宽了,以前被认为离经叛道的娱乐和各种对美的追求得以见容,而且可诉诸文字。……本书把焦点集中于北宋士大夫在追求美的过程中所面临的难题,指出传统儒家对这些活动有许多成见,他们必须开辟新的视野,敢于挣脱教条的束缚,勉力给出一个说法以自辩。"(第3

页)实际上,全书的主要篇幅,就在精细地考察一系列关于审美爱好的"自辩"说法,而正是这些"自辩"透露了士大夫们的"焦虑"。

在今人看来最正常不过的各种审美活动,为什么会引起"焦虑"而需要"自辩"?儒家思想对审美活动的"许多成见",是我们经常提及的阻扰因素,但事实上这并未导致中国美学史或文学艺术史乏善可陈。从积极的方面看,艾朗诺所讨论的四个领域都是宋代所开辟的"新天地",这一点尤其值得重视。词是一种新兴的体裁,虽不是起源于宋代,但士大夫们接受它,并使它发展为与诗文并驾齐驱的创作样式,是在北宋期间;艺术品收藏是北宋新兴的风尚;诗话是新兴的批评载体;而据艾朗诺的考察,以欧阳修作于十一世纪三十年代的《洛阳牡丹记》为始的有关花卉植物的专论,也是北宋期间中国文化史上的若干"第一"之一,"有史以来,宋代首先见证了大量关于花卉栽培和鉴赏文集的产生,这比西方要早几个世纪"(第 81 页)。很明显,他有意去捕捉一个时代所产生的新现象,并将注意力集中到这些新兴的领域。并非所有儒家思想家都会极端排斥审美活动,但新兴领域所包含的一些方式、倾向,却具有对传统观念的挑战性乃至颠覆性。比如:写词是否意味作者是浪荡子弟?士大夫抒写他对歌姬的爱恋是否有失体面?对艺术品的占有是不是一种"物欲"?以闲谈随笔的形式论诗是不是不够严肃?像牡丹花那样的诱人、艳丽之美也可以沉迷其中吗?由植物嫁接技术所带来的反自然的花卉之美也可以接受吗?……借用上引杜斐然的话说,这些问题真的不是 question,而是 problem。要解决这些问题并非易事,而且每个士大夫所提供的解决方案可能只对他本人有效(甚至这一点也难以保证),但重要的是他们意识到这些问题,并试图去解决。换句话说,他们在此种"焦虑"情形下产生的一系列文本,是艾朗诺致力于解读、分析的对象,他不但从中读出了"焦虑",还把不同时期的文本相互比较,藉以考察各个领域的进展变化。

那么,我们由此也就了解艾朗诺从事此项研究的基本方法,就是通过精细的文本解读,来还原作者的所思所想,体会其心理矛盾。众所周知,两千多年前的孟子把这种方法称为"以意逆志"。

二、以意逆志

面对海外中国学论著,多数国内同行会称道其"方法"之新,但艾朗诺的方法却非常传统,而且据我所知,他本人并不认为美国汉学家有什么特殊的方法。也许,在一个中国文学史的研究者看来,把艺术品收藏和花卉鉴赏方面的史料揽入研究视野,是颇具新意的,但这在今天已经不是方法问题,如果一个文学史的教授执意不肯理会他所研究的"作家"、"诗人"留在其它领域的著述,如果他认为研读这些很常见的文本就是为历史学家或别的专家"打工",那么我们无须谈论方法。

在本书中被全文引录或大段摘录而加以精细解读的文本,多数是北宋的"记"文或序跋,列目如下:

1. 欧阳修《集古录目序》(第 7—13 页)
2. 欧阳修《集古录跋尾》数则(第 16—40 页)
3. 欧阳修《归田录序》(第 49—50 页)
4. 欧阳修《六一诗话》数条(第 54—57 页)
5. 欧阳修《洛阳牡丹记》(第 85—102 页)
6. 苏轼《牡丹记叙》(第 102—106 页)
7. 李格非《洛阳名园记》后记(第 113—119 页)
8. 苏轼《宝绘堂记》(第 122—126 页)
9. 米芾《画史》首段(第 145—148 页)

10. 苏轼《题张子野诗集后》(第184—185页)

11. 张耒《贺方回乐府序》、李之仪《跋吴思道小词》、李清照《词论》、黄庭坚《小山集序》、晏几道《小山词自序》等北宋词论资料(页230—242页)

12. 秦观《逆旅集序》(第259—263页)

除此之外,作为比较对象的还有五代时期的沈颜《碎碑记》(第40—43页)、欧阳炯《花间集序》(第188—193页),第五、六两章还解读了晏殊、柳永、欧阳修、苏轼、晏几道、周邦彦的许多词作。虽然有的文本此前未必曾受广泛的关注,但总体而言,并没有稀见的资料,无一不是常见的文本。对这些文本的解读、分析(原版还提供了它们的英译本),就是全书的主干部分。也许,外国人看汉语资料难以"一目十行",所以被迫采用"精读"之法。值得称道的是,艾朗诺的"精读"没有一般欧美汉学家时常被指责的"过度阐释"之病,他非常自然地进入原文的文脉,理清作者的思路,指出其中的曲折、矛盾或者他认为应该注意之处,并不由此生发过多的联想,也决不使用现代的理论去生搬硬套。当然,他从这些文本一一读出了与全书主旨("焦虑")相关的信息,比如从《集古录跋尾》读出"在欧阳修的评论里,书法鉴赏家和儒家思想家之间存在某种紧张"(第23页),从《归田录序》读出"在这篇序言里,欧阳修在严肃作家应该写什么这一问题上,与沉重的传统进行着对抗"(第49页),从《洛阳牡丹记》读出"城市狂欢、季节性的花市、著名园艺师的名声和财富,以及商品的市场价值。这些在欧阳修的其他作品中基本上是没有的。简而言之,我们在这里看到的是对于市井文化的着迷,跟欧阳修的其他作品不太相称"(第99页),因而"在很多方面背离了士大夫的写作传统"(第101页),从《洛阳名园记》正文和后记的不同倾向读出李格非"对传统观念的屈服"(第119页),从《宝绘堂记》读出"潜在的对于'收藏'行为的疑虑"(第125页),亦即"苏轼对于书画收藏的'纠结'心态"(第130页),从《画史》首段读出米芾"对整个儒家价值体系的颠覆"(第147页),从《逆旅集序》读出秦观的"许多离经叛道的思想,公然反对社会固有的对于知识、学问、等级等的正统观念"(第261页),等等,从文本分析的角度说,这些结论都确凿无疑,聚集在一起,就可以证明因审美追求与传统观念的冲突而引起的"焦虑"是如何广泛地存在。

我认为应该进一步考虑的是这些文本的性质,是个人的"任性"式书写,还是面对社会的必须为自己意见负责的发言?此与作者的身份、地位有关,也与文体有关。用不太适当的比况来说,儿童提出的无理要求和颠覆社会规范的任性话语,我们是不会太在意的。某些情况下,文人会像儿童一般受到优容,明显追求文学效果的非常规表述,或者不得志的人说些"破罐子破摔"的话,可能不致引起太大的非议。所以,如果我们不能在士大夫的奏议、章表、策论、碑志之类的文章中发现那样离经叛道的意见,而只在序跋、记文乃至随笔中看到,则"颠覆"性的问题就不会太严重。自然,这个情形不但并不影响艾朗诺关于"焦虑"存在的论证,也许还进一步证明了"焦虑"的内在真实性。我只是想提醒读者,全书处理的都是性质相似的文本,而艾朗诺对于这类文本的解读,可以说非常成功。

艾朗诺的成功之处还在于,他经常会把这些文本进行对比,发现其间的差异,从而显示出一种历史性的变化。例如,他发现了欧阳修与苏轼、米芾对于艺术品收藏的不同态度,如果说欧阳修还"纠结于审美价值和教化功能间的二元对立"(第122页),那么对于苏、米来说,就是"美学意义上的美对于艺术藏品来说是第一性的,这种美无须遭受质疑或非议"(第176页)。然而苏、米之间也有很大差异,艾朗诺发现米芾的"每一个观点几乎都与苏轼针锋相对"(第144页),这是因为米芾几乎走向了极端,"只有艺术才是这世上唯一重要的东西"(第157页)。又如,他把苏轼《题张子野诗集后》与张耒《贺方回乐府序》对比,指出他们对词的态度"在根本上不同",苏轼埋怨人们不知道以词闻名的张先其实也能写诗,而张耒却"丝毫不提贺铸作为诗人的成就",他能"很自然地接受贺铸词的'娱情'之美,将他和传统上无可指摘的人物、价值观一道相提并论"(第231页)。与此相似的是,艾朗诺还从"周邦彦几乎从未遭遇过纠缠在柳永身上的名声问题"(第251页)这一事实,看出北宋社会在宽容度方面的进步。我们知道,关于艺术品收藏和宋词的考察,在本书中都分立了两章,这大概就与前后对比的思路相关。

　　文本对比带来的另一个成果是,不但文本中的"有"被发现,文本中所"无"的东西也被发现。这在第二章关于诗话的讨论中表现得最为显著。艾朗诺不厌其烦地讨论了文学评论的几乎所有体裁,议论性文章、书信、散文、序言、题跋,等等,将它们与诗话这一新兴载体进行对比,结果是,一方面,欧阳修《诗话》中所包含的材料,在其他类型的探讨诗歌或文学的作品中很少出现"(第59页),另一方面更重要的是,"我们原本期待的东西在诗话里是完全没有的",欧公的《诗话》"既没有提到《诗经》,也没有提到《楚辞》",接下来司马光、刘攽的诗话直至胡仔对北宋诗话的类编之书,都忽略了诗骚,"这种忽略成了北宋诗话的常态",这就是艾朗诺所谓"经典的消失"(第60页)。他在第二章中专门设立一节来探讨这一发现,认为"无论如何夸大上述转变的重要性都不为过"(第61页),因为"这是一种诗史叙述的逆转,其有趣之处不仅仅在于它以更新更近的典范取代古代的经典。事实上,整个讨论的实质已经改变了。宋诗话拓展出一块以前很少涉及的新领域,在诗歌写什么以及怎样写这个问题上,他们都反对旧的观念"(第64页),"这是第一次,在中国文学史上出现了一种新的载体,在这一新的载体之上,对诗歌的讨论不再局限于经典以及由经典派生出来的概念"(第65页)。显然,艾朗诺为此发现感到兴奋,我也认为中国文学批评史的研究者都应当积极分享这一份兴奋。"经典的消失"确实意义重大,尤其是此事发生在尊重经典成风的北宋,又以著有《诗经》研究专著《诗本义》的欧阳修为首。

三、无所不在的欧阳修

实际上,不光是诗话,艾朗诺在此书中讨论的四个领域,都以欧阳修为开启者或重要的早期作者。这在《引论》中就已明言:"欧阳修是个关键人物。他非但首创把石碑铭文的书法当艺术品收藏,撰写诗话和花谱,他对词的发展贡献也非常大。"(第2页)因此,欧阳修是此书考察的核心人物,要说"焦虑",他也是最为"焦虑"的个案。

另一方面,艾朗诺在1984年就出版过《欧阳修的文学著作》[1],虽然我没有他的全部著作目录,但这似乎是他出版的第一本书。那么,欧阳修研究可以说是艾朗诺在宋代研究方面的一个起点,从某种角度说,《美的焦虑》就是欧阳修研究的延伸。顺便提及,此书中文译本的产生其实也与欧阳修有关。2006年原版问世,恰好次年就是欧公的千年诞辰,中国大陆和台湾都有纪念性的学术活动,此书的某些章节就因此而出现其中文版:第一章由潘玉涛译出,刊载于复旦大学《思想史研究》的一期欧阳修专辑[2];第三章的一部分经

---

[1] *The Literary Works of Ou-yang Hsiu*(1007－1072). Cambridge, Eng: Cambridge University Press, 1984.
[2] 复旦大学思想史研究中心编《思想史研究》第四辑《欧阳修与宋代士大夫》,上海人民出版社,2007年。

过修改,也成为台湾大学中文系召集的"纪念欧阳修一千年诞辰国际学术研讨会"的参会论文①。后来,潘玉涛在复旦的同学刘鹏和杜斐然完成了全书的翻译。正如艾朗诺所说:"此书中文版得以面世,是多人努力的成果。"(卷首《鸣谢》部分)我以为把"多人"团聚在一起的,是学习中国文学的人对于欧阳修的敬爱之情。

比较令人遗憾的是,上述两个章节的中文译本虽已面世数年,其中包含的独到见解却一直未引起国内研究者的足够关注,至少还未能改变人们对欧阳修的一般印象。这多半是因为它们脱离了全书后,容易仅仅被看作关于《集古录》和《洛阳牡丹记》的专题论述,很少读者会由此联想到欧公的整体人生态度。实际上,艾朗诺的研究足以推翻某些成见。以第一章为例,通常我们会把《集古录》看作"金石学"的开山之著,从而谈论此书的史学价值,但艾朗诺通过细致的文本分析,得出了不同的结果。首先是《集古录目序》,此序虽然也提到碑文的史料价值,即其修正书面记录的功用,但"令人诧异的是,欧阳修并不怎么强调这一功用。他提到它,几乎是作为事后补记,紧接着很快便转向愉悦的主题",这也就是说,"因在学术上有用而证明其收集正当的说法,在序言中完全被他对铭文书法及其盎然古意的喜悦之情掩盖"(第12页),所以,我们有必要"用另一种眼光来阅读欧阳修的序",从头到尾,他所强调的是一种"特别的趣味",这种趣味让他"能在其中获得愉悦",而"这愉悦超过了更崇高的目的"(第13页)。接下来,艾朗诺又从欧阳修为碑文撰写的许多跋尾,考察收藏活动对于欧阳修的意义,在于这种活动可以使他"从不得不忍受并全力应付的世俗羁绊和压力下解脱出来"(第16页),碑文的内容呈现了时代上与现实相隔离的另一个世界,而时代的

---

① 台湾大学中国文学系主编《纪念欧阳修一千年诞辰国际学术研讨会论文集》第63—82页,2009年。

"隔离感和对跨越隔阂的渴望是欧阳修从事收藏的一个重要动机"（第28页），故"其兴趣不是一般地描绘历史，也不是通过铭文尽可能重新获取书面记录传统所丢失或讹谬的内容（尽管他自己经常这么说），其目标是较之以前更彻底地展现一种艺术追求，其关注点在历史的美学方面，而非历史的全体"（第37页），"铭文不仅呈现了美感，而且呈现许多往昔的生命之'迹'，这些生命后来大多被遗忘，欧阳修对此是如此敏感"（第44页）。毫无疑问，如果我们也像艾朗诺那样去细读相关的文本，便不难顺理成章地认可这些结论。然而，对于《集古录》的一般看法似乎并不如此，为了便于比较，这里引用我的老师陈尚君教授的一段话，包含这段话的论文曾与艾朗诺关于《洛阳牡丹记》的论述发表于同一本论文集：

> 《集古录》是中国学术史上第一部金石学专著，久已为定论⋯⋯在《集古录》中，欧阳修提出金石对于了解古代政治隆替、文章变化和历代书法的意义，特别强调以金石考订史籍的价值，奠定了后代金石学的基本格局。但因他的多数跋尾是公余即兴之作，研读不深，因此疏误较多，留给后人商榷讨论的话题不少。①

陈尚君也提到欧公此书有书法鉴赏方面的内容，但认为它"特别强调以金石考订史籍的价值"，也就是说，关于《集古录》的重点所在，陈尚君的阅读结果与艾朗诺完全不同。这只能解释为阅读者的不同关注点所致，而且我们应该认可同一部书可以具有多方面的价值，但若探讨其编撰者的写作旨趣，则我认为艾朗诺所揭示的是一

---

① 陈尚君《欧阳修的从政经历和学术建树》，台湾大学中国文学系主编《纪念欧阳修一千年诞辰国际学术研讨会论文集》第420—421页。

个更为真实的欧阳修。确实,"用另一种眼光来阅读"相关文本是极有必要的,换句话说,"第一部金石学专著"的"定论"固然没有错,却也可能对我们阅读《集古录》构成障碍。

与此相似的情形,也见于第二章对《归田录》的解读。当笔记被看作一种"史料"时,从史学价值的高低去认识和评价一部笔记将成为我们习惯的思路。但艾朗诺却指出,撰写《归田录》的欧阳修并不把他的写作意义表述为"扩大历史材料的范围",而经常是以愉快的心情来记录曾经的快乐时光,尽管他把自己的笔记与李肇的《国史补》相比,但李著中"作者第一人称口吻从不出现",而《归田录》却"运用了很强的个人语气"(第51页)。很显然,把《归田录》视为"史料"的眼光将看不到这种个人性,或者不能充分认识其价值。

我们知道,除了艾朗诺探讨的四个领域外,欧阳修的业绩还涉及许多方面。按照现代的学科门类,我们可以赋予欧阳修很多"身份":儒学思想家、政治家、诗人、文艺批评家、历史学家、文献学者、花卉鉴赏家、文物收藏家,或者照顾到传统的学术领域,称之为经学家、古文家、词人、金石学创始人,等等。这些"身份"对于他来说全部当之无愧,因为他在任何方面的成就都居于同时代的一流水平。换言之,只要是北宋这一时段成为考察对象,几乎所有人文领域的研究者都将面对欧阳修,他无所不在,"全面发展",确实令人倾羡。然而,具备这么多"身份"的欧阳修毕竟是同一个人,他能使这些"身份"完全保持平行,而不致互相冲突吗?在他留下的很多文字中,艾朗诺读出了他的"焦虑",这便是冲突存在的证明。推而广之,他的超强的创造力经常是与内心的"焦虑"相伴随的。从某种角度说,"身份"越多的人,"焦虑"就越甚。

当然,艾朗诺关注的是由审美方面的追求所引起的"焦虑",还未涉及诸多"身份"之间可能存在的其它冲突,比如"经学家"和"史学家"之间也时而会出现的紧张关系。但他的研究可以提示我们，除了平行地铺叙一位"全面发展"的士大夫在各领域取得的成就外，也应该关注这一个体的内心"纠结"。欧阳修是个典型的个案，类似的情形或多或少地出现在不少士大夫身上。或者说，这是北宋士大夫相当显著的特征。由此，我们的话题将转向此书中文版标题中的另一个关键词"士大夫"。

四、"士大夫"、"文人"或者"才子"

英文原版的副标题，可以直译为"北宋的美学思想与追求"，其中并不包含表示主体的词语。中文版的责任编辑刘赛向我介绍，加入这样的词语最初出于陈毓贤夫人的建议，她有一封写给刘赛的邮件说："我向他（按指艾朗诺）提议用'北宋对美的焦虑、探讨与追求'，但睡过一觉（英文惯说 sleeping over it），猛然感到应该加'文人'二字……"虽然在后续的讨论中，"文人"被改为"士大夫"，但总之是加入了一个表示主体的关键词。

实际上，并没有非常充分的理由来说明"士大夫"一词比"文人"更为合适，尽管书中讨论的人物绝大部分拥有"士大夫"即文官身份，但不要说李清照是明显的例外，像晏几道、米芾等人，也大抵放弃了"士大夫"的主业，即他们应该扮演的政治角色。让我们按照年龄顺序来制作一个书中主要人物的名单：

柳永（984—1053）//晏殊（991—1055）//欧阳修（1007—1072）//苏轼（1037—1101）//黄庭坚（1045—1105）//晏几道（1048？—1113）//秦观（1049—1100）//米芾（1051—1107）//张耒（1054—1114）//周邦彦（1056—1121）//李清照（1084—1155？）

此名单仅限于生卒年可考的,但从中已可看出,这些人在政治史上的重要性,及其成就广涉多种领域的"全面"性,大致呈现坡形,先逐渐上升,至东坡后又随时代的下移降低。也许"文人"的称呼更能概括出他们之间的共同性,可能考虑到与正标题中"焦虑"的呼应关系,后来决定采用"士大夫"一词,因为引起"焦虑"的原因多半与他们的"士大夫"身份相关。然而,出现在此书所论审美领域的主体,从真正"全面发展"的士大夫文人,到北宋后期逐渐转移到接近专业化的"文人",这个趋势却不是艾朗诺随意选择论述对象所造成的,它揭示出一种客观存在的变化。就此而言,上面的名单中只有李清照一位非士大夫文人,令我略感缺憾。虽然非士大夫文人的涌现是南宋以后的事,但北宋也并非没有,至少撰有《德隅斋画品》的李廌(1059—1109)可以成为第四章的考察对象,他一生追逐科名,却未获成功,因为缺乏足够的财力满足其收藏的兴趣,只好为别人的藏品题写鉴赏文字。

对于"士大夫"或"文人"的关注,是目前中国、美国、日本等地的宋代研究者比较一致的学术趋向。艾朗诺探讨了前文所述四个领域的具体情形后,也在《结论》中把问题引向了这个方面。相对来说,中国学界主要是因为许多学科经常探讨同一个人物,而意识到有必要以"跨学科"的方式来对"士大夫"做综合的研究,日本学界则受"唐宋变革论"的深刻影响,主要考察宋代"士大夫"与前代的差异,而美国的汉学界更倾向于把宋代"士大夫"与明清时期的"乡绅"、"文人"相联系。这是不同的学界格局和学术积累所造成的偏重,毋庸深议。艾朗诺在这方面也继承了美国汉学的思路,但有其明显的推进之处。他引用了伊佩霞(Patricia Buckley Ebrey)的观点,阐述宋代"从崇拜'大丈夫'到崇拜文人"的转向(第277页)。在我看来,这种转向也可以从上面的名单得到印证,但更应重视的是伊佩霞对"文人"的描述接近于所谓"文弱书生":他们优雅、博学、多思,具有艺术气质,但不必强壮有力;他们使用轿子出行,收藏古董和艺术品,从不从事狩猎;等等。——艾朗诺把这种"文人"形象与他所论述的宋人审美追求相联系,称之为"崇尚男性精致文雅的新潮流",指出该潮流在其兴起之时"并非毫无问题。这一转向其实存在很大的阻力"(第278页)。显然,他所说的"阻力"就是"焦虑"的原因,但重要的是"转向"的实现。他分析道:

> 从许多角度都能发现"文"与各种男性典范间的对应。有君子之"文",相应也有美学家之"文"、享乐者之"文"、词人之"文"、花卉鉴赏者之"文"。前者反对伤感的精致,后者却并不如此。宋代的儒家和新儒家(包括哲学家、史学家和政治家)中从来不乏推举君子之文者,但从我们考察过的那些人及其言论中,却时常能看到对后一种文的好尚倾向(当然,也有人,如欧阳修同时具备这两种文的特点,分别体现在不同的心境和表达方式中)。但似乎没有一个现成的词能准确地归纳这种与"君子之文"相对的"后一种文"(其实包含了几种不同的"文"),这一点很麻烦。最接近的应该是"文人之文",但"文人"一词又过于宽泛,仍不理想。或许"才子"更能代表这后一种文的好尚群体。当然,"才子"在元明清文化中有更固定的所指,但它与前代这一群体存在着很多共同点,也同样能接受男性的敏感和多情,宋代的这"后一种"文人其实可以看作是元明清"才子"的先驱。(第278—279页)

这段话概括地提示了全书"考察过的那些人及其言论"对于"士大

夫"或"文人"研究的意义,而从欧阳修那样兼具"两种文"的士大夫,到偏尚"后一种文"的文人,再到元明清时代所谓的"才子",艾朗诺描述的发展脉络是十分清晰的。

当然,除了描述外,还须揭示"转向"的原因。笼统地说,全书考察的宋人之"焦虑"及其"自辩"都旨在于是,但从上面的引文中,我们已经可以发现艾朗诺论述这个问题时比较独特的性别视角。所谓"男性的敏感和多情"——"才子"的这种招牌性特征,在艾朗诺看来,主要是随着词在北宋士大夫社会中被接受的过程而逐渐形成的。在第五、六章中,他从性别视角出发,对一批北宋词作的写作特点作了细微的体认。我们知道,唐五代词有替女性"代言"的习惯,男性作者因此必须去体会和形容女性的"敏感和多情"。到了北宋,词中的抒情主体一步步发生变化,晏殊词"一个突出的特点便是其叙述者性别的模糊,读者在字里行间找不出任何可以将叙述者确定为女性的细节或暗示"(第197页),与此同时的柳永词也是"言情多取男性叙述视角"(第199页),下一代晏几道的词,"给我们印象最深的就是词人脑海中女孩的形象,还有她们在他心上刻下的印记","晏几道是第一个将这一主题确立为创作中心的词人"(第246页),最后还有周邦彦词,"特别关注男性在恋爱中的体会"(第251页)。随着"代言"习惯的消失(这表示写词的行为被士大夫社会所接受),与词体相适应的"敏感而多情"的主人公形象由女性变成了男性。一方面,"一种偏爱自然之美与纤细风格的文学审美情趣正在词的发展中确立"(第255页),另一方面,被接受的词体也塑造着它的作者,使之向"才子"型的新男性转化。

艾朗诺对词的论述让人耳目一新。这无论如何是个有趣的话题,除了苏轼等少数作者,只要是写词,男性作者就须改变传统"大丈夫"的自我意识。在我们所熟知的一个故事里,赵明诚和他的妻子曾在这个体裁上互相竞赛,虽然他在写作水平上落败,但可以肯定夫妻二人的表达风格是趋同的,否则无法竞赛。而就这种风格本身的性质而言,赵明诚的落败可能是必然的,李清照在这个领域的登场将极富意味。实际上,在艺术品收藏和鉴赏方面,李清照也展示了女性的优势。这也许是艾朗诺近年把研究课题转向李清照的原因之一。

如此看来,发生于宋代的这一"转向",本身也是有问题(problem)的。伊佩霞和艾朗诺对"文人"或"才子"的描述,极易让人联想到《西厢记》中被"倾国倾城貌"惊艳的那位"多愁多病身",还有鲁迅的一段相当刻薄的形容:

> 愿秋天薄暮,吐半口血,两个侍儿扶着,恹恹的到阶前去看秋海棠。①

现代人眼里,这样"病态"的"才子"决不讨人喜欢,但具有艺术气质、"敏感而多情"的文弱男性,生命中的盛期和衰暮无非如此。由经受了"焦虑"的宋代士大夫所建立而被后世的"才子"们所继续的审美传统,何以走上那样的穷途末路?

五、审美传统与健全的日常性

尽管艾朗诺把此书的大部分篇幅让给了细致的文本解读,但从《结论》中有关"文人"的议论,我们不难了解,他其实具有非常宏观的眼光,去注视整个中华帝国后期的审美文化及其承担者。在宋代

---

① 鲁迅《病后杂谈》,《鲁迅全集》第六卷第167页,人民文学出版社,2005年。

研究者通常能看到的道学、党争、民族矛盾以及一般所谓"文学成就"之外,他独具慧眼地看到了一种基于个人趣味的、精致、文雅而偏向柔情的审美意识,正在这个时代突破既有的社会观念,经了士大夫们的种种"焦虑"和"自辩"而发展起来。他谨慎而又大胆地勾画了这种审美意识的来龙去脉,证实了近世中国的这一传统,或者说传统文化的一部分。

对这种审美传统的反思,并非此书所负的任务,但艾朗诺对其形成过程的揭示,将有益于我们的反思。至少有一点可以肯定,在"焦虑"中建立起来的这一传统,虽然确实导致了类似伊佩霞所说"从崇拜'大丈夫'到崇拜文人"的转向,但其正当性如何,却也一直遭受质疑,最显著的例子就是来自道学家的严厉指责了。正如艾朗诺所云:

> 我们所讨论的这种趋势,很有可能是一个更大的文化转型中的一部分,这一转型内部包含着多重的,甚至是互斥的潮流。也就是说,就在有人更加关注男性之雅、浪漫抒情和审美鉴赏的同时,也有人对苦节、教化和道德自律提出了更高的要求。这两股思潮相互攻讦,结果是各自都向前走得更远。士大夫精英们于是分裂为两个阵营,一边是儒学卫道士和儒学家(即狭义的"君子"),另一边是鉴赏家、收藏家和词人。在欧阳修(他同时有两种倾向)之后,这两个阵营的分化走向了极端……(第279页)

换一种表述方式来说,从欧阳修之前的士大夫中,分化出来的不只是"才子"型的文人,还有接近道学家面目的另一类士人。当这"两个阵营"发生冲突时,国内的文学史家往往急于"捍卫"文学,而把道学家嘲骂一番了事,结果便与艾朗诺所思考的问题交臂错过。我以为,"两股思潮相互攻讦"而令"各自都向前走得更远"的说法值得重视,它促使我们去反思审美传统本身的偏颇。

话题又将回到欧阳修,他是"两个阵营"分化的起点。艾朗诺说他"同时有两种倾向",这当然使他成为最能体现"焦虑"的个案,不过反过来,这毕竟也表明两种倾向可以集于一身:一方面通经学古,振兴儒道,积极干政,砥砺名节;另一方面又保持着对于美和柔情的充分感知,追求个人兴趣的满足。两者之间固有冲突,却也不是时刻处在冲突状态。在他自己的解释系统中,后一方面属于"人情",即人之常情,无可厚非,倒是前一方面,须防止"不近人情"的倾向。他曾说:

> 夫人之材行,若不因临事而见,则守常循理,无异众人。苟欲异众,则必为迂僻奇怪,以取德行之名,而高谈虚论以求材识之誉。前日庆历之学,其弊是也。①

一个人的不同凡响之处,也就是他的名节,只能表现在面临大事的特殊时刻,至于日常生活,则与众人无异。他贬斥了那种时刻追求与众不同以谋求声誉的做法,而明确表达出对于日常性的维护。数十年前,吉川幸次郎曾以欧阳修为例阐述了宋诗的"日常化"倾向,我以为这与欧公维护日常性的态度有关②。当他把那些容易与严格的道德自律、政治责任意识相冲突的审美趣味归结为无可厚非的"人情"或值得肯定的日常性时,他等于为自己挣得了一份自由,在

---

① 欧阳修《议学状》,《欧阳文忠公集》卷一一二,《四部丛刊》本。
② 详细的论证,请参考笔者近作《"日常化"的意义及其局限——以欧阳修为中心》,《文学遗产》2013年第2期。

必须承担重大责任的特殊时刻之外,有充分的时间去体会和拓展丰富多姿的日常生活,包括其在各种审美领域的追求和创造。虽然这种说法未必能完全解消他的"焦虑",但不妨说,他努力建构和维护的,是一种现在看来比较健全的日常性。

若以欧阳修的日常性为基准,去观察艾朗诺所说的"两个阵营",或者"相互攻讦"的"两股思潮",那么,"各自都向前走得更远"的表述或许也可以判断为"各自都走向了偏颇":一边是过于严厉的、不近人情的或者虚伪的"卫道士",一边则是不断加深"病态"的"才子",其间"相互攻讦"的语境一直存在,使"两个阵营的分化走向了极端",而苛刻、虚伪或病态也容易走向极端。

这决不是非常新异的见解,实际上,很多学者从不同的角度察见了宋代士大夫社会的分化现象,譬如说,郭绍虞先生早在二十世纪三十年代就描述过"古文家文论"与"道学家文论"的对立情形[①],所见与此相近。不过,他描述出这种对立后,立即站在"文学批评史"的立场给予优劣评价,这使他不可能就对立现象本身作出深入探讨。固然,道学家对文学艺术经常持有看来不可理喻的排斥态度,但这种不可理喻其实引人深思:如果不是处在"相互攻讦"的语境里,又何至于如此极端?另一方面,由"才子"型文人所承担的审美传统,也未免变得畸形。总而言之,整个中国社会丢失了健全的日常性,这是一个相当严重的问题。

这个问题当然不是我的这篇书评所能解决的,而且再引申下去很可能偏离艾朗诺写作此书的本意。他的书里还有许多值得重视的见解,我也不能一一述评,只能请求谅解。我知道艾朗诺正在撰

[①] 郭绍虞《中国文学批评史》上卷第六篇第一章,上海商务印书馆,1934年原版,百花文艺出版社,1999年重版。郭氏所列举的,还有"政治家文论"和"释子之文论",实际上概括出四派,但总体上以"古文家"与"道学家"的对立为基本。

写(也许已经完成)一本关于李清照的新著,那一定与此书所论有许多衔接之处,希望早日可以拜读。

【原载《新国学》第十卷,四川大学出版社,2014年】

图书在版编目(CIP)数据

唐宋诗歌与佛教文艺论集/朱刚著. —上海:复旦大学出版社,2020.6(2021.1 重印)
ISBN 978-7-309-14984-5

Ⅰ.①唐… Ⅱ.①朱… Ⅲ.①唐诗-诗歌研究-文集 ②宋诗-诗歌研究-文集 ③佛教文学-文集 ④佛教-宗教艺术-文集 Ⅳ.①I207.22-53 ②I059.9-53 ③J196.2-53

中国版本图书馆 CIP 数据核字(2020)第 059334 号

唐宋诗歌与佛教文艺论集
朱　刚　著
责任编辑/王汝娟

复旦大学出版社有限公司出版发行
上海市国权路 579 号　邮编:200433
网址:fupnet@fudanpress.com　http://www.fudanpress.com
门市零售:86-21-65102580　团体订购:86-21-65104505
外埠邮购:86-21-65642846　出版部电话:86-21-65642845
上海崇明裕安印刷厂

开本 890×1240　1/32　印张 10.5　字数 245 千
2021 年 1 月第 1 版第 2 次印刷

ISBN 978-7-309-14984-5/I·1223
定价:65.00 元

如有印装质量问题,请向复旦大学出版社有限公司出版部调换。
版权所有　侵权必究